ヤマケイ文庫　クラシックス

尾崎喜八選集　私の心の山

Ozaki Kihachi　尾崎喜八

Y L
Yamakei Library
Classics

美ヶ原自画像　　　　著　者

目次

『山の絵本』より

参考地図

装丁・本文組版・地図製作　渡邊　怜

たてしなの歌

君の土地。それは無数の輻射谷《ふくしやこく》に刻まれて八方に足を伸ばした、やはり火山そのものの肢体の上の耕地であろうか。或いはもっと古く、埋積し、隆起した太古の湖底の開析平野と、その水田に、今、晩夏の風が青々と吹きわたる河成段丘のきざはしであろうか。

若しおのが訪れ、おのが歓待されたひとつの土地に特別な愛と関心とを持ち、帰来その感銘を反芻し、思い出すことによって忘却の箇所を埋め、選択し、機抒《きじょ》し、そこから世界の美の実証を織り上げることが私のような旅人の仕方だとするならば、地理学を愛してなおかつ無知な私は、その無知と愛とのために、君を生み君が生きているその美しい土地への讃歌の冒頭で、すでに空しくも思いまどうのだ、優しい心の友よ！

われわれは蓼科山からの帰るさに、その北麓を八丁地川に沿うて降っていた。昔の人の素朴な適切な命名にほほえまされる畳石から鳶岩《とんびいわ》の部落へかけて、路傍の崖のところどころ、見事に露出した火山岩の板状節理が見られ、そのあたり、農家の屋根は瓦でもなく萱でもなく、概ねあの鉄平石という石の薄板で葺かれていた。また対岸はるかにその岩を切り出す石切場が見えて、原始的な橋梁の突桁をおもわせる岩石の天然の庇が幾つか、折からの洪水のような午後の日光を横ざまに浴びて、緻密な、爽やかな明暗の諧調を織り出していた。

そこから一里余りを降った望月で、或る日もっと広々とした眺望が欲しく、私は坂を上って丘の上へ出た。蕎麦が花咲き柿の実がいよいよ重くなる信州の夏の終り、丘の上は清朗な風と日光との舞台だった。北方には絵のような御牧ガ原の丘陵を前にして、噴煙をのせた浅間から烏帽子へつらなる連山の歯形。南にはその美しい円頂と肩とを前衛に、奥へ奥へと八ガ岳まで深まりつづく蓼科火山群と、豊饒の佐久平をわずかに隠したその緩やかな裾。さらに西の方にはきらきら光る逆光につかった半透明の美ガ原熔岩台地、そして東は遠く淡青いヘイズの奥に蛍石をならべたような物見・荒船の国境連山と、其処に大平野の存在を想わせる特別な空の色。それは晴れやかな、はろばろとした憂鬱な、火山山地の歌であった。牧畜と葡萄収穫《ヴァンダンジュ》と、荒い素朴な恋愛と、悠久な地平のうねりとから生れるあのモルヴァンの、セヴェンヌの、またオーヴェルニュの歌であった。

しかしそんな夢想につかって日蔭の坂を降りながら、私は丘の横腹の崩れた箇所に注意をひかれた。其処では斜面の一部がすっぽり剝ぎとられて、丸味を帯びた石を象嵌《ぞうがん》した砂土の層が露出していた。それはちょうど脂肪をつめた腸詰の切口であった。それは単純に火山屑の地層であろうか。それともかつて上州猿ガ京で、甲州上野原附近で、また多摩川西岸の丘陵で私の見たものと同じであろうか。私は大地の遠い過去を思い、想像も及ばぬその未来に心を馳せた。一切空。しかし心は不思議に澄んで謙虚であった。そして現在よ。現在は永劫の時空の流れの中で相鬩《あいせめ》ぎ、相抱き、生成し、破壊し、現に私の眼前でさえ、地表の生傷の上にいちはやくその場所を占めようとするかのように、生命の酒のきらめく夏の真昼、すでにナンバンハコベ、タチフウロ、ヨモギの類が花咲き、もつれ、生茂っていた。

そうだ。現地の地理学について結局私は何も知らない。私の観察からは何の結論も出はしない。私はただ見ただけだ。そして私にできるのは、驚きをもって見、見る喜びに鼓舞されて、なお一層よく見ようとすることである。

君の土地、それは本当に美しい。その美の所以を、その秘密を研究し看破するためには、もっと長い滞在が必要とされ、遥かに深い専門的な造詣と高尚な叡智とが要求されるだろう。

今日の詩人は、その善き野心にも拘らず、その詩的汎神論的地文学への夢想にも拘らず、決してタレースたることもヘラクリートスたることもできず、また実に一個のゲーテたることとさえできない。イオニアの風は古代希臘《ギリシア》の春と共にその白い廃墟の中で死んだ。現代は分化の時代、限界固持の時代、一切の食出《はみだ》し不能の時代である。

とは云え詩人はなお到るところに彼の祖国を見出すことができる。彼が呼吸するところ、彼がその魂を通して見、知り、慈むところ、すべて彼の祖国であり得る。一管の「魔笛《ツアウバーフレーテ》」を彼は持つ。その調べは天使のような音色をもって人と人とを結ぶ歌である。はなればなれの魂に、共通の故山の使信をはこぶ歌、孤立した因子の群を調和して、相互依存の原理とその深い喜びとに目覚めしめるコスミックな晨朝歌《オーバード》である。

＊

千百の思い出が一時によみがえる。それは我れ先にと駈けつけて来る。蓼科高原幾里四方の秋草や白樺が、「僕たちのことを忘れるな」と一斉に蓬々とそそけ立つ。

私の渇を癒やしてくれた淋しい高地の用水が、その八重原堰《せんぎ》・塩沢堰の長い水の背をうねらせて呟く、「おれたちのこともまた……」

「私だって」と菅原部落の猪口に一杯の蜂蜜が甘ったれる、「私だってあなたに元気をつけて上げました」。

草夾竹桃《フロックス》や萩の匂いをぷんぷんさせながら、彼女は懸命に自分を思い出させる。

あの土地で私と知己になった一切の物が、ただの一触れ、ほんの一瞥の果敢ない縁《えにし》の糸にさえ縋って、どうか自分を思い出されようと進み出で、最初の選抜にあずかろうと、口々に自分自身の理由を述べ立てる。

みんなもっともだ。だが、少し私を落着かせてくれ。

私はいきり立った彼らの気をちょっと抜くために、振り向いて小さなオルガンに向う。私は、スエーデンでは誰でも知っている、誰でも熱い血をわかすあの歌を、「ああ、ヴェルメランド」を微吟する。

いけない！　最も悪い！　そもそも此の「ヴェルメランド」のような、ひとつの美しい平和な祖国に対するその民族の愛と誇りとの歌は、電流のように民衆全体の心臓を貫いて、彼らを一般的興奮の大渦巻《メールストローム》に巻き込んでしまうのだ。私の衷《うち》で思い出の群衆が一斉にスクラムを組んで、彼ら自身のヴェルメランドを歌い出す。これではいけない。

では、別のだ。今度は「ロッホ・ローモンド」

すると忽ち翡翠《ひすい》いろの霞をまとった東部信濃の山々がその巨鯨の背をもたげ、愛すべき果樹園や人蔘畑の丘がならび、日照りさざめく川の流れが斉唱をはじめ、モンペを穿いて姉さんかぶり、桑籠を背負った佐久娘が伏目勝に道を行く。そればかりか、かつての秋の念場ガ原・野辺山ノ原の一人旅に、往きずりの言葉を交した若い人妻までが顔を出す。その時、馬上豊かに草刈に行く美しい女は、彼女と同じ上の近道を取るように私を誘った。私は平静な心の動揺を惧《おそ》れて、好意を謝して下の道を進んだ。

O, ye'll tak' the high road, an' I'll tak, the low road, an' I'll be Scotland afore ye……

スコッチ・ハイランドの「ロッホ・ローモンド」。これもいけない。

私は眼をつぶる。子供たちの一斉の訴に困惑した父親のように、耳をふさぎ、眼をつぶる。

さあ、出て来るがいい、誰でも。私の出した手の先に最初にぶら下った者が先ず語られるだろう。だがお前たちは何れも互いに関係し合っている網の目のようなものだ。誰一人として孤立した存在というものは無い。語られない者といえども語られる者の支柱であり、台紙であり、それを支え、それを引立て、それに一層豊かな雰囲気と意義とを与えるものなのだ。

万物照応する抒情詩《リリイク》の世界には、「一将功成って万卒枯る」の譬《たと》えは無い。

*

一天晴れて日は暖かい。物みな明潔な山地田園の八月の末。胡麻がみのり、玉蜀黍《とうもろこし》が金に笑みわれ、雁来紅の赤や黄の傍で、懸けつらねた干瓢《かんぴょう》が白い。この土地で高蜻蛉《たかとんぼ》と呼ぶ薄羽黄蜻蛉の群が、道路の上の空間の或る高さで往ったり来たりしている。

私たちはのんびりした気持で村道を行く。道の左手は丘、右手は八丁地川の流れをへだてて、向うの丘の麓まで次第に高まる水田の雛壇。流れの岸には鬼胡桃や河柳が列をつくって、子供がはやを釣り、山羊が草を食む水辺に涼しい影を落としている。

ふりむけば、少しのけぞった蓼科山。だが私はもう少し前から、御牧ガ原の空に舞っている一羽の鳥を、鷹ではないかしらと気をつけている。

シャンパンのように澄んで爽かな、酔わせる日光。ガブリエル・フォーレの、フランシス・ジャムの秋。健康な胃の腑が火串であぶった鶫《つぐみ》の味を夢みる秋……

私たちの前を一人の年とった百姓が行く。畠からの帰りらしく、空になった竹籠を天秤棒でかついでいる。うしろから見ればただの小柄な一老農夫に過ぎない。

「あれが千野喜重郎さんです」と、私の連れが小声で教える。

「そうか。あの人がそうか」

私は指に挟んだ巻煙草を捨てる。御牧ガ原の鳥の姿も、食いしんぼうの夢想も捨てる。

連れの引合せで初めて会った千野さんは、もう頭の大分禿げた、童顔に顎鬚をたくわえた、人を見る眼に一種の光りのある、どこか禅僧とか一流の達人とかを想わせる老人であった。知っている人は、あの霞網の名人小島銀三郎翁を思い浮べれば、ほぼその風貌の見当がつくであろう。

「尾崎さんがあなたの標本を拝見したいと云われるのですが」

私の連れは郷党の先輩に対する丁寧な言葉遣いでこう云った。

「そうかね。あいにくもう直き忙しくなるのだが。年寄だから別に働くことも無いが、ただ遊んでいるのも勿体《もったい》ないからな」

私は例によって、農村の人たちが私のような都会の人間に対して抱くことのありそうな無言の非難を感じ、白眼を感じ、しかもその人々に向って、自分の理由を事々しく説明することもできないという、あの複雑な困惑の情をまたしても経験した。

「お忙しければ又今度の時に」と私は云った。

「いや、昼の休みの時ならば構わない。もっともそのくらいの時間だと、せいぜい禾本《かほん》とカヤツリグサ科ぐらいしか見せられないが」

昼食後の休憩時間は、この辺では大概一時間である。その間に見せて貰うことのできる腊葉《さくよう》が、「せいぜい」禾本科と莎草《さそう》科だとは……

この老農千野さんは、北佐久郡で有名な植物研究家である。その所蔵の乾腊標本は幾棹かの箪笥《たんす》に一杯だと云われている。翁の発見にかかる新種も少くない。去年発行された『長野県北佐久郡植物目録』という堂々たる植物志の為の調査と編纂には、九年間、終始委員会の主《ぬし》のようになって働いた。

ただ見れば一個草莽《そうもう》の野叟《やそう》に過ぎない。しかし具《つぶさ》に見れば一種の風格をそなえた、世に隠れたる篤学の士である。

だが己れを持すること甚だ高く、狷介《けんかい》に見えるこの翁は、後で聞けば、私がこの地へ来る日を待ちわびて、もう一と月も前から屢〻《しば》私の義弟に尋ねていたのであった。佐久の人に特有なあの内気さで、顔を赤らめながら。

「東京の客人は未だ見えないかね。来たら見て貰いたいものが色々有るのだが……」と。

それならばわれわれは、他人を判断するのに急であってはならないだろう。辛抱づよく、細心に、或る日突如としてその真情の薔薇の内部を見せる固い蕾を、今日は信じつつ待つべきであろう。

北佐久の大蒐集家、隠れたる篤学者よ。渡り鳥のように来年の夏もまた私は来るでしょう。その時こそは禾本科からと云わず、もっと初めの変形菌部から、先ずあなたの村のクダホコリカビから、長い長いエングラーの自然分類の順序のままに、あなたの案内で日を重ねて菊科にまでも及びましょう。時々はお互いに休みながら。茄子や胡瓜の香の物でお茶を招《よ》ばれる、あなたの土地の夜《よる》の「お九時」の団欒の中で……

＊

二人の息子が東京からの客人と蓼科山へ登るという日の朝早く、まだ東の丘の上に大きな「天狼《シリウス》」がうろついている頃、もう年とった母親は目ざとく覚めて、薄暗い広い台所で朝の支度に取りかかる。

二人の息子のうち、兄の方は笈《きゆう》を負うて東京へ出た。今では前途に光明のある地位を得、妻を持ち、子供も出来た。その子供を連れて若い夫婦が夏の休暇に帰省する。

いくらか蒲柳《ほりゆう》の弟の方は家に残って、彼女と二人暮しで百姓をしている。生活は苦しい。しかし息子たちの未来にもう気掛りなことは無い。そのかわり彼女のこの世の旅はすでに終りに近づいている。人知れぬ辛酸の幾十年。それに対して怨嗟も洩らさず愚痴も云わず、なお幾らかの命の日が自分に残していると思われる日毎の義務を、黙々と果たして行くのが彼女の母たる仕方である。

雪に埋もれた信州の長い冬、どんな心で母と弟が待つのだろう、息子夫婦、兄夫婦の賑やかな夏の帰省を！

弟は書く、「東京の兄さん。もう雪の中から九輪草が頭を出した。去年の秋に刈り溜めた兎の餌も残り少い。じきに春です。それから夏です。寂しい家へあなた達の明るい声を持込んで下さい……」

庭の片隅の大きな古い柿の木の枝に、箒のようなポプラーに、何か再生のしるしのような優しい光がまつわっている。母は指折って数える。六十年の雨や太陽が渋紙色にし、男まさりの労働が寒竹のようにした其の指を。だがそんな内心の感情を、人に知られるのを彼女は好まない。

その夏が来た。帰省中の兄息子と、客である嫁の兄と、そして此の二人とともにする山登りをあんなに楽しみにした弟息子とが、今朝蓼科へ向けて出発する。「気をつけて行って来なんし」と彼女は彼女の言葉でいう。赤児を抱いた嫁と、客の小さい娘とが三人を見送りに田圃の方へ降りて行く。

彼女は小手をかざして、自分も若い頃にはよく中途まで草刈に行ったことのある其の山を、庭先から眺め、雲行を見、風を察して一人呟く。

「天気は大丈夫だ」

そしていま電灯の消えたばかりの仄暗い台所へ入ると、時を移さず、客の娘の好きだという山羊の乳を煖《あたた》めにかかる。

＊

丘の上の見晴しで、何本かの背の高いポプラーに囲まれた小学校、すがすがしい光の射し込む朝の室の、卓に置かれたヴァイオリンの函のような小学校。あれが君たちの学校だったのか。

いま風に戦《そよ》いでいるあの大きなポプラーも、君たちのお父さんが村の人々と一緒に植えた木だと云うのか。それならばよく見て置こう。あの日の当った園のような一角を、――東京の秋の夜霧にぼんやりにじむネオンの下でも、眼をつぶればいつでも容易に思い出せるように……

赤松と秋草と、ちらちらこぼれる朝の日光。蓼科山が真直ぐに北へ踏み伸ばしたその長い脛の上を、まだ涼しく露にしめった緩やかな尾根路を、休まぬ代りにはゆっくりと登って行こう。
野沢の町はあの辺だとステッキを上げて君は指すか、操君。それならば望月から御牧ガ原南方の峠を越えて佐久平まで、君たちは毎日自転車で通ったのだ。僕は地元の中学生が三々五々田舎道を自転車で行く姿に好意を感じる。彼らのような思い出を都会の学生は遂に持つことなく終るだろう。「吾に一人の《ジャヴェイザン》僚友《カマラード》ありき……」僕は時々彼らのためにもそれを歌うのだ。

　しかし君の地理学はどう云うだろう。この「小諸」の地形図の上で、千曲川左岸の山沿いはちと断層臭くはなかろうか。それとも「葦の髄から天井を覗く」者の言葉として、君はただにやりと笑うだけだろうか。むしろ「氷河の匂い」に此の頃ひどく引かれている君が。

　ああ、この気持のいい空開地ですこし休もう。蝶がぴかぴか飛び廻っている。豹紋蝶のいろいろが。オトコエシ、オミナエシ、桔梗《ききよう》、松虫草、立風露、歌仙草にホタルサイコ、河原サイコに河原撫子《かわらなでしこ》、伊吹麝香草《いぶきじやこうそう》にアキカラマツ。胴乱を喜ばせる花たちが、天然の廃園を形作っている。

路が二つに分れていた。右を行けば比田井山から浅田切への路だった。それで左を取ったのか。やがてひっそりと峯の東から寄添って来て一緒になった一本の路。これは新田からの細道だ。

此処が湯沢・春日温泉への下り口か。立木の幹を削り取って道しるべが書いてある。あの枝には赤く錆びた小さな空罐も吊るしてある。君の手製の棠梨《ずみ》のスキーの具合はどうだ、西義君。僕もスキーを覚えたらば、そしてもしも北方の神々の特別の恩寵にあずかることができたらば、遠く向うの山から雪煙を飛ばして、まっしぐらに君の庭先まで滑りこむよ、いつかの冬に！

そうして今度は霧ガ峯への分岐点。スキートレールの道標が古い十字架のように立って、一筋の切明けが南西へ松林の中に消えている。長尾君が云ったっけ、「湯沢へのコースにも途中要所要所に道しるべがありますから、あなたにだって今にスキーで楽に難なく行けるようになりますよ」と。ああ、軽い袋を背中につけ、襟巻を寒風になびかせて、見渡す限り白茫々、蓼科・協和の両牧場を映画の中の主人公のように乗り上げ乗り下げ、とうとうたった一人この道標の前まで来て、汗を拭いている大写しの顔を現わすのは、果たして何時の世の夢だろうか……

ところでもうその協和牧場の入口だ。

唐沢の谷に臨んだ明るい芝地。その谷向うの緑の斜面に、寒水石を置いたように放牧の牛の散っているブロンドの牧場を前に、大河原峠から右へぐんぐん高まる蓼科の広い肩幅。本岳の円頂は一歩後ろへ退いて、その間からつうんと一発、狼煙《のろし》のような雲が青い虚空へ上っている。

芝地の鳶色に点々と黄色い星を打っている、これは竜胆《りんどう》科のハナイカリだ。雑木を分けて下からごそごそ登って来るのは、あれは放牧の栗毛の馬か。そうしてあの蓼科の胸のあたりから上っている薄青い煙は何だろう。あの辺りがこれから登る唐沢の詰で、其処からいよいよ黒斑《くろふ》の尾根へ取附くのだと君は云うね。よろしい。三時間を歩き続けてくたびれた。さあ、此処でしばらく休むことにしよう。そうしてこれからの道を地図と合せて研究しよう。

いい気持そうに寝転んで、空を見ている西義君、君は僕の「牧場」の歌を知っているかね。僕もそうやって空を仰ぎ、草を吹く微風の囁きを聴きながらあの歌が出来たのだ……

山の牧場の青草に
あまたの牛を放ちけり

あまたの牛はひろびろと
空の真下に散りにけり……

＊

ところで、蓼科の登路を叙述するのは私の今日の目的ではないが、多くは南乃至《ないし》東側から登られているこの山を、こちら側から、すなわち湯沢や望月の側から登ったり其の方面へ降りたりする人たちの為に、私はこの「歌」の間へ一章のやや記述的なインテルメッツォーを挟んで置こうと思う。むろん蓼科牧場事務所を起点として、約五時間で往復する行程がもっとも短くもっとも楽には相違ないが。

前章の終りで私たちが休憩した場所は、五万分ノ一「蓼科山」図幅で丁度左半分の上の端、一三九三メートルの独立標高点の北々西、協和牧場の土囲記号が村界に沿った二重破線と交叉する地点に当っている。

午前十時、それぞれ重いルックサックを背負い上げて、「さあ、出掛けよう」と、南方唐沢へ向ってよく踏みならされた路を降りて行く。そして直きに水づいた凹地へ降りつく。これからは沢に沿って一里足らずを爪先上りに行くのである。

無風快晴。八月の午前の太陽は南北に向った沢筋を頭からカッと照らして、その暑いこと話にもならない。おまけに協和牧場側の斜面はほとんど隈なく伐採の手が入っているので、草いきれの石ころ路はまるで蒸すようである。もう此の辺りからは本岳は見えない。肩から張出した長大な黒木の尾根が正面に立ちはだかって、まっぴるまの日光に微動する薄青い紗を纏っているのも息苦しい。

しかし路が沢の右岸を行くようになる頃からはさすがに空気が山らしくなる。湿った路傍には紫の羅紗《ラシャ》の花を一杯につけた草牡丹や涼しい色の沢桔梗が現れ、苔むした岩の間に優しいミヤマモジズリが鴇《とき》色の穂をつづっている。緑豹紋、銀星豹紋、孔雀蝶、キベリタテハ、また稀にはアサギマダラのような蝶類が、余り人摺れしていないせいか、捕虫網の持手を喜ばせる。

ぶらぶら沢沿いを歩いて二時間、俗称「木流し」という所へ着いた。これは両岸が急に迫って左右の岩壁が切立っているために、伐木を上流から真向に落して来る謂わば「谷の鉄砲」の終点である。そして登山者は太い丸太で埋まった此の谷を溯るのである。皮を剝がれてつるつるになった丸太の上を行くのだからかなり歩きづらい。まして木を流している時季には余程の注意が肝要である。

無気味な鈍い瀬の音が足の下できこえる丸太の谷を登りつくすと、又しばらく沢

蓼科山遠望　　武田久吉

の右岸を進んで、やがて熊笹の茂った明るい小平地へ出た。左手に杣《そま》の小屋があって、山稼ぎの男が二三人火をたいていた。さっき牧場から遥かに見た青い煙はこれであった。振返ると「木流し」は谷の底の底の方になり、右岸に見上げた集塊岩の絶壁も低くなった。

此処で水筒を満たして、小屋の少し手前から右手の藪を掻き登る。直ぐに小径が現われて尾根を西に巻くようになり、暑い暑い午後の日に照らされた闊葉樹林の登りになる。これが相当に長い。しかしやがてこれも終ると、俄然視界が開けて、白々と立枯れした大木の立つがらがらの崩壊地の上へ出た。唐沢の詰である。

此処からの北に開けた眺望は中々見事なもので、浅間・烏帽子《えぼし》の火山群は無論のこと、もしも空気が清澄ならば遠く四阿《あずまや》、白根、上越国境の山々までも指顧することのできる展望台である。そして眼下に細長く展開する春日・望月附近の丘陵や田園の眺めは頗る《すこぶる》優美で、晴れた夜ならば、彼らの明りが念珠《ロザリオ》のように望まれるであろう。

小径は西へ白花石南《しろばなしゃくなげ》の藪の中を行く。コケモモの実は漸く色づき、ゴゼンタチバナは既に珊瑚のように赤熟している、じきに針葉樹の仄暗い中をジグザグに登るようになる。もう蓼科から協和牧場へと真北に伸びた尾根に取附いているのである。間もなく小さい草原のある鞍部へ出る。竜ガ峯の南東一九〇〇メートルの地点である。谷から吹上げて来た一握りの霧が頂上目がけて早手のように逆巻いて行く。そして忽然と虚空で消える。今朝牧場から狼煙のように見えたのは、多分この種の霧であったろう。

この鞍部から西へ降れば、八丁地川の源頭を過ぎて竜ガ峯下の御泉水へ達することと地図の通りであるらしいが、私たちは此処から一直線に南へ、栂や唐檜《とうひ》と覚しい黒木立の尾根を喘ぎ喘ぎ登って行った。印象はこの附近の山に珍らしく秩父に似ていた。見通しはほとんど利かない。舞鶴草や小葉ノ一薬草のびっしり生えた原始林の中の陰湿な小径を、倒木をまたぎ、岩角を踏んで、根気よく攀じるのである。ときどき息を入れながら、この登りには約一時間を要した。

しかし遂に地勢が平坦になって、今まで虫の這うようだった私たちの歩調もひどく軽く活潑になった。いよいよ蓼科の所謂「肩」へ着いたのである。やがて径が西へ廻って緩やかな降りになる途端に、夕日を浴びた草紙樺《そうしかんば》の木立の間から堂々と偉容を現した蓼科山の大ドーム。午後五時近い長波光にその緑もいよいよ冴えた草原の色、今を盛りの白山風露《はくさんふうろ》、オヤマリンドウ、無数に飛びまわる赤い赤いミヤマアカネ。私たちは声を上げて鞍部の草地へ駈け下りた。
空身で行けば、此処から頂上への往復は四五十分で足りるだろう。

*

高原とは何であろうか。「高原とは水平に近い面を有する山地である」と私の初歩の自然地理学の本が教える。その例はと見れば、イラン高原、アラビア高原、コロラド高原……

私は茫然とする。そんな広大な地域にわたる水平山地。それは私の想像の遥か彼方で、冥々として天のフォーマルハウトに接している。

眠られぬ夜に私はデイヴィスの『自然地理学演習』をやる。ちょうど人が『イミタシオ』を読み、カール・ヒルティを読むように。また問題集を前にして幾何や代数の難問を解くように。そのように私は真夜中の地図帖にむかう。青と赤との鉛筆を手にして。

だが私が紙の上でさまよった高原や峡谷は、其処への郷愁で私を引攫《ひっさら》ったり嘆息させたりするような、思い出の中に生きている現実の高原でも峡谷でもない。それは私の所有ではない。

所有するためには、己が心の版図の一部とするためには、其処に生き、其処で喜び、また実に其処で苦しむことをさえ学んだのでなければならない。

地理学が厳密に定義を下して謂う高原。私はそれを一瞥したことも、まして其処に生きたこともない。


しかし或る年の晩秋に私は見たのだ。あの八ガ岳裾野の袖崎から、地平の空すれすれに黄昏《たそが》れてゆく野辺山ノ原の茫々たる広がりを。また或る時は霧ガ峯の頂きから、北西に展開した信濃中央高台の夢のような広袤《こうぼう》を。

そして今、蓼科牧場の一本の白樺の下に立ちながら、この悠容として激するところのない山々の起伏の大観から、この天地の寂寞と折々の深遠な風の息吹きとから、この自然の原始性と無際涯の感じとから、さらにこの最も霊妙な根本的諸情緒を無限に包蔵している単純さから、私はひとつの観念としての「高原」を受け取らずにはいられない。

＊

夕方下山して、牧場事務所を探しあてたのが既にかなり晩かったから、牛乳を入れる罐のような亜鉛《とたん》の風呂桶での入浴をすませ、若い無口な牧夫が給仕をしてくれる夜食をとり、しきり無しに茶をついでもてなす主任伊藤氏との炉を囲んでの一時間余の話も終ると、もう九時を廻っていた。

急に風の音が耳に立って聴こえる。高原の大きな、深いメランコリックな風の響きである。蓼科から吹き下ろして来るものと見えて、山に面した方の板戸や硝子戸ががたがた鳴る。これは山風だ。昼間の谷風とは反対に、夜が更けると平地の空気が余計に収縮するので逆の対流が起るのだ。

背をもたせている板壁のうしろで、何かごそごそ音がする。そうだ。さっき此の小屋の前まで来た時、夜目にも可愛く見えたあの七八頭の山羊どもが、きっと風におびえて外《そと》の羽目に身を寄せ合っているのだろう。

「此処では風もなかなか大きいでしょうね」

と私は訊く。

「大きいですよ。何せよ五千尺以上の高原のことですから、吹く時はまるで海の奥からのような大きな奴がやって来ます」

牧場事務所の主任伊藤氏は夢を持っている。その言葉には、さっきから気がついているが、或る甘美《スイート》な文学的な味がある。それでつい話も長くなるのである。

「五月から十月までここに居られるということですが、半歳もこんな処にいて淋しいことはありませんか」

「淋しいということは感じません。淋しいと思うのは却って町中にいる時です。若い者と二人で此処におって、牛や馬ばかり相手に暮らしていると、知らず識らずのうちに自然の賑やかさとか豊かさとかいう物を見ることを覚えて、本当の淋しさや単調などという感じは、却って町の生活にあるという気がして来ます」

事柄が此処まで入って来たから私は云いたい。私はこの話手の言葉を其の場で速記したのではないが、その大切な要点だけは、その珠玉だけは、忘れもせず、また決して筆を枉《ま》げずに伝えているのである。いつも私は小さな手帳を持って歩いている。それは私の主として人間研究の上の種々雑多なモチーヴを、機に臨んで書きつけて置く備忘録である。それで其の晩も別室の床へ入る前に、薄暗い石油ランプの明りをたよりに、幾里四方に住む人もない荒涼たる高原の一軒家で、思いがけなく聴くことのできた人の心の告白の一部を、忘れてしまわぬ内に急いで書きつけたのである。

「それに、人も来ます」と、伊藤氏は話をつづける。「馬や牛を預けに来たり引取りに来たりする人たちが、たいてい此処へ泊って行くのです。そういう連中がいろいろ面白い話や、考えさせられる話を聴かせて呉れます。また近頃は蓼科へ登る人たちが此処へ泊られるので、もっと遠い町や都会の噂も聴くことができます。それに役場へ直通の電話が引いてありますから、人間の声が聴きたくなれば電話を掛けます」

そうか。あの電線という軟かい銅《あかがね》の糸が高原五里の空間をへだてて、この人に人間の声をつたえるのか。遥かな生活の潮騒《しおざい》を。

私はいい感じがした。そこには何かしらストリンドベルクの作品を想わせる空気があった。

と、今度は望月生れの義弟が質問を出した。

「此処の雨は随分強いって話ですね」

「そうです。蓼科の雨と云えば有名なものです。ひどい時には、こんな大きな奴が（と指で小さい梅干位の輪を作って見せて）底抜けに降って来て、それがこの亜鉛《とたん》屋根を打つものだから、話などしておっても聴えやしません」

「雨の時はいけませんね」と私。

「長雨だと退屈しますよ。その代り雨の上った時の良さと云ったらとうてい口では云えませんね。まるで突然眼が覚めたようなものです。何しろ高原の景色はすっかり洗われたようになるし、日の当った草木はそよそよ戦《そよ》ぐし、放牧の牛馬はつやつや光るし、とてもじっとしてはおられませんよ」

「いいなあ!」と若い方の義弟が半ば夢見心地で感歎する。話はそれから風景のことになる。続いて、こんな所で勉強したり歩き廻ったりしたらどんなにいいだろうという話になる。あてもない空想の鳥が現実色の翼を波打たせて飛びまわる。それを主任が微笑をもって聴いている。最後に話は具体的な相を帯びて来て、私に此処へ小屋を建てないかと云うところまで発展した。そうなればできるだけの便宜を計るというのである。

よろしい、それはそれで別に考えよう。しかし……

しかしもう少し前から私の脳裏を往来しているのは、それとは全く違った事柄である。昔まだ若い頃、鷗外さんの翻訳で幾度読んでも飽きなかった「冬の王」という物語。私はその主人公のことを思い出していたのである……

北欧の海岸避暑地に一人の労働者がいる。夏の盛りには避暑客のために色々とつまらぬ雑用をやっている。その男に一人の詩人が心を惹かれる。と云うのは、どうもその男の犯し難い威厳を持った風貌やすることの一々が、尋常一様の労働者のそれとは違っているのである。詩人は彼の人柄に床しさを感じて、どうかして近附きになろうとして機会を待っている。しかしその男には人を避ける風が見える。頼まれた仕事は気持のいいほど正確に迅速に果たすが、人をして狎《な》れ親しむ機会は与えない。やがて北欧の夏が逝く。季節を過ぎた寂寞の時が来る。遂に或る夜、詩人は砂丘の上のその男の小屋を訪れる。男はいくらか困惑するが、悪びれるところもなく不意の客を室へ通す。一目で室内の光景を見た詩人の心に深い驚歎の情と敬意とが生れる。その狭い部屋はあたかも哲人の隠栖である。無数の蔵書が棚を満たしている。書物は古典、宗教哲学及び自然科学に関する物が大部分である。片隅には天体望遠鏡も据えてある。ランプの輝く頑丈な卓の上には、今まで何か書いていたらしく、大きなずっしりと厚い帳面が両腕をひろげたように開いている。しかも主客が対座している部屋の一隅には、一羽の大鴉がじっと漆黒の翼を収めて棲《と》まっている。時が経つ。男はこれから水泳に行くのだと云う。詩人は暇を告げながら、不図鴨居を見上げる。其処には、この男の余儀なく持った暗い過去を物語る荊棘《いばら》の模様で囲まれた公文書が額に入れて吊してある。詩人は感動する。男は別れて海へ下りて行く。そして逞しい腕に波を切って深夜の海へ出て行くその姿が、まるで北海の冬の王のようである……

その夜更け、蓼科の円頂の上にアンドロメダの銀の鎖が斜めにかかり、霧ガ峯の空へ十一日の月が大きく傾き、その青白い月光の流れる露もしとどの牧場へ立った私が、もう一度繰返して思い出した「冬の王」の物語は大略以上のような物であった。そしてもちろん私自身、わが牧場主任をこの物語の主人公に擬する考えは毫末《ごうまつ》も持っていないと同時に、それにしても、若しここに一人の登山家があってこの牧場を通過した際、剰《あま》った牛乳をただ飲ましてくれた「おやじさん」ぐらいの印象しか互いに受けもせず与えもしなかったとしたならば、かりそめの遭遇にも人間的接触の契機を逸した遺憾、その二人の果たして何れに帰すべきやと問いたいのである。

*

朝、眼が覚めかかるあの瞬間には、其処を常のわが家だと思った。しかしそれに

続く覚醒の瞬間に、私の片腕は伸ばされて白金巾《しろかなきん》のカーテンはさっと引かれた。あ

あ、朝の山!

太陽はまだ昇らない。風景には何処となく夜の名残りのようなものが漂っている。

眼の前には柵を廻らして一郭に仕切った乳牛の遊び場。白樺が一本、睡そうな葉む

らをこんもり垂らしている。その向うから地勢は高まって一段上の放牧場、さらに

その上にどっしりと構えた蓼科山は、早朝の銀灰色をまとったその黒斑《くろふ》の全容を、

右は八子《やし》ガ峯へ向って急に、左は竜ガ峯の丘陵へ向けてゆるやかに、ほとんど窓を

圧して横たわっている。

私は寝間着のままで、両肱を窓に突いて、この景色をぼんやり眺めている。する

と或る幻想が私に生れる……

むかしむかし、この山の北の麓に、桐原の牧、望月の牧と呼ばれる二つの大きな

御牧《みまき》があった。

それは、

あふ坂の関の岩かど踏ならし

山たち出るきり原の駒

嵯峨の山千代のふる道跡とめて
また露わくるもち月の駒

などという歌が、都びとの心に一種異国的な清新な情緒を与えていた時代であったかも知れぬ。ともかくもそういう昔、蓼科山から生れて千曲川にそそぐ角間の流に隔てられたこの二つの御牧には、無数の馬が晴れた夜の星のように放たれていた。ところがこの二つの牧の駒どもが、毎月の午《うま》の日になると、どういう合図や兆候によるかは知らないが、二頭、三頭、或いは五六頭ずつ連れ立って、山坂越えて蓼科権現へお詣りに来る。桐原の駒は西峯道を、望月の駒は東峯道を、そして今雨《あま》境《ざかい》と呼ばれている甘酒峠の下で双方が出会う。彼らはあの優美な頸を伸ばし、ふさふさした鬣《たてがみ》を風になびかせ、朝露を蹴って進んで来る。竜ガ峯を登りながら、あの怜悧な愛くるしい眼が、みすず刈る信濃の国のひろびろした高原を見はるかす。喜びのいななきが隊伍の中に起こる。彼らは勇んで御泉水から一ノ鳥居を越え、坂下の凹地の原まで来る。すると、まず先頭の駒が前膝を折る。続く駒らが次々に膝を折って行儀よく其処へ居ならぶ。そして見よ、今、蓼科山の頂高く、二羽のらいの鳥が、権現の御使が姿を現わし、うやうやしく控えた牧の駒どもの前へ、嘴《くちばし》にくわえて来た這松の小枝を順々に置いて飛び去る。彼らは謹んでそれを受け、口々にくわえて、さて元来た道を粛々と帰って行く。桐原の駒は桐原の牧へ、望月の駒は望月の牧へ、そして彼らは貴い神の小枝を己が住む近くの高い所へ置いて、さまざまの厄難を払うのであった……

この小さい美しい物語、これを私に話してくれたのは誰であったろう。それは昨夜晩く、八子ガ峯の空を渡っていた月だったろうか。それともほとほとと夜半の板戸をたたきに来た風だったろうか。或いはまた私の枕に近く、一箇の欠けた花瓶に挿された、あの這松の枝だったろうか。その細い幹にさえ、幾百の星霜を秘めているというあの這松の。

＊

いい朝だ。もうみんな起きている。昨夜の薄暗いランプの火影では幾らかノクターナルに、瞑想的に見えた主任伊藤さんの顔が、今朝は晴やかに笑って如何にも牧場の人らしく見える。若い牧夫君も「メエ・メエ」鳴く山羊を放したり、食事の支度をしたりしている。

いい朝だ。顔を洗いに表の方の用水のふちへ行くと、先着の操君が「お早う」を云う。岸に垂れた色さまざまの秋草をなぶって流れる用水の水は、清冽に、冷たく、まるで刃のように鋭い。この大らかな高原の朝の風景を何と云おう。向うに起伏を重ねている丘々の美しい線、八子ガ峯から車山、物見石へとつづく火山台地の静かな波打ち、大門峠のたるみを越えてほんのり見える西駒ガ岳、薄い雰囲気の紗をとおして遥かに覗いている槍、穂高。この天地の大いさは、そのままに見る者の気宇を大ならしめずにはいない。

いい朝だ。四本の柱の間へつながれた牝牛から、酉義君が乳を搾っている。牝牛は厭がって綱の長さの許すかぎり歩きまわる。それを追掛けて彼の手が薔薇色の乳房を長く引っぱる。シャッ・シャッと音を立てて乳が走り出る。バケツからは温い乳色の霧が上がる。

もう直ぐ太陽が出る。大きな大きな蓼科の上の空が透明な水仙色になる。竜ガ峯のスカイラインに近く、空はわけても上気し、興奮し、何らかの奇蹟が今や将《まさ》に行われんとするかの気配を示している。私は不図あの「アルプスの氷河」の中に出て来るティンダル効果（仮称）を思い出す。すなわち、日の出の少し前に麓から見ると、太陽の直前に横たわっている山や丘の草木や鳥が、白金のように輝いて見えるという現象である。

私はそれを見ることができた。それは正しく此処から見える竜ガ峯の高みの最右の端、落葉松を縁縫にしたぎざぎざの限空線に現れた。極めて透明な、ほんのりと薄緑を溶いた金箔色の空を背景に、峯の落葉松はその一本一本がまるで白金の簪《かんざし》か霧氷に飾られた樹木のように、こまかくきらびやかに、強く、緻密に、はっきりと私の眼底に焼きついた。私はそれを義弟たちに見せたくて彼らを呼んだ。しかし不運な彼らはあいにく近所に居合わさなかった。やがて正規の如く太陽は昇って、牧場事務所は美しい光を浴びた。そして私にとって思い掛けない見ものだったあの現象も青ざめた。

今はもう光り華やかな楽しい朝、日当りの場所の恋しい朝だ。私たちは食事をし、牛乳を飲み、いよいよ出発の支度をする。荷物がそれぞれ平均に分けられる。私は伊藤さんから否応云わせず一枚の短冊を奪われる。その代りに彼らをカメラの前に立たせる。

私の机の上、小さい額に入れた一枚の印画の中で、彼ら牧場の二人は、私と私の義弟と一緒に、ちょうど権現様へ向った桐原と望月との駒のように、行儀よく並んでいる。なぜかと云えば牧場の二人は昔の桐原の者であり、義弟二人は望月の者だから。それでは私は、そもそも何処の雑種だろう。

記念撮影をするということになった時、伊藤さんは幾らか顔を赤くしながら、戸棚から白いシャツを引出して来て着たのだった。若い牧夫君はと云えば、彼は何処に秘蔵して置いたのか、切り立ての紺の半纏《はんてん》、腿引《ももひき》、腹掛を一着に及んで、極めて厳粛な面持で立ち現れた。

ああ心から、この人々の純情に敬礼する。

ではさよなら、又いつか。写真はきっと送りますよ。さよなら、牧場もさよなら、乳を呉れた牝牛夫人も山羊君もさよなら、蓼科山もさよなら！

そして、今度の旅は時間が無くて行けなかったが、霧ガ峯の人たちへも遥かにさよなら！

もしも私の仕事にして天にもとらず、人間のそれに恥じぬならば、ああ未だ讃歎すべき物に満ち満ちているこの世を、もっともっと生きたいと私は願う。

爽勁な初秋の天の下、しみじみと身にしむような高原の日光と風との中で、蓼科農場五町歩の馬鈴薯が葉をうごかし、その地下茎をふとらせている。彼らは菅平ですでに名高いその兄弟たちの後を追って、優秀な種芋として新らしい名声を博さなければならないと云う重責を担っている。

*

夏の関東平野一帯にひろがって、過去幾十年、黄色い蕋《しべ》、白や薄紫の花弁、あの紋章のような花をそよかぜに揺すっているわれわれの馬鈴薯にくらべると、見渡すかぎり耕作の影さえ無いこの荒野原の猫額大の開墾地の、まるで大水が退いた後のような白いぼろぼろな哀れな畠に、ほそぼそと立っているこの馬鈴薯の一群が、何か乾燥した希望のような逆説的なものに見える。

しかしそれが何だろう！　信ずる力のあるところ、ホレブの石からも水は噴くのだ。信州北佐久郡芦田村外三箇村の共同財産組合は、その美しい信念をもってこの農場を新設し、併せてあの蓼科牧場を経営しているのである。

蓼科高原の開発に対するこの人々の熱情には真に驚くべきものがある。彼らは竜ガ峯西方の赤沼の湿地を堰《せ》いて水を通じ、ここに一つの鏡のような山湖を出現させようと考えている。またこの高原一帯を軽井沢にも増した保健地、避暑地とするために、当分のあいだ此処へ別荘を建てる者には土地を無代で貸し、用材を自由に供給し、その他一切の便宜を計ろうと云っている。現に牧場事務所は登山者に対して宿泊の便を与え、附近にはすでに東京高等師範附属中学校の夏季寄宿舎蓼科桐陰寮が、三万坪の敷地を擁して三棟の建物を並べている。

古えの桐原の牧の人々よ、私は君たちの自力更生の意気に深く同感する。昔を忘れぬ君たちは、それならば、あの美しい立派な牧場を一層理想的な物にするがいい。木柵に代る隔障林を植え、牧道を新設し、遊牧の自由や牧草の保護のために荊棘を掘り起こし、下枝を切払い、牛馬のための水飲場や水浴場を作り、峯には見張小屋を設けるがいい。それは君たちが祖先から受継いだ比類無い牧養の才能に最もふさわしい事業なのだ。

また開墾地の面積をさらに拡げて、今は試作中の蕎麦、粟、葱、胡瓜、白菜、南瓜、大豆、小豆等の作物を、高原普通の農作物にするがいい。北海道が遠くから君たちを援助するだろう。新しい試みとして砂糖大根《ビート》はどうだろう。先ず第一に燕麦は。そして何はあれ菅平を凌ぐ筈のその馬鈴薯をどしどし殖やすがいい。君たちの最初の着眼は確かに正しいのだ。そしてもしも彼らの中に種芋として不適当な残物が有ったならば、君たちの云うとおり、その澱粉で造った「蓼科の雪」なる物をわれわれは喜んで家苞《いえづと》にするだろう！

しかし由緒正しい芦田親郷《あしだおやごう》の人々よ、軽井沢に眼をくれたもうな。赤沼を湖水にして、蓼科山にさし昇る満月を手に掬《むす》ぶのは本当にいいだろう。だがその湖畔からジャズの音楽や流行歌のひびく俗悪な避暑地を夢みたもうな。必要なだけ道路を改修し、植林につとめ、豊富な用水を涵養したまえ。しかし競馬場なんどを考えたもうな。あの蕨小屋平の見事な蕨を、単なる昔語にしてしまうようなことは止めたまえ。誘う気で却って捕虜になりたもうな。

君たちの蓼科山を護りたまえ。君たちの蓼科高原を君たちの意志と、君たち固有の経綸《けいりん》とで開発したまえ。しかしわれわれ共通の弱さである劃一《かくいつ》主義への服従、先例の無比判な採用と模倣、それらは最早断乎として捨てなければならぬ。

＊

堰《せんぎ》の水が流れている。時の流れのように休みもなく。高原の物凄い大きな夜も、ひろびろと明るい寂しい昼も、急ぐともなく、急がぬともなく、ほとんど常に同じ速さで。

彼らはその長途の旅の道すじを、自然の中の他の水流のように一層自由な意志で選んだのではない。謂わば彼らはとらわれの身だ。底の傾斜に前進を余儀なくされ、両岸からは圧迫されて、人工の溝渠の導くままに、めぐりめぐって遥かに雲の下まで行くのだ。

しかし彼らが十里というその長い旅を終えて、いよいよ人生にめぐり合う時、其処には何という自由が、何という喜びが彼らを待っていることだろう。まるで教師から解散を許された遠足の時の子供のように、彼らは勝手気儘に何処の水田へでもながれこむ。彼らは日がな一日歌ったり、うろついたり、踊ったり、走ったり、ふざけたり、また時には何かを瞑想したりして暮らしてしまう。そうして星の光の涼しい夜更け、遊びつかれた彼らが未だうとうとしながら歌っている幼い歌に、ふるさとの野を吹く風はその琴の響きを合わせるのだ。

私は彼らをその生れの土地で見た。塩沢堰が牧場の事務所の前を淙々と流れていた。高原のゆるやかな波打ちの向うに、遠く槍、穂高、白馬までも見える快晴の朝だった。私は両岸に秋草の咲きみだれた此の清らかな水の上で、練歯磨に汚れた口を濯《すす》ぐに堪えなかった。

暑い日盛りを、われわれは遠く北の方望月へ向って歩いていた。もうかれこれ一時間堰とは離れて進んでいた。皆、乾燥の神の子のように渇いていた。すると突然われわれの往手を横断して一筋の水が流れている。われわれは駈け寄って飲んだ、飲んだ。これが竜ガ峯東方の水出《みずで》から発して、道を横切るすなわち横堰《よこせんぎ》である。雨境《あまざかい》か甘酒か、その本当の地名は何れか知らないが、其処で彼らが互いに近寄るのを私は見た。白樺の幹の白く光る、緑も暗い静寂の世界で、宇山、八重原、塩沢の堰共が森をへだてて潺湲《せんかん》の声で呼び合っていた。

信州佐久の鯉の美味なことは世に知れている。ところで其の鯉売は鯉を運んで諏訪や滝ノ湯まで行く。彼らは其の遠い道を生計《なりわい》のためには歩いて行く。大河原峠を其の人々は越えるのだろうか。大方は雲にかくれているあの高みを。否！ 彼らは道を望月にとり、菅原から雨境へ、そして八子ガ峯を廻って向う側へ出るのである。

それはそうに違いない。道のりは近くても、峠は高く、登りは急だ。否！ 振分《ふりわけ》の盤台の中に売物の鯉はいる。鯉は生きたままで運ばれなければならない。

鯉を生かして置くためには新鮮な冷たい水が必要だ。その水が到るところに無ければならない。

そこで彼らは廻り道をいといもせずに、乾からび切った峠を棄てて、八月末から九月へかけ、その命の水を供給する堰に沿って遠い商売に行くのである。

＊

私の愛の「蓼科の歌」、それを残らず私は歌ってしまったろうか。もうこれで種切れだろうか。いや、決して！　然し、いま私は疲れている。

私は休みたい。それに少し四辺《あたり》を歩きたくもある。

武蔵野の秋に向って開いた二階の窓へ腰をかけて、いつも山へ持って行くことを忘れない小さな切子のコップから、私は甘い金色の蜂蜜をすする。これは蓼科からの帰り道に、あの菅原部落の一軒の農家で東京への土産として分けて貰った物だ。

あの日私たちは朝からの行軍と異常な暑さとで、すっかり疲労しつくしていた。そのうえ空腹のためにもう歩くのも厭だった。牧場を出発してから五時間、やっと里へ下りついて菅原の人家を見た時の嬉しさ。私たちは連れの一人が知っている一軒の農家へ入って行った。ちょうど繭《まゆ》を運び出す忙しい盛りだった。それなのに其処の人々は私たちを親切にもてなして呉れた。先ず「お疲れでごわす」と云って、その家の娘が猪口《ちょこ》に一杯の蜂蜜を持って来た。それから心を入れた中食の菜を作って運んで呉れた。その一杯の蜂蜜が、どんなに私たちに力をつけたろう！　今その同じ蜜を啜りながら、私はあの口数すくない親切な人たちの真心を、この武蔵野にいて、どんな感謝をこめて思い出すだろう！　あの信濃の山間の農家や庭を、どんなに懐かしく眼の前に描くだろう！………

そうして私は庭へ出る。多くの鉢植にまじって、新らしい札を立てられた幾つかの鉢がならんでいる。これらの草はすべて蓼科の思い出である。彼らは全く異った環境へ来て、少し弱り、いくらか生気を欠いて見える。しかし私は彼らを死なすまい。できる限りの手当と、万全の注意とを怠るまい。自ら進んで私は彼らを預って来たのだ。彼らを立派に育てることは私の当然の責任でもあるし、またあの山々の寄託に添うゆえんでもある。

私の「蓼科の歌」の泉、それはもう涸れたろうか。否々、決して！　彼らはあの丘の上の水田へ放たれた堰の水のように、私の衷《うち》で歌ったり、流れ出そうとして押合ったり、又いくらか瞑想したりしている。しかしやがては他の千百の流れと合して一層大きな歌の海へ注ぐために、今はこの深い平和な秋の夜を安らかに眠らなければならない。

眠るがいい、美しい夏の思い出の子供たち。そよかぜの吹く九月の夜を私と一緒に眠るがいい……

（昭和九年作）

〔「山」一九三四年十月／『山の絵本』所収〕

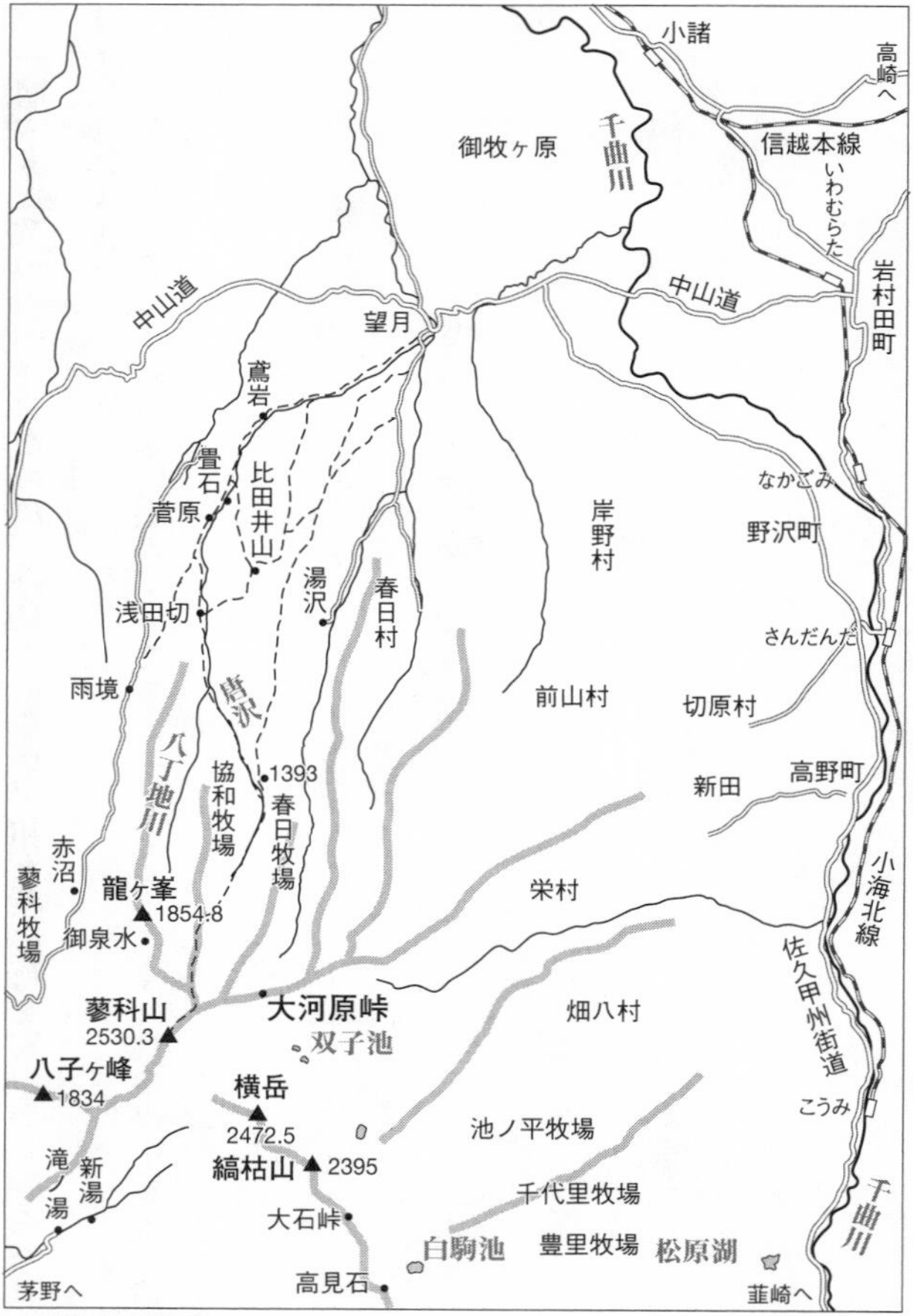

蓼科山周辺図

本書掲載の地図は陸地測量部五万分一地図を元に作成。地名、標高、道路、鉄道などは現在とは異なる。

念場ガ原・野辺山ノ原

「それは軍隊を持たない征服者。しかしたった一人での征服者。彼は万人に語るすべを知っている。男にも女にも。そして彼等の睫毛《まつげ》をその最も美しい涙で飾ってやり、また子供の朗らかな笑いを彼らに取返してやる事ができる」

（シャルル・ヴィルドラック）

百観音自動車株式会社の定期乗合バスが、中央線韮崎駅から佐久往還を北上して長沢まで通じているということは、鉄道省編纂の汽車時間表にも拘らず、昭和七年十月八日には、全く嘘ではないまでも、少くとも真に本当ではなかった。

すべてこういう風にして、物事の確かさを信じることが困難になる。またこういう風にして、チョコレイトに出て貰うつもりで、投入口の孔へ全身の丈けを伸びるだけ伸ばして憐れな五銭白銅を入れた小さい子供が、契約を無視したキャラメルの函にすべり出られて、世界の不都合な看板のいつわりに唖然とする。

未知の土地への旅客という者は、山へ行くと急に気が荒くなるという人は別として、大抵はその平生よりも一層好人物である。彼は「郷に入っては郷に従え」という金言を、自分でも経験から学んだ真理として、且《か》つ久恋の旅に出た嬉しさからの自然の寛容をもって、又よその町へ入り込んだ犬の小心から、更に、そうする事がいやしくも旅行家たる者の一つの美徳であるとさえ考えて意識的に、余り不自然でなく実践する。そこで、午前五時いくらのひっそりした韮崎の駅頭で、黎明の寂しい灰色の奥に見出した一台のバスの運転手に訊けば、バーバリーのレインコートの底の方から、

「長沢へ行くならこれに乗るんです」

と、無上命令的《アンペラチフ・カテゴリック》な答えだけが響いた。後で考えてみれば、なるほど含蓄のある融通の利く辞令である。それならば彼はもう一歩を進めて、外套の襟からイソップの狐の鼻面を突き出して、「ルックサックを背負った旅烏さん、信州へ行くならこれに乗るんですよ」と云うほどのユウモリストであってもよかったのだ。

とにかく、僕は鷹揚になる。とにかく、「出発」という第一過程をさっぱりと済

ませて、これからはほとんど全く自由な活躍が僕のものなのである。新しいフォードが僕というたった一人の主人を乗せて暁闇《ぎょうあん》の町を走りぬけると、いま乗り捨てた長野行の汽車が盛んに煙を出したり、石炭を投げ込むときの焔の光をひらめかせたりしながら、左手の急勾配を息をきって登って行くのが見える。僕はたちまち子供心になる。生きて甲斐あるような、それだから善い仕事をしなければならないのだというような、ちょうど何から何まで気に入った支度をして貰って母親に送り出された、遠足の朝の子供のように神妙な気持になる。茅ガ岳の右に遠く大菩薩あたりの悲劇的な夜明けの色。多量の水分を含んだ煙幕状の層積雲の重苦しい黒ずんだ紫と、その間に低く切れた深淵のような血紅と薄みどりの天明の一線。そういう光景も深く心に刻みつけ、さて、しらじら明けた百観音前での乗換で、また別の一番自動車へルックサックを担ぎ込むと、すっかりドメスティックになって車内の掃除や水撒きしている若い女車掌から、

「前には長沢までかよったのですが、今では箕輪新町《みのわしんまち》までしか参りません」

という、事実をぼかさない答えに接した。

よろしい！　一体、乗合バスの女車掌というものは、それが容姿端麗で、公共の

仕事の性質を呑み込んでいて、なお且つ朗かだと、何となく国際的《アンテルナシヨナル》な匂いがする！

バスが今起きはじめた或る繁華らしい街を通る。いずこも同じ柿紅葉とコスモスの花である。鳳凰・甲斐駒のミケルアンジェロ的威容が、未だ幾らかノクターナルな額に乱雲の前髪を垂れて、うしろの窓から仰がれる。僕は前に腰掛けた女車掌に訊く、

「此所は何という所です」

「若神子《わかみこ》です」

ああ、若神子か。それならば今日僕は一人の自然の神の子として歩くのだ。

＊

バスが使い古された腰に爆音を満たして、営々と登りつめた箕輪、それから新町。「此処までで御座います」といわれてガッチリと車を降りる。昨夜の夜半から曲げられていた膝が喜んでいる。その膝は、まず後方へ伸びるだけ伸ばされて、やがて膝関節のうしろあたりで「ピチン」と云う。これでいい。僕はこの音を、縒《よじ》れ合っていた腱か何かが元通りになるときの音だとふだんから思っている。

それにしてもバスに揺られて、右手には折々遠く瑞牆山《みずがきやま》の岩峰の髪飾りを、左には漠々と雲の垂れた八ガ岳を垣間見ながら行くこの佐久往還のなお先に、よもや長沢・樫山などという纏《まとま》った聚落《しゅうらく》があろうとは、手に持った地形図の上ではとにかく、ただ運ばれるに任せる尋常の旅客の頭には想像もつかない寂寞の道である。しかしこれらの聚落が、関東山地の西縁及び茅ガ岳火山群と八ガ岳火山との接触線の謂《い》わば一種の裾合に発達したものであることを思えば、大体この線に沿って走るように作られた佐久甲州街道なるものが、たとい如何《いか》に寂寞の道であろうと、この聚落を花綵《はなづな》の糸のように点綴していることも当然と諾《うなず》かれるに違いない。

僕は角の荒物屋兼飯屋の上りがまちへ腰をかけて、妻がして呉れた用意のサンドウィッチを頬ばる。それにしても遠く来た。午前六時十五分。武蔵野に秋の朝の煙りの漂う欅《けやき》の木の下の小さい我が家が、心の映写幕に現れては溶暗する。今日の仕事を胸に描いて、滴るような早朝の天の下で顔を洗っているべき常の自分が、ここ甲州北巨摩郡安都那《あつな》村箕輪新町の、生れてからまだ一度も腰かけたこともない見知らぬ他人の家の片隅で、これも見知らぬ子供たち六七人に見守られながら、もっと正しく云えば、口へ持って行くパンの一片を片唾を呑んで見つめられながら、「学校は何処か」とか、「学科は何が好きだ」とか、例のように訊いている。そして少し感傷的に、今頃もう家を出て、小さいランドセルに金いろの朝日を斜めに浴びながら停車場への道を急いでいるであろう幼い我が子や、その小さい後姿を門の前で見送っているその子の母のことを心に浮べて、宵越しのサンドウィッチを二つにちぎって一気に頬ばる……

「家で炊《た》いたのですが」

　といいながら、其の家のおかみさんが土地の松茸をこてこて皿へ盛って持ち出した時分には、しかし僕の食欲はもう衰えていた。そしてぬるい湯で持参のココアを煉っていると、やがて赤松の林を濡らす朝の雨になった。

*

　向うからお婆さんがやって来る。お婆さんの背中の背負籠にはもう朝飯前の一仕事の松葉や枯枝がいっぱいである。働かずには飯を食わないつもりらしい。

「お早う。お婆さん今日はお天気はどうでしょう」

「なあに朝降りははげると云うだから、天気は大丈夫だよ。何処まで行くね」

「海ノ口ですよ」

「ああ海ノ口なら一日には丁度持って来いだ。行っておいで」

雨は十分ばかりで止んだ。眺望が開けて来る。真珠色をして南西から北東へ静かに移りうごく雲の、その切れ間の空の気も遠くなるような美しさ。爪先上りの坦々とした道を、時折のきらびやかな朝日をうけながら行く楽しさ。高原の微風よ！路傍に秋のゴブランをつづる灌木よ、草よ！　わけても甲斐の国の山々よ！　僕はお前たちにフェリシテを云う。ああ、生きることは何と善いか！　この神のいない大本寺、それ自身が神の証しであるところの此の自然の中で、僕は自分に優しかったすべての死者らに感謝し、また僕の敵であった死者たちと和解する……

左に旭山の丘阜《きゆうふ》を見、右に須玉川の瀬の音を聴きながら行くこの至福の道こそは、僕の今度の旅にもっとも深い感銘を与えた。僕は一人ではこの感動を担いきれずに、道すがら、モーツァルトやシューベルトの歌に、「パストーラル・スィンフォニー」や「ジャン・クリストフ」に応援を求めた。僕は歌った。それから黙った。目に入る草の名を知るかぎり手帖に書いた。僕は耳をすまして鳥の声を聴き分けた。知らない鳥も歌っていた。僕は太い落葉松の幹へ耳を押し当てた。落葉松もまた歌っていた。それは天と地との永遠の盟約の歌だった。

やがて地形が変化して、道が断崖にのぞむようになり、対岸津金村の向うから洪水のような日光が満々と横ざまに射して来ると、突然、全く新らしいモチーフのように、稲田の黄金の大階段を正面にする長沢の部落の遠景が、もみじしたヌルデの炎の下に現れた。

*

長沢部落は大門川と川俣川との合流点の南西約三百メートルの辺にある。「八ガ岳」図幅で見ると九四四メートルの最高点を持つ一箇の楕円形の丘陵が、ヨメガカサと呼ばれるパテルラ科に属する一種の貝を伏せたように、その長軸を南北の方向にして横たわっている。川俣・大門の二つの水を合せた須玉川は、この丘陵の東の縁辺をきっかり縁取るようにして南流する。一方丘陵の西の縁辺は、前章の最後に述べた長い階段状の稲田を裳《もすそ》のように廻らして、直ちに権現岳の南南東井出ガ原の大斜面に対している。つまり此の丘陵は、南下する川俣川に対して真正面から打ち込まれた一箇の楔《くさび》のように見える。楔の尖った頭を真向から受けた川俣川は、してみれば、これを避けてしかもなお南下するためには、現在のように左して大門川に合しなくても、むしろ独自の方向を取って、すなわち右からこの丘陵を迂廻してもよかった筈である。長沢の稲田の階段状をした細長い面白い地形が、僕の興味を喚起したのも此の点にある。ことによると、かつて川俣川は、今日稲田になっている此の地域を流れていたところが、上流地方の隆起か大門川流路の沈降か、或いは彼の誘拐に遭ったかして、以前の流路を見捨てて、僅かの距離を流れている大門川に合してしまったのではなかろうか。そしてその廃墟の上に長沢の稲田は作られたのではなかろうか。こういう臆測が僕の興味であった。僕は早速問題の稲田を正面にして、ほとんど其の長軸を貫くような方向からカメラを立てた。自分の地形学や人文地理学的写真の資料が、此処で一枚出来るのだと思うと、写真も学問も共に一年生だけに、その得意さ、その嬉しさは並ならぬものであった。僕は焦点ガラスに映る光景に陶然と酔った。

すると、ちょうどそこへ、谷の方から一人の洋服の人が登って来た。地図に大和とある部落のあたりから、須玉川を渡って来たらしい。この人が丁寧に声をかけた。

「お早うございます。長沢をおうつしになるんでございますか」

「ええ、地形の利用の仕方が中々面白いと思うものですから」

「そうでございますね。こういう事に興味をお持ちでいらっしゃいますか」

「ええ」僕は微笑んだ。

「結構でございます。私はこの上の長沢の学校におりますが、どうかお立寄りを願います」

僕は心から礼を述べた。校長らしい人は往還へ上って立去った。僕はレリーズを押した。

また一人登って来た。今度は若い女の先生であった。この人も慇懃《いんぎん》に挨拶をして、しとやかに通りすぎた。

「長沢部落の稲田、十月八日午前七時四十五分、半晴、S・G・パン、ラッテンK2、絞十六、一秒」

僕は手帖へそう書き込んで器械を片附けると、足もとに咲いている薄紫のマツムシソウの一茎を折り取って、ルックサックのポケットへ挿した。この幸福な朝のためにも、またあの善い人々の思い出のためにも……

雄鶏の勇ましい朝の喇叭《らっぱ》が、遥かに部落の方でその音色をひびかせた。

＊

僕は長沢の部落を通る。僕の通る長沢の部落が彼らの朝の眼で僕を見る。僕は僕の通らねばならぬ人目の関の長いことを惧《おそ》れる。

額に汗して働くほかに生きる道のない人々が一日の仕事を取り上げる時刻に、彼らが今浴びる最初の貴い陽光の中を、心に何らかの陰を感じずに、平気で横ぎることは僕にはできない。

僕の父は武蔵野の農夫の子だった。正月に手習師匠に贈る天保銭一枚を幼い手で稼ぐために、三俵一駄の薩摩芋を馬につけて五日市まで幾往復しなければならない子だった。その子の子、僕の血管の中を、百姓の血が太く根づよく流れている。

詩人としてはロバート・バーンズ、ウォルト・ホイットマン、エミール・ヴェルハアランの三人が最も強い感化を僕に与えた。ジャン・フランソワ・ミレー、ヴィンツェント・ヴァン・ゴッホ、モオリス・ヴラマンクは、詩において時折涸渇する僕を最も豊かに水かう三人の画家である。

そのヴラマンクが「画因《モチーヴ》」へ行く。牧夫のような逞しい手には画布《トワアル》、三脚、絵具箱。真夏がすこし墨っぽくした並木の緑に縁どられて、パリからボオヴェーへの街道が風景の遠方を走っている。赫耀《かくよう》たる太陽の八月、イール・ド・フランスの野に明色《ブロンド》の麦は熟れ、頭にマドラスを冠った女たちや、襯衣《シャツ》の袖を肩までまくり上げた男たちが、汗まみれの刈入れに忙しい。彼らの中の幾人が投げる親しい「ボンジュール」の挨拶に、画家は立止って会話をする。しかし心の中で、彼はこういう風に労働しない自分をひそかに恥じる。自分の食う麦を自分で作らない己れを恥じる。都合のいい口実は幾らでもあるだろう。だがどんな言葉も自分にとっては結局すべて虚罔《きよもう》に過ぎない。事実は厳として眼前にある。そう思ってヴラマンクは立ち去る。むしろ心に苦痛を満たしてその場をのがれる。

同じような心の苦《にが》さを味わいながら、幾つかの無表情な眼が迎え見送る長沢を、両側の古い家並の間に廻らぬ水車を持つその部落を、むしろうつむいて僕は通る。そしてあの画家と同様に僕も呟く。

「こんな経験は初めてではないのだ」と。

*

つきのき橋で川俣川を左岸へ渡る。自然の中の水らしい水の眺めに、歩き出してから今初めて逢うのである。谷の両岸は相当に開けて明るいのに、河床そのものは、殊に橋の下手では、暗く深く刳《えぐ》られて、水は左へ左へとぐいぐい突込むように捻れながら流れている。橋の上へ立って、黄や赤に色づいた谷間の錦繍の下かげをうねる水の素絹の行衛を見ていると、どうやら其の流路に沿って地質の最弱線が通っているのではないかという気がする。つきのき橋の「つきのき」は、して見れば月の木か、槻の木か、それとも飛躍して「突き抜き」か。しかし此処では槻の木が最も妥当らしく思われる。

一度下った道が橋を界に、下流に向って高上りになる。輪鋒菊《りんぼうぎく》や梅鉢草の点々と咲く、歩くに楽しい道である。左側に家が一軒。土間に火を焚いて、何となく活気を呈して幾人かの人が住んでいる。前を通るといきなり「お早う」という声が掛った。全然予期しなかった僕は、少し慌てながらも喜んで挨拶を返した。

「美シ森ですか」

「いや、野辺山から海ノ口です」

「ああ、そうですか」

しかしこの通りすがりの短かい応答のお蔭で、僕はやっと長沢に対して心が楽になった。それは土間の中から権現岳の峭々たる峯頭をのぞむ部落最奥の一軒家で、横手には登る道なりに畑があり、物干竿には女・子供の古い単衣《ひとえ》が掛っていた。そして此処から約二里をへだてた国界《こっかい》まで、僕は遂に人家という物を見ることができなかった。

心も軽く、広い緩やかな坂道を行く。道ばたに子供が二人遊んでいる。五つと三つ位になる兄弟らしい。大きい方の子は古い箱か何かに小石を入れて曳擦っているが、着膨れて奴凧《やっこだこ》のような恰好をした弟は、吸盤でも附いているかと思われる小さい指先で、それこそ顕微鏡的《ミクロスコピック》な微物をあさっている。僕は身をかがめて二人の汚ない手に板チョコを握らせる。序《つい》でにその頬を軽く突つくことも忘れはしない。小さい方の子の頬ぺたには、何時頃《いつごろ》のものか知れないが、涙の痕が二本こびりついていた。

馬上でゆっくり打たせて行く若い女房がある。藁縄を鐙《あぶみ》にしている。手甲《てっこう》・脚絆《きゃはん》に草鞋《わらじ》掛けで、手拭を姉さん冠りに冠っている。呼びとめて弘法水《こうぼうすい》のありかを訊くと直きこの上だと云う。そして本道を外れた左手の急な電光形の小径へ馬を乗り上げながら、

「この方が近道ですよ」

と誘い込むように云った。その声には一種人を魅する力があった。僕は一瞬間その方へ牽かれたが、ただ一人で行く心の平和、気安さを思って、やはり真直ぐ本道を

取った。みめ美しい女房は高々と手綱を引いて颯爽と小径を登った。揺れる荷鞍のあたりで鎌が光る。僕は下の道を、女は上の道を。われわれはもう一度出会うだろうか。

おお、お前は上の路を行き、
俺は下の路を行く、
そして俺の方が先へスコットランドへ着くだろう……

僕は「ロッホ・ローモンド」を口ずさみながら勢よく進んだ。進むにつれて一歩一歩、鳳凰・甲斐駒がせり出して来た。

八ガ岳赤岳の水が搾《しぼ》れて地下水となって、再び地表に湧出した弘法水で喉をうるおし、釜無の谷から這い出す鉛色の層雲に次第にかくれる鳳凰山の地蔵仏を遠望しながら、此処で初めて本道を捨てて、左へ地図にある破線の路を、僕はいよいよ雲の群がる念場ガ原へと進み入った。

僕に今度の行を思い立たせた「野辺山ノ原」という美しい文章の中、その初夏の印象を書いた条《くだり》で武田博士はこういっている。

「弘法水を経て念場ガ原にかかると、落葉松の枝端を飾るエメラルド・グリーンの新緑や、疎開地に立つヤマツツジの赤花や、レンゲツツジの黄から紅に至るあらゆる色彩をはじめ、フジの紫、ズミの白花に誘われて、三人は道を離れて散りぢりに造林地をさまよい始めた。

時鳥は樹叢から樹叢に飛びつつ、郭公は白樺の梢に留って朗かに鳴く声に耳を傾けつつも、左に八ガ岳右に金峰、そして遠く後には雪を戴く甲斐駒の姿に、首すじの痛むのも忘れて仰望をほしいままにする」

ところで僕の旅では季節もすでに十月で、落葉松の枝には漸《ようや》く秋のシトロン黄が流れ、山躑躅《やまつつじ》・蓮華躑躅の一属は革細工のような蒴果《さくか》の口をあけ、藤は蔓ばかり、棠梨《ずみ》は黄熟した小球果をつけ、時鳥・郭公らの夏鳥は梢に来鳴かず、ただおりおり耳底に沁み入るような菊戴《きくいただき》の細い囀りと、人間を警戒する四十雀《しじゅうから》の鋭い声とを聴くばかりなのも是非が無い。あまつさえ空は刻々雲量を増して、金峰・甲斐駒・

鳳凰なんどは無論のこと、今ではその裾野を僕の行く肝心の八ガ岳さえ頭を見せぬ始末である。

撮影にも眺望にも望みを失った僕は、今度は山鉈をふるって真直ぐな枝を切り、捕虫網の柄を作って、寂寞たる落葉松林の切開の道を蜆蝶《しじみちょう》や山黄蝶を追いながら進んだ。家に待っている子供が喜ぶだろう。その秘蔵の貯蔵箱の中には、まだ八ガ岳の蝶は無いのだ。

「心、万境に随って転ず。
　転ずる処実に能く幽なり」

僕は一羽の赤蜆を三角紙へ包みながら、不図、昔読んだこんな句を思い出した。

＊

道が八ガ岳山麓高原のそれも徐々に開析の進んだ大小の幅射谷の下流近くを行くのだから、小さな橋の架っている処では何時でも同じような地形、同じような場所に出逢う。

あたりが少し明るくなり、頭上の空間が大きくなる。右手の樹々が低くなり、厚い樹叢が疎らになる。蜜のような薄日が射して静寂の極の賑やかさと云ったような、しんとして、しかも絢爛寂びた疎開地《クレリエエル》。やがて何処からともなく聴こえる水の囁き、幻聴かと疑われる微かな小鳥の声。たちまち橋。多くは木材を渡して、枝を積んで、土を盛った、道そのもののような橋。右へ直角に架ったその土橋を渡れば、また戻り加減の登りになって、再び左折して北へ北へ。おおむねは此のたぐいである。

念場ガ原の寂寞の秋を、行く先急ぐ人々にとって、これは余りに堪え難い単調さであろう。しかし空間と大地との囁きに耳をすまし、地の大いなる傾斜を喜び、瞥見の一様の中に千百の細部を認めて其処にひろがる火山高原独特の詩趣を味わい得るような、心にも時間にも余裕のある人々にとっては、これは最早単調の道では無く、無限のハアモニーを展開する一つの音楽的自然ともなるであろう。僕として云えば、これらの小さい輻射谷に緯糸《よこいと》を渡す幾つかの土橋を、そのあたりの静穏な明るさを、忘られた幸福の巣とも云うべき水と日光との片隅を、あたかも音楽におけるリフレインのように楽しみ愛したのである。

佐久往還の本道と合して、こういう橋の幾つかを渡って、やがて国界《こっかい》もほど近い地点で僕は弁当を開いた。其処は珍らしく道路の西側が開けて、高原の緩かな傾斜を黄に赤に又紫に彩る低い雑木の原の向うに、赤岳・権現岳の伸し掛るような巉巌《さんがん》たる峯頭と、その間の深い凄じい切れ込みとを最も効果的にやや斜め横から見上げる場所だった。広い念場ガ原から八ガ岳を眺める好箇の地点は他にも沢山あるだろう。しかし僕は自分の腰を下した場所を此の往還上での尤《ゆう》なる物の一つとして推称したい。大門川を間にして長野県平沢部落の西方約一キロ、「八ガ岳」図幅で一二四〇メートルの等高線をもって横断されている附近、道路の西側に小さい湿地を持つあたりである。

撮影も済み、ゆっくりした中食も終り、さてルックサックを背負って巻煙草に火をつけて、三歩、四歩。いきなり何か小さな赤い物が眼の前をひらめいて過ぎた。僕は眼で追った。その物は往手数間の石の上へ落ちた。すばらしく立派な一羽のアカタテハである。僕は胸を躍らせながら手速く捕虫網の支度をして、そのあたり石の凹凸がはげしいので、真向から網を振りかぶって押っ伏せた。翅開張六五ミリに余る雄大なアカタテハの雌であった。

それを圧殺して三角紙へ包んでいると、またもや一層ぴかぴかした蝶が火花のように飛び過ぎた。彼は岩角へとまって翅を開いた。光り輝く橙赤色の地に黒褐の斑紋をならべて、外縁に深い切れ込みを持つシータテハである。抜足差足、息を凝らして近附くと鋲靴《ネイルドブーツ》の悲しさには、一足毎にカチリカチリと音がする。炎の蝶は飛び立つ。飛び立ってはまた程近い岩へとまる。しかしとうとう追撃の最後に、狂うがように飛ぶ奴を擦れ違いざまに掬い取った。

するとまた飛び出した。今度は何か。ああ、今年念願のクジャクチョウ！　チョコレイト色の天鵞絨《ビロード》の地に、二対の孔雀紋を整然と置きならべた蝶界の女王ヴァネッサ・イオが、その眼紋の銀藍色も誇らかに、これ見よとばかり、薄日さす念場ガ原の岩角に翅を開く。

僕は静かにルックサックを外した。僕はしっかり口を結んで、上下の顋《あご》を噛み合せた。

僕は靴音を忍ばせ、瞼を熱くし、緊張の限りをつくして、汗に濡れる両手で捕虫網を構えた。

ああ、何と瓢然と、蝶なる物は立つことだろう！　彼女は、こっちが未だ襲撃の網を振り下しもしない内に、もうついと其処を去るのだ。

僕は隠れ蓑でも欲しい心で後をつける。辛うじて近寄る。すると未だ身構えもしないのに、臆病な美女は忽ち立つ。

蝶はあらゆる昆虫の中でもっとも眼のいい虫だと云う。そのいい眼をくらまさねばならぬ。

僕が近づけば蝶は立ち、蝶が立てば僕が追う。しかもその方向たるや、佐久往還を南へ南へ、元来た道へ戻るのである。

僕は次第に、こんな際にもっとも必要な心の落着きを失って来る。僕は焦躁する。時は経つ。蝶は僕を弄ぶのだ。

とうとう堪忍袋の緒が切れて、体勢もととのわないのに網を振った。蝶は勢に呑まれたか空気の真空中に巻込まれたか、僕の眼前でくるくる廻った。僕はすかさず強く掬った。その余勢に網が柄から抜け飛んで、南無三、蝶は竜巻のように旋転しながら舞上がると見る間に、ああ、高く高く流れるように、曇り日の天涯遥か、大門川の空に消え去った。

時に正午。僕は悄然また憤然、遠く戻ってルックサックを背負い上げ、急ぎ足に歩き出したが、其の日一日ついにクジャクチョウの姿を見ず、越えて十月十七日、実にそれから九日の後に、武州河原沢川の水源志賀坂峠でとうとう一羽を捕獲して鬱憤を晴らすまで、あの艶麗な姿が眼の前にちらついて離れなかった。

に好ましい。

＊

「国界」とは何時の頃から誰によって呼ばれた名だろうか。しかしその起源は古いにせよ、新らしいにせよ、人の心に広々とした人間的《ユメーン》な感情を起させる此の名は僕に好ましい。

国界。それは高原の落葉松《からまつ》や白樺に属する。それは颯々とゆく風に属し、地平線に牧《まき》する朝夕の雲に属し、蒼空をながれる鷹に属し、其処を領する大いなる真昼と荘厳な夜天に属する。それは薄青い遠方に消える一筋の街道に、夕日に染まる孤独の旅籠屋《オーベルジュ》に、其処を過ぎる時折の里人や行商人に属する。

そしてそれは解放された一箇の自由な精神に、悲哀にも歓喜にも最早や晴朗になった一人の漂泊者の心に属する。

道の左側に落葉松林を背にした一軒の家がある。武田博士の写真で見覚えのある家だ。道をへだてて一本の白塗の角柱が立つ。その一方の面には「甲信国境」の文字が読まれ、他の面には「農林省推賞模範放牧地」と墨書してある。

だが、高原の秋を悠々たらしめる牧畜の姿は何処にも見えない。明け放した家の中では年とった女が二人、座敷の真中にひろびろと陣取って、閑散に仕事の針を運

国界の朝　　　　　　　　　　　　　　　　武田久吉

んでいる。女の子が三人は居たろうか。正午を過ぎた柱時計の単調なカチカチ。生真面目に小首を傾けて何を見るのか、白色レグホンが五六羽。上框《あがりがまち》へ腰かけて一杯の茶を求める僕には、東京に近い何処かの村はずれにいるような錯覚さえ起こる。

すこしばかり大人や子供と話をしてから、前の草地へ行って足を投げ出す。折り敷くのも気の毒なようなアキノキリンソウの明るい黄と、紅葉したコフウロの葉の茜いろ。正面は此処からは見えぬ大門川の谷をへだてて、ゆったりとふところ深い飯盛《めしもり》山の茅戸である。その西方へ突き出た山脚の一端を、よく見ると、平沢から三軒家へ越す路がほそぼそと糸のようにからんでいる。

万一誰か通らないかと、有り得ぬことの空頼みに目を凝らしていると、急に心が何かを思い出す。そうだ。あの路を、かつて行った僕の友も幾人かあるはずだ。その時彼らは、幾らか下に見える対岸のこの国界を、そもそもどんな心で、どんな眼をして眺めたか。その心、その眼を、僕は知り、僕は見たい。君たちはそんな僕を笑うだろうか。しかし僕はこの世で知ったすべての人を、その心の最も捉え難い微妙な動きの瞬間において抱き、その魂の仄暗い片隅にまで滲透して理解したいと願うのだ。死ぬべき人間が無限の時空の一点で奇しくも相識って、もしも其処にいくばくかの友情が生まれたとしたならば、ああ親しい面影よ、「知遇」とは正におんみを我が衷に生かし、我をおんみの中にさまよわすことではなかろうか。

風景が次第にうすら寒く悲しげになる。真珠色に瀰漫《びまん》した高層雲の下を、ところどころ暗い乱雲が飛ぶ。晴れていれば此処から右手に見えるはずの白峯三山や甲斐駒はもとより、さっきまで茅ガ岳と重なって聳《そび》えていた富士も全く消えて、自然は失明した美女のようになる。その中でただ白樺の幹だけが黄昏のように光る。

僕は急いで小さい盞《さかずき》を革袋へおさめ、ブウルゴーニュの一壜をルックサックへ押し込んだ。そしてこの牧場の女たちに挨拶をして、忘れて仕舞わないようにもう一度あたりの様子を心に留めて、さて杖を小脇にとぼとぼと歩き出した。

＊

四五町行くともう一軒、家があった。これも明け放した座敷の中に若い女が三四人いて、此方を見ている。裁縫の稽古所かとも思ったが、こんな場所にそんなものの有ろうはずはなく、疑問のままで通り過ぎた。道が下りになっていよいよ大門川を渡る。その手前左手の小高いところに地図にも有るとおり、本当の国境の界標が立っていた。それは風雨に曝された古い柱で、文字の形さえ見えなかった。大門橋も朽ちかけた橋板がしらじらと反《そ》って、踏んで渡れば鈍い荒涼の響きを立てた。

地籍はすでに長野県へ入って、寂しい坦道は谷の左岸の崖ぶちを、爪先上りに袖崎へ達する。袖崎山は岬端の海蝕崖のように往手の空をかぎっている。今にも泣き出しそうな空の下を、秋も深く一人行く心は寂しいが、郭公の鳴く五月六月、遠からず来る夏の希望を胸に満たして、あらゆる新緑のそよぎ立つこの広大な風景の中をさまようことは抑《そもそ》もどんなに楽しいだろう。

しかし鬱々と深く食い込んだ大門の谷の両岸から、雄大な山容の半ば以下を見せる八ガ岳にいたるまで、その光景は永く僕の脳裡を去らないものの一つである。家に事無く、病皆癒え、武蔵野の地平の果てに白い夏雲の湧き立つ頃、再び此処を訪れようとは僕の切なる望みである。

その再遊を期して今日は袖崎山へは登るまい。山の裾を迂回して、目も及ばぬ野辺山ノ原を真直ぐに横切ろう。むかし人から聴いた話では、野辺山とは白樺の密林帯であった。その中に小学校があり、親切な校長がいて、道に行き暮れた友を歓待し、ほとんど一夜を楽しく炉辺で語り明かした。それは聴くからに物語のような絵であり、絵のような物語であった。またかつて八ガ岳登山の時、僕は小手をかざして真夏真昼の野辺山を見た。それは雷雨の前の金剛石いろの霞を纏った広がりで、その奥深く千曲川上流が山々の間を縦に切れ込み、哀れな村々が暗澹たる雷雲の下で紫の雷光に引き裂かれていた。そして今、現実に僕の行く野辺山ノ原は、寂寞と荒寥との限りをつくして、ただ深い轍《わだち》が幾里の彼方に続くばかりである。

僕はひたすら足に任せて歩くだろう。道の往手半町ばかりの先を、鶏ぐらいの鳥が五六羽、列を作って小走りに横切る。僕はそれを鶉《うずら》か或いは山鳥かと、しばらくは思いまどうだろう。道の両側に電柱が立つ。そばを通る時ごうごうという音がきこえる。するとホイットマンの伝記作者、今は亡い懐かしいレオン・バザルジェットのことを僕は思い出すだろう。彼は死後に発表されたその手記の中で、田舎の街道に立つ電柱に耳を押し当てて、人間世界の潮騒《しおざい》の音を聴くことを書いている。僕もまた顔を柱に近寄せて、漠々たる空間に充満する人間の訴えや悲喜の声々を聴くだろう。

時々立ちどまって、後を振返り、往手を凝視しても、道の上に突出する人影一つ無い。女山・横尾山はうしろに去って、漸く男山・天狗山の魁偉な姿が現れて来ても、この道を行く者はやっぱり僕一人である。それでも何一つ無駄にはしまい。僕は野辺山ノ原をただ歩いただけでは済ますまい。僕は其処へ坐るだろう。そして秘蔵の一壜を取り出して、ほのぐらい八方の景色に目をくばりながら、切子の盞で二杯を喉へ流し込むだろう。そして仰向けに身を倒して、白樺の梢を見上げながら、興に乗じて口ずさむのはゲーテの「漂泊者の夜の歌」である。

Über allen Gipfeln
Ist Ruh'
In allen Wipfeln
Spürest Du
Kaum einen Hauch……

思い出を残して歩け。すべての場所について一つびとつの回想を持つがいい。それは他人から奪い取ること無しにお前が富む唯一の方法なのだ。冬の都会の意地悪い夜々に、それは忽ち至福の光をまとってお前に現れ、悲しい落魄の時に、優しかった母や姉らのように、お前の傍らへ来て、過ぎ去った日の数々の幸福でお前の心を暖めるだろう。

＊

道が登りになって落葉松の植林の中へ入る。子供が多勢二頭の山羊を相手に遊んでいる。里に近いことが知られる。やがて右手に白樺の林が現れ、下り坂になり、道路の修繕をしている村人たちに挨拶をしながら通りすぎると、部落、橋。板橋である。

板橋はいかにも寒村らしい。橋を渡って坂を登ると、其処が部落の中心らしく、見すぼらしい旅籠屋が見え、ペンキの剝げた小学校の分教場があり、馬が嘶《いなな》き、酸いような飼糧の香いがし、夕暮近い青い煙が漂い、樋沢《ひさわ》への路が寂しく東へ切れている。しかしこんな寒村でも、めぐって来た春に雪が消えて、すべての梢にみずみずしい光の流れる頃になれば、子供らは長い百日咳から救われ、小鳥の歌は村を賑わし、貧しい人々の心も浮き立って、故郷《ふるさと》の美しさは、遠く国を離れて生きる人々を、望郷の思に泣かしめるに十分であろう。

もう海ノ口も近い。野辺山ノ原は刻々にたそがれる。それは刻々に終りに近づく。しかし硫黄岳の向うには不思議に優しい天の明るみがあって、その黄ばんだ穏やかな光が高原をすれすれに流れ、東の方秩父の暗さと劇的な対照をなしている。

道の片側で水の響がきこえはじめる。地図にもあるように堀を流れる水である。フランス語にクラポティという言葉がある。汀や船ばたでピチャピチャッいう水音の謂である。僕は黄昏の光の消えんとして消えがての高原で、この可愛いクラポティの音を聴くことをよろこんだ。

自転車に乗った商人らしい男が二人後から走って来た。僕は呼びとめて海ノ口への近道の分岐点を訊いた。それはもう二三町先だった。彼らはまた走り去った。僕は今宵の泊りに近いことに安心し、西方の空の最後の光を楽しんで、草の上へ腰をおろした。そしてゆっくり一本の煙草を吸った。

ところで驚いたことには、海ノ口への分岐点の処で、さっきの自転車の商人が二人とも、僕が道を間違えないように待っていて呉れた。無論その人たちは待つ序《つい》でに一服吸いもすれば、車輪をつらねて走っている時よりももっと楽に休みながら話もしていたであろう。しかし少しでも早く宿を求める旅人の心を知っている彼らは、僕に損をさせまいとする気持から、こうして自転車をとめて待合せていて呉れたのである。僕は心から礼を述べた。すると彼らの一人が云った。

「いいえ、丁度いいから休んでいたんですよ」そして「海ノ口はもう直ぐです」と云いながらひらりひらりと自転車に跨ると、分岐路を右へ走り去った。僕は見も知らぬ人々の親切を深く心に感じながら、分岐路を左へ入った。

やがて右手に広場が現れ、今までとは違って立派な農家が見える。これが馬市の立つところかも知れないと思う。海ノ口を下に見る坂道へ掛ると、横合から一頭ずつ野菜を積んだ馬を曳いて、その農家のお婆さんと嫁らしいのが出て来てぱったりと僕と出会う。僕は鹿ノ湯のことを訊く。鹿ノ湯は今は休んでいるから、やはり宿屋に泊ったほうがいいとお婆さんが云う。そして分りよく宿屋の在処を教えて呉れる。序でに、馬の歩く路はでこぼこだし遠くもあるから、少しは急だがこちらの路を行く方がいいと注意して呉れる。

なんと人々が親切なのだろう。彼らは、そうしようと無理に努力もしないで、事も無げに楽々と親切をする。われわれは果たして常にそうだろうか。われわれ都会人は、その時々の気持によって、親切の出し惜みをしないだろうか。もう一言の注意を附け足すことによって他人を利益することのできる場合に、気持の不思議な陰影から、或いは僅かな自尊心や不精から、それをしないことが屢〻有りはしないだろうか。

僕はそんなことを考えながら羊腸たる坂道を下った。頭へ冠った手拭をはずして着物をはたいたり、立話をしたりしている百姓の娘たち、鶏舎へ追いこまれる鶏どもの叫び、それぞれの家へ帰って行く子供の群、屋根、屋根、電灯、電灯、夕暮の靄、水の響き……

海ノ口である。

僕は坂の四ツ角にある一軒の旅籠屋の玄関へどさりと重いルックサックを下ろした。


（昭和七年作）

［「山小屋」一九三二年十二月／『山の絵本』所収］

天狗岳
2645.8
硫黄岳
2742.1
横岳
阿弥陀岳
2807
赤岳
2899.2
権現岳
2786
編笠山
2523.7
美森山
1542.6
小海・佐久へ
小海北線
うみのくち
佐久甲州街道
板橋
野辺山原
樋沢
御所平
男山
1851.3
天狗山
1882.1
大深山
千曲川
黒沢川
二ツ山
女山
1734.0
高登谷山
1845.9
神崎
三軒家
国界
念場原
かいこおおいずみ
飯盛山
1658
横尾山
1817.9
信州峠
平沢
きよさと
大門川
瑞牆山
2230.2
かいこいずみ
小淵沢へ
小海南線
川俣川
井出ヶ原
釜瀬川
黒森
和田
小尾
ラジウム鉱泉
長沢
大和
塩川
東小尾
本谷川
旭山
911.5
須玉川
箕輪新町
八巻
ながさか
佐久往還
日野春
曲岳
1642.4
茅ヶ岳
1703.5
若神子
釜無川
中央本線
塩川
燕頭山
2104.5
にらさき
甲府へ

八ヶ岳南西麓周辺図

花崗岩の国のイマージュ

1

朝日を透いて緑も涼しい若葉のトンネル。路や丸木橋とすれすれに踊り、ざわめき、歌う水。光の縞。流れの紋様。小鳥のさえずり。金峯《きんぷ》山麓本谷川《ほんたにがわ》の六月の朝である。

私たちの前を長市が行く。きょう瑞牆山《みずがきやま》の案内にと雇入れた男である。彼はついこの頃できたばかりの増富山岳会に属する山案内人の一人だが、温泉宿の名を染めぬいた古絆纏に古股引、巻ゲイトルに地下足袋、手拭を繃帯のように頭へまいて、首に弁当の風呂敷包みをくくりつけた至極安直ないでたちは、中部山岳地方でガイドといわれるあの重武装の堂々たる連中とくらべれば、やはりただの牧夫か炭焼の一人である。

登山家と案内人。一方に都会人の識見や直観や好趣味があれば、他方に山男の豊富な経験や体力や気質《かたぎ》がある。しかもこのそれぞれの特徴が、山の本場では永年の間に少しずつ互いに影響し合って、今では彼らの外観はとにかく、その登山行為の内面的部分では相似形をとる所まで進んで来ている。そして花々しい山の史詩《エピック》の幾つかが、登山家とガイドとのこういう関係のもとに書かれて来た。

われわれの案内人白旗長市、彼はちっともそういう者ではなかった。彼はわれわれが期待するようにはほとんど山を知らなかった。不図したはずみで宿屋から口が掛って、案内することになった私たち客にさえ、東京で伜を人足に使ってくれる所は無いかと訊くほど、世に疎くもあれば粗野でもあった。土地の有力者の発案で山岳会が出来て、それに附属する案内人の一人にはなったものの、もっと若い、もっとしっかりした仲間に伍しては、或る種の気後れと片隅の孤独とを感じていたかも知れない。もう四十だった。炭焼でも百姓でも、食って行くことはむずかしかった。自力更生。そして案内人組合というものも、要するにこの新標語による運動の実践のひとつであった。しかも自力をもって更生するには、やはり多少なりとも資本が要った。適応の才が要った。案内人として彼は何を持って来た。杖代りの一本の生木の枝と、首に巻きつけた弁当箱だけ。あとは裸一貫。馬のような脚と、いくらか険相な顔。それだけだった。

「あれが針の山だ。左に見えるのが弥武岩《やたけいわ》、右へ出て来たのがニガワラビノ沢。そこの水のふちにいるはしっこい鳥を、この辺ではミソキチと云うね……」

長市はそんなことを役目や愛想の見せどころと、この谷の比類すくない美しさを黙々と味わおうとする私たちが少し困惑するほどにも、哀れや新らしい仕事の開業日に調子づく。

ハウチワカエデ、ミツデカエデ、ウリカエデ。十種をかぞえる本谷川の楓の新緑。増富から金山まで、右に左に渡り越す十三の橋。その橋とすれすれに初夏《はつなつ》の琴をかなでる潺湲《せんかん》たる水の音よ！

われわれの前を、立ちふるして心《しん》だけになった柱のような、みすぼらしい案内人長市が行く。

2

金山から見る金峯山と瑞牆山の大観、有井益次郎の家の小さい牧場の柵にもたれて、柔かな朝の眼がしみじみとそれを眺める。
きのう八巻《やまき》から塩川・通仙峡と歩いて来て午後三時、あたりがややひらけた山間東小尾《ひがしおび》の部落へ出た刹那、いきなり突風のように私を襲ったのは、この金峯山だった。

この山をこんな近くから見たのは生れて昨日が最初だった。新緑におおわれたV字の谷を重圧して、前景の単純さにいよいよ高く、比較高度一六〇〇メートルをそばだつ清浄明潔な花崗岩の金字塔。私はそれを息もとまる思いで凝視した。山はやがて増富の温泉部落へ入るともう見ることができなかった。それは一瞬の夢に似ていた。しかし夢にしては余りに鮮かな姿だった。

今その金峯を、小径の上から飽かぬ心で眺めている。

前景は二つ三つ家の点在する金山の小平地、大写しの簡素な牧柵が、生活への敬虔な帰依のすがたで、うねうねと路の奥までつづいている。路は人家の前を左へ切れているが、家のうしろはヴィリジァンの勝った新緑の落葉松林になっていて、その上に宝冠のような瑞牆山が、朝日をうけた薄い珊瑚いろの花崗岩の岩峯に、針葉樹の木賊《とくさ》色のかたまりを細かくちりばめて青空を刻んでいる。

正面は大日沢《だいにちざわ》と金山沢とを左右に振りわける厖大な尾根で、頂上の高見岩から中腹あたりまで岩石の露頭が筍のように簇《むら》がっている。大日沢はこの尾根の根もとを右手からぐるりと巻いて、深く背後に食いこんでいるが、その源頭とおぼしいあたりには金峯の北西山稜が真白な斜面を立てかけて、大日岩の鶏冠《とさか》を先頭に、登竜門、砂払い、稚児《ちご》ノ吹上《ふきあげ》とぐんぐん高度を上げながら、ついに天に冲する五丈石をもつ頂上となっている。そのあたり、山体の金色がかった白と、空の藍碧とのめざましい対照である。

この壮観を前にして動こうともしないでいると、近くで柵の修繕をしている有井の主人のところへ、長市を連れて今夜の泊りの交渉に行った河田君が戻って来て、「どう？」と云いながら私の肩へ手を置いた。

「あんまりいいんでぼんやりしていた。二三日こんな処で暮したいよ」と思い込んで云えば、

「それもいいが今日は瑞牆だ。ルックサックを預けて身軽で行こうよ」と愚図つく私をうながした。

3

簡単な中食やら湯沸しやらを小さく一纏めにして長市に背負わせると、すっかり身軽になってステッキ一本、河田君は写真機を肩からぶらさげて、「ではまた晩に」と、午前九時、有井の家を出発する。朝日のあたった縁側で、誰かが山から折って来たのか、石南花《しゃくなげ》の花が紅かった。

庭をとおって、ほそぼそと野菜の作ってある開墾畑の間をすこしばかり行くと、家が一軒。これが金山二軒家のひとつである。新緑に埋まって音だけかすかに下の方できこえる渓谷は、深く高見岩のふところへ食いこんで、一筋の山道もそっちへ切れているが、私たちの路は北へ弧をえがいて、ショノドノ沢を右に、やがて日蔭の涼しい登りになる。

荷物の無いのがつくづくありがたい。「ルックサック無しで山を歩くことができたらば」と、正直な嘆息を洩らしたのは確か荒井道太郎君だったが、「その苦しい思いもまた修養のひとつだ」と鯱張《しゃちこば》ったのは誰であったか、名は忘れた。どうせ山が好きで山へ登るのだから、時の事情、本人の都合で、重い荷物に息を切らせるのも止むを得ないが、なるべくならば身軽で歩き廻りたいと云うのが私の本音だ。そう思って見ると、今日の長市の存在というものにも中々意義が生じて来る。もっとも今彼の肩を引いているルックサックの重味は、ふだんの私の半分も無いのだが。

金山の部落から八九町ばかりで鞍部へ出た。地図に一五一八メートルと出ている場所で、東京からの登山者は松平峠と呼んでいるが、地元では何と云っているか、長市も知らなかった。広くはないが気持のいい草地で、牧場の柵があり、門を入ると坂道の下のほうに、公園のような美しい一角が木の間をすいてちらちら見えた。

長市が「こっちの方が近道だ」と云うので、坂の下り口から直ぐ右斜めに、ほぼ等高につけられた細い路を行く。左右は若い白樺と草紙樺《そうしかんば》の混生した林である。この草紙樺を長市はブタカンバと呼んでいた。「なぜそう云うんだい」と訊いたら、「肌が豚色だからね」と至極妥当らしい返事をする。なるほどそれなら直ぐわかると、山の木に暗い私は行くゆく豚色のやつを物色する。

もっとも、或る地方でブタカンバといっているのが草紙樺であることは後になって友人武田博士から教えられたところである。

路がいくらか降りになって、明るいのびのびした広っぱへ出ると、地図にある金峯山への登路が左から来て一緒になった。釜瀬川にむかって西へなだらかに傾いた牧場のなかを、あちこちに白樺の木立が美しく、放牧の馬が三々五々ちらばる平和な風景のかすむ果てには、草原におどり梢にからむ陽炎をすいて、淡いラヴェンダ・アイリスの八ガ岳連峯がふるえている。私が「若い白樺」の詩のイデーを拾った其処の草原には、ところどころ君影草が群落をなして、その強い芳香は、折柄の午前の太陽に揮発して、むしろ息苦しいくらい鼻を打った。

此処から富士見平までは金峯の登山道を行くのである。大日岩から西へ伸びた太い尾根の横腹を、ほとんどその最大傾斜線について登る切開けのようなこの路は、初めは至ってのんびりしたものだったが次第に急を加えて来た。しかし真直ぐな登りが急になるにしたがって、地面の草は滑かな苔にかわり、見上げるばかりの水楢の大木が枝をまじえて立つようになるので、ちょうど海の底か本寺《カテドラル》の中にいるように、涼しくて頭上が高く、太陽や空の光もやわらかに遮られて、ほのぼのとひろがる緑のあかるみは、ステインド・グラスを洩れてとどく微光のように眼を休ませる。

五六町登って行くと、左手へ路をすこし外れて大きな岩が現れた。いわゆる花崗岩の方状節理を模範的にあらわした巨大な岩だが、その蔭に一宇の木造の祠《ほこら》が鎮座していた。金峯山増富口の里宮である。坂の斜面に横むきに建っているので床が高い。上って見ると御神体の左右に二頭の犬がすわっている。無論本物の犬ではない石の木偶《でく》だが、普通に見る狛犬《こまいぬ》や招き猫のような装飾化がなく、へんに人間じみている。高さ八寸位だったろうか、首の附根からいきなり弓なりの前脚が飛び出して、後脚と胴とは区別を省略して共通になっている。まるで子供の椅子か蛸足の見台のような恰好である。ところでその顔というのが気味が悪い。それは俗にいう犬面《いぬづら》ではなくて平たい丸顔、半眼にあけた切長《きれなが》の眼が吊り上り、人間のような眉があり、おまけにその眉と眼瞼《まぶた》との間は掘りくぼめて朱を差してある。二匹とも口は耳まで裂けて（と云っても、耳は頭のてっぺんに丸まって附いているのだから人間の口の比例で云うのだが）、一匹の方はその口が擦りへってマスクを掛けたように無くなっている。

「どうしたんだい、この犬の口は」と、からかうつもりで長市に訊くと、

「夜中になると這《へ》え廻るんで、こう擦り切れたんだって云うね」と真顔になって答えた。

「あんまり人を食った話……」と河田君が私の耳もとで際どくしゃれる。

「だからマスクを掛けられたんだろう」と早速こっちも応酬する。

里宮の犬のこれ以上の詮議は「動物文学」とやらの研究家にまかせるとして、この祠の床下なるものは、焚火に注意しさえすれば、水はすこし遠いが、何かの場合には立派に露営の役に立つと思われた。

4

里宮からは直ぐに尾根になって、ゆるい登りが四五町つづいた。闊葉樹の林がおわると富士見平の明るい草原の斜面《ひら》である。北と東には直ちに黒木の密林がせまっているが、南から西へひらけた眺望は、さすが一八〇〇メートルの高みだけに、なかなか見事だ。富士見平の名の拠って起こった富士山は、厖大な高見岩の右手に漂渺《ひょうびょう》と姿を現わしているが、逆光とヘイズとのためにただ夢のように淡く天に懸っている。富士から右へ甲府盆地、そのきらめく霞を背景に、土賊峠・黒富士・茅ガ岳なんどの強剛が肩をならべて屯《たむろ》する。その右には、遥かにとおい大気の奥から生れたような南アルプスの連峯が、正しくパースペクティヴをなして蜿蜒《えんえん》と北に伸びている。中でも美しいのは連峯中もっとも近い甲斐駒で、爽かな新緑の枝をかざす二三本の草紙樺を前景にして、その悲劇的な雄渾な山容は、私をして率然《そつぜん》「ワルドシュタイン」のソナタを思い出させた。それから右には八ガ岳。つづいて直ぐ眼の前にこれから登るべき瑞牆山の岩峯群。しかし視野をずっと小さくすると、眼下ショノドノ沢のくぼみを縦に見て、そのはずれに金山部落の開墾地が山を背負ってぽつんと一つ、このあたりに唯一の生活風景を点じているのが可憐であった。

十時半、東へむかう金峯登山道とわかれて私たちは左へ入った。いま登って来た尾根を北東へからむようにしてアマドリ沢へ出るのである。コメツガを主にしてシラベらしい樹をまじえた密林の、磊々《らいらい》と重なった岩の隙間を針葉樹の細かい枯葉がやわらかに埋め、水気にみちて積み腐り、たそがれに似た弱い光、ひやひやと肌《はだえ》にしみる冷涼の底を、わずかにそれと知られる踏跡にしたがってたどる境地は、これぞまさしく奥秩父の面目と思われた。

二十分ばかりして日光の反射の強いアマドリ沢。少し早いが中食にする。沢の奥には金峯と瑞牆とをつなぐ鞍部の尾根が立ちはだかって、その上の真青な空へ入道雲の頭がきらきら出ている。頂上への登りは眼の前の小径からはじまるのだと聴いて、それではと、ゆっくり弁当を食ったり、珈琲を飲んだり、煙草をふかしたり、記念撮影をしたりしながら、たっぷり一時間英気を養った。

十一時五十分、結束して出発。直ぐに右岸の小径へ取りついた。いよいよあこがれの瑞牆山頂をきわめるのかと思えば多少の感慨なきを得ない。霧ノ旅会での友人吹原不二雄君の文章で初めて知ったとき以来、何時かはと思っていた山である。それを河田君に誘われて案外速かに来ることになった。機会とは大空をよぎる雲のようなものだ。どれが自分の上を通るかは時が来てみなければ分らない。しかし通ったならばその影を涼しいと感じ、雨を落としたならばその雨に濡れるのだ。

私たちは一歩一歩、足の裏をして木の根・岩角の感触を味わいつくさせずには止まないように、じっくりと登って行った。歩き出しには多少息もきれたが、それも馴れるにつれてほとんどこたえなくなり、この巨岩と大木とのほのぐらい伽藍の中の登りが、尽きせぬ滋味をしんしんと湧かす楽しいものに思われて来た。

瑞牆山南面のこの登路は、一種のクウロワールを攀じるものだと云えば云えるだろう。頂上まで九分どおりは、密生する針葉樹と岩石とに遮られて左右の模様がほとんど分らないが、やがて頂上近く子負岩《こおぶいわ》・大鑢《おおやすり》というような岩塔が現れる頃からは、ときどき眼界も開けて来、そのあたりから見下ろすと、いま登って来た路は二つの岩稜の間へ深くまっすぐに食い込んでいて、おまけにその部分だけ特に黒々と樹木を塡物《つめもの》にしている有様は、水の侵蝕と岩石片の削磨との特別に強く働いた岩溝の地形をあらわしている。私は春の瑞牆を知らないが、雪はかなりおそくまで其処に残っているのではないかと思われる。

大いに予期していたほどの苦闘はまったく無く、私たちはアマドリ沢からきっちり一時間でクウロワールの終点へ出た。其処は瑞牆山の三角点のある岩塊と最高点をなす岩塊との接合部で、南の山麓から眺めると頂きを二分しているあの切れこみである。先ず三等三角点のある東のブロックへ。これは四分で達することができた。

私たちは握手した。六月のまっぴるまの日光の中、大気の波をぬきんでた皓々《こうこう》たる白石の盤上で。未知の山頂は斯《か》くして踏まれ、思い出の宝はまたもやひとつ数を増したのだ。

頂上は畳数ならば二十畳は敷けたろうか。南側はほとんど垂直に削られて、覗けば右手すぐ下に大鑢岩が巨大な打製石斧のように立っている。そのあたり一帯に大小無数の岩石が乱立しているので下方の消息は分らないが、北東から悠々と下ろして来て再び大日岩へ浮かび上る小川山《こがわやま》の厖大な主稜のむこうには、云わずと知れた金峯山が堂々とよこたわって呼べば答えるかとばかり。びっしり黒木をよろった北面の尾根尾根を、ところどころに白崩れの糸さえ懸けて、川端下川《かわはけがわ》の上流西股沢へむかって真黒々と葺き下ろしている。その左手奥にもう一枚霞をへだてて淡いのは、朝日岳とその兜岩とをつなぐ嶺線である。

三角点の標石は頂上東寄りの一隅にあった。東へむかう山稜は其処で一度切れて、さらに一段低くなって、小川山の南の尾根と直角に結びついている。金山或いは富士見平の方角から瑞牆山を写した写真で、二つの耳の形をした山頂の右手に、ずっと低く、銃眼をあけた城壁のような相当長い突き出た岩尾根を見るが、これが今云った小川山へ続く尾根の一部を成しているのである。陸地測量部の地図ではこの辺が少し曖昧とはいわないまでも、幾らか余計に省略されているので、三角点のしるしのある、あの毛虫のような露岩記号で表された部分を、私たちは最初今の岩尾根に当てはめて考えていた。しかしその思い違いも現地に立てば直ちに是正された。

私たちは三人揃って記念撮影をした。何しろ臼歯のような岩峯の頭が極度に風化して、細かい白砂がその凹みを堅く平らに埋めているので、頂上はコンクリートで舗装したように滑沢《かったく》、おまけに北へ二十度ぐらい傾いているものだから、写真機の三脚もその足掛りが甚《はなは》だ心もとない。印画の中でカメラの持主河田君の表情が、ちょうど幼い子供の軽業を見守っている見物のように不安らしく硬化しているのは、思うにこの傾斜とすべすべとのせいであったろう。

一時間ばかり遊んで、いよいよ下山することになった。しかし折角来たものだから西のブロックへも登って見ることにした。それで一度ギャップへ降って、さらに目ざす岩峯を北側から廻って登って行った。この西の岩峯こそ真の瑞牆山頂で、高さも三角点のある方よりは高いのである。どうかしてこの絶頂へ立ちたいと思ったが、岩が大きくて高いのと、すべすべして手掛りが無いのとで、もう後自分の背丈だけと云うところで駄目だった。長市に

「お前どうだ。上って行って手を引張ってくれないか」と訊いたら、

「四十を越したで、おらも止めだ」と云った。実は風も相当に強くなっていたのである。

天気は格別悪いというのではないが、空気は空釜《からかま》の中のように熱して、ぼうっと霞んだ空間の四方八方どこということなくびりびりするような雷気がきざしていた。

いよいよ山頂を辞そうとする時、今日の見納めに八ガ岳をながめると、眼下に低

くたたなわった女山・横尾山・飯盛山などを包んで漠々とけむるへイズの奥に、なぜか八ガ岳は煙硝臭いものに感じられた。

5

山頂を二分するギャップから、私たちの降路は北へむかった。アマドリ沢から釜瀬谷へ、山体を南北に乗越したのである。

降りは登りに劣らず急だった。密林は一層深く暗かった。林相はコメツガが主で、それにトウヒ、シラベ、トドマツなどが混生していると聴かされはしたが、もうすっかり「降りの霊」に乗り移られてしまって、追い落とすような傾斜のままにどしどし下りて行くのだから、途々樹種の鑑別法を教わる余裕などは更に無い。たとい聴いても、絶えず下から突上げる腫の衝撃をくらって引っくりかえるような頭の中に、むずかしい暗記などの納まる席は無かった筈である。ただ足もとの湿った岩の間に点々と白かったもの、しかし手を出す暇も気持も無かったもの、それが可憐な梅花黄蓮であったことを覚えている。

急は急でもこの瑞牆山の北面は、南面にくらべると岩屑・土砂・腐蝕した植物などの山体被覆物がはるかに豊富なので、手を使ったり足掛りを選んだりして降るような場所はほとんど無かった。元来この山は、小川山の一支脈のもっとも侵蝕の進んだ突端に過ぎないのだが、松平牧場に面した部分と、釜瀬川の源流を擁している部分とは、そこから受ける感じが全く違う。前者が陽快豪放の力を丸出しにしているとすれば、後者は陰暗幽邃《いんあんゆうすい》の潜力を深く蔵している。そして私たちはこの陰暗《オプスキュリテ》の底を急降すること四十分ばかりで、釜瀬川の一支流が高い岩壁に懸かっている不動ノ滝の前へ出た。

私たちは崩れるように腰をおろすと、額に頸に気持わるくべとつく汗をまず拭った。

花崗岩の一枚岩は高さ二〇メートルもあったろうか。ところどころ罅《ひび》われた痕をのこして釜瀬本谷右岸の壁をなしている。滝はその壁をなめらかに流下しながら途中二つの釜に溢れて落ちて、そして本谷の水と一緒になる。要するにこれは小規模なりとも立派な懸谷《ヘンゲタール》で、この釜あるがために川の名が与えられたことはとにかく、いか本流は小川山山頂の南西から生れて此の岩壁の下を流れている水であること、いかに長市が頑張ろうと、先ず真理はこっちのものと思われた。

嵐に倒されたのか雪に折れたのか、皮がむけて白骨のようになった長い流木が一本、水の中によこたわっていた。私たちはそれを立てかけて岩壁のいちばん下の棚へとりついた。そこに第二の釜があるのである。

磨いたように滑らかで、水垢のためにぬるぬるした岩の面を這上って行くと、直径四尺程の釜は理想的に彫りくぼめられて、エメラルド・グリーンの水を油のようにたたえている。中へすべりこんで一風呂浴びたらさぞ気持がよかろうと思ったが、上から覗けば浅そうに見える此の石の長州風呂の釜底も、実際ではどのくらい深いのか見当がつかないので止めにした。見上げれば第一の釜を溢れて落ちる水の練糸は、もっとも柔かにえぐれた岩の面を、あらんかぎりの嬌態をつくって流れて来る。山頂では余り勇気を示さなかった長市も、此処まで下りて来ればもう俺の縄張りだとばかり、盛んにこの滝を自慢して、私たちが上の釜や不動様への熱情を起こさないことをひどく残念がっていた。Sancta Simplicitas！

一緒に歩くこと八時間、われわれはすでは此の男を愛していた。

6

不動ノ滝からは降りもずっと緩やかになって、ほとんど平地を行くのと変りがなかった。路は釜瀬川に沿ってその左岸についていた。左手に空を抜いて立っている十一面石というお供餅のような岩峯を見上げると、やがて右岸に黒岩とかいう岩壁が現れ、いつか路が登りになって川を離れると、私たちはちょっとした尾根の上を歩いていることに気がついた。そして最後に富士石という尖峯をうしろにすると、初めてひろびろとした空の下へ出た。

密林の暗い圧迫から放たれて大空の下へ出るには出たが、路は反対にひどくあがきの悪いものになって来た。私たちはびっしり密生した花盛りの石南花の藪を、泳ぐと云うよりはむしろ潜航するのだった。鞭のように強靭な枝を力まかせに押したわめ、千万の花の房々や葉の茂りをしゃにむに肩で帽子で押し分けながら、長市が先に立って案内する路とも見えぬ踏跡を、爪先だけで感じて行く。

ルビーを散らす花の乱打、アマゾンの美女の勝ちほこった挑戦。嘆美と困惑との石南花の藪くぐりはしばらく続いたが、やがて今度こそ本当に解放されて、私たちは水々しく白樺のたちならぶ松平牧場へ、焰の中からのように飛び出した。考えてみれば、富士石の岩峯を見たあたりから何時の間にか黒森部落への本道とわかれて、左へ入る間道をとっていたのである。

北から東から又南から、ハンカチの三つの隅をつまみ上げて、西の一方だけを開《あ》けたような地形、これが松平牧場の地形である。そして此の西の一方口を目がけて、釜瀬の谷も、北川も、アマドリ沢も、さては松平峠附近から出る沢も、みんな絞り込まれるように流れている。

こういう風に一様に西にむかって靡《なび》いた此の牧場が、それを北から南へ横断してみると、単に前記の谷や沢だけでなく、なおいくつかの浅い地の皺によって縦断されているために、絶えず小さな起伏に出遭うということは、私にとって非常に興味のある現象だった。

私は松平牧場というものを、大部分、瑞牆山西面の無数の崖堆から成り立ったものと考える。特に西にむかって山体の岩骨を稜々と露出した瑞牆山は、風化と削磨との営力がたえず供給するそのデブリを、彼の骨肉の破片を、まずその足もとに大小幾多の崖堆として積み上げたであろう。殊にカンマンボロン岩を中心として、現在北川とアマドリ沢とが流れている箇所には、南北に二つの最も大きな崖堆が形成されたことであろう。私はこれを前記二つの沢の下流域をなしている夥しい運搬物の量から、また牧場の主要部分となっている地帯の等高線の分布から推定するのである。とにかくこうして出来た大小の崖堆は互いに相接して、引続き行われる侵蝕と運搬とのために西に向って漸次に拡がって行ったであろう。しかもその岩屑や土砂のひろがりの上を、幾筋の流水は傾斜にしたがって流れたであろう。彼らは最小の弱点をも見のがさず攻撃したであろう。こうして現在見るような地形が完成され、其処に牧場が営まれ、そしてその地形のために、すでに相当疲労している私たちが、なおいくらか余計にくたびれなければならないのだろうと、無学な私は考えたのである。

それはともかく、私たちは此の広々した美しい牧場の中を、或る時は一面の鈴蘭の床に寝ころんだり、或る時は南画の山のような瑞牆を撮影したりしながら、白樺の林から草原へ、草原から水湿の凹地へと、幾度も同じことを繰返しながら、松平峠をめざして一里近くも歩いた。

長市は今日の案内の有終の美をなそうとするかのように、親子連れの馬の臀をいきなり引ぱたいて躍り上らせたり、山蟻の巨大な塚を引くり返して何万という蟻群を湧き立たせたりした。馬の狼狽、蟻の憤怒もおかしかったが、四十という年齢を考えると、こんな悪戯をして面白がるこの山男も滑稽だった。

もう午後六時に近かった。朝から十一時間経っていた。私たちの肉体は疲労し、神経は弛緩していた。その疲労と弛緩とは三人が共にした今日一日の山歩きの結果だった。私たちはそうした共同の結果を持っていることで互いに親愛を感じていた。

牧場へ入った頃から次第に曇り出して来た空は、とうとう大粒の雨を落としはじめた。私たちは重い足を引擦るようにして松平峠へ登りつめると、今度は金山さして一散に駈け下りた。金峯のうしろでは頻りに雷が鳴り、本谷川の両岸では慈悲心鳥が、絶え入るような声で鳴きつれていた。

一雨濡れて、汗みずくになって飛び込んだ有井の家。私たちのためには二間《ふたま》の座敷が用意されていた。縁に腰をかけて煙草を吸っていると、まだ暮れきらぬ空ながら、夕立がたたえた行潦《にわたずみ》に、金峯の空に燃え上る電光がパアッと映った。

愛すべき案内人白旗長市は、日当のほかに祝儀をもらうと、提灯を借りていそいそと帰って行った。その後姿を見送って、友と私とは期せずして視線を合せた。

慈悲心鳥の囀りがいよいよ烈しい。

長市の帰って行く本谷川はもう暮れて、親子の馬の雨宿りしている松平牧場ももう暮れて、ただ私たちの今宵の泊りに何となく賑わっている此の山奥の一軒家だけに、黄いろいランプがちらちら点いた。

7

朝五時に目がさめた。寝ぼけ眼をこすりながら外へ出る。

いい天気だ。山も谷も、草木も土も、昨夜の雨にしっとり濡れて、ここ甲斐の国の山奥の黎明は太古のような静けさだ。

庭では河田君がもう洗面をすませて、頭へ櫛をあてている。きれいに分けた濡羽色の髪の毛の下の、彼の白皙《はくせき》の額が都会のことを思い出させる。その額に冷やひやする朝風が涼しそうだ。

「お早う」と友が云う。

「やあ、お早う」

「よく眠られた？　大分おそくまでランターンが点いていたようだったが」

「ああ、あの慈悲心鳥のやつが夜通し鳴いててね、それが耳について中々寝つかれなかった」

「ほんとによく鳴いてたね」

「しまいには一羽屋根の上で鳴き出してね、おかげで死んだ子供のことなんか思い出してしまって、へんに寂しくなっちゃった。あの鳥、いやに人間じみて気味が悪いよ」

「パセティックな鳴き方をする鳥だね」

私たちはこんなことを云いながら、今日登るべき金峯《きんぷ》を見上げた。もう日の出に間が無いらしく、山のうしろの空は美しい水仙色に染まっている。空気は極度に澄んで、あらゆる細部がはっきり見える。何だか昨日よりも山が大きく、高くなったようだ。

大日岩からはじまって、登竜門、稚児ノ吹上、五丈石と、歯形をつけて急角度に高まる真白な稜線が、触れればば切れるかとばかりに薄く、するどい。その五丈石の下に塗りこめられた残雪が、空の反射で青く見える。

私は顔を洗いに行く。

母家のはずれ、路に沿って石垣を積んだところに、山から引いた水が音を立てて落ちている。清冽な、手も切れるように冷めたい水だ。その水をうける古い樽の中には、今朝私たちの膳に供えるつもりだろうか、一束の蕨が漬けてある。澄みきった水の底で、その色が美しかった。

顔を洗っていると此の家の娘が水を汲みに来た。私を見て丁寧に挨拶する。客に対する女らしいたしなみか、汚点も皺もない白い割烹着を着ている。目鼻だちのすぐれて整った、凛とした十六七の娘である。話しかけられて笑うと、きれいに並んだ歯並が率直に光る。都をとおい山育ちの処女の純潔と、妙齢の特権である健やかな美とが、六月の朝を淙々と落ちる山清水のかたはら、聳え立つ高峻金峯の下で、一篇の詩、一幅の絵の好箇の主題となっている。

「お昼頃にはあすこへ立って手を振りますよ」と私が云えば、娘はちょっと山頂を見てほほえんだ。

人は美なりとはやせども、
わが美わしきを我は知らず、

自然のごとく我はただ在り。

幼い、犯しがたい貞潔が、そう答えているように私には思われた。

庭へ帰ると牧場のそばで、河田君が主人の有井益次郎さんと立話をしながら、その愛馬の益金号を見ている。幾通かの賞状の持主だけあって、さすがに立派な栗毛の牝馬だ。

「これがどういう気か、さっき便所をのぞきに来てね、弱ったよ」と苦笑しながら友が云う。私はその時の彼の狼狽と恐縮とを想像して噴き出した。

二人は肩をならべて家の方へ引返して行った。と、突然、朝日の光がサアッと流れて来た。大日岩の右手から差しのぼった太陽が堤を決するように押し流した光の洪水である。

午前五時五十分、金峯はまるで大伽藍の炎上。本谷川をうずめた朝霧は光を吸って、金粉をまぶした綿のようだ。

「今日も上々のお天気で」

朝の膳部をはこんで来た有井のおかみさんが、まんざら御愛想ばかりでも無くそう云って、私たちの希望に裏書をしてくれた。

8

家族の人たちに庭先まで見送られて、午前六時半、われわれは金山を後にした。太陽もまだ暑くはなく、爽やかに湿った路も気持がいい。草に木に、露はしとどだ。むかう山路はまだ日もささぬ寒い緑だが、ふりかえる本谷川右岸の斜面に、峯々に、日はすでに燦々《さんさん》と躍って盛んな蒸発がはじまっている。

松平峠への登りにかかる。

空身《からみ》の昨日にひきかえて、今日はずっしりと肩にこたえる重荷である。これで金峯が登れるかな、と、いつもの取越苦労が頭をもたげる。なに、少し馴れればじきに平気になる。そう経験が勇気をつける。

右に左に体を揺り上げるようにして先へ登って行く友が、

「楽あれば苦ありか」と、一人言を云った。彼もまた同じことを考えていたらしい。

そこで早速渡りに船、

「ゆっくり行こうぜ」と際どいところでアンタント・コルディアールを持ち出して

置く。

昨日の朝は三人づれの多少浮々した心持で、また夕方は驟雨《しゅうう》に追われて夢中で通った松平峠を、今朝は老成した心境もしっとりと、例の豚樺の中の小径を、葉末の露に濡れながら下りて行く。これが当分の見納めだという気持も手伝っていたに違いない。

金峯登山道との出合いへ来た。昨夜の雷雨のせいか今朝は空気が澄んでいて、牧場の風景は昨日にも増して美しい。前景に朝日を浴びて立っている一むらのみずみずしい白樺林、その奥に信州峠から西へ高まる横尾山。その山の尾根が左へゆるくなびくところ、残雪をいただいた八ガ岳の連峯が、威厳と優美とに満ちて空のなかほどまで聳えている。

友は三脚を引きぬいてカメラを向ける。私は芝地の岩へ腰をかけて煙草を吸う。高原をわたる涼しい朝風、だんだん賑やかになって来る小鳥の歌。水楢の梢の上に、瑞牆山は巨大な紫水晶を積み上げたようだ。

友もどうやら八ガ岳を物にしたらしい。私の詩もいつの間にか形を成した。又ルックサックを背負い上げてうんうん云いながら里宮の坂を登る。今朝は「人を食った犬」のところへなど立寄って道草は食わない。金峯をこえて上黒平《かみくろべら》、今日の前途は長いのだ。

坂を登りつめると、昨日のとおり尾根を行って、七時五十分、富士見平の平地へ着いた。

二三本、太い草紙樺が群立っている処に、竹の樋で引いた冷めたい水がちょろちょろ落ちていた。二人とも酔覚めの水でも飲むようにがぶがぶ飲んだ。酔覚めと云えば、昨夜の金山にも、その前の晩の金泉湯にも酒が無かった。金山では余りこっちが失望したので、見るに見兼ねたかおかみさんが、

「あっちの家にお日待《ひまち》の時に買ったのが残っているかも知れないから」と云って取りに行こうとした。いつのお日待か知らないが、去年の陰暦十月五日のやつででもあっては事だから願下げにした。旅は晴天、酒はひでり、

「こんなドライ続きも珍らしい」と、友は上品にしゃれていたが……

その晴天と昨日にも上越す遠望とに、撮影だとか写生だとか云ってすっかり伸びてしまって、やっと御神輿《おみこし》を上げたのが八時二十分、いよいよ金峯プロパアへの登りに向った。

夢のような残月一痕、ほのかに白く枯木の梢に懸っている。

9

大日小屋へ着いたのは、それから五十分後と私の手帳には書いてある。しかし此の五十分は中々にあなどり難いものであった。

富士見平を後にして東へむかうと、路はすぐに暗い針葉樹林の中へ吸い込まれた。初め少しの間は平らだったが、次第に登りがきつく、論理的になって来た。高見岩の北に大きく盛り上った黒木の峯を二〇〇メートルばかり登りながら搦《から》む所謂《いわゆる》「横八丁」である。路は木の根・岩角をたたんで階段状についている。陰沈の気はあたりをこめて、頤を伝って流れる汗だけが、心臓の鼓動の音だけが、そして常に眼の前を行く友の足だけが、此処に一人の「我」という生物《いきもの》の在ることを思わせる。そしてその生物が、何の因果か山が好きで、心臓を轟かせ、息を切りながら、絶望的な足を運んでいる。その足はしばしば立ちどまる。負けじ魂、他人および自己に対する負けじ魂、それは即ち意志であるが、肉体の力を刺戟したり振い立たせたりする意志も、漸衰する体力を創造する力は持っていない証拠には、脈搏と呼吸とを調整するために、見よ、またしても私は杖を立てて止まるのだ。

密林の中を路は稲妻形に登っている。その角々を、立ち止まること無しに果たして一度に幾つ越せるだろうかという試みが、苦しい中での興味だった。

私はそれを遣ってみた。できるだけ頑張った。初めは苦しかったが次第に面白いと思うようになった。してみれば未だ体力は残っていたのである。それが平生の出し惜みの癖のために、すっかりは出切れずにいたものと見える。そしてこんなことを続けている間に、何時か高見岩のうしろの鞍部も通りぬけて、路が次第に降りつつあることに私は気がついた。

ふと見ると右手に立つ一本の米栂の木の幹に、「八丁小屋、下へ百米突」と書いたブリキ板が下がっている。

私たちは路を外れて右手へ下りた。小屋は直ぐに現れた。一〇〇メートルには足りなかった。

八丁小屋、すなわち大日小屋《だいにちごや》は、大日沢の源頭にひっそりと南を向いて立っていた。未だつい近頃建設されたものだそうで、入口に懸けた看板の墨色も新らしかった。正面は沢を縦に見て、そのあたり、建築材料に伐った樹木の切株が杭のように残っている。水場は小屋の横うしろ、路から僅か下った処にあった。便所は小屋の前方右手、深い枝沢の上に鳥の巣のように載っていた。

早速それを利用した河田君が、

「なかなか具合がいいよ」と推賞していたから、見た眼よりも一層合理的であったに違いない。

戸を引いて中へ入ると、内部は型通り真直ぐに土間で、中央に炉が切ってあり、左右は板敷の床になっている。無理をすれば三十人位は泊れそうである。窓は二つでマクリ戸がついていた。突当りの棚には幾らかの食器も備えてあり、柱には宿泊者の名簿も下げてあった。試みに最近の頁を繰ってみると

「登竜門ノ下方残雪膝ヲ没シ、下降頗ル困難……」と云うような文句が達筆で走り書してある。

時間は半端だが、空腹を感じたので、小屋の横にうず高く積んである枯枝を運んで来て火を焚いた。くさやの干物を焼いていると、沢を横ぎってホトトギスが鳴いた。私たちは弁当の箸をやめて耳を澄ましたが、裂帛《れっぱく》の叫びは大日沢の奥に空しいうつろを残したまま、二度とは聴こえなかった。

いま私の眼の前に一枚の当時の写真がある。日の当った谷の詰、斜面に立つ七八本の切株、其処に空を見上げている私、あけはなした戸口の前で中をのぞいている友、そして小屋の屋根から濛々と上がる煙、その煙にぼかされた路の一部と、蓁々《しんしん》たる米栂の密林さえそのままに、幾年をへだてて記憶の再び潑剌とよみがえるのを感じる。

10

大日小屋からは又しばらく密林の中の登りが続いた。いわゆる縦八丁である。私は此処でも前記の克己的方法を実行してみた。そして次のような自家用のメトードを案出した。

「僅かの惰性でもこれを利用して登る事。他念をまじえぬ事。前途を考えず、登頂とは無心の一歩一歩の総和だということを原理として固く把持《はじ》する事。足の裏を地の傾斜に対して平らに踏みつけることは勿論、余り頭を下げず、視線は眼の高さよりも稍《やや》上方に注ぐ事。仲間のある時はなるべく話をしない事。喫煙は厳禁。心臓の鼓動が烈しくなった時は二三分間静止し、その平調に復するを待って登りを続ける事。但し決して腰を下ろしたり、いわんやルックサックを外したりしない事等々」

小屋から二十五分で大日岩へ達した。巨大な象の頭のような形をした真白な風化花崗岩である。今までの登りで多少硬くなった足を喜ばせてやる積りで、今度は腹這いになってずり上ったらば、岩は烈日の下に伏せた釜のように熱かった。

ああ碧瑠璃の天の下、太陽の直射の中で、爽やかに吹き上げて来る六月の高処の風に冷されながら、この滑らかな白い巌の暖か味を臀に感じる楽しさよ！

金山のあたりが眼の下に見える。何を焼くのか昼間の青い煙を上げている。右手を眺めると、いま登って来た尾根の黒木の上に、瑞牆がもうほとんど等高になっている。

そして金峯！　針葉樹に埋もれた砂洗沢《すなあらいざわ》の凹みを縦に、這松の緑と山体の白とに飾られた金峯の岩稜は、南東から東へと大きく弓形をえがいて高まりながら、その果てに皓々たる五丈石の岩塔をつっ立てて一碧の空をかぎっている！

登高の意欲が、真に喜びと力とをもって私たちのうちに盛り上って来たのは此の時だった。

「行こう！」

二人は同時にそう云いながら、ルックサックの負革へ腕を通した。

二十分ほど登って着いた尾根の突起。平面指導標は其処を「登竜門」とわれわれに教えた。一つの分岐点で、余り判然としない径が、西へ大日沢と枇杷沢とに挟まれた太い尾根を、露岩とザレとを伴いながらすべり下って、金山あるいは落合・ラジウム温泉へと導いていた。指導標には
「砂払ヒへ〇・五キロ、二十分、千代ノ吹上へ一キロ、四十分、金峯頂上へ一・五キロ、一時間」と書いてあった。無論登山者の体力の減衰などは問題にしていない等差級数的算法である。

その砂払《すなはらい》まで来るとさしも長かった森林は終った。まがりくねる岳樺、葺き下ろしたような這松。天の底が真青に抜けて、轟くような日光の直射。磊々たる白石は岩稜の刃をこちらへ向けて、路はこれ一筋とわれらを招く。

風化して表面の滑沢になった花崗岩が、ともすれば足を掬《すく》う。私たちはこんな時の用意にもと持って来た地下足袋をとうとう引張り出して、靴と履きかえる。その上へゲイトルを巻く。何だか変に腰から下に頼りが無く、すこし風でも吹いて来たら忽ち薙ぎ倒されそうな気がしたが、歩き出して見ると自由自在で具合がよかった。

しかし風采のよくないこと、威厳のずっと減ったことは、友の姿を見るまでもなく、自分でも分った。

　その余り勇ましくない武者振りをもって立上ろうとすると、さっきからちらちら上の方の岩の間を見えつ隠れつ降りて来た登山者の一行が、ひょっこり鼻先へ現れた。友はどうだったか覚えていないが、眼の前へ先ずガチリと出現した堂々たる登山靴に対して、私の朝日地下足袋は本能的に首をちぢめた。

　頭のいくらか大きい、額の高い、髭を生やして色の蒼白い、しかしどこか愛嬌のある顔をした一人の小柄な中年紳士を先頭に、ピッケルを握ったその若い連れと、彼らのルックサックを高々と背負った二人の人夫とを合せて四人の一行だった。

　三人をうしろに従えた空身の紳士は、ゆくりなくも金峯の岩頭で袖すり合った私たちに、陣中の将軍のように挨拶した。しかし威厳を失わぬことを忘れぬ中にも、愛想のいい口調であった。登山家の礼譲。しかしその礼譲には、どこかに実業家のそれが感じられた。

　と、紳士の眼がきょとんとなった。

「失礼ですが、河田さんではありませんか」

「そうです。河田でございますが……」答えるこちらもそつがない。

「いや、どうもそうではないかと思っていましたが、若し間違っては失礼と思いまして……」

双方ともに応対なかなか慇懃である。

少し先へ行って待っていた私が、やがて追附いて来た友に、今のは誰と訊くと、一枚の名刺を取出して見せた。吉田竹志とあった。

「神田の大きな自転車屋さんの主人公さ」と友は註した。「今朝国師を発って来たのだそうだ」

見上げれば、稚児ノ吹上が躍る白馬の鬣《たてがみ》のよう。

11

午後一時十分前、ついに五丈石の脚下へ立った。

八雲立つ天の下、頽岩と白砂とのひろがりにまぎれて、八千五百尺の高みを行く者、ただわれわれ二人の小さな姿だけだった。

風が吹いていた。風は這松の枝を鳴らし、磊々とした巨岩の稜々《かどかど》を鳴らし、人間

金峰山頂　　木暮理太郎

の耳朶を鳴らして渺々《びょうびょう》たる大気の灘《なだ》の響きをつたえた。

上着を脱いで胸をはだけると、汗まみれのシャツがはたはたと鳴った。髪の毛が逆立った。それは風のためばかりでは無かった。高峻に強いられた真摯な気持は、なぜか憤怒の感情に似ていた。

地平線には雲がしきりに立っていた。それでもなお眺望はすばらしかった。昨日瑞牆から見た山々は残らず視界に入って来たが、昨日低かったもの今日は一層低く、昨日高かったもの今日は一層高かった。二五〇〇メートル有余の高度は展望台のもっとも勝れたものである。富士は此処にしてなお雲表遥かにぬきんでる山であった。

しかし眺めて最も印象の深かったのは、眼の前の朝日岳の左をかすめて蜿蜒《えんえん》とうねるあの長尾根のはずれに、三つの巨塊をならべている三宝《さんぽう》・甲武信《こぶし》・木賊《とくさ》の三山であった。いくらか南へ廻った太陽を正面から浴びて、甲武信の大崩壊地が赤々と見えた。そのうしろはすでに懐かしい武蔵の空だった。真白に立った積乱雲は私に秩父盆地のありかを其処と教えた。

国師岳は鉄山を前にして、朝日岳の右に巨鯨の頭を上げていた。しかしその山頂の突起よりもなお幾分高く、奥秩父の最高点をなす奥千丈、荒川源頭の昼間の霧にぼかされて、その準平原《ペネプレイン》の悠容と迫らぬ姿を銀いろに霞ませた奥千丈。私はいつか必ずや其処に立とうと心に誓った。

その奥千丈の、長く南へ曳いた尾根のかなたに、私は大菩薩の連嶺を見出して思わずほほえんだ。しかし大菩薩本岳の左、黒川鶏冠山と覚しい岩峯の右、つまり二つの峯の間に、かすかに見える薄青い山、それを武州西多摩郡の奥にそびえる三頭山なりと断じ得た時の私の喜びを誰か知ろう!

私は写生帖を取り出して見取図を描いた。しばらくは身の金峯山頂に在ることも忘れながら。心よ、心は初夏の多摩や秋川の奥を、その山村や峠をさまよっていた!

だが現実は私を夢から引き戻した。風は寒くなり、薄雲のひろがった空には乱雲の飛ぶのが見られた。下山の時が近附いた。

私たちは一本の葡萄酒さえ用意して来なかったことを悔みながら、五丈石の陰で珈琲を飲んだ。私がアルコールランプを点け、友が薬罐《やかん》に水筒の水を傾けつくすのだった。巨岩を吹き廻す風が強くて、焔はとかく奪われがちだった。漸く沸騰した僅かばかりの湯を気ぜわしなく注いで、新らしいハンカチの隅で珈琲を濾した。コップに半杯ずつの液だったが、ガンコウランやミネズオウの毛氈の上での忘れられない味であった。

もう急がなければならなかった。二人は煙草を揉み消して立上った。

午後一時五十分。今朝の笑談半分の約束を思い出して、マッチのレッテルよりも小さく見える金山の部落を見下ろしながらハンカチを振りはしたものの、高さ二十五間といわれる五丈石が、針の頭ほどにしか見えない金山から、果たしてその哀れなハンカチが認められたろうか。

私たちはがらがらに崩れた岩を踏んで下山にかかった。

12

金峯山南の斜面は傾斜すこぶる急であった。

しかしさえぎる物もない純潔な岩石の大斜面、一歩は一歩と踏むべき岩をえらびながら、たまたまは足場の急に胸とどろかせても、高峻を歌う風に吹かれ、雲と遊ぶ日の光を全身に浴びて、次第に一日の最高頂から降《くだ》り遠ざかる楽しさよ！

眼の下には黒木・青木にびっしりと被われた山谷が、十重二十重の襞をたたんで幾里の彼方まで続いている。その山々谷々を、今日は、また明日は越えて行くべき自分。どの山を、どの峠を通る自分かは知らないが、やがて心に期して振り返った時、そこに、青空の宙宇に、眼もさめるばかりに白いこの山頂を認めたならば、その心は悲しいか、嬉しいか。

そういう複雑な感情は、岩石の中の降りが終り、針葉樹に包まれた尾根がはじまり、踏んで行く路に砂が現れ、今までもあったコケモモやガンコウランにまじって、石南花やイワカガミなどの見えて来る片手廻シの嶮巌《けんがん》のあたりまで来ると、もう忽ち経験されるのだった。

足は心の半分と一緒にこの降りを喜んでいるが、眼は心の残る半分と共に遠ざかる山頂を愛惜していた。

「金峯は終った」

友と二人、警戒し合いながらその嶮巌を梯子で降った時も、やがて鶏冠岩《とさか》の鎖を握って一層低きへ着いた時も、私はそのたびごとに愛惜する心にむかってそう云った。

降りついた処は小室沢《おむろざわ》、荒れはてた小屋の前、三方に山を立てまわした寂しい磧《かわら》であった。午後三時十分、金峯五十町の急坂は終った。

すこし前から掻き曇って来た空は、ここまで来るとポツリ、ポツリと落として来た。雨は、熱せられた岩の上で初めの内は直ぐに乾いたが、次第にそれを濡らすようになった。私たちは平たい石の下でドウナッツを食べた。雨滴はわびしい音をあげて包紙をたたき、摘まんでいるドウナッツの砂糖を溶かした。それが私たちを一層沈黙がちにした。煙草も濡れて、直きに消えた。

十五分ばかり休んで雨の中を出発した。磧とは云え二〇〇〇メートルに近い高みだった。寒さは雨とともに身にしみて、風景も心もたそがれのように暗かった。

一町ほど磧を行くと、右に水晶峠への路が消えるように入っていた。私たちは地図を頼りに蓁々《しんしん》と繁って暗い密林の中のその路を進んだ。大きな羊歯《しだ》や腐った倒木が、苔蒸す岩にかぶさっている陰湿な路だった。ときどき高い梢から雫が落ちて首を縮めさせた。

じめじめした沢を二つばかり越すと水晶峠の登りだった。登りとは云っても緩やかな坂道で、一日じゅう日の目も見ない密林の中を、石英の細砂の小径がほのじろく続く峠だった。

林にこだまして、けたたましく犬が吠えた。人の姿も稀なこの季節に早い登山路に、私たちの姿を認めて犬も迂散と思ったのであろう、その吠え方は執拗をきわめていた。其処へ一人の炭焼が出て来て犬を黙らせた。午前中の登りに人に逢ってから、初めて見る人間の姿だった。こんな山奥で犬を家族の孤独の炭焼。雨に密林に真暗だった水晶峠を思い出すたびに、私の眼の前へ浮かんで来るのは、あの仄白い幽霊じみた石英砂の路と、犬と、そしてその主人である無言の炭焼の姿である。

峠を降ると一本の沢を二度に越えた。後で考えれば巫子ノ沢《みこさわ》であった。その二度目の時、なおも沢沿いについている小径と、右へ高く巻き上る小径とを前にして、私たちはかなり迷った。右への径が少し戻るように、余り高くついていたからである。しかし結局友の意見どおり右手を取ると尾根だった。やがて林は次第に闊葉樹林に代って明るくなった。私たちの心も明るくなった。

キバナノコマノツメの鮮かな黄をスズタケの根方に見出したのは、尾根路の左に一際こんもり高いところを一八三〇・五メートルの白平三角点の所在と推測しながら、私たちの辿る足先が乙女沢源頭にむかって次第に前下りになり、尾根の西側が開けて来た辺りであったろう。なぜかと云えば雨が止み雲が切れて、漸く西へ廻った太陽が、スズタケの葉にたまった露の雫に、金剛石のような光を与えていたからである。その輝く雫の中、その赤みがかった西日をうけて、この可憐なキバナノコマノツメに今日初めて花を見たことは、正に私たちを狂喜せしめる事件だった。

そのとき採ったこの菫は、私の庭で翌年も一輪花をつけたが、三年目には懐郷のやまい昂じたか、哀れや露のように消えてしまった。

夕日も次第に土賊峠の彼方にかたむく午後五時過ぎ、私たちは長い長い榾峠を降って、眼下に伝丈沢を見おろす尾根路の突端に休んでいた。あたりに満開のミツバツツジ、夕暮の鳥の声、暮れてゆく山影の青い煙、かすかに響く幻聴のような谷川の音。

そして一里の下手には今宵の泊りの上黒平《かみくろべら》、温泉《いでゆ》の煙を山間に上げる下黒平、その向うにはすでに夕霧をまとった黒富士火山、太刀岡山。

火山噴出岩の国の夜がはじまって、花崗岩の国の昼が終る。そのイマージュもまた消える。

（昭和九年作）

［『山の絵本』所収］

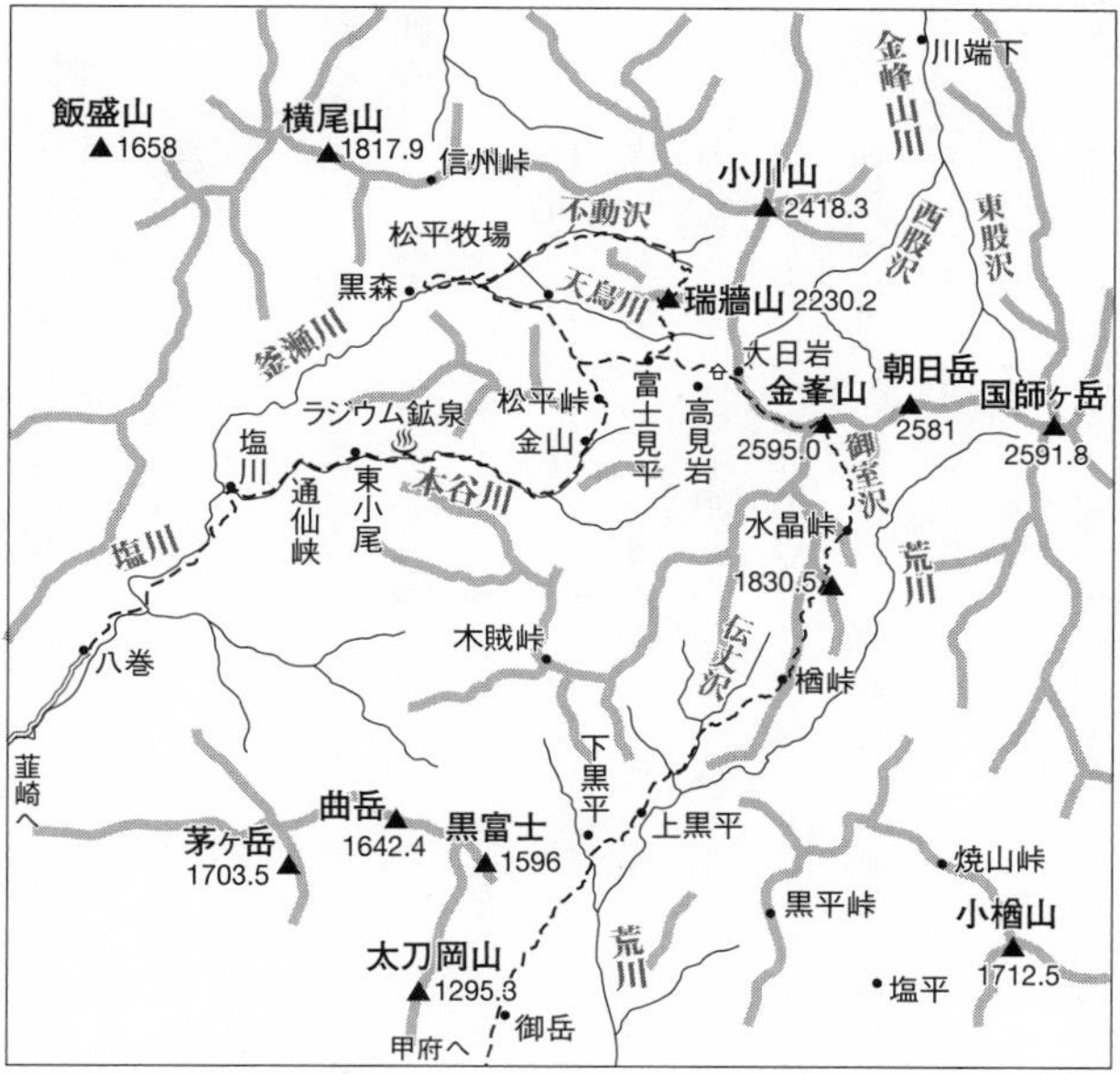
飯盛山
1658
横尾山
1817.9
信州峠
小川山
2418.3
金峰山川
川端下
西股沢
東股沢
不動沢
松平牧場
黒森
天鳥川
瑞牆山
2230.2
釜瀬川
大日岩
金峰山
2595.0
朝日岳
2581
国師ヶ岳
2591.8
富士見平
高見岩
松平峠
金山
ラジウム鉱泉
塩川
東小尾
本谷川
通仙峡
御室沢
水晶峠
1830.5
荒川
塩川
伝丈沢
木賊峠
八巻
楢峠
韮崎へ
下黒平
曲岳
1642.4
上黒平
茅ヶ岳
1703.5
黒富士
1596
焼山峠
黒平峠
小楢山
1712.5
荒川
太刀岡山
1295.3
塩平
御岳
甲府へ

金峰山、瑞牆山周辺図

神津牧場の組曲

五月の夜の終列車は、深夜の高崎・安中をすぎると、やがて信濃の高原で迎えるべき朝のほうへ営々として這い登っていた。

松井田のスイッチバックでは、ちらちらと電灯をつけた上野行が、むこうの闇を逃げるように東に向けて走り去るのを見た。菫色やルビーの信号灯、電気機関車の轟々うなる横川駅のプラットフォームで、腕に赤い布を巻いた乗客専務の中年の車掌が、二杯のうどんかけへ生卵を落として寒さと空腹とをしのいでいた。それから夜明け前の灰色の青、碓氷峠の登りだった。トンネルをくぐっては出るたびに、山谷を埋める新緑がいよいよ冴えた。線路に近く緋桃の咲いている処があった。その鮮かなまぼろしの未だすっかり消えないうちに、新らしく眼にうつるのは峠道の寒い霜の色だった。やがて二十幾つかのトンネルも数えつくしてがらりと変る窓外の風景。久しぶりに見る信濃の国の高原が、どこか外国の山地のようだ。東天にみなぎる金色の光、ほんのりと紫の大浅間。季節に早い軽井沢は、しかし漂渺《ひょうびょう》とたなびく朝霧のなかに、まだ白々と眠っている。

私は結束して歩き出す。人っ子一人通らない中仙道の大道を、燕だけが鋭いシリディキシリをきしらせながら折返しては飛んでいる。雲場《くもば》の手前で南へ線路をわたって、石炭殻を敷いたような黒い火山砂の道をまっすぐ行く。思いのほか低い巻雲が柔かに糸を引きながら、頭上の青空を東のほうへ流れるのが見える。見当をつけて湯川流域の凹地を眼で追って行くと、案の定八風山の右手にもう蓼科が朝暾を浴びて立っている。すぐ続いて点々と雪をつけているのは横岳・縞枯の一群だろうか。それから南は八風の尾根と前景の落葉松《からまつ》林とに遮られて、この路上からはもう見えない。

落葉松と云えば道の左手は矢ガ崎山の麓まですべてこの樹の植林だった。今は折柄の新緑で、その浅いテール・ヴェルトの霧が甘い柑橘の香を発散している。この色、この香には精神を昂揚させるものがある。するとその林の程近い片隅から突然一羽の郭公が鳴き出した。郭公はすでに駅を出た時から遠くに二三羽を聴いていたが、こんなに近くで鳴かれては一寸おどろいた。相当な空間的距離を置いて聴く時には自然の拡がりと深さとを思わせる其の歌も、直ぐ近くで聴けば案外嚙《か》みつくような烈しさを持っていて、ちょうど小犬の鳴声に似ている。鳥類の游牝期《ゆうひんき》前後の歌というものの、元来甚だエネルギッシュで迫力のあることがこれでも分った。

鳴いているのは郭公ばかりでなく、このあたりに多い隠れた湿地からは、ヨシキリの玉磨《たます》りの歌もさかんに起っていた。サンショウクイの「ヒリリン・ヒリリン」も、セグロセキレイの綺麗な囀鳴《てんめい》も聴かれた。例の筒鳥はその竹筒を打つ澄んだ響を投げていた。もっとも多いのは鶯で、その歌はむしろ今日の暑さを予感させた。

雨宮新田を過ぎて小さい橋を渡ると、路傍の小高い草地で朝飯。ノートを取ったり、浅間を写生したり、水筒から珈琲を飲んだり、煙草をふかしたりしてゆっくり休む。

もう朝日は矢ガ崎山から南へつづく山稜の上に其の顔を現していた。恐らくは今日一日、私に幸すべき太陽である。新らしいその光は高原の白樺を照らし、浅間を照らし、遥か西の天涯の白波のような北アルプスを照らし、私の足もとのアズマギクを涼しい露ごと照らしている。

午前六時出発、馬越《まごえ》ノ原の湿地をとおって、押立山《おしたてやま》の見事な三稜形を右に、日暮《にっくら》山《やま》の西の峠、朝涼の七曲リへと私はむかった。

＊

広々と平坦な軽井沢南方の原を横断して、馬取《まとり》あたりから緩やかに登りつくした峠の頂上へ立つ時、また其処から七曲リの急坂を高立の部落へ向けて降りかかる時、ただ見る眼下一帯の風景に驚異と歎賞との眼をみはらぬ者はまずあるまい。

それは地貌の突然変異である。それはヴィオロンとタンバアルとで神秘的に引延ばされたベートーフェンの「第五」のスケルツォーが、俄然フィナーレの大叫喊《だいきょうかん》へなだれ込んだ時の比類である。尖峯の乱立、枝尾根の盤桓《ばんかん》、谷の穿入。比例を極度に大きくすれば、まるで子供がぶちまけた積木の山で、一見支離滅裂、紛糾乱雑、ほとんど収拾しがたい光景である。

しかしこの複雑を極めた山谷の乱戦場も、これを地形図と対照して見る時、われわれ門外漢の真暗な頭の中にも何か仄かな明るみが射して来るような気がする。

私は此処へ来る前に、五万分ノ一「御代田」図幅を七〇〇メートルと一〇〇〇メートルの等高線に従って色鉛筆で彩色した。図の左半分は、緑に塗った七〇〇メートル線が佐久平に向ってほぼ三枚の菊の葉模様を伸ばしているのに、右半分はほとんど方形の密集から成る平面幾何的なモザイクを現した。私は此の火山地帯の基盤をなしていると云われる第三紀層の走向も知らず、それを被覆している噴出物の性質も知らず、また小藤博士、佐川学士らの相異なる二つの成因説に就いても唯そのまま受容れるほか無い阿蒙《あもう》として、この彩色した地形図と眼前の風景とをかたみ代りに眺めながら、ただ此処でも人間の肉体同様疾病や老衰が先ず山体の弱所からはじまり、その風化と削磨との作用が漸次に硬い骨骼《こつかく》に及ぶという自然の理法を考えるばかりである。そしてそう思って眺めると、この一見混乱した地貌を支配して、其処にひとつの厳然たる秩序の存することに思い到るのだった。

しかし正面にはすでに目ざす神津牧場を擁して、緑の天鵞絨《ビロード》を敷きつめたような物見山が横たわっていた。その突当りのノアの箱船は荒船山。また私の右手から直ちに起こって西へ向う尾根のはずれには、帰りは其処を通ることに予定した八風山《ほつぷうざん》が、いくつかの銃眼を刻んだ岩壁を立てて香坂峠《こうさかとうげ》へ落ちている。

私は用意のためにその岩壁の見取図を描いた。それから高立目がけて七曲リの急坂を一気に降った。そして香坂峠からの路に合して幽邃《ゆうすい》な谷をさかのぼり、一本岩のスタックの根がたを廻って、いよいよ牧場への急な坂道にかかった。息は切れたが希望は眼前にぶら下がっていた。年来の楽しい空想が現実となるのである。その現実が、見よ、其処に、「神津牧場」と墨書した白い標柱となって立っている。

＊

私はつかつかと牧場の柵の中へはいって行った。

あたりを見まわすと、向うの方に、路から少しわきへそれて、ところどころ鳶色の岩の現れたひとつの小さい丘がある。そこは草の緑も一層いきいきして、どこよりも柔かで清潔らしく見える。私はそこまで登って行って、先ず重たいルックサックを下ろした。そうしてそれに背をもたせると、両脚をそろえて長々と伸ばした。

ともかくも一服だ。私はケイスから巻煙草を一本ぬき出す。そよそよと吹いて来る五月の風に青い煙をなびかせながら、ゆるやかに起伏した緑の牧場のひろがりを見、米粒のように牛の散らばっている美しい物見山を見、朝まだ九時のういういしい太陽がここ上州の山谷にひろびろと振りわけている花やかな光や涼しい影を見、新緑の谷間から輝く真綿の糸のようにもつれ昇って、やがて形をととのえながら大空とおく旅立って行く白い雲の姿を見ていると、とうとう神津牧場《こおづぼくじょう》へ来たのだということがもう一度はっきりと考えられた。

南の方の地形の高まりにさえぎられて、ここからは未だ牧舎も牧場の事務所も見えない。その高みを乗越して建物のある方へ通じている路の両側には、ちらほらと白樺が立っていて、その柔かい浅みどりの若葉が、やがて暑くなる太陽にもういくらか萎えたように垂れている。右手は、柵がうねうねと遥か志賀越《しがごえ》のあたりまで登って、その微かに消える果ては悠久な竜胆《りんどう》いろの信州の空である。私に近く、その柵の外側に、こんもりと茂った新緑の林があって、さっきから一羽の鶯が歌いつづけている。その小さい鳥の咽喉からほとばしる晩春の歌は実にパセティックで酩酊的で、この静寂の世界に強い熱気の波をおこすかと思うほどである。

日光の暑くなってゆくのが頼もしい。清涼を運んで来る風はすでに夏の前駆である。私はうっとりとする。私は仰向けに身をたおす。新緑の林のむこう、空間の距離を知らせる陽炎の奥に、八風山の岩壁がふるえて見える。眼をほそくして眠らば眠れと思っていると、ザルツブルクにシュテファン・ツヴァイクを訪ねた時のジャン・ジューヴのあの美しい文章が半ば夢のように意識の上を流れる。全ドイツに霊感を与えながら仕事をしている隠栖のゲーテのことを想わせるツヴァイクの館の低い窓の前には、暑熱と静寂と、夏の匂いとにむかって閉されたその十八世紀風の窓の前には、「大気の緑の岸辺」である楡《にれ》とトネリコとが、遠くバヴァリアの野を背景にして盛り上っていた……

夜汽車での不眠と疲れと、清新な高原の太陽と微風と、周囲に満ちる静けさとに快く揺られながらとろとろと眠った私は、事務所へ荷物を届ける馬の蹄の音に眼をさました。余程眠ったように思われたが、それはせいぜい十五分ぐらいであったろう。

私は馬子に事務所のありかを訊ねた。それはもう直ぐ此の下であった。どうせあと一投足の労で其処へ着くのならば、まして今日一日をゆっくり遊んで今夜は此の牧場へ泊るのならば、何をいそいで行く必要があろうと、私は丘を上って行く馬の姿がやがて見えなくなるまで見送ってから、やおら立上った。

広い牧場全体は柵によって幾つにも仕切られていた。牛を放たずに休ませてある区劃の中では牧草が緑の絨毯のように密生していた。その中にパステル赤を点々とこぼしているのは桜草であった。それにまじってほんのり赤味のさした薄紫の東菊。大空の破片の色の苔りんどう。又すこし湿った日当りの窪地には、緑と赤の対照もあざやかな猩々袴《しょうじょうばかま》。

やがて前方いくらか低まった平地の、謂わばテラスのような所に牧場附属の建物が現れた。物見、荒船と、山々をめぐらした自然の大きな半円形の中に可愛くちりばめられた生活風景。ほそい煙突からは煙が上り、花盛りの山梨が其処此処に立ち、犬の鳴声がし、遊んでいる子供が見え、ゆるゆると春の日永を反芻している牝牛も、近くの牧場に三々五々と姿を見せる。

私は事務所への坂を下っていた。その靴の音を聴きつけてスコッチ・コリー種といわれる犬が飛び出して来て咆《ほ》える。洋服姿の男が出て来た。それが長尾宏也君から紹介された牧場主任の竹村六一さんだった。私は丁寧に案内されて事務所の土間へ入った。土間には甘いような牛乳の香がし、長い食卓がならび、硝子戸の外は青々とした五月の空だが、此処だけは涼しくほの暗く、女や子供さえ賑やかに出て来て、私は今や全く牧場の客となった。

「歌え、我が心よ、今日はお前の時だ」というヘッセの詩が、「先ず一杯」とすすめられた牛乳を飲む私の心に率然として湧くのだった。

＊

昼飯のパンへは、この牧場自慢のバターを厚く塗って食った。東京から持参の珈琲には、これも今しがた出来たばかりだという濃厚なクリームを沢山入れて、本当のカフェー・ア・ラ・クレームを手製した。咽喉がかわくので牛乳を頼んだら、

「三合も持って来ましょうか」

と、給仕に出たお婆さんが訊いた。私が食事をしている間、荒船山のあの北東へ突き出した岩壁からの降りの径を、こまごまと話して呉れたお婆さんである。何でもこの近所で育って、荒船の事ならば誰よりも一番詳しく知っている人だそうである。三合の牛乳には些《いささ》か辟易したが、いかにも牧場らしい大まかなところが気に入った。

私は身軽になって外へ出た。残る半日、この牧場の気分を満喫しようと思って。出口で竹村さんに逢うと、何か修繕している仕事の手を止めて、

「散歩ですか」

といった。そうして物見山を一廻りする路順を教えて呉れた。傍らには同氏の子供や牧夫の子供らしいのが五六人立って、まじまじとこの遠来の客の顔をながめていた。私は、今度来る時には都をとおいこの子たちに、美しい絵本でも持って来てや

ろうと思った。

自然も、天気も、人々も、そろって私を歓待し、むしろ私を甘やかしているように見えた。そうして私は喜んでそれを受けた。

今日はお前の時だ……

母屋の南をだらだらと下ると、小梨が白い花の枝を重たそうにかざしたその下に、小さい流れがあった。山上の春のひねもすをごぼごぼ歌っているこの細流は、市野萱川の源頭のひとつである。それを跨ぐと路は登りになって、やがて牧場の柵につきあたる。門に掛けわたした皮付きのままの落葉松の梯子を乗越えて中へ入ると、もう二三頭の美しい牝牛がいて、一度に私のほうへ顔を向ける。しかし大部分の群はもっと上の開けた高地で遊んでいるらしい。あたりは実に静かで、時折の虻の澄んだ羽音さえ、金色の真昼の深さを思わせるばかりである。

しばらくはズミやナナカマドの白い花、タニウツギの紅の花、可憐な桜草、湿地のところどころに大きな薔薇結《ロゼット》びを簇出して、わずかに真紅の蕾《つぼみ》を覗かせた九輪草などが、往く往く私の眼をたのしませる。

やがて樹木が無くなって、ひろびろとした草の野山が現れた。牧場の南をかぎる柵について、私はそれ自身物見山であるこの草山をゆっくりと登って行った。

一歩は一歩、荒船がその垂直の岩壁を立ててせり上って来る。南中した太陽はいよいよあの赤黒い岩壁に明暗の生気を与える。谷風が斜面を撫でて吹き上げて来る。黄いろい牧草の花がみな揺れる。優美が終って雄大がはじまる。

私は物見山の南端、あの馬の頸のような形をした露岩の基部へ辿りついて、それにしっかりと跨がった。標高は一四〇〇メートル内外でも、さすが国境の山稜は風も強い。風は上州側と信州側との東西の谷間から吹き上げて来て此処ではげしく合体し、余勢をもって中天へ巻きのぼる。鼓膜がその風の響きにたえず充たされて、静止していれば何となく胸騒ぎのする気配である。ひしひしと縅《おど》した黒木の密生から卓立して、荒船の巨大なメーサはその鉄壁を大気の波に洗わせている。その右手奥の方にどっしりと墨絵の山容を横たえているのは相木の雄の小倉山だろうか。そして此処からは見えない星尾峠の東、黒滝山へむかってその高度を漸減する山稜の上はるか、青光りする地平の果てに長い影絵を踊らせているのは、あれは立雲《たちぐも》しげき夏と共に思い出多い奥秩父の連峯。

南西には光にけぶる佐久平を俯瞰して、蓼科から八ガ岳へつづく一連が海波を蹴って進む一大戦艦をおもわせる。横岳の残雪がまぶしく燃えて、晩春の咽喉の渇きをそそのかす。中込から臼田あたり、盆地を蒸す水蒸気の底に、千曲川がきらめく糸のように流れている。ふりかえれば、北から北東へかけては、この物見山から八風山・日暮山《につくらやま》・谷急山《やきゆうやま》・妙義山へと、ひとつの大きな弧を描く新緑の円形戯場《アンフイテアートル》の壁である。半径ほぼ六粁《キロ》におよぶ此の壁の内側は比較的傾斜が急で、其処を流下する水はすべて集まって涼しい西牧川をなしている。しかも八風山でも、物見山でも、その山頂が顔を東にむけているのは、あたかも碓氷峠附近南北の火山がほとんど皆そうであるように、東風がはこぶ温湿な空気の優勢な風化作用を語って興味が深い。

私は山稜を走る牧柵に沿って、おだやかな起伏をたのしみながら志賀越《しがごえ》のほうへ歩いて行く。緑の草山が描く豊かな胸の線のむこうに、薄紫の浅間山がほのぼのと煙を上げて横わっている。

何という晴れやかな、のびのびした眺めだろう。物見山の山頂の、寄石山《よりいしやま》へとつづく緩かな笹原の斜面《ひら》は、此処でまる一日の無為の時間を、青空と雲と太陽と、そよふく風とに捧げても決して惜しくはないほどである。

柵の内側、すなわち上州側の神津牧場そのものは、東の山麓に可憐な巣をかけた屋敷《やしき》の部落あたりを目がけて求心的になだれ込んでいるが、志賀越の路を境にその北方にはまた幾らか隆起した広い草原をひかえて、まことに単純に見えながら細かいところに微妙な変化のある、数百町歩の美しい牧場地帯をなしている。

放牧の牛は三々五々、思い思いの組になって此の物見山に散らばっている。頂上に近い草原からくっきりと浮き出して、新月のようなその角を高原の風に吹かせている者もあれば、もっと下の方の凹地に群をなして、其処に群落する白樺の幹の白さにまぎれている者もある。

この緑の山谷に鈴《クーグロッケン》のメロディーが響かないのは寂しいが、正面に遠く妙義をのぞむ渓谷の詰、青嵐わたる高い台地には中央農区の建物が事務所を中に可愛くかたまり、鶏が鳴き犬が吠え、この一種の圏谷に折からの午後の陽《ひ》が美々しく流れて、真にひとつの平和なアルプの風景を展開しているではないか。

＊

母屋の二階の縁側で、私は籐椅子にくつろいで煙草に火をつける。私の前には灰皿を置いた一箇の古い小さい卓がある。その上に牧場の桜草をいっぱいに挿した硝子のコップが載っている。これは今日朝のうちに私が此処へ到着して部屋がきまると、管理人の竹村氏が自分で持って来て置いていった花である。見ているうちに、この桜草がその場の一種の雰囲気から、マチスの「金魚」の絵を思い出させる。私は立ち上って座敷へ入ると、ルックサックから一冊のデュアメルを取り出して来て、それをこの花束の傍らへ置いた。ついこのあいだ著者から贈られた「欧羅巴の懇親的地理学」である。

牛乳風呂から上って、糊のついた浴衣に褞袍《どてら》を重ねて、涼しく華やかな五月の夕暮の太陽と、その赤い光を斜めにうけていよいよ緑の色の深い牧場の起伏とを眺めながら、今私はこの本の美しい頁を開こうとするのだろうか。遠く御荷鉾《みかぼ》、赤久縄《あかくな》の山々の薄青い影絵が薔薇色の霞の奥に横たわっている風景を前にして、オランダの「組曲」やフィンランドの「北方の歌」を読もうとするのだろうか。

いや、私がその本を此処へ置いたのは、それを今直ぐに読むためでもなければ、桜草の緑と赤と書物の表紙の淡い黄との快適な配合をよろこぶためでもない。実にその本の中で、詩人は、それぞれの民族に固有な文化の美を語り、この世襲財産の善く護られることを勧奨し、人類の真の文明がそれらの堅固な美しい土台の上にこそ打建てられなければならないことを、もっとも切実な言葉で語っているからである。そして深い敬愛に価するこの本を、今、牧場の卓の上に置くことが、管理人の桜草に対する私の無言の讃美と同感との、この際におけるもっとも自然な表現であるように思われたからである。

＊

母屋の横を一筋の路が降りてゆく。物見山の東の山腹や南方の斜面にひろびろと展開した牧場一帯への通路である。その路が降って再び登りになろうとする処に、何かひそひそ囁いているような小さな流れがある。五月の下旬、その流れのふち、囁きの上で、一本の小梨の大木が真白な花の雲をかざしている。

いま私の前でひとつの牧歌がはじまる。この牧歌には平和のほかに生気がある。初夏の山の牧場に時間が重たく熟した午後三時過ぎ、放牧の牝牛の群が丘の牧舎へ帰って来るのである。

さっき彼女らは物見山のゆるやかな斜面へ、麦の穂か雛菊の花かのように散らばっていた。或る者は岩石の露出した山稜の高みまで登って行って、青いスカイラインの上に五ミリに満たない小さい牛の姿を浮き出させていた。それが何時の間にか集まって、一列になって、青い木の間や丘のかげを見えつ隠れつ、通い馴れた毎日の路を帰って来る。

彼らを引率する牧夫は何処にいる。そんな者はまるで見えない。牛は帰る時刻だということが分れば、閘門《こうもん》に堰かれて流れる水のように、牧柵の出入口の狭さのままにおのずから列になって、夕暮の牧舎への路を手引きも無しに辿るのである。

今、先頭の牛が前足の蹄を砂礫の中に突立てるようにして向うの坂を下りて来たが、山梨の花の下で流れを跨ぐと、今度は巨大な腰にうんと力を入れて、力学の自然に従って頭を左右に振りながら、この丘への路を営々として上って来る。彼らの一頭一頭が降りから登りに移る瞬間、花盛りの樹木とせせらぐ水のほとりに一脈の熱気がおこる。夕暮近く淀み勝ちな空気がそこだけは渦巻を起して、生物《いきもの》臭い、確かな摑みどころのある、土に即した、がっちりした現実、生活への或る崇敬の念を誘い出すような、単に絵画的でない生き生きした場面を現出する。

どれもこれも同じような登降運動で眼の前を通って行く牝牛を、私は辛抱づよく数えて見た。すべてで三十四頭いた。そしてその三十四頭目の後から、少しはなれて、二人の若い牧夫がまるで兄弟のように相手の肩に手をかけて、仲善く話しながら遣って来た。

*

一日を野山で遊び暮して帰って来た牛たちが、今はその寄宿舎の中でどんな風にしているだろうという好奇心に誘われて、私は下駄をつっかけて見に出かける。

優良な種を理想的に飼養して、彼らから採る乳やバターの名声を永く保ってゆくための近代的施設や経営法そのものは、以て直ちにラスキン・モウリス風の田園詩とは為《な》しにくいが、そこに周囲の立派な自然や、叡智や愛や熟練が加わると、牧場・農場の規律ある仕事や生活風景に独特な詩美が生れる。引例に多少の不同を許されるとすれば、岩手山麓の小岩井農場が第一にそうであり、下総の三里塚御料牧場がそうであり、今またこの神津牧場がそうであるとはいえないだろうか。

彼女らはもうそこにいる。一棟の細長い牧舎の中、一小間《こま》ずつに仕切られた銘々のきまりの場所に。しかし遠足や旅行から今帰って来たばかりの子供達のような、新らしい感銘と養った力のやり場に困っているそわそわした態度が、彼ら全体の間に行渡っている。一日の風や日光や、芳ばしい草の香を身体じゅうに浸み込ませて、それをあたり構わずぷんぷん発散させている彼らには、何か「地の拡がりの精神」

のようなものが憑いているらしく、この牧舎内部の暑さ狭苦しさに、そう直ぐには馴れる事ができないらしい。

彼らはたえずごとごと遣っている。短かい尾を振ったり、足で掻いたり、耳を動かしたり、柔かい鼻の孔から水まじりの息を吹いたりしている。甘いような酸いような、むっとする乳牛特有の体臭と熱気とが舎内に磅礴《ほうはく》して、そこに立会っていることは、何か肉弾相撃つ中に居るようで楽しく強壮な気はするが、又一方平生からの馴染もない、気心も知れない大きな生物《いきもの》の間にいる私としては、見たいだけ見た事に満足して、もう外へ出たいという気持になった。

ちょうどその時二三人の牧夫が、彼女らの夕飯を盛った幾つかの大きな容器を運んで来た。それを見ると彼らの間に又ひとしきり動揺が起こる。牧夫は馴れた手付で、銘々の前に取付けてある三角形の樋の中へ素速く飼料を盛りつけて行く。牛は待ち兼ねたとばかりに鼻面を伸ばして、薔薇色の長い霊妙な舌の動くがままに端から征服して行く。

私は外へ出る。ほっとして思い出したように深い呼吸をする。山の空気が泉のようにに二つの肺へ流れこむ。夕日が物見山の上に大きく傾いて、そこらじゅうから新らしい風が生れる時刻。新緑は赤い光を反射して緑の色が一層すがすがしい。
その夕暮、東の黒い山々の上に輝く牛飼座の主星アルクトゥルスの黄玉の光を見て、私は天と地との偶然の暗合を喜んだ。

*

二枚の葉書に書きつけて、留守をまもる家の者に送った即興詩——

神津牧場

牧場管理人のいかめしい顔のまんなかで、
大きな髭が好人物だ。
おれはバター製造所の小屋にいた、
今日も一日快晴らしい五月の太陽が
まだ妙義のむこうで薄紅くはにかんでいる時刻に。
バドミントンスタイルの牛酪掛の老人は、
気の若い、名人の酒好きらしい。

おれは一目で「ゴリウォークのケイクウォーク」を思い出す。
むっとする乳の香に子供部屋の空気がある。
黒板に粉《こな》っぽい英語の走り書、
卓の空壜にしおらしく桜草……
錫の分離器が夢みるように歌い出す。
航空母艦の煙突をおもわせる平たい管から
米の磨水《とぎみず》みたいな脱脂乳がしゃあしゃあ出る。
ほそい管からは一割の濃厚クリームが、
ありがたそうにとろとろ滴たる。
そいつを重たくコップへ受けて
藤紫の赤久縄《あかくな》や稲含《いなぶくみ》の山を半眼に見ながら子供心になって飲んでいると、
そばから管理人が得意らしく「どうです！」といった。

＊

「香坂峠から尾根伝いで八風山へは、路もついているにはいますが、藪がひどいそうですから御止めになったらいかがです。それに今日はどうやら風が出そうですし」というのが、土間の食堂での朝飯の折の竹村さんの意見だった。なるほど陽は射しているが、空の色にはどことなく荒んだものがあった。

ちょうどそこへ牧夫が二三人はいって来た。竹村さんは彼らをつかまえて相談をはじめた。「なに大丈夫だ」という者もあれば、「いや彼処《あすこ》はやめた方がいい。それよりも峠を少しばかり高立の方へ降りて、そこから落葉松林を突切って行くのが一番無事だ」という者もある。

落葉松の中に路がついているかと念を押すとついているといった。それならばどっちに成ってもいいと思って、私は身支度を調えると、牧場の人たちと名残を惜しみながら出発した。途中まで東京三越の店員という二人の人が一緒だった。彼らは志賀越から寄石山あたりまで散歩に行くのだといっていた。物静かな若い人たちだった。二人とも浴衣に褞袍を重ねて、一人は小型のカメラを持っていた。私は重たい旅装だった。

バター製造所の後ろから暫らくはジグザグの登りが続いた。朝の歩き出しの印象はすべて新鮮そのものだった。見る見る牧場の建物が眼の下になる。荒船が出る。浅間が出る。新緑で柔かくされた山々の鉄槽の囲みの底に、西牧川の谷の水が見える。やがて私のとるべき小径が沢の源頭の樹林へ入り、志賀越へ行く人たちの路がなおも草山の登りを続けようという所で、往く者と留まる者とは袖を分った。

私は志賀越の北の尾根へ出た。往手には幾らか西に傾斜して、まるで競技場のような広々した一廓の平坦地が見える。上・信の国境はその平坦地を縦に貫いて香坂峠に落ち、直ぐに城壁伝いのような八風の南の尾根を這い登って、獅子岩の先の鞍部から東へ七曲リ上の峠の方へ走っている。私はその国境線を辿ればいいのだ。

競技場と見えたのは五町平方ぐらいの一面の笹原の台地だった。誰も通らないと見えて踏跡は全く無かった。北東の風が次第にざわめいて来て、笹の波立ちがこの原を満たした。右手の谷間には例の一本岩が、遙かに低く寂しい物に見えていた。

私は香坂峠へ駆け下りた。火山地域によく見る明るい広々した峠だった。上州側にやや急に、信州側にゆるやかな道路が、雲の走る天の下で、東西に太い火山砂の帯をよこたえていた。

八風を越そうか、下の落葉松の林を抜けようか、私は未だ迷っていた。風がますます強くなったからである。

あやふやな気持で先ず正面の笹原を登って見た。遣り遂げようという決意の無いところには忍耐も無く持続も無い。わずかな障害に出遭っても、直ぐに方向を変えて曲流《メアンダア》する平地の川のように、優柔な心はもうこの足もとのぽかぽかした笹原の斜面の登りにへこたれていた。

折角登ったのに踵を反して、今度は峠を東へ降りた。左手にはいわゆる落葉松林が果てしも見えず密生している。ついていると聴かされて来た路の入口は何処にも無い。しいて思えば密林の到るところが路である。ともかくも潜り込んでみた。一見事もなく見えた森林も、入って見れば傾斜は急で、おまけに何年積み腐った落葉松の葉の堆積が、春の軟雪よりも意地悪く踝《くるぶし》を責めさいなんだ。見通しは全く利かなかった。地図と磁石とをたよりに、抜けて抜けられないことはあるまいが、こんな処でもがいているのも愚かしければ、第一軽井沢発の汽車の時間も気に懸った。それでいい加減に諦めをつけて逃げるように森林を抜け出すと、もう一度峠へ登りかえした。

今度は笹原を登りつくして岩壁の端へ取りついた。岩尾根はひどく痩せて峙《そばだ》って、往手には相当に深い切れこみも幾つかあるらしい。弱さがまた私を追い返した。私は再び落葉松林へ潜り込んだ。しかしそれは流砂のように陰険だった。

私は峠の草に坐りこんで、前途の選択よりも、無益に失った一時間半よりも、自分自身の性格をうらぶれた心で考えた。美しい計画を立てながら忽ちそれが厭になり、為《な》すことに持続が無く、肝腎な事柄を遷延し、カントの意味の「義務」を怠り、「イミタシオ」が戒める瑣事《クリオサ》に心を動かし、しかもそれらに理窟をつけ、旨く口実が成り立てばそのことのためにまた却って自分を不快に思い、今度こそは正しく遣ると己れに誓い、少しばかり実行し、そしてまたずるずると元へ戻るというこの情ない性格の弱点……

私は孤独の香坂峠で己れ自身に荒涼とし、恥じ、憤激し、頭をなぐり、この呪うべき二重人格を四の五をいわせず駆り立てるために、遮二無二八風山を攀《よ》じはじめた。

山は、たしかに、弱い性格の鍛練場である。それは意欲の綱《ザイル》を試験する。負けた者、意気地なく逐《お》い帰された者は、また綯《な》い直して来るがいい。

八風山は風に打たれる廃墟だった。それは北東の強風の衝に中《あた》っていた。径は多くの場合断崖の縁を通って、幅はわずか二尺ぐらいしかなかった。片側にはアセビ、ドウダンの類の灌木がびっしり生えて、嵩ばったルックサックを引戻しがちだった。

小枝はたえず鞭のように跳返った。それを気にすれば、今度は身体の重心が断崖の外へはみ出すのだった。

もしも空身《からみ》ならば。そうだ、空身ならばこんな処は何でもあるまい。しかしお前の行くような山が空身で何の試練になる。

獅子岩の根まで続くこの岩壁は、前日七曲リの峠から予め見取図に書いて置いたように、幾つかの歯形を刻んで長かった。径はその歯形のままに、一つの岩のかたまりを降っては、また次のかたまりを見上げるように登っていた。何のためにするこの労働だ。見るためにだ。見るためならばもっと楽な、もっと楽しい道らしい道が、人間にふさわしい道が、静かな山麓を、下の方の美しい平野を、千万の看物をならべて走っているではないか。走っている。しかも実に和やかな曲線を描いて走っている。だがお前はこの困難な道の方を選んだ。そしてそれは正しい。なぜならば、手を高閣に束《つか》ねて見るだけならば、それは未だ本当に見てはいないのだ。あらゆる現実は、そこに身を以て生きて初めて「見た」ということができるのだ。お前は見たいと願う。それならば生きねばならない。此処を往くことは、今の場合、とりも直さず生きることだ。往け！

私は遂に八風山の南の尖峯、獅子岩の根もとへ着いた。それは名の示すように蹲《うずくま》った巨大な獅子に似ていた。集塊岩らしい巨巌は往手を遮って三四丈の高さで私に挑んだ。この藪の毛だらけのスフィンクスの顔を正面から攀じるのだ。

私は岩角に靴の爪先を掛け、荒くれた樹の根に取りついて、それを強く引張りながら自分を押し上げた。初めのうちは旨く行った。だが傾斜は直ぐに急を加えて、やがてほとんど垂直の箇所が現れた。ルックサックを背負っているのが如何にも不自由だった。私は下へ降りた。そしていつも何かの足しに持っている麻縄を取り出して、それをしっかり嚢の負革に結んだ。今度はいいだろう。私は縄の一端を腰のバンドに縛りつけると、すっかり身軽になって急斜面を攀じた。

縄は徐々に手繰られた。ルックサックはごつごつした岩角や灌木の間を重たく曳擦られながら上って来た。この成功が私を元気にした。空身で攀じて行っては足場のいい処で引張り上げる。こんなことを二三回繰返している内に遂に獅子岩の頂上へ立った。

風はびゅうびゅうと吹きつけていたが、精神は張り切っていた。今では香坂峠での狼狽がおかしかった。もう少しぐらいは困難に遭遇してもいいと思う気持に、獅子岩の岩尾根の降りはたわいが無かった。それで鞍部へ着くと、ルックサックを置いて三角点の有る八風山の頂上まで行って見た。

私は鞍部の草の上に身をたおした。空は華麗な青と白とのだんだらだった。さしもの風も納まりかけて、名残のそよぎはあたりを満たし、輝く太陽は頬に額に快く暑かった。

旅の終り。私の心はひとつの大きな貯水池に似ていた。それは八方から流れ込んだ千百の思い出を満々と湛えていた。それを自分に抱きしめていることは、悲しくもまた嬉しいことだった。

私は幸福な受胎を感じた女に似ていた。それは安堵と、誇りと、敬虔の念との入りまじった複雑な感情だった。

その感情の水の上をヴェルハアランの歌が、「愛《ラムール》」の歌が涼しく流れた、

Je suis venu vers toi, de mon pays lointain,
Avec mon âme et mon destin……
「余は我が魂と運命とをひっさげて、

我が遠き国よりおんみに来ぬ」

大きな真昼だった。折り敷いた草の中でイブキジャコウソウがにおい、筒鳥の声が麓の谷にこだましていた。

（昭和七年作）

［『山の絵本』所収］

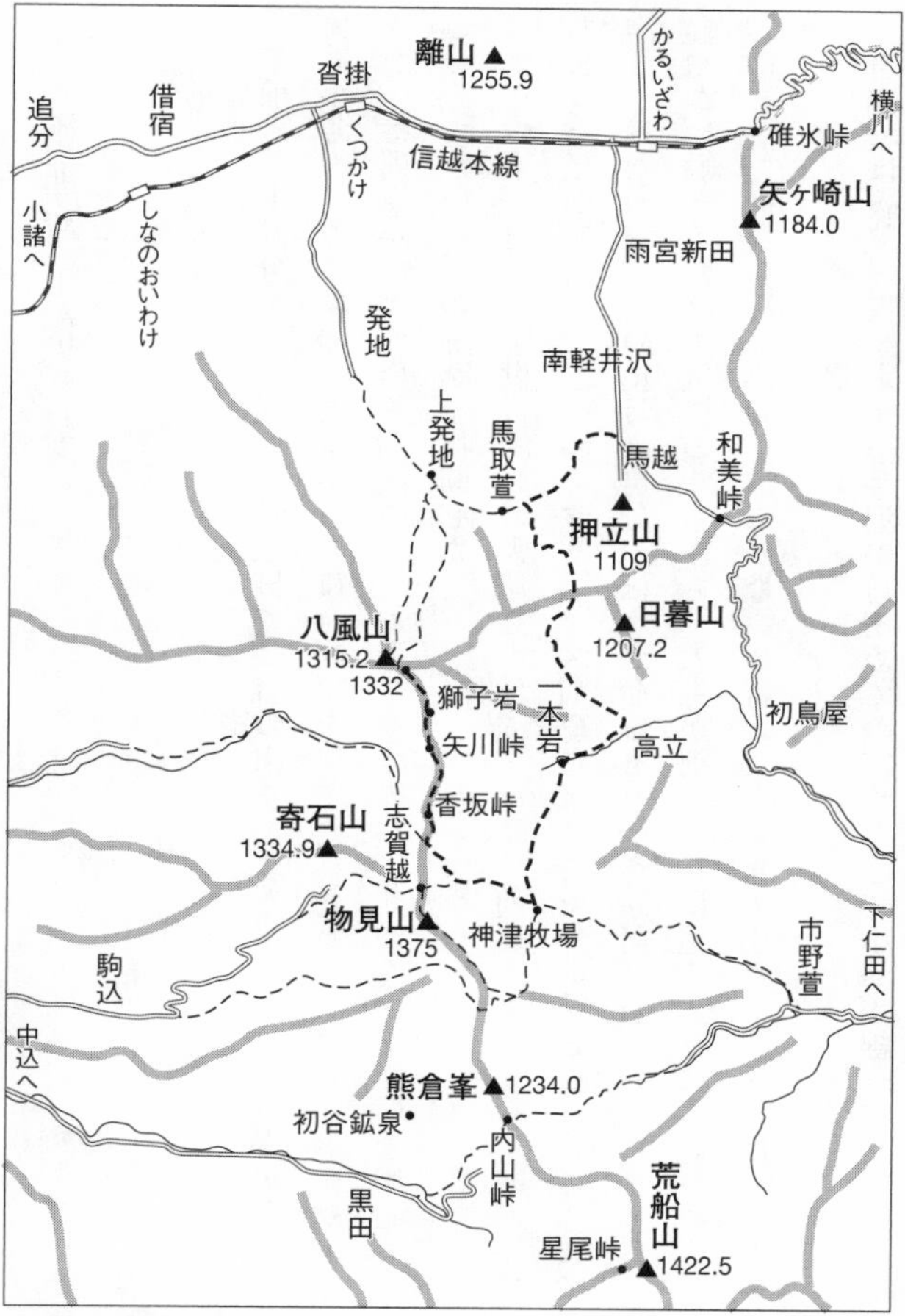
離山
1255.9
沓掛
借宿
追分
かるいざわ
横川へ
碓氷峠
信越本線
くつかけ
小諸へ
しなのおいわけ
矢ヶ崎山
1184.0
雨宮新田
発地
南軽井沢
上発地
馬取萱
馬越
和美峠
押立山
1109
日暮山
1207.2
八風山
1315.2
1332
獅子岩
一本岩
初鳥屋
矢川峠
高立
香坂峠
寄石山
1334.9
志賀越
物見山
1375
神津牧場
市野萓
下仁田へ
駒込
中込へ
熊倉峯
1234.0
初谷鉱泉
内山峠
荒船山
黒田
星尾峠
1422.5

神津牧場周辺図

御所平と信州峠

午前六時十五分といえば、一月三日では日の出までまだ半時間の余も間のある中央線小淵沢の停車場で、東京からの夜行列車を捨てた私たち二人は、小海南線の小さな一番列車が待っている向側のプラットフォームへ、かつかつと鋲靴を鳴らしながら凍てついた雪の線路を横断した。

去年の十一月には子供に瀕死の大病をされて、一時は前途がまっくらに塞がってしまった気がしたが、さいわいクリスマス前夜にはめでたく退院というところまで漕ぎつけたので、この正月は自分のほうが命をもう一つ余計に貰った気になって、軽やかに解き放たれた気持のうちにも、人生が別して我に送るように思われた光を心にしかと抱きしめながら、清らかな雪に粧われた新年の山々への旅に出ることができた。

道連れは義弟一人。まず小淵沢から初めての経験として小海南線へ乗って終点清《きよ》里《さと》まで、それから念場・野辺山の雪の高原をはるかに越えて信州南佐久の御所平に一泊、翌日は路をふたたび甲州路にとって信州峠を乗越し、釜瀬の谷に人煙を上げている黒森・和田の部落を経て増富のラジウム温泉泊り、三日目は本谷川から塩川の谷ぞいを八巻までぶらぶら歩いてそこからバスで韮崎へ、そしてその日のうちに帰京しようというのが今度の旅のプランであった。

暮にせまって東京にも相当の雪が降った。ましてや甲信国境の雪には豊富なものがあるだろう。それがお前の下手な写真にいくらかの生彩を与えるかも知れない……

乗換えた小海南線の客車の数はたった二輌だが、席をとるのに目移りのするようながら明きだった。まだ機関車も附かないのでスティームも来ないと見えて、到底じっとしてはいられない寒さだった。試みに車内に取付けの寒暖計をのぞくと、碧い酒精柱は零下六度を示していた。同じ寒いのなら山を見ようというので外へ出て、足踏みしながら四方を眺める。

すぐ眼のまえの、小高い崖の上にならんだ家々の屋根越しに、八ガ岳の一峯編笠が白と黒との端麗な円錐形をのぞかせている。その奥には、暁の黒ずんだ深い紺碧の空につつまれて、権現岳が凄惨な白刃の峯頭を鏘々《そうそう》とまじえている。さらに頭をめぐらすと、まだ黄昏《たそがれ》いろの釜無の谷の対岸、あの暗澹とした断層崖にのしかかって、青氷を走らせた甲斐駒、朝与、鳳凰が、まるで敵前に夜を徹した大砲塁をおもわせる。そして東のほう甲府盆地は朝霧の底に重く沈んで、夜明けの水っぽい大気の中、綿雲のまろぶ御坂山塊の上はるかに高く、霊峯富士がほのぼのと薔薇いろさした薄みどりの全容をあらわしている。

汽車は可愛らしく汽笛などを鳴らして小淵沢を出ると、わずかのあいだ北西へむかって進むが、いつの間にかぐるりと北東に向きをかえて、それからは八ガ岳高原の緩勾配を四里あまり、終点清里までじりじりとひた押しに登って行く。

私たち二人のほかに乗客といえばこの支線の従業員らしい連中ばかり。正月のことなので皆からだの何処かに何かしら「お初《はつ》」の物を着けている。帽子の下から出ている髪の毛なんぞも、綺麗に刈込んだばかりだったり、油で光っていたりする。みんな幾らかの酒気を漂わせて上機嫌である。きっかけさえあれば、風変りなこの正月のお客に口をきいて遣りたいという様子さえ見える。おまけにこのなごやかな閑散な車中にはスティームが景気よく通いはじめ、故障のあるパイプからは暖かい湯気がシューシューと浪費の音を立てて噴き出し、その為に窓という窓には水蒸気が檜葉《ひのきば》模様に凍りついて、こんな即席の磨硝子《すりがらす》を張った車の中は、まるで魔法にかかった室のように異様に明るい。

汽車弁当の箸の頭でその氷を扱《こ》きあげて外を覗くと、清らかにも美しい朝日を浴びた雪と赤松との高原の右に左に、すべての山々は薄桃いろに匂う山頂のパノラマを列車の進行とともに刻々と移動する。

甲斐大泉、甲斐小泉。ドビュッシイの管絃小曲を想わせるような、雪に埋もれた高原の小停車場。純潔な山岳の結晶群と、清澄な一月の天へ登極する午前の太陽。終点まで五十分のあいだ、私たちはこの支線の美を温床《フレーム》列車の窓硝子の氷の孔から味わえるだけ味わって、そして酔った。

＊

陸地測量部の地図には未だ鉄道の記入が無いが、現在の終点清里駅は、八ガ岳赤岳が南西へその長い裳を垂れた念場ガ原の下手、ほぼ一二二〇メートルの等高線附近にあたっている。私たちは其処で下車した。

物惜みをしない自然が、わずか一日一夜であたらしく降りうづめた白雪の大高原。

しかも澄みに澄んだ青玉の空と八方に照りそそぐ日光との今朝は、なよなよと吹きわたる風も春めいて真に眼もあけていられない光彩陸離の世界である。私は雪の中へステッキを突刺して、ぐるぐると廻して引抜く。その瞬間、碧い焔のようなものが孔の口まで盛り上がって来る。それが余り美しいので私は歩きながら幾度もやって見る。「四十センチはあるでしょう」と弟がいった。

今年の八月には信州海ノ口まで全通して、我国第一の高原鉄道が出来あがるというその線路敷設工事の小屋をぬけて、わずかばかり東へ進むとたちまち出会ったのは佐久往還の大道だった。私はこの道を知っていた。「この道はいつか来た道……」三年まえの秋の一人旅に、国界をこえて野辺山へさしかかるというその途中、一羽の見事な孔雀蝶を取り逃して口惜しがった思い出の場所がちょうど此処である。

私たちはここから道を平沢へとって、三軒家から二ツ山へ出、そして御所平へはいるつもりだった。それで往還をよこぎって更に東へすすんで、やがて大門川の谷をわたった。午前八時二十分。ふりかえると、日蔭になった雪路のむこう、谷の右岸の山の上から、眼も覚めるような赤岳のプラティナの峯頭がのぞいている。

往手の赤松の林から人が出て来た。猟銃を斜めに吊って頬かぶり、両腕を組んで歩いて来る。訊けば平沢の者だと言う。飯盛山《めしもりやま》の路の様子をたずねると、雪が降ったばかりでひどく深いし、まだ誰も通っていないから歩きづらかろう、それよりも矢張り国界へ出た方が得策だと言う。私たちはちょっと決断に迷ったが、結局猟師の忠告に従って後戻りすることにした。それに義弟にとっては、何れを行くにしても初めての道だった。

来る時には気のつかなかった風景が、戻りには意外の美しさで目を瞠《みは》らせること、殊に山旅にはよく有る例である。大門の谷を渡りかえして対岸の尾根を半分ばかり廻ると、まばゆい雪の崖道の先には枝沢のきれこみを越えて念場ガ原の松林が黒々とよこたわり、その上に甲斐駒から鳳凰へとつづく力強い嶺線が、ちょうど真中へ北岳の金字塔を載せて薄青い空を腐蝕している。さらに尾根を廻りきると、今度は高原の正面に燦爛《さんらん》ときらめく権現・赤岳の大観である。私たちは時の移るのも忘れて三脚の位置を変えたり、焦点硝子を覗いたりした。

蕭条《しょうじょう》の秋の一人旅と、道づれのある快晴深雪の今朝の旅とは、気分も風景もまったく違いはするものの、同じ佐久往還を行きながら、私はかつて自分の書いた念場ガ原の紀行文の、大して誤っていなかったことを喜んだ。

それにしても経過した年月相当の変化はところどころにあった。新らしい線路の敷地は古い街道をよこぎっていた。築堤は気短かに沢を飛びこえていた。国界ではいつか休んだあの家のうしろに人夫のバラックが貧しく並んで、その亜鉛《とたん》の庇からは長い氷柱《つらら》が幾本となく下がっていた。薄い割板へ釘づけにした箱、あんな奇妙なトポガンですべっているのは、この前来た時の姉と弟の二人だろうか。雪の反射の強いせいか、もう眼がくしゃくしゃにただれているのに、そんなことは平気でキイキイ声を立てながら夢中になって遊んでいた。あれから三年たった今日、彼らの「楽しい我家」も三年だけ衰えて、その腐れかけた軒先からぽたぽた落ちる雪消の雫が、華やかなような淋しいような高原の日光に照らされながら、ここ念場ガ原の一角で、「古いケンタッキーの家」を無心の子供らに代って歌っている。

さよならよ、国界の小さい子たち！ この小父さんはまた来るだろう。甲斐や信濃で山々を吹く風が、とおく都へ伝わって来る時、小父さんは杖とり上げて君たちの方へさまよい来ずにはいられまい。だが多分今度の時には、君たちの家のうしろを高原列車というのが走り、都会の卑小と軽薄とが、この素朴で大らかな野山一帯に、百貨店の包紙といっしょに撒き散らされることになるだろう。

それならば、これが「さらば」だ。思い出の中でのみ滅びないものよ、さらば！

＊

おなじ哀惜が野辺山ノ原でも私たちを待っていた。佐久往還を袖崎へ出ると、美しく北へ靡いた赤岳を背景に、あの大門川源流の両岸が伐採されて、太い鉄筋コンクリートの橋脚が谷をつらぬいて白々と立っていた。同様な円柱は樋沢川をも踏抜いていた。二ツ山の北を通って原を突切る切開のような道、御所平の上手まで一直線に走る道、それが小海線の敷地だった。

「あの橋台は、高さからいっても太さからいっても日本一です。この工事にはえらい金が掛っているそうです」

原のまんなかで道づれになって、自慢らしく私たちにそう言って聴かせた一人の小男は、川上の者で飛脚屋だった。

「それならば君の生業《しょうばい》はどうなるんです」

そう訊きもし、訊かれもしながら、メランコリックなのは彼よりもむしろ私の方だった。渓谷よりもダムに、滝よりも発電用の大導水管に、那智・妙高のような一等巡洋艦に、流線型機関車に、その新らしい審美の眼をかがやかす私たちの子供よ！　お前たちの父はそれらの美に対してすでに或る不感性を自覚し、同情の何処かに不随意筋の存在を感じる。私たちを馴らして呉れ。たびたび見せることで此の硬直した筋肉に血と神経の通うようにして呉れ。私たちを置去りにするな。私たちはついて行こう。心にいくらかの苦《アメルチユーム》がさを味いながら……

われわれは袖崎で弁当をつかった。義弟が東電の官舎から湯を貰って来た。戸障子も無い、壁紙も剥がれた空家の敷居に腰をかけてココアを啜っていると、しきりなく屋根から落ちる雪解の水が足もとで小川になった。甲斐と信濃から吹上げて、其処で抱き合う一月の風はさすが真昼でも寒かった。真白な野の北西の果てには、千曲川の上流を川上で扼して曲げる男山・天狗山が、雪もとまらぬ岩峯を黒々と見せて魁偉な頭をもたげていた。私たちはそこそこに食事を終ると、いよいよ佐久甲州街道と別れて二ツ山への路をたどった。

広大な野辺山ノ原。もしも初夏六月の候ならば、見渡すかぎり樺やはしばみの若葉が煙り、落葉松の新緑は浅みどりに、ずみの花は雲よりも白く、蓮華躑躅《れんげつつじ》の樺いろの焔は一面に燃えひろがって、其の間から残雪をいただく八ガ岳が蒼空をかぎって立ちそびえ、郭公・筒鳥などの歌い手がその漂渺《ひょうびょう》たる歌でこの高原を夢のようにするだろうが、今日は又それとは全く面目を異にした清浄無垢の天地である。

われわれは皚々《がいがい》とした雪の曠野を一縷の踏跡にしたがって進むのだった。武田博士の云われたように、葉をふるった八重皮《やえがわ》の細い枝先が、みな箒のように幹の中心にむかって縮んでいるのも見た。八ガ岳のうしろから流れ出す巻雲の糸が、蜘蛛の巣のようにもつれて巻層雲になる有様や、薄氷のような雲に陽《ひ》が映って、見事な暈《かさ》の断片を空のところどころに現わす奇観も見た。兎の足痕は到るところ、隼らしい鳥が一羽、落葉松林の頂きをかすめて小鳥を追う光景も見た。撮影、写生。私たちはこの思いもかけなかった深い雪の高原を隈もなく味わい取った。

二ツ山からは先に云った飛脚屋としばらく一緒に歩きながら、やがて別れて樋沢川右岸の高みを約一里半、次第に曇りはじめた午後の空の下を今は言葉少なになった二人がとぼとぼと進んだ。路の雪はもう凍っていた。仄暗い林の中を通ると木の間がくれに夕陽にけむる瑞牆山《みずがきやま》が見えた。そのあたり一帯、古い石版画に見るイギリスの風景に似ていた。もしも狐の夫婦が出て来れば、この「雪のたそがれ」の一幅が完成するのだった。

細い路が急に顕著な降りになった。信州川上！　千曲川の開けた谷はすでに青々と暮れかけていたが、御所平の部落へ入れば鏡のように凍った往来の両側には門松が立ち、女・子供が遊んでい、さすが蕎麦の名所の川上も正月らしかった。私たちはくたびれた足を丸正旅館の土間へ投げ出した。ゲートルや靴に着いた雪は硝子のように凍っていた。

＊

一里むこうの大深山《おおみやま》はまだ華やかな夕陽《ひ》だが。
山蔭はもうさむざむとたそがれた御所平。
四つ割の薪を腰に巻いて、
注連縄《しめなわ》張った門松に霜がちらつく御所平。
海ノ口への最後のバスが、
喇叭鳴らして空《から》で出て行った御所平。
腕組しておれをながめる往来の子供たちが、
みんな小さい大人のようだった御所平。
栖丸一俵十八銭の手どりと聴いて
ご大層なルックサックが恥ずかしかった御所平。

それでも東京の正月を棒にふって、
よくも来なすったと迎えてくれた御所平。
ああ、こころざしの「千曲錦」の燗ばかりかは、
寒くても暖かだった信州川上の御所平……
そのなつかしい御所平を、
味気ない東京の
夜の銀座でぼんやりおもう。

＊

一月四日、今日はいよいよ名にのみ聞いて見るのはこれが初めての信州峠を越える日だ。風は千曲川を吹きおろして来る東寄りの軟風。きのうにくらべれば余程暖かい。床をはなれて二階の縁から眺めると、八ガ岳は破墨の雲に中腹以上を隠されている。頭上の天は高積雲のだんだら。気温も雲向も風向もすべて条件が悪いので、深雪をざぶざぶ溶かす峠の雨に遭っては困るなと、気を揉みながら宿を出た。

千曲川上流も、最奥の部落梓山から樋沢まで約五里の間、右岸は直ちに三国山から西走する一支脈が迫っていて、谷らしい谷も無いのにひきかえて、左岸へはいわ

ゆる奥秩父の尨大《ぼうだい》な主脈の分水がすべて北流して注いでいるので、そんな処には大抵小規模ながら扇状地のような地形が見られ、狭くはあるが耕地も営まれ、部落もおおむねその附近に発達している。私たちも御所平の宿から裏手へ出ると、黒沢川というのに沿ってこの種の地形の一端を登りつめ、川から約一〇〇メートルばかり上の荷車道をなおも南へ南へと峠をさして爪先上りに進んで行った。

轍《わだち》や馬の蹄に犂《す》きかえされて足もとのひどく悪い、針闊混合林の中の薄暗い路を半道あまり進むと、原の部落から来た幅の広い路が一緒になる。夕暮のような弱い光線の中で、冬枯にけぶる落葉松林、唯ひとつの白い物である白樺の幹、その間からひっそり出て来て相会う路、その寂しい構図に心をひかれたので三脚を立てていると、やがて薄陽が洩れはじめ、風も出て来た。御所平の方から峠下まで炭を取りに行く荷馬車も勢よくやって来た。気分がだんだん明るくなった。弟は砲煙たちこめる戦場のような横岳・硫黄のあたりを、最前景の白樺を取り入れながら苦心して撮影している。

林の中の陰気な路は其処で終った。小さな坂をおりて沢を一本渡ると、山と谷との間の茶色に枯れた広い平坦地へ出た。右手にはその名のとおり優美な女山が薄陽をうけた雪の茅戸を展開し、左手には高登谷山《たかとややま》がなかなか立派な山容をそばだてている。われわれの正面、この二つの山の間に見えるあの緩やかな凹みこそ目ざす信州峠にちがいなかった。其処では薄い高層雲の裾が風に捲れて、スカイラインに接した空がなんとも云えず美しい透明な草色になっている。なまよみの甲斐の空だ。

私たちは煙草をふかしながらぶらぶら行く。信州峠附近の平和な風景は、おそらく此のあたりから牧場ぐらいまでをもって最とするのだろう。路を横ぎってはみ出した落葉松の植林をぬけると、左手枝沢の流域の奥に犀角を立てた瑞牆山が現れる。きのうの夕方野辺山ノ原の一隅から見えたのも、ちょうどこの同じ直線の方向からだったのである。

間もなく路は黒沢川の三本の源流が一緒になる地点へ達した。高登谷山、女山、信州峠と、三方を山にかこまれ、美しい草地と緩やかな斜面と、豊かな水の流れとを持つ平和な一小天地だった。今でこそ一面に厚い雪の布で被われ、ところどころに群落する樹木もうらがれて寂しいが、やがてすべての山谷に柔かい春風がふきわたり、この原が一斉の新緑や花によみがえる時、高い水楢の梢に歌うオオルリやヒガラの歌を聴きながら、或いは植物採集にさまよったり、或いはかんばしい青草に身をたおして無為の春昼をねむるのは、そもそもなんという楽しさであろう。原の西には爛漫と真白な棠梨《ずみ》の枝ごしに、のんびりした女山の草山となごやかな青空、原の東には長大な高登谷《たかとや》の山腹と瑞牆山の南画の岩峯。その別天地に人間の身をよこたえて、物も思わず在ることはなんという至福だろう。

もう此処からは峠も近い。私たちは撮影に費したかなりの時間を取りかえそうと、おりから雲を散らして君臨した太陽の光を全身に浴びながら、上着をぬいで急ぎ足に峠路へかかった。しばらくは牧場の柵が右手に見えた。或いはこのあたり東信牧場の一部であったかも知れない。登るにつれて今通過した原の俯瞰が美しくなる。その原を覗くように男山・天狗山の二峯が嶮巌の巨頭を千曲の対岸に峙《そばだ》たせ、その左には眼もはるばるとエメラルドの空をかぎって、八ガ岳火山の東の裾が王朝貴人の眉をえがいている。

左右の山が近くなった。深い雪が軟化してずぶずぶと足がもぐる。伐採の手の入った横尾山が樹木の毛を植えた白頭を押し立てて眼前に迫って来る。炭焼の竈《かまど》が薄青い煙を上げてあちこちに。小屋の近所で遊んでいる子供の声、それにまじって犬の吠声。そこも過ぎていよいよ最後の二三分間を頑ばると、とうとう辿りついた信州峠。
私たちの眼の前には俄然全く新らしい風景が展開して、眼下の谷からは囂々《ごうごう》と甲斐の大風が吹き上げて来た。

＊

地図にある信州峠、これを信州側では小尾《おび》峠といい、甲州側ではしばしば川上峠と呼んでいる。蓋《けだ》し北すれば信州南佐久郡川上村へ、南すれば甲州北巨摩郡増富村小尾へと通う、彼らの古い交通路によこたわる峠だからであろう。海抜一四六四メートルのその頂上には小さい石塔が立ち、手向けの石が積まれ、牧柵の柱が傾き、クラストした雪は足を裏切って、国境の風は膚を裂くように冷めたい。

しかしここからの金峯山・瑞牆山の眺めは予想のとおり素晴らしかった。針のような木立が積雪の面に長々と影をよこたえて、その影が美しい縞模様をなしている尾根のむこうに、がっくりと釜瀬本谷は割れ込んでいるが、そこに銀の象嵌をほどこした真黒な瑞牆山の岩峯が、大鑢《おおやすり》、子負岩《こおぶいわ》の鍬形を立てて兜のように鎮座している。金峯はその右手奥に見える。秩父連峯の盟主金峯山は、頂上の五丈石から賽ノ河原へつづく北面の斜面にべっとりと雪を塗りつけて、それがさっきから山頂へこびりついて離れぬ吹流しのような雲の揺れるまにまに、或る時は日を浴びて二里の彼方にぎらぎら輝き、また或る時は暗くかげって沈痛な青にかわる。この効果には実に一種悲劇的な偉大さがあった。

金峯の南西の山稜は一度八幡山を起してそのまま次第に高度を減じてゆくが、その末にはまた新らしく曲ガ岳・茅ガ岳等の旧火山が頭をもたげて、釜瀬川・本谷川の二つの渓谷とその間に紛糾する山々との彼方に、われわれの旅の終りの甲府盆地を匿している。

展望と撮影とに時をうつした私たちは、やがてルックサックを背負い上げて雪を蹴る降りに掛った。初めの間はかなり急だった。ルックサックは背中で躍った。どんどん降って行くと炭俵を背負った女たちの一行を追い抜くことになった。一人が二俵ずつ背負って、背中をまるめ腰を落として速足に行く。彼らはわれわれがさっき見た炭焼場から来たもので、これから一里あるいは二里下の和田か小尾あたりまで運んで行くのである。そしてそれから先は馬につけて八巻《やまき》まで売りに行く。ところで八巻の問屋での取引をいくらだと思う。一俵が最低十六銭から、極上品でさえ二十二銭が相場だというのだ。私たちは竈の現場から女たちの山坂の運搬、金かん

信州峠にて　　　　　　著　者

じきをつけた馬での運送、最後に問屋の手に渡るまでの木炭の全過程を見た。僅かばかりの仕切の金を、彼らは八巻の村で日用品にかえていた。

降りがだんだん緩やかになると、甲州最北の寒村黒森の部落が現れた。釜瀬の谷を見おろす斜面の地形を階段状に刻んで、可憐な農家や山畑が箱庭のような風景をなしていた。そしてこの恵まれぬ末の娘を特別愛し慈むかのように、母なる瑞牆はふところ深く彼女を抱きかばっていた。

われわれは部落のはずれの最も貧しい一軒のあばら家で晩い中食をしたためた。囲炉裏ばたへわれわれを招じて香の物やお茶を出して呉れたその家の主婦は、さんばら髪に眼をしょぼしょぼさせながら、「択《よ》りに択ってこんな汚ない家へ立寄ってくれた」ことで感謝していた。ひどい暮しらしく、家具といえば一箇の鼠入らずと真黒になった勝手道具だけだった。畳は心《しん》が出、壁はとうの昔に剝がれ、板を張らない天井からは、空の光が星のようにこぼれていた。それでも旧正月が間も無いというので、いろいろな話をしながら布団の綿を入れかえていた。だがその綿ぼこりが鼻の孔へ飛び込むのを、私たちは余り苦にもしなかった。入れかえるべき綿や布団が未だ有るならば、物を更新しようという気持をこの人が未だ持っているならば、それならばわれわれはいくらか心が楽にされるのだ。

女は云った、「死ぬまでには一度でいいから東京って所が見たいものだね」

「東京を見たらこの黒森のよさがはっきり分るでしょう」と私はいった。

帰りしなに僅かの茶代を置いたら、

「此処では日銭《ひぜに》が無くても暮らせるのに、こんなに頂いては済まない」と固辞したが、やがて押戴いて細帯の間へしまった。

外へ出ると自然は晴ればれと美しく、甘やかに悲しい夕日がほほえんでいた。

黒森からまた半里ばかり降って和田の部落。ここで釜瀬川と別れて、山越しに東小尾《ひがしおび》から増富ラジウム温泉へ向った。山路へかかって振返ると、向うの高みに見える黒森から眼の下の和田へかけて一面に西日が流れ、個々の苦しみ悩みを宿す山村も、遥かに見ればすべて平和の姿であった。

やがて雪の峠路を過ぎて私たちは本谷川の岸へ出た。其処を人は破魔射場《はまいば》と呼んでいた。このあたりは私にとって曽遊の地である。もう灰色じみた白と紫とにたそがれた寒い東小尾の部落は、路が硝子のように凍って、時折すれちがう人の姿も風のように黒かった。

川は歌っていた。私のために

Flow gently, sweet Afton,

among thy green braes;

そして私は、今遠い北海道にいる河田君との四年前の旅を痛切に思い出し、また現在私とならんで宿の前の坂道を登っている弟、今度の旅を私と一緒に完成した愛する弟、やがてはこれもまた美しい思い出の中の一人となるべき弟を顧みながら、女中たちが駈け出して出迎える津金楼の玄関の硝子戸をあけた。

（昭和十年作）

［「都新聞」一九三五年一月／『山の絵本』所収］

大蔵高丸・大谷ガ丸

午前三時半初鹿野で下車。笹子トンネルの饐《す》えたような蒸れくさい匂いがこもっている仄暗い車内の、真夜中じみたいくつかの無表情な顔に見送られながら。

初鹿野《はじかの》とは、わけても秋に、ついでは杜鵑鳴く晩春初夏の候にこそ聴くべき名である。笹子をこえて人は甲州国中《くになか》の平野へすべり込む。錯覚をおこしそうな眼がぼんやり見ていたスイッチバック、三方から倒れかかって来そうだった山々の壁、あの郡内《ぐんない》初狩の名をまだすっかりは忘れてしまわぬ内に。

振りかえって見上げると、今抜けて来た山のまっくろな影絵の上に際立ってあざやかな一つの光。甲州路の旅の晴天をいつも予言する星の光だ。心が未だ見ぬ今日一日のために歌い出す。しかし夜は明けない。世界は陰沈と眠っている。一行七人、われわれもまた黙々として進む。この静寂をやぶるもの、ただ時折石を蹴ってかつ、かい、ぜんと鳴る鋲靴の音。

日川《にっかわ》へくだる水野田あたり、或いはランターン、或いは懐中電灯が、路に散りしいた八重桜の花びらを照らし出す。たった一人見馴れぬ照明具を持っている者がある。それは小さい蝙蝠傘に似ていて、さすように押せばすなわち提灯になるのである。便利ではあるが、形には未だ洗練が足りない。多勢で行く時には普段知らないさまざまな物が飛出して来る。それが屢々《しばしば》じつによく持主の生活の趣味を体している。それどころか余り持主にぴったりし過ぎていて、まるで彼自身の一部のように見える時さえある。それらをすべて好意をもって眺めることのできるのは、恐らく旅に於ける寛容の極めて自然なはたらきであろう。どうか物にこだわらぬ此の寛容が、常の私を薫陶して呉れればいい……

坂をくだって大石の磊々《らいらい》としたところで日川《にっかわ》を左岸へわたる。昼間ならば、この美しい谷のなかでの唯一の浅薄な、平凡な箇所である。下流に出来た水力発電所のために水が痩せ、谷床が露出したのだ。しかし未明の暗さは一様にあたりをこめて、わずかに白く砂や石をそれと見せるばかりである。

と、とつぜん、ポンポン、ポンポンという声がする。筒鳥だ。それは実に幽《かす》かな、水の底からのような、滑らかに澄んだ、しかも輪郭のはっきりしない玉のような声で、一羽ではありながら遥かアメ沢の奥あたりで鳴いていると思えるし、また案外間近なその辺の谷間で鳴いているとも思われる。これが若しも昼間であって、眼が四周の条件を残らず理解していると鳥の所在もおよそ見当がつくであろうが、闇の中では人間の聴覚も意外にあてにならないもので、眼の協力が無くてはいつも大抵迷うものらしい。みんな歩みをとめてしばらく耳を傾ける。山へ来たという感じが今更のようにはっきりする。鳥は鳴きやむ。そのあとの、何かが抜けてしまったような空白の気持。やがて再び沈黙が凝る。われわれは景徳院の下を進む。すでに大谷ガ丸の空には蒼白い黎明の色がある。

曲リ沢の下流を知らぬ間に橋でわたると、ようやく路幅が狭くなる。それにつれて両側の植物が一層われわれに親しくなる。一人消し二人消して、むしろ夜明けの涼しい仄暗さを楽しみながら進む下の方には、田野鉱泉が二つ三つ電灯をともして眠っている。朝のこんな時刻に近くで見る旅館という物の、何とない哀れさ。一度爪先上りになった路は再びゆるい降りとなって、昼間の新緑の透きとおった美しさをさこそと想わせる下蔭を行く。やがて土屋惣蔵片手斫《かたてぎり》の遺跡。しかし路は立派に改修されて、精忠と憤怒の刃を片手でふるった昔の岨道《そばみち》の俤《おもかげ》は今は無い。われわれは焼山・瑳峨塩《さがしお》への路を左に分って、右へ大蔵沢へ入った。

一体この沢を溯行して大蔵高丸へ出ようといい出したのは、今日のリイダー河田楨君である。それで若しもいつもと同様に、この行でもまた彼に成算があるとすれば、私は唯々諾々としてその驥尾《きび》に附けばいいのである。頸から吊した磁石の白い打紐、色鉛筆で等高線を塗りわけて、小さく畳んで持った地図、小径の分れへ立ち停ってあたりの様子を克明に調べながら、その地図と首引きしている時の彼の年よりも若く見える襟足と、そのあたりの子供のような皮膚の色、さては目深かにかぶったあの古ソフト、その下で大きく円く、すこしびっくりしたように光っている近眼鏡。何もかも見馴れていよいよ親しい、登山家というよりもむしろ考古学者といった方が似つかわしい彼の山旅姿を、満足と安心とをもって後ろから時々見やりながら、不即不離の呑気な気持でくっついて行けばいいのである。

大蔵高丸　　　　武田久吉

沢を右岸へ渡って一宇の祠《ほこら》の立っている小さい山足を乗越すと、水辺の少し開けたところへ出た。そこは流れの曲り角で、淙々《そうそう》と響きを上げて走って来た水が急に深みへのめり込み、岩に激しては真白な水煙を噴き、淵に吸われてはエメラルドの陰影を持つ逞ましい束をうねらせ、ぐるんぐるんと強い渦を巻きながらリズムを変えて落ちて行く。われわれはそこにある岩に注意した。水蝕のために糜爛《びらん》して見事な葱状構造をあらわした、円い大きな石英閃緑岩のかたまりが幾つか、水の舌に舐められたり涼しい波紋に巻かれたりしているのである。

午前五時。ここからは山に遮られて見えないが、太陽はもう日出後三十分の高さにいる時刻だ。あたりはすっかり明るくなった。小高いところへ立って往手の狭間《はざま》を見とおすと、左右から幾重にもなだれ込んで来る枝尾根の奥のおもわぬ空の中程に、枯木立の毛を植えた嶺線が見える。たぶん破魔射場《はまいば》から大蔵高丸へと続くそれだろう。

それにしても及び難ないおもかげのような、あの遥かな美しさは！

水は豊富だし時刻も丁度。一行はここで朝飯にかかる。枯枝をあつめて火をたく者、グラウンド・シーツや新聞紙を拡げて席を作る者、缶切を求める者、自分の食料を友達にすすめる者、誰かが三脚を引きぬく金属的な音、爆笑、駄弁、洒落、揶揄《からかい》。それにまじって頻りなしの早瀬のどうどう、新緑の朝を囀るセンダイムシクイの「チチプ・ジューイ。チチプチチプ・ジューイ……」

世にも賑かで若々しい、春の谷間の食事ではある！

沢や渓谷をさかのぼる心は、やがては我が身をそこに置くべき山頂を絶えず往手にこころざしながら、他方ではまた刻々に移りかわる小世界を、我が足の一歩一歩に創造しつつ行く心である。徒渉するにせよ、危い岩壁をへずるにせよ、滝や釜に出会って高廻りするにせよ、遭遇するのはすべて予期のほかなる事ばかり、洞察と工夫とをもって解決しなければならぬ地物、地形の気紛ればかりである。そこには山稜を行く時のような展望もなければ見通しもない。枝沢や支谷は次々と現われる誘惑の手招き、問題の提供、迷誤の機会である。しかしこれらの困難に直面してあやまり無くことに処する頭脳と体力との労が甚だしければ甚だしいだけ、渓谷溯行の滋味は深く、登頂の喜びもまた一層大きいといわなければならない。

われわれ一行にとっての大蔵沢は、しかしちっともそれでは無かった。閃緑岩質の谷は明るく白く、水もほそく、両岸は楽しい若葉、輝く芽立、燃える躑躅《つつじ》。おまけに快晴の空はいつも頭上を青々と帯のように流れて、しかもほとんど黒木を鎧《よろ》わない山々は、朝日を浴びたその平和な藤色の地肌のために、五月の空の眼に見えぬひろがりをさえ絶えずわれわれわれに思い出させていた。

朝飯の場所を出発してから、しばらくは天然の庭をあるいている心だった。自然のままの水の流れや岩石の布置には、谷の浅さにも拘らず精神をよろこばせる要素があった。その水辺には壮大なタデノウミコンロンソウが白い十字花を群がらせ、水中の石は可憐なヒメレンゲの黄いろい星に飾られていた。樅であったろうか、大木が三四本、暗い影を落しているところに大きな岩があって、そのえぐれの下には人間のはいれるほどの余地があった。

「キャンプにいいな」と誰かがいった。

「二人は楽に泊れる」と河田君が応じた。

私はこの高い立木と、この巨岩と、電光が飛びちがうこの谷の雷雨の夜とを考えて見た。

山腹のところどころを焰のように照らしているミツバツツジの半透明な紅紫色、ヤマツツジ、ハンノウツツジの鄙びた赤、また片蔭の崖ぶちにはヒカゲツツジの硫黄色、さらに薄緑の霧を吹きつけたあらゆる樹々の若葉をかざして、五月の大蔵沢は今こそその最盛季である。登りは緩く、すべてが路。土産のために手頃な木を掘り取る者、藪蔭に咲くイチリンソウやヤマルリソウを捜す者、石を拾う者、カメラをのぞく者。時間記録を作る山旅でない気安さには、みんないい気持になって楽しみながら歩いて行く。

やがて米背負《こめしょい》の鞍部から落ちて来るひっそりした沢を右手に見送って、しばらく山路らしいところを進むと、もうほとんど水無しになった大蔵沢はからりと開けて、正面には目ざす大蔵高丸の西方へ張り出した尾根が屛風のように立ちふさがる。

いよいよあれだ。もうあれだけだ。漸く変化を欲しはじめた心が今までの安易を捨てて、「もうあれだけ」という限られた前途の前でいくらかの努力を誓う。しかしこれは勿論私のことで、このいささかの発奮にしても、あすこまで登って行けば後は降り一方だという情ない心頼みがあればこそである。若しもその先に、なおも追求しなければならない理想の高処が、幾つかの急坂を前に立てて遠く聳えているのだとすれば、この奮発心が果たして出るかどうかは、少くとも山の場合では疑問である。

最後のところで沢は二つに分れていた。左斜めに奥の方へ曲り込んでいるのが真の源頭らしく思われたが、見たところ上下一面の藪で、踏跡もなければ魅力もなかった。それでわれわれはむしろ真直ぐに本流の形をとっているもう一方のを選んだ。

行き当った沢の詰はまっしろな崩壊面を立て掛けていた。ほかに足掛りの便も無いのでこれを攀じのぼることになった。欠けた茶碗の内部のような堅いつるつるの急斜面に、一皮薄く砂が掛っているのだから、危険は無いが登りづらい。二歩登っては一歩すべる。爪を立てても爪の利かない、謂わば隔靴掻痒の感である。しかしそれも難無く過ぎて鞍部の高みへ這上ったが、この急坂の中途から振返って眺めた富士、大蔵沢両岸の新緑を額縁にして、薄むらさきの霞の上、八町巣鷹を踏まえて立った富士の画面は、もっとも印象的なものであった。

しばらくは吹き上げて来る谷風に涼を納《い》れ、はじめて見るハシリドコロの紫の花に眼を休めなどしながら、さて鞍部の樹林に別れると、かなり急な茅戸の登りを私はゆっくりと一行の後につづいた。

麓では小鳥の歌を聴いて来たが、碧落の下に暴露したこの一七〇〇メートルの高みまで来て見れば、さすがに春はまだ浅かった。冬枯のままの茅戸は乾きに乾いて、ところどころに巨岩の露頭を見せながら白茫々、踏めばピシピシと音があった。汗は淋漓《りんり》と頤を伝うが、高処の春の風の冷めたさ、帽子を手に先へ進む友の髪が横ざまに靡いて、スカイラインから抜け出したその半身は、まことに山頂の寂寞にふさわしかった。

われわれは大蔵高丸の頂きを得た。頓《とみ》には坐らずそのまま凝然と立ちつくして、先ず眼にうつる遠方に見入るのも登頂を果たした者の心である。

私の眼には八ガ岳がうつった。八ガ岳はその権現・赤岳の峯頭に雪を掃いて、春がすみの涯《はて》に泛《う》かぶ青であった。つたなく別れて幾歳久しい人にゆくりなくも出会った時の、あの嬉しさとも心おくれた面伏せともつかぬ思いに、胸は怪しくときめいた。

私にとっての懐かしい「山の星《ステラ・モンチス》」である八ガ岳の右手には、金峯・国師の一連がその長鯨の背を上げていた。山頂に打った揚音符《アクサン・テーギュ》のような金峯山の五丈石から嶺線づたいに、一本力強い銀線を塗りこめているのは、毎年晩くまで残るあの雪である。それから右へは甲武信《こぶし》、破風《はふ》、雁坂《かりさか》へとつづく一群が大鵬の翼をひろげて北方の空を領略しているが、忽ち湧き起る中景の大菩薩連嶺に妨げられて、雁坂以東の山々は見えない。

ここから北へ縦にながめた大菩薩・小金沢の連嶺は、たしかにひとつの壮観だといえる。一度脚下に落ちこんだ湯ノ沢峠は白くずれの馬の背を北東に向って逆巻きのぼり、そこに美しい白屋ノ丸と黒木を縅《おど》した黒岳とを峙《そばだ》たせ、東に大峠の鞍部を包んで客将のような雁ガ腹摺山を堂々と据えているが、連嶺そのものは黒岳からほとんど真北に蜿蜒《えんえん》とつらなって小金沢山の大砲塁を形作り、遂に大菩薩本岳の端麗な容姿を変化の最高潮として終っている。本岳と大蔵高丸とは謂わば東にむかって彎曲した一本の弓の両端で、日川の谷はその弓弦にあたっている。しかしこの銀の弓弦にむかって緩かになだれる連嶺西側の幾条の流線の、何という平和なのびやかな眺めだろう。今、五月の陽光を浴びて二里を深まるその緩斜面の裳の流れは、飛ぶ雲の影を遊ばせる放牧地のように見える。

だがあれは何だ。西の方紫にたなびく甲府盆地の霞をぬいて、天にただよう銀いろの一線は。それは確かに南アルプスには違いなかった。人は彼らを北岳といい、悪沢と指さす。しかしそこに山岳をおもわせる地とのつながりが無いではないか。さながら空の宙宇に懸かっているではないか。大地から絶縁して、それは余りにヘルデルリーンの歌の翼ではないか。夢にたとえ、幻と呼ぶのもいい。だが私はむしろ匂いだといいたい。大自然の春が吐いて中天に凝らした、霊妙な精気の漂いだといいたい。

「瞬間に一つの神を見たと思った」と河田君は書いている、「すくなくも一つの神は私の心にひらめいたと感じた。この詩、この夢、中空《なかぞら》に漂うかぎり、自分の心に感じ得る限り、地上に何一つ持たぬ私も決し貧しくはないと、つくづく意を強うするに足りた」

君の神、私の精気、彼の山。言葉はそれぞれ違っても、われわれは結局「言いつくし難きもの」のことをいっているのだ。われわれは常にこれに憧れてこそ高きへ来るのだ。

中食を終ると一行は腰を上げた。滝子山まで縦走して夕方の上り列車を捉えるのであってみれば、そう何時までも山頂の麗《うら》らかさに寝ころんでもいられない。ぴかぴか光る茅戸の尾根は、ところどころに毛のような樹叢を煙らせ、フジザクラというのだろうか、紅貝《べにがい》のような小さい美花を下向きにつけた灌木の藪をつづり、迷いようもない見通しをもって破魔射場の三角点につづいていた。

今日大蔵高丸を訪れたものは、私たちの外にもう一組あった。破魔射場からのやや長い降りに掛ろうとする時だったろうか、その三人の一組が枯茅の中から突然現れて私たちを呼びとめた。

「初鹿野へ出るにはどう行くんですか。あいにく一人も地図を持っていないものですから」というのである。

見れば揃いのカーキー服に、鉢巻さえ勇ましい若者たちである。何処から見ても山の猛者らしいこの人々が、磁石は愚か、地図一枚持っていない不用意にはむしろわれわれの方が駭《おどろ》かされた。

こまごまと道を教えられて急いで行くその三人の後ろ姿には、しかし何となく疲労と困憊との影があった。

何処から登って来たのだろう。果たしてうまく帰れるだろうか。それがゆくりなくも私たちに残された気懸りであった。

破魔射場の降りあたりから初めてその全容で人を驚かすのは大谷ガ丸である。前方に二つ三つの小さい突起を上げて天下石のある峯へ続いているこの尾根が、いくらか東寄りにねじれているので、再び西へ扭《ねじ》れの戻った正面に、米背負《こめしょい》の鞍部を削り落として屹立《きつりつ》する大谷ガ丸の二つ瘤の駱駝《らくだ》の背は、その登りにそもそもどんな急登を強いるのかと初めての私をおびえさせた。それには茅戸に馴れた眼にうつるあの北面の黒木の木立と、針を植えたようなその二つの山頂の如何にも奇怪な形とがあずかって大いに力あるのであった。

やがて必ず見逃すまいと心懸けて来た天下石の巨岩。

「死んだらこの石の下で眠ってもいいな」と友はいう。私はそういう友の横顔を見、岩をめぐる風を聴き、煙草をつけて佇んだ。

われわれがこの峯をそのまま正直に通過することをやめて、踏跡も無い茅戸をくだいて直接米背負への近道を一散に降っている時、上の方で声がした。仰いで見ればさっき道を訊いた一行の離ればなれの姿が見える。声はわれわれを呼ぶのではなくて先へ行く仲間を呼んでいるのである。遠くてよくは分らないが、中の一人はどうやらひどく疲れているらしい。なぜ一隊とはならないのだろうか。いさかいでもしたのだろうか。仲間を残して己れだけ先を急ぐとはそもそもどんな心だろう。

これがまたもや私の心に暗い影を投げた。

大木に囲まれた米背負の鞍部は、左右に沢の源頭をなして、冷えびえとした寂寞の境地であった。右へ降れば大蔵沢へ、左へおりれば真木沢へ、それは分っているがこの寂しさ身にしむ源頭の何れをも、一人で辿るのは心細かろうと思った。

大谷ガ丸の登りは急であった。恥ずかしいことだが、心臓の僧帽弁に故障のある私は、脚の強さでは滅多に他人にひけは取らないが、呼吸が切れて仕方がなかった。一行の一人が私のルックサックを自発的に引受けて呉れた。お蔭でにわかに楽になると同時に、今度はいつもの欲が出て、樹下の湿めった急坂におびただしく生えているマイヅルソウを掘ったりした。

突然頭の上で、

「出たよう!」と声がする。最後の薮を押し分けてひょっこり顔を出すと、そこは三角点のある大谷ガ丸の一峯だった。

地元の者のいっている大岩丸《おおいわんまる》の名にそむかず、閃緑岩の大塊をごろごろさせたこの山頂は、さして広くはないが鶴ガ鳥屋《つるとや》、三峠を前にする富士に対して好箇の展望台をなしていた。南西はだらだらと降ってヒラッサワの緩斜地、正面には巨大な鹿のような滝子山が、あの有名な藪尾根を左にひかえて横わっている。

私と河田君とは相当に疲れていた。水を探しに行くというので遥か下の沢との間を往復して、なおも滝子山へと縦走をつづけようという若い人たちのような元気は、少くとも私の場合では今の登りで消耗していた。それで若い一行とは此処で別れて、颯々《さっさつ》と茅の中を駈け下る彼らをしばらく見送ったあとで、その成功を祈ったあとで、私たち二人はゆっくりと、曲リ沢峠への尾根伝いにぐるぐる廻る降りをたどった。

上空にはかなりの風があるらしく、青空のところどころにレンズ雲が出ているが、漸く傾いた五月の太陽は黄いろい色を増していた。その豊かな光の流れは、過ぎて行くあたり一帯の凹地を満たし、水楢の疎林を照らし、開墾地の山畑を照らし、絵にもしたいような椎茸の栽培地を愛撫していた。

やがて私たちは美しい曲リ沢の峠にいた。そこには友が八年前にも腰をおろしたという同じ角材が一本、昔のままに残っていた。二人はそれへ腰をかけて弁当の残りをつかった。煙草をくゆらしながら静かに語る友の追憶を聴いていると、この捨てられた木が今日一日のために、朽ちもせず焼かれもせずに生きながらえて、春風秋雨八年の永きを、かならず帰って来る彼を待っていたのだという気がして来た。日は傾いて樹々の影が長い。あたりの草原には青々と夕風がうまれる。二人は徐ろに立上った。

O, I will come again, my sweet and bonny……

私は愛すべきこの路傍の木のために、また友の優しい心のために、ベートーフェンを口ずさんだ。それは彼らへの私の感謝であると同時に、私の真情のおのずからなる訴えでもあった。

二人は豊麗な夕日を今日の最後の幸福として浴びながら、シデザクラやハクウンボクの白、ヤマツツジの燃える赤に彩られた新緑の尾根道を、ようやく黄昏せまる日川さして降りて行った。

［「山小屋」一九三五年五月／『山の絵本』所収］

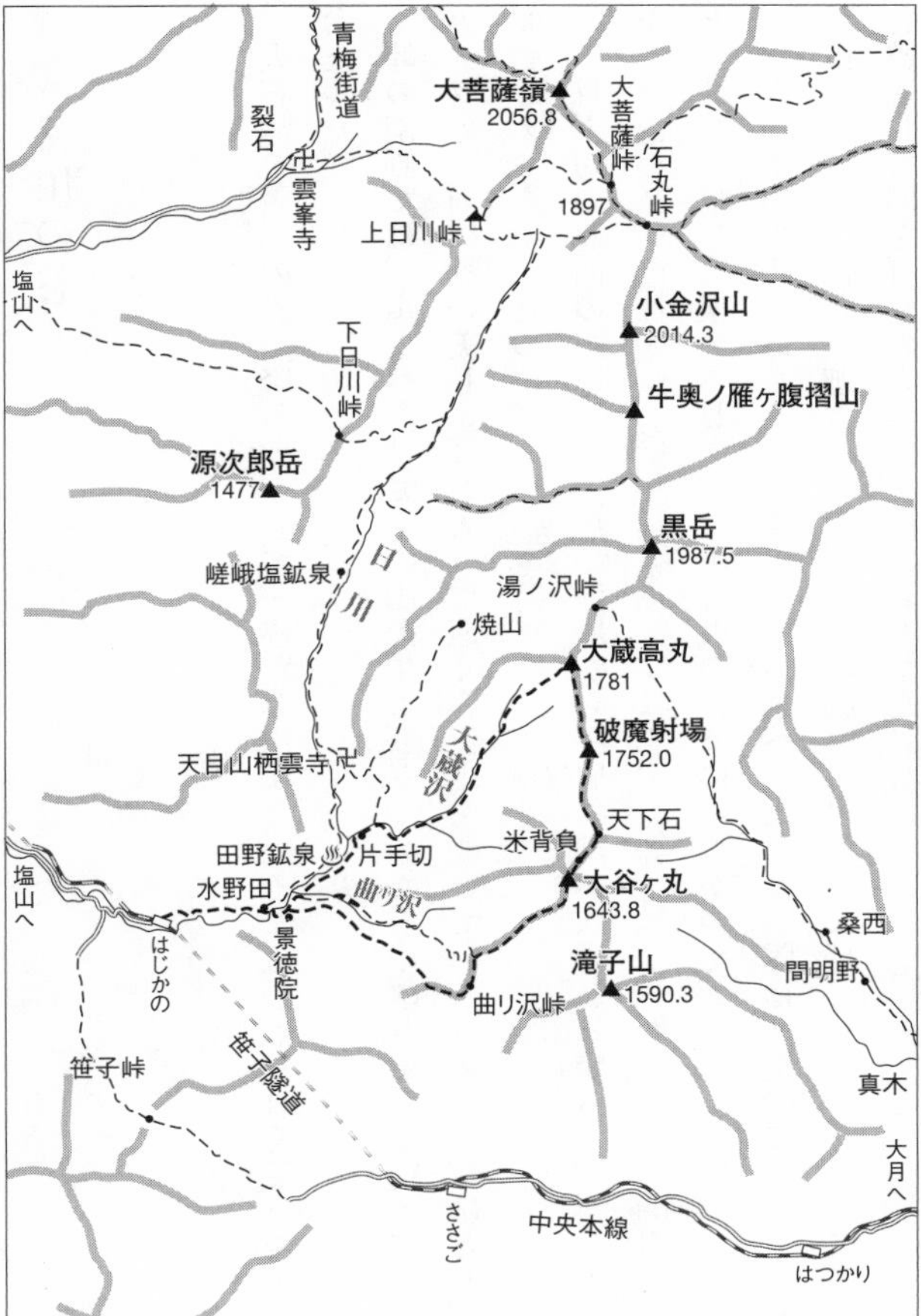

小金沢連嶺（大蔵高丸、大谷ヶ丸）周辺図

蘆川の谷

大石峠を蘆川《あしがわ》の谷へ降ろうとして一歩踏み出すと、そこは俄然荒れくるう風の舞台だった。

峠の南側では、富士へ向けてその山頂にこびりついた雲の離れるのを待っているカメラも、河口湖の美しい汀を入れて遠く鹿留山《ししどめやま》を覗いているカメラも、ほとんど微動さえしなかったのに。

三月下旬の北西の強風は、釜無の流域から甲府盆地へ吹きひろがると、再び大軍をかりあつめて盆地南縁の扇状地を逆撫でに吹きなびけ、黒坂・鶯宿《おうしゅく》・関原などの峠を一飛びに飛びこして、直接御坂《みさか》の長壁にぶつかった。

一方、市川大門のあたりから蘆川の構造谷へ侵入した一隊は、そのまま谷に沿って東進すると黒岳と釈迦ガ岳とが囲む袋の底へ盲目《めくら》押しに押し込んで、そこで主隊と遭遇して同志打ちの大混乱を捲きおこした。

山へあたって仰反《のけぞ》る風、それを下から押し上げる風。御坂山塊北面の中腹に風は縦の渦を巻いて、全山の樹々を根からゆすぶり、そのひゅうひゅういう叫喊《きようかん》で蘆川の谷を満たしていた。

意外なのは風ばかりではなかった。尾根を五六歩下ると忽ち現れたのは靴を没する残雪だった。雪は寒風に凍っていた。私たちはその雪を蹴ちらして、時には尻餅をついたりしながら、未だ冬枯の雑木が猪毛のように立った急斜面を、一気に四〇〇メートルばかり駆け降った。

私たち。武田久吉博士と、河田楨君と、斯くいう私との三人だった。

私たちはその日の朝、前夜の泊りの河口湖ホテルを出発すると、直ぐに船で湖水を渡って、北岸大石村から峠をさして登って来た。そして今夜は蘆川村へ泊るというので、時間の余裕はたっぷり有るし、天気もいいし、まして一行の一人は植物と写真の大家と来ているので、途中撮影や見学に手間取ったことはいうまでもない。撮影は仲よく揃ってしたが、植物の方では、折角の貴重な講義の聴手というのが、志余って素質の良くない私と河田君なのだから、考えて見れば勿体ないわけだった。

風と雪との乱戦場を一気に四〇〇メートル降って来ると、急にぱったり静かになった山路に、春を魁《さきが》けるマンサクが、あの黄色いチリチリ紙細工のような花を、青空のかけらを映す沢水の上にかざしていた。

武田さんに介抱され、河田君に声援されて、つい一と月前に器械を手に入れましたという幼稚園の私が、そのマンサクの枝を前に眼を据え、へんな腰付をして、ふらふらとレリーズを押すのだった。

やがて蘆川の谷へ出た。さしもの凪が、ここまで来るとぴたりと凪いで、蜜のような西日に濡れた谷や村は、爽やかにも甘美な眺めであった。

私たちはぶらぶら歩いた。

この稀有のひとときを、心ゆくまで味わう理由こそ充分にあれ、飛脚のように急がねばならぬ訳はどこにも無かった。

上蘆川の部落は浅い谷の右岸にあった。片側は低く石垣を築いて、片側は土の高さに、路をはさんで農家のならぶ村だった。宿屋を聞けば、中蘆川には二軒ばかりあるという。

時刻は未だすこし早いし、風景はよし、三人ともすっかり呑気になって、右手は始終節刀ガ岳のとがった頭を見上げる路を、物見高い眼と、口を衝く警句、相変らずゆっくりと、場合によれば鶯宿《おうしゅく》・古関までのしても平気なような顔で行く。

新井原という小さい部落を通りすぎると、路は谷沿いにぐるりと右へ廻って、また戻って、やがて如何にも山村の日曜日らしい小学校を見て通ると、そこが中蘆川の村だった。

村の入口で畑帰りの女房連れらしいのを捉えて訊くと、宿屋はなるほど二軒あるが、先の方のは家も古くて汚ないし、それに爺さん婆さんばかりだから、果たして泊めるかどうか解らない。それよりも取附《とつ》きに、それ直ぐそこに見える新築の宿屋、その何とか館とかいう家の方が気持もいいし、つまりサーヴィスもいいというようなことを聴かされた。

教えられた宿屋は直ぐわかった。なるほど新築といえば新築には違いないが、古い家へ新らしく二階を継ぎ足して、下はがらんど、それを蚊の脛みたいな柱二本で支えたという、まるで神楽堂を曖昧屋にしたような、ひどくあたじけない、薄っぺらな旅館だった。

三人とも顔を見合せた。

しかし爺さん婆さんの方が保証できないとあれば仕方がない。それにもう、三月二十日の谷間は暮れるのも早かった。私たちはずかずかと入って行った。二階の縁の下を通り抜けると古い家の土間だった。

武田さんが、いきなり

「ああくたびれた」とルックサックを下ろした。続いた後の二人がどかどかと入り込んだ。その勢にびっくりしたか、上りがまちに近い囲炉裏ばたで煙草でも吸っていたらしい五十恰好の薄暗い男が、煙管《きせる》を握ってのっそり出て来た。その感じがひどく悪かった。

先ず茶を頼んだ。薄暗い男はこっちの風体をじろじろ見ながら、ぬるい黴《かび》くさい茶を出した。三人とも身分相応な風采はしていたのだ。

湯は立つかと訊けば、今日は風が強かったから、こんな日には村の申合せで立てないことになっているという。それじゃ困るな、湯が立たなくてはと、三人だけで話していれば、何処へ泊ったって立てやしませんと、暗に爺さん婆さんに当てつける。

何か土地らしい食物があるかねと訊けば、土地らしいって、そんな不思議な物は有るものかという顔をする。

酒のことだろうが、宿賃だろうが、一切の応答が、奥歯に物の挟まったような、狐を馬に乗せたような、泊まって貰いたいのだか、貰いたくないのだか、詮じつめれば、さっきあんなに村の女たちが推賞したにも拘らず、元来宿屋であるんだか無いんだか、それすら分らなくなって来るような、皆目要領を得ない性質のものだった。

私たちは目顔でそれと相談して、茶代を置くとさっさと出た。外へ出るとほっとした。それから顔を見合せて大笑いした。

恩寵薄き人間よ、彼は人から愛されず、また人をも愛さないように出来ている。喜んで胸襟を開かず、常に他人を警戒し、敵意を含み、卑小にして皮肉、たえず不快の空気を発散しつつ生きる。

私は人間のこの型《テイープ》を中蘆川の村の入口で見た。

しかしまたそれとは相反する型が、同じ村の真中で私たちを待っていた。

思い切りよく出は出たものの、涙をためて大笑いに笑いはしたものの、もう一軒の爺さん婆さんの所が、実は甚だ不安だった。

そこが駄目だったらどうしよう。鶯宿《おうしゆく》まで行くか。

「鶯宿まで行けばきっと宿屋はありますよ」と、武田さんは受け合うのだが、その武田さんも大分くたびれてはいるらしい。

と、左手に、路から少し低く、横向きに建って、軒下の羽目板に朝日館と書いたペンキ塗の看板を取りつけた家があった。

朝日館。そうだ。爺さん婆さんの宿屋を何でもそんな名で聴いた気がする。

相手が年寄と分ってはこっちも物静かに訪れる。どこにも入口らしい入口が無いからだんだん廻って裏手へ出る。出ればそこに、どこの農家にでも見るように、台所兼玄関の大きな入口が、電灯にぽっと明るい障子でそれと知られた。

驚かさないように障子をあけると、なるほど一人のお婆さんが、焚木を折っては囲炉裏へ押しこんでいる。

今度はさっそく来意を告げる。今度も皮切は武田さんだが、老人相手の初対面では私などは落第である。

恐るおそるの伺い立てが即座に、気持よく、しかも後で聞けば八十を越しているのだそうだが、実に元気のいい若々しい声で快諾を得る。お婆さんは一人きりである。今に息子と孫たちが帰って来るから、そうすれば湯も立てようし、御飯の仕度もさせようし、何しろ寒かったろうから早く上って囲炉裏へお当んなさいと、案に相違の、てきぱきした、実意のこもった、頼み甲斐のある言葉である。

私たちはほくほくして、靴を脱いで行儀よく揃えて、服をはたいて、さてお婆さんと並んで睦まじく、四角の囲炉裏を四人で囲んだ。

　私はそのときの、またその夜一晩の、われわれがこの家の人たちとした沢山の、実に沢山の面白かった話を今はほとんど覚えていない。しかしそれが何だろう。忘れないのはその人々の好意である。実意である。真心を籠めた仕方である。私たちをして少しも窮屈を感じさせず、少しも隔てを置かせず、自発的に、心から楽しんで、それが人間の為《な》すべき当然な事ででもあるかのように為《し》てくれた一切である。

　これがそもそも宿屋だろうか。否、恐らく私たち三人のうちこんな宿屋に泊り合せた者は一人だって居なかったであろう。

　私は今喜びをもって思い出す。帰って来た息子というのは六十がらみの主人だった。立派な風貌の、健康そうな、甲州人の或る階級に特有なあの進歩的な、常に経綸《けいりん》を抱いている、声がよくて言葉の明晳な、従って中々論議を嗜む、愉快な人だった。

　私は思い出す。あの狭い、納屋のような風呂場を。しかしそれは私たちのために特に沸かされたものであった。また始終若い者が注意して、焚木を入れたり、水を運んで来たり、換言すれば、人を湯に入れると立派にいうことのできる仕方で入れて呉れたのだ。

また思い出す。主人が得意げに話したあの組合の病院の話を。それは村の人たちが毎年幾らだか掛金をして置くと、病気の時はいつでも無料のバスで甲府へ行けて、そこの病院で無料で診察や治療が受けられるという、旨い仕組になっていた。

なおも思い出す。あの義理堅く、すべての骨まで捨てずに盛って来た鶏肉の皿を。また私たちが楽しみの酒を味わっている間、こちらが断ったにも拘らず、絶えず誰かしら若者が一人、きちんと畏まって座の隅に控えていたのを。

また思い出す。僅かばかりの物の礼に、蘆川の谷のワサビを呉れたのを。そして「先生だから旗のついたのを」といって、武田さんには特に一枚葉のついたワサビを加えた、その諧謔を知る思いつきを。

恩寵に恵まれた人々よ、それは君たち朝日館の一家である。

翌日私たちはまたいつかの再遊を約してその家をたった。白峯三山の素晴らしい眺望が待っていた黒坂峠をさして……


（昭和八年作）

［『山の絵本』所収］

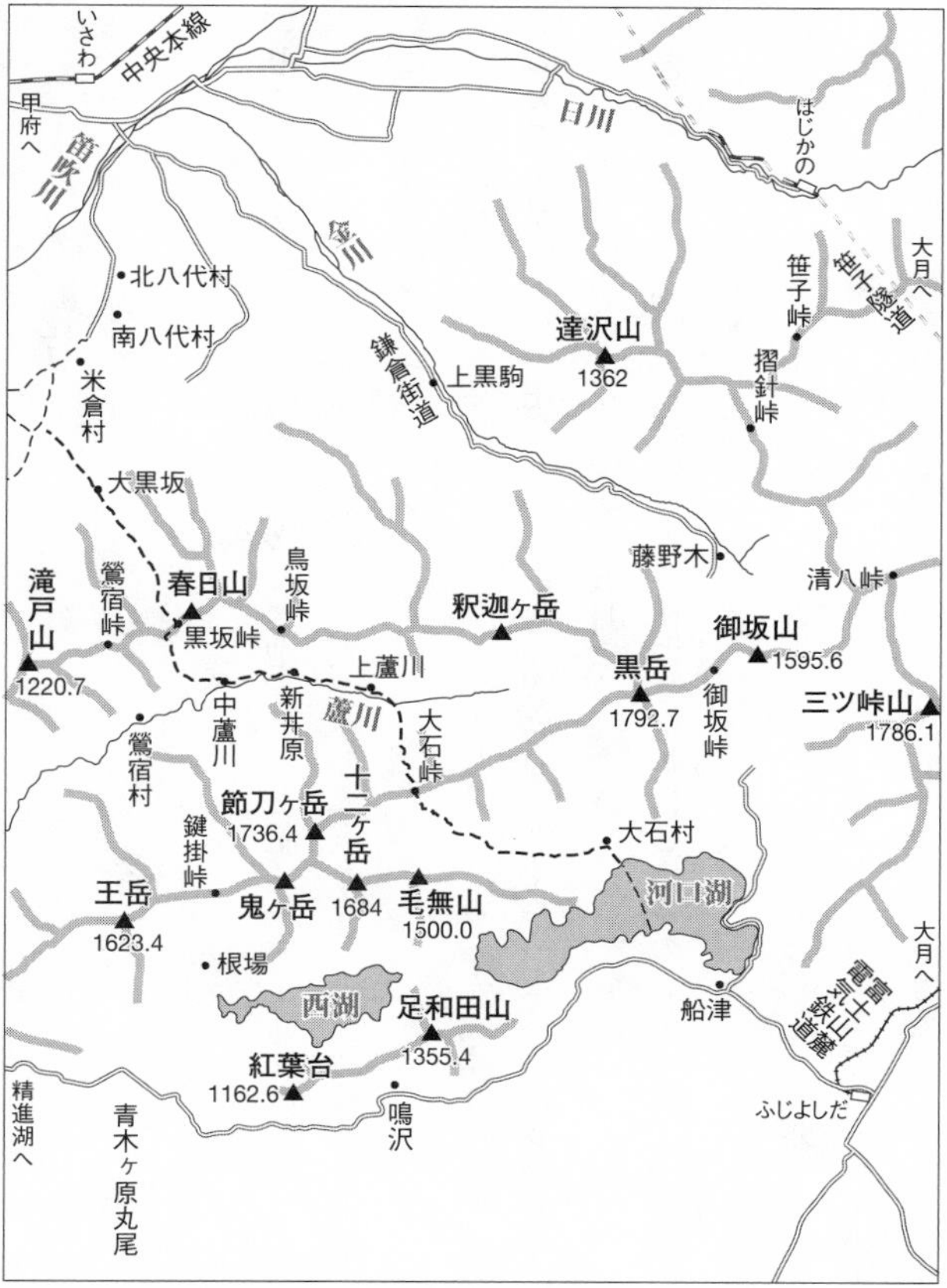
いさわ
中央本線
甲府へ
笛吹川
日川
はじかの
金川
大月へ
笹子峠
笹子隧道
北八代村
南八代村
達沢山
1362
鎌倉街道
上黒駒
摺針峠
米倉村
大黒坂
藤野木
清八峠
滝戸山
1220.7
鶯宿峠
春日山
黒坂峠
鳥坂峠
釈迦ヶ岳
御坂山
1595.6
黒岳
1792.7
上蘆川
中蘆川
新井原
蘆川
大石峠
御坂峠
三ツ峠山
1786.1
鶯宿村
節刀ヶ岳
1736.4
十二ヶ岳
鍵掛峠
大石村
河口湖
王岳
1623.4
鬼ヶ岳
1684
毛無山
1500.0
根場
西湖
足和田山
1355.4
紅葉台
1162.6
鳴沢
船津
大月へ
富士山麓電気鉄道
ふじよしだ
精進湖へ
青木ヶ原丸尾

御坂山塊、蘆川周辺図

山への断片

眼に見えない気圧の波が、北満の奥地や茫々と肥沃な揚子江流域からながれ出して、或いは高く或いは低く、大陸から大洋へと瀰漫《びまん》しながら、花綵列島日本の上に幻想的な等圧線の紋様をえがく。

空と樹木の五月、大空に雲の群の美しい五月よ！　うるんだような青い虚空を、あの大きな厚ぼったい花びらや、古風な貿易の三檣船や、水蒸気の夢の断片のような雲の、静かに移りうごく愛染の五月よ！

きのうの宵、私の武蔵野の赤松の林で、今年はじめてのあおばずくが、軟い空気に、あの情《なさけ》のこもった二音符の「ほう、ほう」を投げていた。西天には冬の王者シリウスやカペラがすでに沈んで、平野の空に君臨するのは新しく到着した牧夫座の一群と、その首領のアルクトゥルス。そして彼の黄金《おうごん》の紋章が灌漑の小川の水底に涼しく光ると、晩春の夜はやがて蛙の合唱に満たされて更けて行った。

今朝、まだ露に濡れた麦畠の上を灰いろの味爽の風がさまよっている時、水辺に野薔薇の匂いのまだ流れない時、これもまた今年最初のあかはらの歌が田園の静寂をやぶって響いて来た。「ちろり、ちろり、ちろり、ちろり」、彼は近くの新緑の雑木林のへりに立つ一本のあかしでの樹にとまって、南の地平線に向って半時間ばかりもその喨々《りようりよう》とひびく笛を鳴らしていた。この二三日、気圧が次第に下降して、暖かい南風が吹き競っている。晩春の田園には雨が期待されている。あかはらの歌が最も多く聴かれるのはこの季節から梅雨へかけてである。そして私はまた、桜の木の毛虫を求めて漂泊して来る郭公の群の到着を、毎日心待ちに待っている。

私はこの武蔵野にも幾らかの留鳥のいることを知っている。彼らは此処で生れ、此処で婚姻や家庭の営みをし、そして何処の藪蔭、何処の洞穴でだかは知らないがとにかく此処で一生を終る。若しも彼らに、遠い祖先の渡りの本能が残っているとしても、その渡りの範囲はせいぜい近隣の山地とこの平野との間に過ぎないであろう。頬白、雲雀《ひばり》、四十雀《しじゆうから》。彼らは此処では雀と同じようにわれわれに親しい。そして私には、彼らが、われわれの土着の百姓と同じ農事暦に従って生きているように思われる。

その同じ暦に従って生きることを私もまた好ましく思う。ささやかな生計の中でも魂の自由と豊かな仕事の成果とを望むためには、突発よりも穏かな循環、驚異的事象の訪れよりも不断の週期の順調な去来こそ必要である。方数尺の小さな一室で仕事をしながら、私は蜜蜂のように巣の周囲幾十平方キロの土地と空間とを熟知し、居ながらにしてその光明の真昼と闇黒の夜とを掌握し、千百の記憶と経験との係数から、起り得べき事象への予知をたやすく算出できるほどでなくてはならない。そして私が、かのよく働く膜翅類《まくしるい》のように、ほのぐらい蠟の殿堂の中で営々として金色の蜜をかもすためには、私の生活の半径内は単調なくらい平穏である方がいいのである。

だが或る日、精神の静かな湖の面に漣《さざなみ》が立つ。変化の風が吹いて来た。それは半ば開いた窓の前を通りすがりに「ソルヴェイグ」の歌を歌う。季節の風の遠くからの使信に候鳥の胸毛がそよぎ立つように、無風晴天を告げて垂れ下った私の精神の白色の方旗が、ゆくりなくも眼をさまして伸び、はたはたと鳴りはためく。

ああ、ヴァリエテ！　ヴァリエテ！　世界の多種多様な姿！　海洋、山岳、土地の広袤《こうぼう》、夏の天空の下で曲流《メアンダアー》する白い大河、船べりから斜に見える水平線、その上に立つスコールの雲…… 私はデュパルクの歌「旅へのいざない」で、風がうたうグリークの望郷の歌に答える。

私は出発する。背には嚢、手には杖。自分の古い平野のそれとは全く違った秩序と、美と、豪奢と、静穏と、逸楽との彼方へ……

そして今日私が行くのは、薫風の果てに頭をもたげている山々と、青嵐にみちみちたその無量の容積の中へである。

＊

私はあの二人の大詩人、ホイットマンやヴェルハーランのように五月に生れた子ではない。またあのヘルマン・ヘッセが

「われら七月に生れた子らは
白いヤスミンの薫を愛する、
われらは彼方静かに花咲ける庭をさまよい、
また失われた悲しい夢の中をさまよう」

と云ったその「七月の子等《ユーリキンデル》」の一人でもない。私は新しい年が二月に移るその前夜に生れた。感情の底にも肉体の根にも、それかあらぬか、料峭《りようしよう》たる春寒のようなものを私は持ち、これまでの仕事がおおむねこの気魄に貫かれている。そして周囲の人事が余りに複雑になり、人情の機微が雁字搦みに締めつけて来、その芳香が屍臭のようになって来る時、ああ、率然として私の胡馬はかの朔風にいななくのだ。

冬と春との邂逅点、盛んであった夏の後から或る朝水晶のような風を吹落とす秋十月、燦然たる全管絃の合奏の唯中で、耳を澄ますと、或る長音階《メイジア》の哀歌を独り歌っているヴィオロンセロ、二月の未明の空に懸る夏の星座スコルピオン、残雪の間から花を開いた高山植物、スカンディナヴィアやシベリアの春。すべてこういう対照の発見乃至想像をよろこぶ傾向は、しかし実際では単に私だけが持つのではなく、山を愛する多くの人々に共通なもののように思われる。

敬愛する辻村伊助氏と「スウィス日記」。その日記を飾る多くの写真の中で私は特に「ウェーゼンの春」二枚が好きだが、もしもクローシェットの音の流れるあの美しい春の牧場の遠景に、グレールニッシュが、（専らあのグレールニッシュが）無かったとしたら、私はこんなにもあの写真を鑑賞しはしなかったであろう。そして、彼はこの二つの対象を、ひたすら彼自身の審美感と喜びとから、見事一つにとらえたのである。

真の登山家は必ずその心に「詩」を持っている。しかも高度に凝縮された詩を。ただ彼らは多くそれを筆や口にしないだけである。そして詩人はどうかと云えば、大多数の詩人が当分山には縁がない。具体的存在としての山にしても、また比喩のそれにしても。

*

日本山岳会がその創立何十周年かの記念と、北アルプスに山小屋を建設する基金募集とを兼ねて講演と映画の会を催す。会場にあてられた新聞社の大講堂は満員の盛況である。人はぼんやり照明されたその階段席にいて、往年の学校での理化学の時間のことを思い出す。

長い急流に軽舸《けいか》をやるような会長の講演があった。スウィス・アルプスの幻灯もあった。いかにも登山家らしい、気品のある、小柄な、一人の若い幹部が、澄んだ声で説明の任に当っていた。場内は水を打ったように鎮まり返っていた。映写幕には、今、一つの光景が現れる。長方形に切られたシャレーの窓越しに、恐らくは朝、氷雪に輝く嶮峻な、純潔な山岳が間近かに見える。明暗の極度の対照。実物よりも遥かに大きく映っている窓が、観衆の一人一人の眼に一種の錯覚を起させて、丁度彼が自分だけでその窓に面して立っているような気にならせる。その時、説明者はその最も澄んだ声で云った、

「窓を開いて……と云うところです」

　機に応じて軽妙に出たこの含蓄のある言葉に、水を打ったような場内からは好意のざわめきが暫らく起こった。

　それから鉄道省撮影の日本南アルプスの映画もあった。山村の前景に盛りの桃の枝が揺れていた。フィルムの廻転が少し速すぎるのか、人夫の列の足の運びが余り小刻みにちょこちょこしていた。しかし春の山だった。残雪や雲が美しかった。人は映画の連中とともにしているこの眼での登山に、くたびれも倦みもしなかった。やがて一つの山頂が占められた。画の中の登山者たちは当然のように、三角点の標石の前に幾らか敬虔な表情で立ってから、足を投げ出して測量部の地図をひろげた。彼らは図を見ては八方を見渡して、山々の名のアイデンティフィケイションに没頭しているらしかった。その時、私の右手二三人置いた席からこんな呟きがきこえた、

「なんだ、彼奴あ素人だぜ。地図の縁《ふち》が切ってねえや！」

私はその声の主を見た。若い学生だった。ああ、私。私もまた多くの「くろうと」のように自分の地図の縁を切っていた。特に切断しなければならない必要をも感じないのに。しかしこの学生の軽蔑の一語を聴いて以来、私は喜んで元来の素人に立ちかえり、断じて地図の四辺を切ることをやめた。

その後また或る山岳関係の雑誌社が主催で、スキーの講演と映画の会があった。シーズンも目睫の間に迫っているので、同じ会場はこれもまた満員であった。一人のエキスパートが、白い布を張った板の斜面を雪に見立てて、その上でホッケ姿勢の正統的なものを見せたり、五寸の滑降を実演したりした。やがて「春の守門岳《すもんだけ》」とか「五月の守門岳」とかいう映画の番が来た。字面の感じからいっても一種魅力のあるそのタイトルが、観衆の好奇心を煽動して大きく現れた。するとその刹那、また私のすぐ後ろの席からこんな会話がきこえた。

「あ、モリカドダケ！　あすこへは僕もちょいちょい出掛けますよ。雪質が馬鹿にいいんです」

「あら、あすこも御存知なの。羨ましいわ。今度は御一緒にね」

会が了って人々が一度に席を立ちはじめた時、私はこのモリカドダケの人を見た。クロワゼエの外套を長めに着た瀟洒な大学生だった。美しい令嬢風のその連れは、彼らの会話の様子からすると、或いは許婚の相手であったかも知れない。私はこの若い二人の未来の真の幸福のために、知らざるを知らずとする徳を、勇気を、心中ひそかに勧奨せざるを得なかった。

*

貞子さんは今年十になる。学校ではやっと掛算を習いはじめた尋常三年生である。何かのはずみで一寸人に触りでもすると、触った方も触られた方も「御免遊ばせ、ね」と、幾らか大袈裟にコケティッシュに詫言を云い合うような、そんな同級生や「下の級の方」の多い学校の生徒である。だが貞子さんは「そんなことおかしいから為《し》ない」と云っている。

いつの頃からか、またどうしてそうなのだかは知らないが、貞子さんには天性とも云っていいようなデモクラティックな傾向がある。家には女中が四人居るが、同胞の中で一番この子に人望がある。兄さんたちはみんな上の学校へ行っている。お父さんは宴会とゴルフとで日を暮らしている人で、極くたまの日曜に、何処かへドライヴに出掛ける時が一番長くお父さんと一緒にいる時である。家では、だから、女中たちにまじって、貞子さんはシンデレラのように忙しい。

なぜかと云えば、彼女の母親は一家の主婦というよりも、自分にもっとも才能の欠けている丁度その方面のことだけが無上に好きで、それに憂身をやつしているたちの女性だから。たとえば、以前には声楽、それから写真、そして最近では登山と文学。

　文学では吉田紘二郎さんのものを彼女の「心の聖壇」へ祀っている。そして「ジイドもようざあますね」と言う！　女流登山界では、嘘か本当か知らないが、黒田さん姉妹と「御懇意に願っている」。私は或る時彼女からとうとうその山岳文学「感傷の山」という自作の朗読を聴かされたが、後になっても鶏舎から出て来たようで、長いあいだ身体中がむずむずしていた。

　ライカにその聖なる身震いを表現し、ワンダフォーゲルの歌を青春の金切声で歌うこの四十歳のマダム。私はピザの恥女《ヴェルゴニヨーザ》のように指の股から彼女を見た。

　貞子さんが狭っこい勉強部屋の中で、何だかコツコツ音をさせている。小さい本立の緩んだのへ楔を打込んで直しているのである。職人がその仕事に熱中している時の真面目さをもって、あぐらをかいて。

貞子さんの部屋がひっそりしている。入って見ると、よく揃った綺麗な書体で、簡単ではあるがフランス語の動詞変化の宿題を書いている。小さい女の子の、幾らか仔犬に共通な匂いと、職人の真面目さとが此処にもある。

或る時、私は彼女の作文というのを見た。学校で書いた自由速題で、彼女は「山」を選んだのだった。


「春のお休みに、私はお母様やお兄様たちと、おくたまの山へ行った。はじめ小さいお兄様がおしりをおして下さったけれども、くすぐったくてたまらないので、やめていただいて、私ははってのぼった。

とちゅうで、木の枝をたくさんしょったおじいさんにあった。そのおじいさんが私に、こんちは、おじょうさんげん気だねといった。私も、おじいさんおもたいでしょうといった。高水山の上にお寺があって、おばあさんが店を出していた。みんなでおべんとうをたべた。それからあまざけをのんだ。私はおいしくておかわりをしたけれども、お母様はおよしになった。山にはかたくりがたくさんさいていた。私はそれを取って紙へつつんで、リュクサックへ入れた。すみれが本とうにきれいだった。

それから山をくだって大たばへついた。お百しょうの子どもにおかしを上げたら、子供のお母様がやまめをくれた。まだ取ってはいけないのですがといっていた。

それからじどう車をよんで、みたけまで行った。でん車がこんでいて、大ぜい立っていた。お母様が気もちがわるくなって、おはきになった。私たちはすっかりしんぱいした」

ティンダル、或いはジイド、或いは他の幾多天才の文章と、子供の文章との間には不思議な共通点があるような気がする。しかも子供の母親は「何ですね、こんな物をお見せして」と云うのである。そして先生も三重丸は下さらないのである。

＊

木曽駒ガ岳から伊那へ遊んでの帰りであった。私の汽車は中央線穴山駅をすでに過ぎて、釜無川と塩川に挟まれたあの細長い台地を、やがて夜になる甲府盆地めがけて一散に走っていた。

旅の終りよ！　私の心は歌っていた。私は眼に映るすべてを喜んで受入れ、すばやく味わい、さらにゆっくりと味わい返していた。線路に沿った高原の秋草のむこうに見える一軒の貧しい農家、その前で子供が遊び、小さい犬も遊び、その家の上で高いポプラが風にざわめく。一瞬にして後へ飛去るこんな点景にも、私は敬虔の瞳を投げ、愛の心を通わすことができた。

車内の通路をへだてて十九か二十歳ぐらいになる田舎者らしい青年がいた。その青年と向いあって、これはまた旅廻りの呉服屋かと思われる若者がいた。二人はさっきから時々言葉を交していた。青年にとってはこの線を通るのはこれがはじめてらしかった。否々、こんな汽車の旅そのものさえはじめての経験らしく見えるほど、万事に臆して控目で、しかも公けの生活に馴れない者の不器用さをもって、そのため絶えず心の落着きがなかった。

もう一人の若者については特別に書く興味もない。それはわれわれがよく汽車の中で見かけるところのあの擦枯しの旅商人に過ぎなかった。

突然、今まで幾らかの旅愁をもって窓外の景色を眺めていた青年が立上って、

「あれは富士山ですね」と、大きな声で呉服屋に問いかけた。彼の片手は汽車の往手を指さしていた。彼の瞳はこの思い掛けない発見のために濡れ輝いていた。その深い原因は知らないが、とにかくはたから見てさえ「それほどにも嬉しいか」とつい引込まれてしまうような、そんな生々した悦びの表情を現わしていた。

「富士山？　そんなとこへ出やしないさ」

若い旅商人は冷笑とともににべもなく打消した。

「でも、あれですよ。あれは富士山じゃないんですか」

青年は八分の確信と、二分の自信のなさをもって、上半身を窓の外へ乗り出しながら顫《ふる》え声で言った。そうだ。あれは富士山だ。「日本一の富士の山」だ。私も少し前から気がついていたのだ。それは夕暮ちかい南東の空に、御坂山塊の長壁を踏まえて驚くばかり高く聳えていた。

旅商人は下女に答える主婦の不機嫌をもって、型ばかりのように一寸窓から顔を出し、横眼でちらりとその方角を見てから云い放った。

「あれはよく似ているけれど富士山じゃないよ。富士山はもっと左へ出るんだ」

青年は悲しげな顔をした。眼が大きく涙ぐんでいた。それから諦めたように、しかし相手を憚るかのように、静かに身体を動かして窓に背中をよせかけて眼をつぶった。

「どれ一眠りしようかな」そう独言をいいながら旅商人はごろりと横になった。青年の座席まで両足を踏み伸ばして。

私の反駁と声援。それは咽元までこみ上げて来ながら遂に機を逸して、そのままそこへ固まりついてしまった。

*

義弟は小学教員である。師範では理科と地理とを専攻した。優秀な成績で卒業すると、東京市内に奉職して、私の義妹と結婚して、子供が出来て、理科の主任になって、その前途は詩人よりも遥かに洋々たるものがある。

彼はキベリタテハを捕りたかった。なぜならば彼の標本箱にはこの美しい蝶が欠けていたから。そして今、眼前の白樺の葉にその蝶がとまっていて、ルイ王朝の宮廷服を思わせる双の翅を、開いたり閉じたりしているのだから。八ガ岳の佐久口、稲子牧場の上手である。

彼は憧れの蝶に対する一種童貞の羞恥と気後れとで（私にはそう見えた！）甚だ

自信のない捕虫網の一振りをやった。蝶は立った。別の白樺へとまった。彼はまた遣り損ねた。満面朱をそそいでいた。私は彼の耳の附根を見た。そこもまた真赤だった。三度目に、少し高過ぎる枝にとまったのを憤然と飛び上って振りかぶったが、美しい迷わしの蝶は、タテハの属に特有のあの悠然たる飛び方で林の奥深く姿を消した。

それから義弟の無口がはじまった。その無口は本沢温泉までも続いた。時々、自他の利益のために気分を転換しようとして私の話しかける言葉にも、彼の答はひどく乾燥して断片的だった。

彼が今は子供ではなく、子供の親であって、いわば一個の堂々たる紳士としてその義兄と山へ来ていることを考えると、この現状は幾らか滑稽なものに見えはしたが、私も勝負事の好きな人間や蒐集家の無念の気持の消息に、全然通じていないわけではなかった。そこで、温泉から上るとわざと寛いで大いにビールを飲んだ。

翌日、硫黄岳からの眺望は、かつてここで経験したことのないほどすばらしいものだった。私たちは心もひろびろと横岳へ掛った。するといる、いる。クジャクチョウ、キベリタテハ、ベニヒカゲ。義弟は赤岳そっちのけで、あの狭い岩尾根を、鼻の頭に玉の汗をかきながら往ったり来たりしている。私は時々声だけで激励しながら、実はなるべく彼の失敗を見ていることを見られないように、三脚を立て、黒布を引被って、写真機の焦点ガラスからその動作を眺めていた。

目ざす蝶は五六羽も見掛けたのに、彼は悉く下手にやった。それからまた昨日の無口がはじまった。今度のは実に深刻で時に意地悪るな電波をさえ投げた。それは往路を再び戻って稲子牧場の上手へ来る時まで続いた。

私はあの岩石の間にマルバダケブキの黄いろい見事な花の咲いている牧場の隅でコーヒーを入れたが、彼はその間にやっと一羽のキベリタテハを獲た。彼は喜色満面だった。「兄さんの分をもう一羽捕りたいんですが、どうしても居ないんです」ああその言葉が何とチャーミングだったろう!

私は彼の最後の成功を祝し、砂糖を余分に入れたコーヒーを二人で飲みながら、色々の意味で記念撮影をした。

＊

ずぶ濡れになった左の袖口を捲くって、右手に捧げたランタンの薄赤い悲しげな光で照らし出すと、腕時計は午後十時半。すでに宵の前宮あたりから降り出していた雨は、今や黒戸山全体を暗澹と包んで、深夜の笹ノ平はただ漠々たる水湿の世界だ。

私たち二人は、幾らかうらぶれた心で立っている。折角登って来た路をまた三四町後戻りして、わざわざ水を探しに行って呉れたもう一人の友の帰りを待っているのである。雨の真夜中の黒戸山で。

道具はその使用されることを固執する。殊に山登りでそうだ。背負うに限りある荷物の中に不要な物は無いわけである。そこでむしろ持主の方が、彼らの性能を発揮させることに執着し、その機会を産み出そうとする。それは見得でもなければ利己心でもない。殊に私たちのこの場合、それは純粋にパーティー全体の悦びのためであった。

と云うのは、水を探しに行った友が、英国製のアルコオルランプの紅茶沸かしを持って来たのだ。ああ、敬すべき子供らしい喜びよ！　私たちはその沸々の音を甲斐駒の絶巓に空想し、七丈の小屋に空想し、もっと低く星影の洩れる笹ノ平での深夜の休憩に空想していた。ところが雨。その雨はもうそろそろ下着まで沁みて来た。

待つこと十分、二十分。やがて蛍の火のようなマツダランプを光らせながら、友は水を満たした水筒をかかえて息を切って上って来た。彼の膝も手も泥にまみれていた。友はその膝の間でアルコオルランプに火を点じ、その手で茶の支度をした。私はこれほど旨い紅茶を、こんな感激とともに味わったことがない。

その甲斐駒からの帰り路、同じ笹ノ平の少し下で、私は一羽の珍らしい蝶を発見した。雨上りの明るい美しい七月の午後の山路を、友と三人いそいそと帰る心に、蝶はまたなく私の心をひいた。私は捕虫網を取り出してステッキの先へつけた。蝶は私が近付く度にひらひらと力無く飛び立つが、その弱々しい飛び方の中にも何かしら反抗の気魄のあるのを私は感じた。私も苛立ったが、次第に真剣な気持になって来た。二人の友は樹の枝を揺すったり、石を投げたり、網の柄を作って呉れたり、まるで自分たちのことのように、自分たちの楽しみでもあるかのように、少しも迷惑そうな顔を見せず、むきになっての助勢を惜まなかった。同時に彼らは、当然それを取り返すために急がなければならない貴重な二十分間というものを、喜んで私に提供して呉れたのだ。

彼ら二人の助力があって初めて私が手に入れることのできた蝶は、立派なウラギンシジミの雄であった。新緑かおる黒戸山でのこの一羽のクレチス・アクータは、

東駒ヶ岳　　武田久吉

前夜の雨中の紅茶とともに、私の幾十の山旅の思い出の中で、今もなお切々たる友情のオブリガートを持つ一篇のなつかしい歌となっている。

そして同じような例をその他にもなお幾つか私は持ち、総じて山に関する限り、私が人に与えたよりも人から与えられた処遥かに多いのを思って、そもそも真正の登山家という者が、如何に無私無欲《デザンテレスマン》の徳を持っているかということを私は痛感せざるを得ず、この信念を声を大にして告げずには居られないのである。

*

「尾崎さん、あなたはなぜそんなことをくどくどと云わなくてはならないのですか。われわれの心の奥底に大切に秘めて置いてはじめて美しいそれらのものを、何のために外へは出して、妙味も陰影も気品も無いものにしてしまうのですか。弓の軽打、指の一触れで、忽ち清らかに歌いはじめて、あの市井の混濁の中で静かにわれわれの心を喜ばせる深くはあるが脆い音楽を、どうしてそんなに手荒く取扱い、それを万人に徹底させようとむきになるのですか。われわれは心にそれを持ちながら、むしろパイプに火を点じて、黙々として多く語らぬ男らしさをもって、この高峻を吹く風の響きを聴くべきではないでしょうか」

「そうです。それは確かに一層美しいことです。そして私といえども、多くの選ばれた登山家がほとんどあなたと同じ見解を抱いているだろうということを察しなくはありません。そういう人のそばでならば、私も喜んで沈黙するでしょう。喜んで私のパイプをくゆらし、心に永遠を描いて静かに煙の行衛を見送るでしょう。そしてそれが男らしいことならば、私もまた充分男らしく見えるでしょう。

しかし、あなたの云おうとされる『含蓄』の美、それを理解しながらも、私は云わなくてはなりません。それを強調することは往々人間を野狐禅《やこぜん》にまで鼓舞し、活潑であるべき彼の批判的精神や判断力を眠らせ、情緒や雰囲気だけに陶酔させ、その独自のものの発展の機会を彼から奪い去り、彼を去勢してしまうことが少くないということを。

セザンヌの描いたビスケットを『永遠のビスケットだ』と道破した人があります。皿に盛られた一山のビスケットが永遠の相を帯びるまでに表現されるためには、其処に烈しい美の追窮が透徹した『視』と協力して最もエネルギッシュに行われたと思わなければなりますまい。ひとりビスケットだけでなく、他の静物にせよ、人物にせよ、風景にせよ、セザンヌがこれを描く時、彼は決して雰囲気や情緒や兆候を描かなかった。彼はその対象の生命《ラ・ヴイー》を描いたのです。そして、此処に初めて『含蓄』が現れたのです。つまり含蓄とは放射の実体を予想させる被放射物であって、匂いや雰囲気がその実体の代りには成り得ないというのです。私は同じことをヴァン・ゴッホの場合にも、またあの大彫刻家ロダンの場合にも感じます。

そこで私の問題に帰れば、私としては、雄々しい、人間らしい、頼むに足りる、自然との不断の精神的交通から遂に一つの信念に到達し得たような立派な登山家が、当然知らずして身に纏っている高貴な雰囲気について、その依って来るところを考え、洞察し、或いは追窮して、あらゆる方面からその力《ヴアーテユー》を顕揚しなければなりません。なぜかと云えば、こういう力こそわれわれの世界を美しくし、清潔にし、生き易く単純にし、要するにわれわれの生活をより幸福なものにする一つの源泉であるからです。そして芸術の力でそれを誰よりも強く語りたいという欲望を私は持ち、また其処に自分の使命の一つを私は感じているのです。

正直に云えば、私はセガンチーニの絵を愛しながらも実は『私の山岳』によって彼の芸術を補足しているのです。

さらに云えば、一方にバッハ、ベートーフェンを持てばこそ、私は安心してヨーデルを聴いていられるのです。

私にとっては、暗い、熱い地底にある根こそ一大事です。それが分って初めて枝や葉や花の事が一層よく理解されるでしょう」

*

春の夕日が落ちる。乗鞍の南に落ちる。遥か下の方で、もう諏訪盆地はたそがれたらしい。反抗と順応との私の精神もまたたそがれる。

荘厳な弥撒《ミサ》を想わせる落日よ。偉大なる落飾よ。私のすべての悲喜もまた落飾する。

夕日の紅と、最初のトワイライト・グロウの黄とにほんのり染まった白樺の幹。その高原の白樺を、もう仄暗い夕風が包んでいる。

O wie schön ist deine Welt,
Vater, wenn sie golden strahlet! ……

思わず小声で歌う「夕映の中で《イム・アーベントロート》」。おのれをたそがれ、落飾し、心の白い裸の幹を夕風に包まれた私にとって、今や云うべきことはこの外にはない。

「おお父よ、おんみの世界の何と美しいか」

真紅の落日はいよいよ大きく、いよいよ柔かく、わずか斜めに落ちながら乗鞍の山稜に沈み込む。乗鞍は酔い、感動し、ほとんど泣く。そして私もまた泣かんとする。

太陽は溶け入るように沈む。爛々と沈む。乗鞍は孕む。聖なる懐胎よ!

ああ、ついに髻《もとどり》を振るって決然と立つ紫の乗鞍! 私も或る憤然たるものに貫かれて立つ。

ひとつの聖譚曲は終った……。

〔「山小屋」一九三四年五・六月合併号(『私の山』の組曲)、「大阪朝日新聞」同年六月(山日記から~富士山問答・蝶の採集)、「国民新聞」同年六月(山岳文学)/『山の絵本』所収〕

美しき五月の月に

（若い女性に向っての山へのいざない）

その山形から云っても谷形から云っても、またその海岸形から見ても、日本の自然の調和的な美は世界でも稀有なものの一つだろうと私は思う。

長い広々とした裾野を曳く各種の火山、地平の青空をかぎる蜿蜒《えんえん》たる皺曲《しゅうきょく》山脈、おっとりと優美な隆起準平原、沢や渓谷は複雑な線条を走らせてその傾斜面を鏤刻《るこく》し、盆地や平野は葉脈のような河川に開析されて綾に横わっている。また海蝕をうけた無数の隆起海岸、断層海岸、その絵のような内海や入江、その豪宕《ごうとう》な海崖を洗って、太平洋や日本海の無限の水がいたるところ遊戯し奔騰する。

日本の自然――地形を基礎とした日本の自然は、われわれをすべて地理学者にはしないまでも、国土の美の骨組を成すものについて、われわれの旺盛な知識欲に何らかの楽しい鼓舞を与えないであろうか。

私は晩春の山旅を云う。しかし地理学者でない私には、これから書く二三の山に関してあなたたちを地形学者的説明で饗応することは勿論できない。

シューマンの歌《リード》に「春の行旅《フリューリングスファールト》」というのがある。私はこの歌と一緒に尽きぬ青春といったようなものを思う。この歌を歌うとルックサックをかついでさまよい出たくなる。地図と、時間表と、背嚢と、一本の杖。春も闌《た》けて、いつも身軽な三等旅客、私は都塵を後にする。

武州景信山《かげのぶやま》。

なんと云うこと無しに私はこの山が好きだ。

恐らくそれは、自分がこの山を幾度も訪れて、遠近からの山容、その一本の山襞までも深く眼底に記憶しているからかも知れない。また中央線浅川駅から一里半、東京から四時間幾らという行程で、気の向いた時いつでも一日の山歩きの最初の展望地点へ達することができるからかも知れない。その七二八メートルという高さは、山の高さとしては何物でもないには違いないが、高尾山から起って古い小仏の峠となり、それからこの景信の頭を倔起《くつき》させ、たちまち西北西に転じてS字形の尾根をうねらせながら、陣場峯、三国山、三頭山と次第に高度を増して行くこの武、相、甲の三国に跨る国境山脈は、煦々《くく》として麗らかな晩春の一日の山旅には、捨てることのできないコースである。

この一連の山脈は、好く晴れた日、東京日本橋辺の高いビルディングの上から眺めると大体東京駅降車口の円屋根に接して現れて、一段高い大菩薩連嶺の下に黒い鯨の背のように横たわっている。

浅川駅から歩き出して一里すこし、トンネルの入口、山が迫って小川が走る爪先上りの小仏の部落では、今ちょうど八重桜の盛りである。

地質学者のいわゆる小仏層の岩石がそこらじゅうに露出している。山間の春は水の響きと天鵞絨《ビロード》のような鮮緑色の苔から。「ツィツィベ・ツィツィベ!」と四十雀《しじゅうから》が甘えるように鳴いている。ローザ・ルクセンブルクが牢獄の中で思い出したあの小鳥の游牝の時の愛の歌である。

風はゆるやかに空は青い。都会を遠く、時間の流れに黄金の重さがある。

あらゆる山頂がそうであるように、この景信山でも最後の十分間が一汗かかせる。左手桂川と道志川の谷を隔てて、未だ残雪の鹿子斑をつけた丹沢の大山塊がもう堂々と蒼い障壁を立てて来るにもかかわらず、その下からは見馴れた石老山の臥牛の背中がせり上ってくるにもかかわらず、また大群山の大ピラミッドを軽く踏まえて、ああ悠久の富士が夢よりも高く美しく四月の蒼穹を抜いているにもかかわらず、この山頂の傾斜はあなたたちの呼吸を奪う。

山頂に埋めこまれた独立標高点の切石を見つけて、その上へ二十万分の一の地図をひろげ給え。風があるから小石を載せるといい。西へ向ってあなたの右半身は武蔵に属し、左半身は相模のものだ。大菩薩連嶺が知りたいか。それは正面に見える灰色の草山——根張りの大きい陣場峯の真上に、そら、一直線の尾根に残雪の銀を輝かせて紺碧の屏風のように峙《そばだ》っている。その左に二枚の歯形をしたのは甲州の三峠山。富士北麓の河口湖がその南西に深く湛えているわけだ。眼を転じて北西に突兀《とっこつ》と高く薄緑なのは武州大岳山。誰にでも一度は行かせたい

武州大岳山　　著　者

山である。その左に春の山姫のように艶にみやびて悠然としているのは御前山。いずれも四千尺以上の山。彼らのうしろに、むろん此処からは見るよしもないが、奥多摩の流れが深い谿谷を穿っている。そしてその向うの山岳重畳は、云わずと知れた秩父連山。

振返れば薄紫に陽炎の立つ一望の武蔵野。霞の底で多摩川の水がきらりと光る。麦は緑に、あらゆる樹々がみずみずしく樹液に重いその平原の奥で、東京は何というい生活のどよもしを上げていることか！　何たる息吹が夢のように此処まで伝わって来ることか！

山頂にたたずんで、人のする瞑想は常にいくらか悲しい……

去年の春私はこの頂上に寝ころんで、大岳山をかすめて西の方へ飛んで行く美しい雲を見たことがある。それはイタリアで「風の伯爵夫人《コンテッサ・デル・ヴェント》」と呼ぶものだそうだが、緩かに廻転して進みながら、あらゆる瞬間に優艶な女の形をしている。

藤原博士はこれを「廻り雲」と云っている。層積雲の一種だそうである。

甲州大蔵高丸。

東京から西の空を眺めると、秩父連山の左に、遠く大菩薩の連嶺はほぼ高低二段の長壁をなしている。大蔵高丸は、ちょうどその二段の接触点にあたる一七八一メートルの隆起である。かつて或る人の書いた「春の大蔵高丸」という文章を読んで是非一度は行って見たいと思い、去年の五月の初め、快晴の日の未明に中央線初鹿野駅からこの山へ入った。以下の断片はその時のノートである。

午後十一時三十分飯田町発長野行。同行八人。翌日午前三時四十五分甲州初鹿野着。ランタンに火を入れる。揺れながら一歩の先を照らす明りに、散った桜が雪のように白い。笹子山の真暗なふところで筒鳥の声。星座二つ三つ。日川の谷の右岸を行って、やがて左岸。かじか、せきれい、四十雀、頰白たちの夜明けの歌。

五時日川と別れて右へ大蔵沢を遡る。葱皮状分解を受けた石英閃緑岩の大塊にどうどうと響くエメラルドの水が当っている狭い磧《かわら》で、火を焚き、紅茶をわかして、パンとソーセージの朝飯。めいめい勝手に撮影。満山の新緑。植物図鑑を繰るのに忙しい。出発。

あんな高い山の肩に朝日が当っている。燃えるようなミツバツツジ。踏んで行く沢筋の岩の間にはチゴユリ、チダケサシ、イカリソウ、イチリンソウ。それに可憐なクワガタソウが目につく。ゆっくり植物採集に来たいと思う。

「限りなく美しき五月の月に《イム・ヴンデルシエーネン・モーナト・マイ》」！ 肩にルックサックの適度の重みを感じながら、朗らかに幽邃な朝を口笛吹きながら私たちは登る。

水が涸れ、勾配が強くなり、呼吸がややせわしくなる頃、振り返ると今登って来た沢の正面に驚くような富士の全容。それは山々の新緑と、ツツジの炎と、思い切って麗らかな青空との豪奢な額縁に嵌まった夢の現実である。

ついに傾斜約四十度の閃緑岩の崩壊部をよじのぼって鞍部の尾根。そして九時二十分大蔵高丸頂上。

ああ、何という展望だろう！ 直ぐ目の前から連嶺は起って、大菩薩本岳は正面奥にその巨大な内裏雛のような姿を端然と坐している。その左には二五〇〇メートル級の奥秩父の連峯。金峯《きんぷ》、奥千丈、国師、甲武信《こぶし》、破風《はふ》。何と高層の風が今彼らの頭を吹き渡っていることだろう。しかし更に驚くべきは西天に連なる南アルプスの雪嶺である。北岳、間ノ岳、農鳥岳、塩見、悪沢、赤石……あらゆる突起が双眼鏡のレンズに刻まれるように映って、「悠久」は其処から生れて来るかと思う。

だが富士こそは愈々《いよいよ》出でて偉大である。これには言葉も無く、ただ茫然として見るばかり。

足を投げ出して思うさま遠く目を楽しませる山頂に、しかしこの高みでは春も未だ幼く、ほとんど冬枯の草の中にしおらしくも、清純なフジザクラの幾本を私たちは見出して嘆称した。

十時出発。この連嶺の尾根を南へ、高まり低まる尾根筋はひたすらに楽しい枯萱の道である。春悠々、折々の雲もまた悠々。ヤマハンノキの芽が未だ堅い。ところどころに残雪。

十一時五十分大谷ガ丸の三角点。この登りはいささか苦しかった。急勾配の樹林の中で、息を切らして、私はマイヅルソウの群落を哀れにも踏みしだかなければならなかった。

二時、曲沢峠でゆっくり休憩。一時間の後曲沢の左岸の高い尾根を、噎《む》せるような新緑と燃えるようなツツジの間を縫いながら初鹿野さして降る。時々見える真白な崩壊、見おろす谷の水、まるで植物に食われてしまうかと思われる花と若葉の世界を、春は永いと心ものびやかに私たちは歩く、歩く……

〔『山の絵本』所収〕

秩父の牽く力

生れて初めて山を見た記憶は五つの時にある。場所は東京も隅田川の河口に近い鉄砲洲《てつぽうず》で、その頃「煉瓦」といっていた今の銀座の方角に、冬の日の暮、緑がかった金茶色の透明な夕映えの空を背景にして、西の地平に黒々と横わっていた連山の影絵。それを秩父だといって教えてくれたのは今は亡い私の父である。

山の手の高台ならば知らぬこと、そんな低いごみごみした下町の町中から秩父が見えてたまるものかと嗤《わら》う人もあるかも知れないが、明治も三十年頃には築地から鉄砲洲、八丁堀へかけて、平家の数は二階家のそれよりも遥かに多かった。銀座といえども同じことで、二頭立の鉄道馬車のごろごろ通るあの大通りの両側には、煉瓦造り二階建棟割長屋の商店が、それこそ「昔恋しい銀座の柳」に軒先をなぶらせながら、ちょうど今の浅草の仲見世のように、恨みっ子なく平等にならんでいた。何しろ断髪どころか、馬に髪の毛を踏んでもらうと毛が長くなるというので、勧工場の隣の何とかいう名代の寿司屋の一人娘が、鉄道馬車の線路のまんなかへ頭の毛を置きに行ったくらい長閑な古い時代のことである。今のデパートの先祖ともいえる勧工場などがあの大通りの建築の抜群なるもので、しかもそれがせいぜい三階建ぐらいだったのだから、当時の東京のプロフィールは、今と較べれば確かに平面的だったに違いない。

だから埋立地にもひとしい築地や鉄砲洲の低平な町中からも山は見えた。少し広い真直ぐな道路で西に向ったものならば、ほとんど何処からでも何かの山脈の片鱗をとらえ得ないということはなかったと思う。それは当時異人館と俗称されていた築地の居留地からも見えた。それは新八丁堀からも、鉄砲洲の稲荷橋、中ノ橋、桜橋からも見えた。佃島、相生橋、深川蛤町あたりからならばなおよく見えた。それは私の哀れな母校の二階からも見えた。それは私の家の土蔵の窓からも、その鉄格子と金網ごしに見えた。

大震災直後の九月の或る日、見渡すかぎり焼野ガ原の東京下町とその上にひろがる異常に美しい秋の青空。私も我が家の焼跡で灰を掻き、まっかに焼けた土をならしていた。太陽は熱く、風は涼しかった。この太陽と風とに直接愛撫される荒涼たる風景の中に、私の幻想はなぜか知らぬが頻りに雁来紅と胡麻とを描いていた。秋の曠野にシャヴルを立てる開墾者の幻覚であったかも知れない。私は腰を伸ばして額の汗を拭った。その時見たのだ。善悪美醜ともに灰と化し了った大都会の砂漠の涯に、波濤のように上がり大鳥の翼のように張った秩父連山を。そのひとつびとつの山襞も鮮かに、くっきりと限空線を描いて横たわる浮彫の山々を。

災厄もそれが余り大きくて、亡失の観念が万人共通のものだと、却ってそこから一種の気軽さ、一種の余裕、謂わば消極的な平和の心境が生れるものであるらしい。この心境は続いて来るべき再建への努力の予感、生みの苦痛からわれわれを解放したり軽減したりするものでは決して無いが、とにかく一時は麻酔剤のような役目をする。そういう心の状態の時に、明るさ限りもない廃墟の中心から眼を放って眺めた壮麗な山々の姿には、たしかに、かつて見たこともない清新さと慰めと、男らしい頼もしさとの感じがこもっていた。

秩父！　太陽と秋風！　私はこの廃墟のただなかで、黒い胡麻と真紅の雁来紅とが見たかった。何処か田舎で土地を借りる。小屋を建てる。小屋の前に二三反歩の畑があり、うしろに雑木林でもあればなおありがたい。その畑で百姓をし、その小屋で物を書く。山が見えなくてはいけない。春が来てかすむ山、新雪を粧って鹿子斑を見せる山、夏には猛々しい雲の峯を立てる山、そしてはらはらと落葉する疎林の向うに、青空の下でほのかに黄ばむ秋の山。それが自分の畑から見えなくてはいけない。

私はそれを実行した。父が震災の被害の中から苦しい金を出してくれた。洋式二間の小屋と、二反歩の畑と、秩父の展望とを手に入れると同時に、羊飼のような娘も妻にめとった。私にとってのワルデンの生活とその牧歌とが始まった。村での生活は五年つづいた。

震災の年の秋の暮、もう朝々の畑に霜の訪れる頃、私は毎日一人の大工の手伝をしながら小屋の完成をいそいでいた。或る朝、露に濡れた畑の白菜がきらびやかに朝日に輝き、おちこちの木々の梢で頰白や四十雀が鳴いていた。赤に黄に彩られた雑木林、冬こそ緑の武蔵野の畑、遠くに横わる山々の青、そして田園の静けさの中に打込む釘の音。私はすこしも歌人ではないが、この時何年ぶりかで一首の歌が出来た……

君を待つ家をつくると朝日影

豊多摩の野に軒うつわれは

同じ山地でも、秩父はそこに住んでみたいという気を私に強く起させる点で、他の山地とは違っている。見聞の広狭、経験の多少、趣味傾向の相違を土台として、その上に立って厳格に考えれば勿論こんなことも軽々しくはいえないのであるが、少くとも私としては秩父山地という言葉の内容から、生活の幾多の楽しい、幸福な空想を描き得るのである。そしてその空想の内容も、現在自分のしている生活の本質的なものを変えたり捨てたり、若しくは変え或いは捨てることを余儀なくさせられた性質のものではない。つまり私は秩父のどこかの山村に住む身になっても、そこでデペイズマンを、すなわち「国を離れて途方に暮れた感じ」を味わわなくても済むだろうと思うのである。私は自分の従来の生活上の習慣を大して変えなくてもいいし、不本意に思ったり酷い不自由を感じたりしながら土地の習慣に馴れなくてはなるまいという、そんな心配も無いであろうし、むしろ幾らか従来の生活を改善して一層よくその土地に適応して行くことによって、大いに張りのある生き方ができるだろうとすら思うのである。もしも己れを捨てずに、しかも山村の土着の人々と融合して行くことができれば、我が家のまわりに常に立派な自然を持ちながら、満帆に風をはらんだ船のように、いきいきと張り切った生活がして行けるに違ないと信じるのである。

ところで、これも余り大した信念をもっては云えないことであるが、同じ秩父に対して抱いている愛にしても、私のように古い東京に生れて東京で成人した者のそれと、他府県から東京へ出て来て一家を成した人々のそれとの間には、筆舌では簡単に現すことのできない、一種微妙な違いがありはしないかと時々思う。

私たちが秩父を想う時には、必然的に、運命のように、古い東京とそこで育った幼年時代、少年時代の幾千の思い出と、またあの武蔵野の風光とがその前景として、常に意識の裏側に映っているのである。私としては、「秋空晴れて日は高し、今こそ我等が散歩時」というあの「散歩唱歌」の、幼い自分の憧れの声に対する千万無量の感慨が何時でも附いて廻るのである。

従って秩父の魅力には一種故郷の持つ魅力のようなものがある。それは理窟無しに牽くところの力である。それは一つの小さな記憶からたちまち尨大な幻影が生れて、しかもその幻影が少しも疎遠なものであったり、好奇心の対象であったり、また況《いわ》んやエグゾティックなものであったりはしないのである。

武蔵野と秩父の山。それを思う私たちの心はあのフランスの北方で人が「ノルマンディー」を歌う心である。「俺はスイスの山々と、そのシャレーと、その氷河とを見た。俺はイタリアの空と、ヴェニスと、そのゴンドラの舟子とを見た。そうして何処の国にも挨拶をしながら、俺は自分に言った。どこへ行こうと俺のノルマンディーほど美しい処は無い、それはこの俺に日の目を見せてくれた土地なのだと」

またそれを思う私たちの心は、今は北海道にいる河田楨君をして、故松井幹雄氏を憶う一文の中に、「どうせ死ぬなら僕も武蔵野で死にたい」と書かせたあの同じ心である。

〔「山小屋」一九三三年十月／『山の絵本』所収〕

一日の王

「お寺の前で
子供が三人遊んでいる。
お前達は一日の王を見かけたか」
ジョルジュ・シェーヌヴィエール

出発

背には嚢、手には杖。一日の王が出発する。

彼は一箇のクヌルプのように漂泊と歌とを愛するが、また別にすこしばかりの自然科学者的タンダンスがあって、それが情感の過度の溢れから彼を救う。

嚢の中には巻パンと葡萄酒、愛読のシェーヌヴィエールの詩集一冊。今日は時しも春だから、ジュール・ロマンは持って行かない。その「全一生活」や「唄と祈」は、枯葉の散り、菌《きのこ》のにおう秋の山路にこそふさわしいと思う。

磁石は紐で首からつるした。ポケットには手帳とルウペと地図。折目に幾度目かの膏薬張りをした地形図は、過去の足跡をなぞった鉛筆の色で真赤である。内がくしの心臓の上には、戸口に立って笑っている我が子の写真も忘れはしない。

天の青さがぽたぽた落ちて来るような春の夜明けよ！　早起きの雀の声のきこえるあたり、西郊の欅のおもたい新緑。彼はモーツァルトをおもい、グルックをおもう。あらゆるオルフォイス的な音楽が今やひとつの純粋な流れとなって、早朝の出発の心をめぐり、包み、洗っているようである。

そして彼は今日の山路のすがすがしい美しさと、その明るいひろがりとを思う。

小径

咲きはじめた山吹やひとりしずか、小径の岩に鳴る靴の音。もうずっと下になった渓谷が、かすかにさらさらと早瀬の歌をうたっている。そして楽しい大きな明暗に浸かった朝の山々は、空間を占める莫大な容積の重なり合いと大らかな面の移り行きとで、それを見る眼をゆっくり休ませ、その安定感で人の心をやわらげる。すでに都会は遠いのだ。対岸には白壁と石垣と、調和のとれた樹木の配置とでひどく好もしいものに見えていたひとつの村落が、今、こちら側の山をはなれた朝日を浴びて、谷から立ち昇る真珠いろの霧のために、きわめて薄いヴェイルを纏ったように柔かくきらめき始める。その上の山の斜面に点々とパステル赤をなすっているのは、三葉躑躅の花だろうか。

やがて径の左に沢の落ちて来るところを彼は過ぎる。一羽の大瑠璃が岩角にとまって、流れよどんだ清水を飲んだり浴びたりしている。木の間から降りそそぐ日光の金色の縞に照らされて、その瑠璃いろの頭や翼の色が眼もさめるように美しい。彼は小鳥の動作を、その飛び去るまでじっと見ている。飛び去った鳥は近くの水楢の枝まで行って、嘴をこすったり、濡れた羽をふるわせたりしながら、その合間に水晶の玉を打ち合わせるような歌を投げる。彼はその歌を、ちょうど或るメロディーを覚えようとする時のように、しっかりと心にとめながら歩いて行く。

径の片側に或る岩石の露頭が現れる。日蔭の岩は爽やかに濡れている。彼は見事に皺曲したその岩を多分紅色角岩だろうと思う。粘菌を採る人のように細心に、杖の石突でやっと旨く割ることのできたその扁平なひとかけを手の平に載せて眺めながら、これを研いで磨いて文鎮にしたら好い記念になるだろうと思う。

彼は行く。ゆっくりと。しかし物見高い眼や鼻や耳はすっかり解放しながら。山を歩くことは彼にとって、自然の全体と細部とをできるだけ見、愛し且つ理解することであって、決して急用を帯びた人のように力走することではないからである。それがために一日の行程を、二日かかるとしても構わない。またそのために、都会へ帰って幾日かを穴埋めのために生きるのであっても構わない。

彼は遭遇《ランコントル》を愛する。天与の遭遇が有ればよし、さもなければ自分の方から求めて行く。この発見の道は必然に迂回する。

中食

柔かい水苔の薄くかぶさった岩に腰をかけて、いま彼は単純な中食にとりかかる。まず鞣革《なめしがわ》に包んだ切子のコップを取り出して、小壜に詰めた葡萄酒をそそいでぐっと飲む。旨い！　もう一杯。気が大きくなる。それからフロマージュ入りの棒パンをかじりながら水筒の水を飲む。

シェーヌヴィエールの詩集はこういう時の友なのだ。彼は質素に強く、明るく生きることの如何に自分にとってふさわしく、またそう生きようとした夢想が、如何にこの病身で熱烈で、貧しかった詩人を鼓舞し、パリの凡庸な日々の中から燃え上る新星のような非凡の光を、瞬時に現れる永遠を発見させて、如何にこれらの感動的な詩を書かせたかを思う。

近くの暗い岩の上、ひかげつつじの硫黄いろの花の咲く下に、いわうちわが一面にはびこって、ほんのり紅をさした白い花の杯を傾けている。彼は艶のある緑の葉ごとその花を摘みとって、詩集の中で最も好きな「一日の王の物語」の頁へはさむ。

帰途

彼は午後の大半を、尾根から山頂へ、山頂からまた尾根へと、一日の太陽の鳥が大空をわたって、その西方の金と朱《あけ》とに飾られた巣の方へ落ちて行く頃まで歩いた。尾根では、いつものとおり暖かでひっそりして、自分自身がおとなしい野山の鳥やけものや、何物をも強く要求しない草や木とちっとも変った者ではないことが感じられたし、山頂では、周囲からぬきんでたその高さのために心が高尚にされて、そこからの眺望は、いつもひとつの高い見地というものを教えられることだった。同時に、それは、また発足して見に行きたいという、新らしい熱望へのいざないでもあった。

それから彼は谷間の方へ下山した。

今くだって来た山のてっぺんには、まだ金紅色の最後の日かげが残っているが、谷間はもう淡い紫にたそがれている。夕暮の空には、朱鷺《とき》の抜け毛のような雲が二筋三筋散っている。やがては天気が変るとしても、今日の終焉が美しい夕映えを持つだろうという確信は彼を楽しくする。

彼はようやく出逢った最初の部落を、人々が永く其処にとどまって其処に死ぬところを、行人の足にまかせて脇目もふらず通りすぎるには忍びない。

老人に、若者に、娘に、彼は道をきくだろう。たとえその道を、地図と対照してほとんど熟知しているとしても、なお彼らと二言三言口をきくために、彼は求めて道をたずねるだろう。

坂になった村道で、子供たちが夢中になって遊んでいる。その中の一人がほとんど彼にぶつかろうとする。彼はそれをよい機会《しお》に、身をよけながら子供の肩に手を載せるだろう。

そうして、たちまちにして、彼は初めて見たこの谷奥の寒村を、旧知の場所のように思ってしまうだろう。

かくて貧しい彼といえども、価無き思い出の無数の宝に富まされながら、また今日も、一日の王たることができたであろう。

「もう一日留まっていなされや。そうしたら、私がいい家鴨をつぶして上げようもの」

ジョルジュ・シェーヌヴィエール

[「帝国大学新聞」一九三四年五月/『山の絵本』所収]

美《うつく》し ガ原《はら》熔岩台地

登りついて不意にひらけた眼前の風景に
しばらくは世界の天井が抜けたかと思う。
やがて一歩を踏みこんで岩にまたがりながら、
この高さにおけるこの広がりの把握になおもくるしむ。
無制限な、おおどかな、荒っぽくて、新鮮な、
この風景の情緒はただ身にしみるように本原的で、
尋常の尺度にはまるで桁《けた》が外《はず》れている。

秋が雲の砲煙をどんどん上げて、
空は青と白との眼もさめるだんだら。
物見石の準平原から和田峠のほうへ
一羽の鷲が流れ矢のように落ちて行った。

［「日本詩」一九三四年十月／『高原詩抄』一九五二年］

美《うつくし》ガ原《はら》

夜明け前に爽やかな驟雨があったらしく、松本平の空の中ほどには、雨雲の名残りがいくつか、泉水をおよぐ鯉の群のように浮かんでいる。その背景をなす山々の関係的な高度から推して、乱雲というものの高さの観念がほぼ明瞭になる。驟雨のあとの五月の朝、彼ら空の種族は、この盆地の人生に一層親しく繋がっているように見える。そしてそれを列車の窓から眺めている私の方が、かえって偶然の他国者《よそもの》たる身分をはっきりと意識させられる。

午前六時いくらという早い時間に、かくも多くの通学の女生徒を見るのは何の故だろう。項《うなじ》の左右で振分けて結んだ短い髪、制服のジャンパア。妙齢というには未だ間のある、むしろ青い桃の実のように固い、健康な少女の野性の香を臆面もなく車内にまきちらしながら、いずれも膝の上に教科書や筆記帳をひろげて、地理、博物、英語、数学などの学科を、賑かに暗誦したり黙々と復習したりしている。おもうにこの子たちは今日試験を持っているのである。それで学校のはじまる前、なお一時間なにがしの試験勉強をかせぎ出すために、申し合せたように早出して来たのであろう。

右手の窓には朝日にけぶる雲の金髪をもやもやさせた美ガ原熔岩台地、左の窓にはおびただしい残雪を朝暾《ちょうどん》に染めた北アルプスの連峯とその前山、そして雨後の田園を疾走する車の中では、四拍子の轣轆《れきろく》を圧してこれら制服の信濃乙女の朝の連禱《リタニー》……

午前七時、しっとりと湿った松本駅の前の広場、私を乗せた入山辺《いりやまべ》行の始発バスの運転手台に、若い女車掌が今朝切りたてのヒヤシンスを挿した。一本は紫、もう一本は珊瑚いろ。この山の都会の朝の空気にふさわしく清純で、陶器のような冷めたさを持った美しい花である。

同時にそれは、今日彼らの美ガ原をたった一人で訪れる私へのもっとも優しい春の朝の挨拶でもあった。

バスは町なかを目まぐるしいくらい幾度も直角に曲って地図と実景とを対照して

いる私をまごつかせながら、やがて市の東の郊外へ出た。薄川流域《すすきがわ》の田園を紅にいろどるレンゲソウ、遠近のみずみずしい新緑。もう営巣を始めたツバメやイワツバメが、頻りなしに道路の上を翻ったり人家の軒下へ流れ込んだりする。

市中の小学校へ通う田舎の子供の群に幾つも出会う。彼らのうちで詰襟の洋服を着ている者は、そのズボンが大人のように長い。これは寒気の強い信州の田舎では常にみるところだが、その服がいつもひどく古びて垢じみているので、何となく小さい工場労働者のように見えるのも是非がない。かつてシュヴァルツヴァルト地方の風俗写真を見たことがある。その中でハスラハという町の小学生たちがやはり半ズボンならぬ長ズボンを穿いて、鍔《つば》の広いフェルト帽をかぶり、カラアに蝶ネクタイ、蝙蝠傘を小脇にかかえたいでたちが、まるで小さい田舎紳士であった。それはいいが足はおおむね跣《はだし》で、むきだしの踝《くるぶし》が哀れであった。しかしここではさすがに跣ということはなく、ともかくも一度は運動靴であったと云うことのできる一種の履物を履いている。

山が左右から迫って来る。打開けた田園がだんだん先ぼそりになる。川の右岸を行く道が次第に高くなる。袴越と出峰山《いでみね》との間、ちらほらと山桜の白い薄川の谷奥に、王ガ鼻から茶臼へつづく高原南端の雄大な懸崖が、星を鍛える巨大な鉄砧《かなとこ》の縁かとばかり、大空を横一文字にかぎっている。

大手橋で下車。松本から二十五分である。深い沢の落口にかかった橋の袂《たもと》で身支度をととのえる。崖には一面にしだれ咲く山吹の花、路傍には白いオドリコソウ。運転手は私が与えた一本の金口を大切そうにポケットへ収めて、代りに常用のバットに火をつけた。車掌は腰に両手をあてて新緑の山に見入りながら、春や風景についていくらか詩的なことを彼に言う。そして運転手は「うん、うん」とうなずきながら、長閑に煙草をふかしている。

眼の前に立つ二三本のサワグルミ。若葉と一緒に伸びたその薄黄いろの葇荑花《じゅういか》を今日の山路の最初の合図として喜びながら、やがて自動車の彼らと別れる。

バスは一声高く笛を鳴らして元来た道を帰って行く。私は橋をわたって反対に坂道をのぼる。朝の歩き出しの靴の軽さ。そよ吹く風の無言歌のような深さ、柔かさ。心はおもむろに所有の歌に満たされる。

麗らかな日光を斜めに浴びた三反田、部落の広場に「中入堰趾」と書いた標柱が立っている。道が二叉に岐れる。正面のものを入山辺・扉鉱泉への道と推測して、左へ敷石道をあがって行く。

ふりかえれば松本平にただよう霞の上に春まだ浅い雪の常念、蝶ガ岳。前景の農家の屋根で黄鶺鴒《きせきれい》がチリチリ鳴いている。其処に立つ一本の山桜は山村の五月柱《メイポウル》と云っていい。あまりに美しい春を一人行く心よ！　私は行を共にして敢えて悔いざる友の名を指折り思う……

村を出はずれると漸く山道らしくなった。ホウムスパンの上着がいかにも暑い。脱いでルックサックへ押し込んで、シャツとチョッキで行く。片側を細い水がちょろちょろ流れているが木立は無い。ひたすらに三城《さんじろ》牧場の涼しい樹蔭が慕われる。

山の畠へ仕事に行くのだろうか、飲み水を詰めた一升壜を下げて鍬をかついだ女が行く。四つか五つになる女の児が、遅れ勝ちによちよちしながら付いて行く。何か知らぬが路端のいろいろな細かい物が彼女の注意を引くらしく、時々しゃがみこんで指先でほじったり調べたりして、道草を食っては先へ行く母親に呼ばれている。

自分も食べていたのでその子にネーヴルを一つ遣る。初めはびっくりして泣出しそうであったが、別に害意も無いと分るや、小さく両手の平をくぼませてその果物をうけとった。母親の知らぬ間の、二人だけの秘密の交渉である。

それにしても南北を山にふさがれた道のこの蒸れるような暑さ！　鶯が無数に鳴いている。蟬の斉唱は炎熱の夏の凱歌だが、余りに多い鶯の歌は晩春の温気《うんき》をいやが上にも重たくする。

沢が二つに分れる。正面の沢の奥には、青ぞらを抜いて、大洋航海船の高い舳《へさき》のような王ガ鼻の一角がそばだっている。武石への山道がほそぼそと左の切畑へ消えて行く。五月の日射は其処に溜まり、自然は森閑、せせらぐ水に近く木を運びだす男が二三人、春の日永をのんびり働いている。傍には老人が一人、横たわった材木に腰をかけて煙草を吸いながら、仕事をする連中と何かぽつりぽつりぽつり話している。

あれから半道あまり進んだ。落葉松《からまつ》の植林に沿って行く蔭の多い道だった。今やそのつぶつぶの新芽を綻《ほころ》ばせた落葉松は、淡褐色の枝に緑の霧を吹きつけたように見える。

林間疎開地をおもわせる打開けたところ、王ガ鼻と三城牧場への分岐路を示す標柱。石切場が近いか、あたりに散乱する石の破片、腰を下すとその温《ぬく》みの伝わって来る日に曝された熱い岩。たえず眼の前を飛び廻りながら、時々じっと眩ゆい路上に翼をやすめる孔雀蝶。ステッキに捕虫網を取りつけて二羽を捕獲する。

松本の人らしい登山者が二人、足早に通り抜けて王ガ鼻への道を行った。私はゆっくり遊んでから、右へ、三城牧場への道をとった。道はすぐに登りになる。この尾根ひとつで牧場へ入ることができるらしい。途中、右手に谷がひらけて、落葉松の梢の上に残雪の北アルプスが美しかった。カメラを出してその眺めを撮影していると、また一人、今度は大きなルックサックを背負った若い人が登って来て、挨拶しながら通り過ぎた。

顔にながれる汗を拭きふき登って行く。やがて尾根通りへ出る。左へすこし登ると峠のような草原の小平地、木立が涼しい蔭をつくっている。其処へ行って涼みながら一息入れようと思ったらもう先客が一人いた。今しがた遭った大きいルックサックの人だった。挨拶をして草の上へ腰をおろす。

ここは南の眺望が晴れやかに開けて、自然が、壮大というよりもむしろその愛らしい一面を見せている。眼の前には熔岩丘のような観峰《かんぽう》の大きなかたまりが浅緑に萌えて風景の中心になり、その下には大門沢の水の流れる草原がのびのびと拡がっている。そして観峰のうしろを、鉢伏、宮入とつづく美しい平頂の丘陵がぐるりとめぐって、この風景の牧歌的な性格にますます有力な寄与をなしている。夜上りの今日の快晴がさかんな上昇気流をつくっているのか、諏訪盆地の方角の空には、ぽかりぽかりと気球のような積雲の浮游《ふゆう》。その雲の白さ、空の青さ、柔かな山々の線と地膚の色のあたたかさ。ぼんやり眺めて時の移るのも忘れそうだ。

私と並んでこの風景に眼を憩わせ心を遊ばせている青年は、松本の家具屋さんでM君といった。今日はお天気がいいから穂刈三寿雄さんの組立カメラを借りて来て、これから牧場と美ガ原とを写しに行くのだと云う。それでは丁度いいから一緒に行きましょうということになって腰を上げた。

佳いお天気と、穂苅さんの組立カメラと、春の山。私にとってはそれだけで充分詩だった。「これがその写真機です」と云いながら、M君は横ひろがりに嵩ばったルックサックを撫でて見せた。

これまでに幾度か人の書いたもので読みながら、さまざまに想像していた三城牧場。これがあれか？　なるほどと思えば思えるし、違うと云えば云えもする。読むことがむずかしいように、書くこともまたむずかしいものだと思った。

牧柵を越えて中へ入ると、大きな岩の散乱するあたりに一本の棠梨《ずみ》らしい老木がある。未だ花は咲いていないが、四方へ張った大枝小枝が地面の上へ複雑な影を落としている。先ず其処へ行ってルックサックを下ろして、何はともあれ撮影にとりかかる。

M君はと見れば、彼もまた向うで早速始めていた。三方へ踏んばった木製の大三脚が機関銃の台座のように見える。

最初放牧の牛が六七頭いたが、私たちが入り込んで来るのを見るやのそりと立ち上って歩き出し、今では二頭になってしまった。この二頭にまで逃出されてはどうも牧場の絵にはなりにくかろうと、それで直ぐに用意に掛った訳だった。

正面奥にはあの百曲りの急坂を見せた美ガ原南東の懸崖、つづいて右に茶臼山西尾根の尨大な一角、中景は丘陵性の台地の起伏と落葉松林、前景には散乱する安山岩の自然の布置と二頭の牛。これが私の構図だった。

ともかくもこうして撮影を済ますと、パイプを啣《くわ》えて私はこの牧場をもう一度見直した。

これは三方を馬蹄型に山でかこまれた谷合緩斜地の牧場である。その中を薄川の一支流が二本の沢となって貫流して、この両者の間を落葉松や躑躅《つつじ》の類の密生した氷河堆石のような丘陵状の尾根が走っている。それがため全景は長軸の方向に沿って幾つかに分たれて、牧場そのものの印象は、一見ひどく奥まった、細長い且つ狭いものに見える。

東信牧場や蓼科牧場はむしろ凸面の牧場の美に属するが、この三城牧場の良さは正に凹面の牧場のそれだと云える。彼処で遠山の翠微《すいび》が牛たちの円《つぶ》らな瞳にうつるとすれば、此処では暮靄《ぼあい》の底に彼らの夕べの声が消え入るであろう！

むこうでは小屋が真昼の薄青い煙を上げている。時計を見ると十二時に近い。私は小さい流れで手を洗うと、今やスイスの何処かのアルプへでも来た気になって、弁当をつかうために、その小屋の方へ大股に歩いて行った。

私のように小屋へ入り込んでお茶などは貰わずに、美しい風景を眼の前に水で弁当をつかったらしいM君が、向うの路のへりへ腰をかけてちゃんと私を待っている。たとえ偶然の道連れとはいえ、美ガ原まで一緒にと契《ちぎ》ったものを、なぜ外《そと》で肩を並べて食おうとしなかったのであろう。どうして其処へ気が付かなかったのだろう。およそこんな心遣いを、人間極めて当然なこととして、常々幼い者などにも言い聞かせている自分なのに。

私は恥じた。同時に、その人に対して、今までよりも一層の関心を持つようになった。

私たちは小屋の横手のちょっとした高みを越え、沢を下りて水を渡り、向側の丘陵を横断して百曲りの方へ進んで行った。

山の牧場というものは離れて見た眼には歩くに楽しい草原として映るが、さて実際にその場に足を踏み入れてみると案外歩きづらい物である。ふっくらした面、のびやかな線の流れのように見えたものが思いの外にでこぼこで、その上何か非常に大きな海綿でも踏んで行くように足に確かな応《こた》えが無いために、長くつづけば膝頭ががくがくしてくる。

私たちの横断した緩やかな丘陵がやはりその例に洩れなかった。それはまるでかさかさに乾いた浮洲だった。かてて加えて真昼間の太陽は苦しいまでにいきれを立たせ、灰のような軽い土は靴を覆って、汗ばんだ手の甲にまで真黒にこびりついた。しかしもう後一週間たった頃の美しさをどんなだろうと想わせる蓮華躑躅はこの牧場に一面だった。また暑さと苦しさとに対する報償として、清らかな声で鳴く小鳥もあった。その上私にとっての最大の仕合せは、求めても容易には得難いような、実に一箇の「見つけ物《デクウヴェルト》」とも言い得るような、実意に満ちた、感じばやい、優しい心の道連れを偶然にも持ったことだった。もしもこの人との遭遇がなかったならば、私はこの暑さと、この歩行の苦しさとに辟易して、或いは牧場小屋に泊ることの易きについたかも知れなかったのである。

遂に苦しみが去って楽しみが来た。

不安定なぽか土が終って確乎とした岩の道が始まった。

沢が現れ、水が潺湲《せんかん》と流れている。岸の岩の間には到るところコキンバイの花が黄金いろに咲き、日光に照りかがやき、跳ね躍る水のいきおいに顫《ふる》えている。

私たちは当然のことのように静かに其処へルックサックを下ろした。そしてお互いに少しやつれの見える和やかな顔を見合せた。この瞬間「友」という言葉がこの若い道連れに対する実にはっきりした観念となって私を襲った。私はその言葉を咀《そ》嚼《しゃく》してみた。間違ってはいなかった。齟齬《そご》するものは何ひとつ無かった。その友は膝の上へ両手の指を組合せて、練絹《ねりきぬ》のように捩《ねじ》れて伸びる水の流れを身うごきもせず見つめている。

私は黄金いろに花咲くコキンバイの二株三株を家苞《いえづと》として採集した。すると友は何時の間にか腰を上げて、私の採ったよりももっと立派なのを採って来て呉れた。彼はまた一種の菫《すみれ》も探し出して呉れた。それは私の全く知らない種類だった。

沢を過ぎれば今度は小さい草原だった。一つの楽しみの後へまた別の楽しみが続くのだ。花の次には蝶だった。

私は其処でギフチョウの飛んでいるのを見た。ギフチョウは六年ばかり前に石老山でたった二羽を採集したきりである。しかもそれは鱗粉もはげて哀れな姿のものだった。ところが今見たギフチョウは、飛んでいてさえ黒と黄との色彩を鮮明に識別することができるほどに新らしい。私の胸は躍った。私はすぐさま捕虫網を取り出した。そして散々追廻した末にとうとう捕えた。しかも私の喜びを狂喜にまで押上げるかのように、手の内のそれは紛れもないヒメギフチョウだった。ヒメギフチョウは私にとっては初めてである。

この活劇を見ているうちにM君もたまらなくなったらしく、私から網を受けとると一羽のキベリタテハを追いはじめた。しかし蝶の狩猟にも幾らかのこつはあると見えて、かつて八ガ岳で私の義弟を散々なやましたキベリタテハは、私のこの新らしい友の初心の手ごつちには終えなかった。M君はとうとう断念した。

「どうもむずかしいものですな」

そう云いながら彼は私に網を渡した。

右は陣ガ坂、左は百曲りへの分岐点だった。

こんな道草を食いながら、一体今を何時だと思う。午後一時半を過ぎている。そしてお前は美ガ原から抑《そもそ》も何処へ行こうというのだ。上和田へ。

しかも私は百曲りの登りがどんなに苦しいか、また美ガ原から上和田への道がどれほど長いか、みんな本で読んで知っている。ただ知らないのは自分の実地の体験だ。

私は心中でこんな問答をした瞬間、冷水を浴びたように身ぶるいを感じた。その百曲りが眼前に長い急坂を懸けている。頂上の熔岩の崖はまたその上で砦のように聳えている。しかも雲。北西の天から広々と流れ出しているのは米の磨水《とぎみず》のような巻層雲。ああ、急がなくてはならない！　行かなくては！

その急な長い登りを若い友の後から私は行く。諦めた人のように。追上げられる者のように。

百曲りは、謂《い》わば美ガ原の熔岩がその節理にしたがって薄板のように剝落して作った崖錐面に、幾曲折の電光形を描いて付けられた登路だと言えよう。したがってそのガラガラの程度は上へ行くほど烈しく、樹木の生えているのは下から中腹あたりまでか、或いは上の方でも斜面が一部棚状を呈して、比較的地盤の安定が保たれている個所であるように見えた。

一曲り行っては息をつき、三曲り行っては振返ることに密《ひそ》かにきめてじりじり登った。振返るたびに槍、穂高、乗鞍、御岳などがせり上った。乗鞍頂上に拡がった雪の、氷河のように青白く光るのが妙に心を重くした。

時のたつにつれて巻層雲の領域はますます広範囲になって来た。太陽はその光が次第に水っぽくなって、痣《あざ》のような色の傷ましい大きな暈《かさ》をさした。

今朝牧場下の分れ道で見かけた王ガ鼻口からの二人の登山者が、身を飜《ひるがえ》して飛ぶように下山して行った。その身分が今はひどく羨ましかった。ああ降りの嬉しさよ！　私は不図今夜の和田の泊りを空想したが、それまでの前途を思うと忽ち心は暗くなった。

しかし何事にも終りは有るように、この辛い百曲りの登りもやがて終って、とうとう美ガ原の上へ私は立った。最後の曲りの処で一足先へ行って貰った松本のM君は、原の奥の方を見に行ったのか、もう何処にも姿が無かった。

私は枯草の上へどっかと坐り込んで一時間ぶりにパイプをくゆらした。突然瘧《おこり》が落ちたように、一時に重荷が下りたように、気も軽々、身は万遍なく自由自在になって、何だかひとりでに微笑まれた。

「来てよかったな！　来てよかったな！」

そんな言葉を心は歌に歌っていた。

それから疲れが恢復すると慌てて写真機を取出して、先ず原の西端の断崖を槍と穂高を入れて写し、次に一人で記念撮影をした。それが済むと今度は空身《からみ》で歩き廻った。三時に会って別れましょうと、M君と約束したその三時まで。

M君からの最近のたより——

「先日は御転居の御通知を下さいまして誠に有難う御座いました。御無沙汰をいたして申しわけ御座いません。其後お変りもなくお暮しの事と存じます。下って私も変りなく暮しております故他事ながら御安心下さい。

松本も大変に暖くなってまいりました。憎い程の寒さからのがれて、又暖い春の日をむかえる今日此頃は、遠く忘れかけていた山々のことが想い浮べられます。古い写真機でも持出して行きたいような美しく晴れた日が毎日続きます。

アルプスの山の麓は雪がまばらですが、峯へ行くにつれて真白です。今日は曇って見えませんが、吹雪になっている事でしょう。美ガ原方面の山にも下の方にはもう雪がありませんが、峯には何処も雪があります。

こんな事を書いております間にも昨年の山中での思い出が浮んでまいります。其時に苦しかった事も、月日が立って思い出となった時は、ほんとうに楽しくも亦《また》なつかしいものです。私共はいつも山を見なれているせいか、いつでも山へ行けるという考えでおりますものですから大して行きたいとも思っておりませんが、それでも、たまには登って見たいなあと思う時には、たまらなく山へのあこがれが体にみなぎって参ります。

山でも一日か二日がかりで行けるような緑の山が好きです。

皆様へよろしくお願いいたします。時節柄御身御大切になさるよう御願いいたします」

M君への返しに書斎での写真に添えて——

「懐かしいおたよりを嬉しく拝見しました。またぐって来た清明の季節に、松本の自然を生返らせる早春の光や色や、さては活気づく人々の心のさま、さこそと遥かに推察されます。

自分の仕事そのものにさえ、或る無形の威迫を受けているように思われたあの事件（註、二・二六事件）からの魂の悩み、心の動揺が漸く鎮まると、折からの転居を機会に、また新らしく盛返した信念にしたがって、前よりも一層確乎として毎日の仕事にいそしんでいます。

自然は僕にとっては自分の芸術の生みの母です。僕は母を尊敬し、愛し、この母に依り頼み、それに聴き、そして永遠の赤児のように彼女に縋って、その豊かな胸から絶えず飲みます。僕を人間たらしめる「人間の汁液」は、彼女の乳房からマナのように降りそそぎ、流れます。これこそ創造の尽きる時なき泉です。

そしてやがて死ぬべき者僕が、仕事を終えて、この世の緑の夏草の中、白い石の下に朽ちる時、不死の者、母なる自然は、その大いなる見えざる指で、宇宙をわたる微風の中に僕の小さな名を書くでしょう。そう信ずることのできた瞬間、僕はこの写真をとりました。あの美ガ原での無上の時間をあなたが思い出すその時々、あなたの記憶の映写幕《エクラン》にこの一人の友の俤《おもかげ》が浮んで来るよすがにもなれと念じながら、今これを御手もとに届けます」


約束の午後三時、私は美ガ原山上でM君と袖を分った。別れのための約束は却って再会の約束を生み、さらに写真の交換の、時々の消息の遣取りの約束を生んだ。また茲《ここ》にほだしができた。しかしたまたま誰かと羈絆《きはん》に結ばれることが、なんと私を人間らしくすることだろう！

私は高原の縁を陣ガ坂の方へ歩いて行った。三城牧場の小屋番に、此方を近いと教えられたからである。空は漠々と雲を増して、太陽の姿はみられなかった。北アルプスもただ俤《おもかげ》のように見えて、光のない雪が悲しく白い。風がぼうぼうと吹きわたる。寒さが身にしみて来る。この広大な美ガ原をいま歩いているのは自分一人だという自覚が、或る誇らしい気持と同時に底知れぬ淋しさを私に抱かせた。

茶枯れた草と風との中に、何か真白な物が横たわっている。その白さは寒水石に似ている。近づいて見たら馬の骸骨だった。私は後をも見ずに足を早めた。

やがて茶臼山との鞍部の陣ガ坂。雲が薄れて弱々しい日が洩れて来た。正面にとおく聳える蓼科山から、その麓にひろがる一帯の高原。其処へは赤々と夕日が流れて、今日の終焉を飾っている。「これだけはどうあっても」と、私は峠の下り口へ三脚を立てた。

陣ガ坂の降りがこんなに悪いとは予想だもしなかった。

初め下り口では事態が極めて良好だった。道幅も有るし、障害物もなく、足は降りを喜んで軽くすたすたと下って行った。ところがものの半町も行かない内に、そろそろコメツガやウラジロモミの倒木が現れて、下へ行くにつれて数も次第に増して来た。それは急な坂道を通せん棒して、くぐるには枝が邪魔になり、跨ぐにしては太い上に高過ぎた。詮方なしに道の片側の小高い笹藪へもぐり込んで、其処で乗越えて、また道へ戻るのだった。しかしこんなことを幾十度と繰返しているうちに、とうとう太い倒木が縦に何十本か重なり合って沢をふさいでいる処へ出た。枝のない丸太ならばその上を歩いて行くという手段もある。人間の腕よりも太い枝を八方に伸ばした何丈というツガやモミが、元末《もとすえ》ごっちゃに幾本も重なっているのだから、猿ででもなければ渡れはしない。あたりは暗くなる。空は掻曇って時々パラパラと落として来る。せめて野々入まではどうあっても行かねばならないと、とうとう思いきって靴を脱ぎ、幹を渡り、大枝を跨ぎ越しながら、応接にいとまもないほど先へ先へと現れる倒木群を猿のように飛び移って、七八町の間を一時間あまり費し、漸くこの難関を脱したのだった。

私はへとへとに疲れた全身を道そのものの傾斜に任せて、落ちるように下りて行った。やがてかなり広い荒涼とした枯草の原へ出た。骨ばかりになった大きな小屋が一二軒立ち腐れていた。また西の方で雲切れがして、夕暮近い金色がかった上空の雲がこの一帯の荒野原に不思議な光を落としている。往手は物見石からの高い尾根でふさがっているように見える。地図によればその直下には野々入川が流れているわけだから、其処まで行けば普通登山者の通るあの木材運搬の木馬道《きうまみち》に出逢うだろう。そう思って元気を出して歩き出した。

その草原が終って道が落葉松林の中へ消え込もうとする頃、私は往手に大きな炭俵を二俵背負った一人の男の後姿を発見した。私は大声でその男を呼び止めた。彼は返事の代りに手を上げて合図をして、急ぎ足で行く私を待っていた。私は早速「ルックサックを添荷にしてくれないか」と交渉した。「二貫目ぐらいならば」といって重味をひいて見て、「四貫はありますね」とちょっと真面目な難色を見せたが、やがて頷いて引受けた。私はほっとした。

「その俵はどのくらいあるの」と訊いたらば、

「一俵九貫です」と答えた。

「君の家は何処」と重ねて訊くと、和田の上の鍛治足《かじあし》だということだった。それでは上和田との分岐点の野々入までと約束して、二人並んで歩き出した。

もう六時に近く、山の日は暮れて空だけが青く明るい。私たちは野々入川に沿って歩いていた。白樺の林がみずみずしく白く、若葉の色が夕暮はわけても冴える。ジュウイチが二三羽絶え入るように鳴いている。山の斜面のところどころに山桜がほのかに白く淋しくはあるが、何か胸迫るような悲しみを帯びた、美しい平和な春の夕べの山道である。

厭だと断れば断れるものを、私のために唯さえ重い荷の上へこの荷をつけた男に対して、私は感謝を交えた愛を感じる。あの寂寞たる草原で私のルックサックを引受けた時、それが決して儲けずくではなかったことを私は固く信じて疑わぬ者だ。彼の眼が、そして今はまた私にも聴こえる彼の呼吸のせわしさが充分それを物語っている。街道まで背負って行きましょうと云うので、私たちは野々入から鍛冶足への山道を越えたのである。

もう夜になった鍛冶足、下の方に電灯をちらちらさせた鍛冶足。その火ノ見櫓の下に彼の家はあるのだといつた。

その坂道で、私は彼の手に無理に賃金外の感謝の印を握らせると、受取ったルックサックを引担いで街道をすたすたと、今宵上和田の宿、「翠川《みどりかわ》」を指して歩いて行った。

〔『雲と草原』所収〕

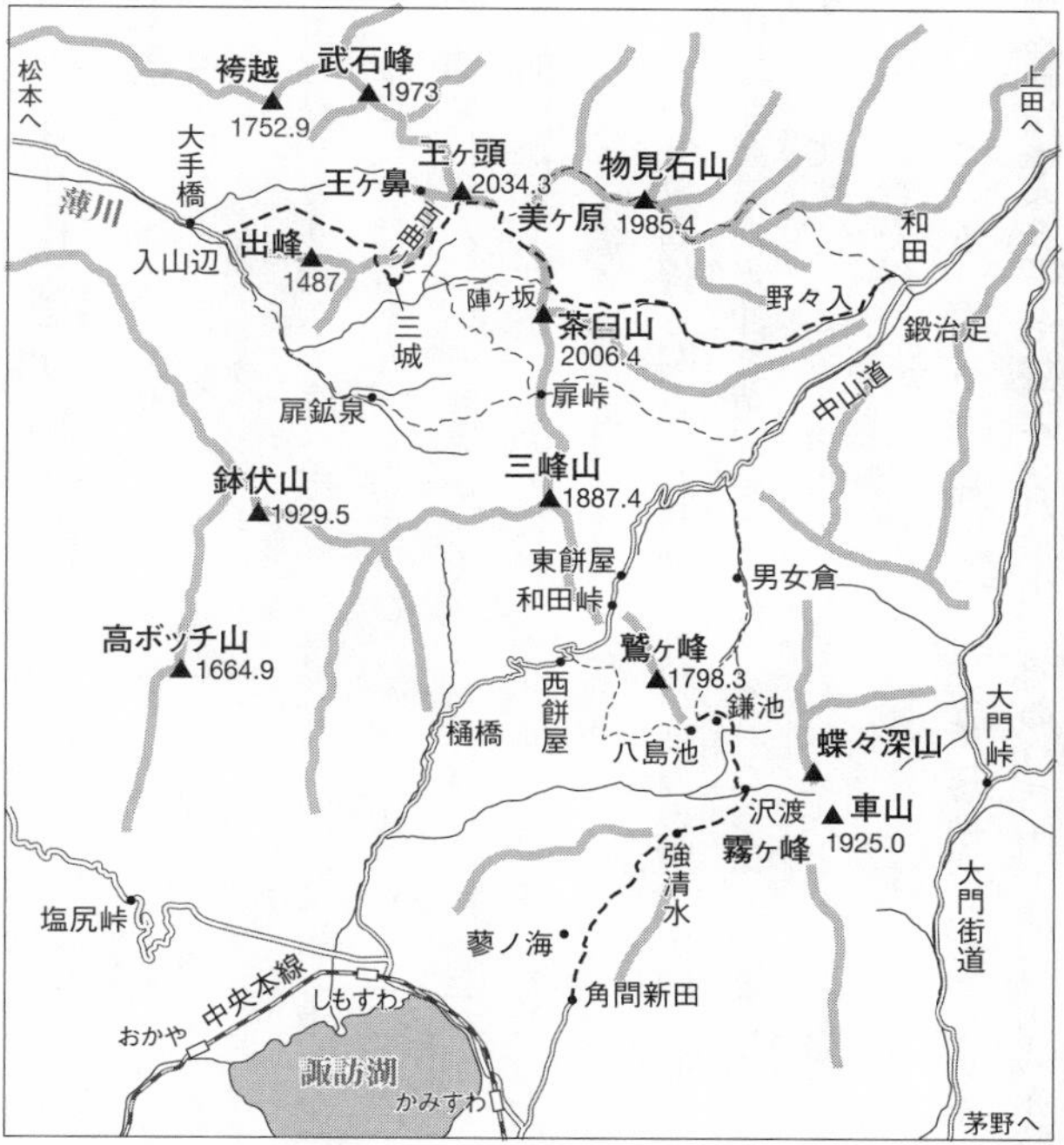

松本へ
袴越
1752.9
武石峰
1973
上田へ
大手橋
王ヶ頭
2034.3
王ヶ鼻
物見石山
1985.4
美ヶ原
薄川
入山辺
出峰
1487
百曲
三城
和田
野々入
陣ヶ坂
茶臼山
2006.4
鍛冶足
扉鉱泉
扉峠
中山道
三峰山
1887.4
鉢伏山
1929.5
東餅屋
和田峠
男女倉
高ボッチ山
1664.9
鷲ヶ峰
1798.3
西餅屋
鎌池
樋橋
八島池
蝶々深山
大門峠
沢渡
車山
1925.0
霧ヶ峰
強清水
大門街道
塩尻峠
蓼ノ海
中央本線
しもすわ
角間新田
おかや
諏訪湖
かみすわ
茅野へ

美ヶ原、霧ヶ峰周辺図

秋山川上流の冬の旅

残雪をカリカリ踏んで庭へ出て、午後九時の観測に箱の中の寒暖計をのぞいてみると、ここ荻窪は零下五度、寒さはひどく身に沁むがそよ吹く風もない清明な夜。空気が極度に澄んでいるせいか、上弦の月は庭の西隅の松の梢にこおりつき、天心から南西へかけて牡牛・大犬・馭者・オリオンと、冬の誇りの大星座が、九天の祭の篝火《かがりび》のように遠く燃えている夜だった。

ラジオの気象通報も関東・瀬戸内・九州地方の晴天を知らせた。高気圧は満洲に、低気圧は北海道網走沖と黄河の下流に。それならば、たといこの後の者が徐々に東へ進むとしても、ここ二三日の天気はまだ大丈夫と心にきめて、僕は明日の早朝の出発を妻に告げた。

もっともこのちょっとした旅のことはすでに前から考えていた。中央線鳥沢の駅の南に桂川をへだてて聳える倉岳山、その倉岳山と朝日山（赤鞍ガ岳）との間に呱々《ここ》の声をあげて道志山塊東部の断層谷を東へながれる秋山川、そしてその流域に無生野《むしょうの》・遠所《えんじよ》・古福志《こふくし》・田野入《たのいり》などと、遠い山々の襞《ひだ》の中でひっそりと暮らしているような、古く雅《みや》びた名をもって点在する彼ら山村への知見の旅。この小さい旅を試みることは、かつて木暮理太郎さんの石老山からの見事な写真によって喚び起された好奇心を満足させるばかりでなく、この眼で見ることによって地図の片隅に美しい思い出の実体を築き上げ、かつは徒らに数を重ねながらまたもやめぐって来た自分の誕生日をもっとも好もしい仕方でみずから祝うことでもあった。

それで今度こそは其処へときめてしまうと、僕は天気と暇との旨く一緒になる折をねらっていた。天気のほうは月の二十六日から晴つづきだった。暇は？　暇は無いといえば無いようなものの、都合すれば出来ないこともない位には僕も「自由な時間」という富だけは持っていた。「人がヘンリーのような富み方をしていると、機会さえあれば何か小さな旅に金を使いたいと思うものだ」と、トロオの伝記作者バザルジェットは書いている。そうだ！　「コンコルドは常に驚異の最大の珠玉だ。しかしその広がる先には世界がある。人はその世界でどんなふうに太陽が輝いているかを見たいと願うだろう……西の方の地平線には山々がある。夕方になると、その山々の高みのうしろにあんな火事の反映が見える。落日の国というものは一つの強力なマグネットだ」

おなじマグネットが僕を引く。水中の鮒のような良い目玉と、何事にも応じ得る柔軟な心、それに幾らかたっしゃなこの両脚。これだけが時間のほかに僕の富だった。

明ければ二月一日午前八時三十分、鳥沢駅の南東数町、桂川左岸の段丘上で、雪の桑畠をわたって来る漫々ときよらかな朝の風。太陽は大地《おおじ》峠のあたりと覚しい空にのぼって、やがて立ちかえる生々の春への確信から、今は冬も露わな郡内の風景の、南面の雪をおもむろに暖めている。心は、眼は、性急にも今年最初の菫《すみれ》を地にさがす。しかしそのゆかりの色はまだ大空の奥にある。翡翠《かわせみ》の羽根よりも碧い桂川は鳥沢の東でひとうねり大きく曲流《メアンダー》するが、それからまた上手へ捲きもどして、今度はこの段丘と、其処に小篠《おしの》や下畑の小部落が寒い朝のけむりを上げている対岸の段丘との間に、深い峡谷をうがって流れている。しかしその峡谷の存在は、両岸の段丘面がほとんど同一平面上にあるので、其処まで行って見ないうちは遠くからで

石老山より　　　木暮理太郎

は分らない。そしてその対岸の段丘の尽きたところからはいわゆる秋山山脈北側の斜面が起って、深く皺《しわ》ばんだ山なみはうねうねと東西につらなり、思のほか円味を持った倉岳山を正面にはびこらせ、一旦右へ穴路峠《あなじとうげ》の鞍部をたるませて、ふたたび楢山から西へつづく冬枯れの峯々をきさらぎの天風にさらしている。

靴の下でキチキチ軋む雪をふんで坂を下りると、まるで突然の遭遇のように峡谷へかかった高い釣橋が現れた。ぞろぞろと人の出盛る奥多摩あたりの遊山地ならば知らぬこと、杖曳く人の姿もほとんど皆無なこんな場所で、それよりも遥かに純潔な風景の一部を形づくりながら、ただ静かに虹吹橋《にじふきばし》と名乗っている橋の名とその調和のとれた単純な様式とは、旅の朝の、しかもたったいま人寰《じんかん》を後にして来たばかりの僕の心を、咲く花の物言わぬ喜びのようなものでふくらませた。

僕は橋のまんなかへ突立って見下ろした。釣橋は僕の足のリズムを伝えてしばらくは弾んでいた。左右の崖は高さ六七丈もあろうか、眼下に真青な桂川は所謂穿入曲流《インサイズドメアンダー》の相を呈して、現に流水の攻撃のはたらいている側では瀞《とろ》をつくって音もなく湛え、反対の谷壁の脚下には狭い積雪の河原をのこして、蒼鷺《あおさぎ》いろの水際で、その純白な縁縫いがさながらのレイス細工をなしている。

川は二町ばかり上手で北へ折れ込んでいるが、突当りの右岸には第二次の河岸段丘がこれも雪の畠か水田の雛壇をのせ、さらにその上に第一次の段丘が棚のようにひろがっている。桂川はその境界を流れ、中央線の鉄路はその奥を走っているらしい。しかしこの橋上からの眺めに一層の生彩をあたえるものは黒岳以南の大菩薩連嶺である。鉋《かんな》でけずったような無間平《むげんだいら》の嶺線に雪の笹縁とった大蔵高丸、天下石のある峯を肩のように怒らせた破魔射場《はまいば》つづき、すぐに落ちて米背負《こめしよい》の鞍部、それから滝子山へつらなる大谷ガ丸の東の支脈、いずれも銀の筋彫くっきりと、朝日をうけた山膚は、焼太刀の匂いのようにこまやかである。大蔵高丸を白屋ノ丸へと繋ぐ湯ノ沢峠のたるみは吹切の峯にかくれて見えないが、其処から北へはべっとりと雪を塗りこめた黒岳と雁ガ腹摺との二峯が、磨きあげた鋼鉄の兜のような頭をならべて、この一幅の美々しい絵画に荘厳の趣をあたえている。

橋をわたって右へ「く」の字なりの坂を登ると小篠の部落だった。ゆるい傾斜をもって一種のテラスを作っている段丘の上で、北に面した小篠はかさかさに乾いて寒い村だった。古い農家は東西に列をなして、それが段々にならび、その間をほそい道がたてよこに通じていた。部落の中心らしいところを山の貯水池から引いた水が流れている。その水を桶に汲んで、つるつるに氷った道を運んでゆく女の姿もわびしかった。

村を南へ突切って左手に沢を見おろす高みへ出れば、それから先は峠まで一本道だ。その高みへ立って振返ると、ひろびろとした桂川の対岸には一ぱいの日が当り、胡麻粒をならべたような鳥沢の町の上に、雪が消えてほんのり赤い扇山が途方もなく大きい。鳥沢附近は郡内北都留郡の中でも寒い土地のように云われているが、うしろに大きな扇山を背負った山麓の田園は、離れて見ればいかにも長閑に春らしく、あの中腹の空あたり、もう雲雀《ひばり》でも揚ってはいないかと思われるような景色である。扇山の右には鶴川の谷が喰い込んで、その上に三国・生藤・連行の峯々が暖かい栗いろにところどころ雪など光らせ、ずっと右には和田峠の切れ込みを見せて、陣場山がひとり優美な全容を見せている。そのむこうには武州の空が薄みどりだ。

新らしく貯水池を造るとみえて、堰堤の盛土工事をやっているところで沢を右岸へわたる。此処からはこの沢についてじりじりと三十町ばかり、穴路峠への登りがつづくのだ。左手の山が大きな影をよこたえている寒々とした谷沿いの細道を進むと、峠の方から男が二人炭俵を背負い、長い竹の杖を突いて転がるように下りて来る。この二人の姿を見ると日蔭の寒さが一層冷えびえと感じられた。朝の挨拶を交したついでに何処の者だと訊くと、無生野の者だと云う。峠の雪の様子をたずねると、自分たちや馬がかよっているからもう相当には踏めていると云う。別れて少しばかり行って振返ると、彼らはすでに堰堤の下のほうをとっとと小刻みに駈けていた。

こういう炭運びの連中には峠までの間に三組ばかり遭った。お爺さんが一俵、お婆さんが二俵という愛想のいい老人夫婦の組もあった。若夫婦が仲よく二俵ずつ背負って、賑やかに日当りの坂道を下りて来るのにも出会った。最後には峠の五六町下で一人の女に遭ったが、後からやっぱり炭を背負った子供が来るから、出会ったら早く来るように云って下さいと頼まれた。

「口は利けない子供だけれど、先へ行ったおっかあがそう云ったと云って呉れれば分りやす」ということだった。どんな気の毒な唖の子が、どんな炭俵をかついでこの雪の山坂をとぼとぼやって来るのだろうと、僕は未だ見ぬさきからその子の可憐な姿を想像した。それから余程登って、やがてV字型に仕切られた風景の中に桂川が青いリボンをうねらせ、扇山の左の肩から麻生山《あそうやま》があの虎挟みのような三つの岩峯を現わす頃、僕は炭俵を三俵ずっしり背負った二十二三の若者と行き逢った。擂違いに顔を見ると、その顔色は悪く、眼の表情は空虚だった。或る感じが僕の衷《うち》を走った。そこで、いつもの早口に気をつけて、小さい者に本を読んで聴かせる時のように出来るだけゆっくりと、大きな声でその若者にいった。

「先へ行ったおっかさんが、早く来いと云っていましたよ」

そう云いながら、違ったかなと思って様子を見ていると、男は無言で鷹揚にうなずいたが、やがてザックザックと雪を踏んで下りて行った。見下ろせば遥か下のほうの眩ゆい積雪の日当りを、前かがみになって、我精《がせい》なその「おっかあ」が小さく小さく行くではないか。親子の間の運命的な隔たりをぼんやり考えている僕の眼の前で、黒々と枯れた山漆の枝が、吹き上げて来る谷風にはげしく震えた。

小篠の貯水池を後にしてからのこの峠道の静かなよさは、僕をして単独行の楽しさを今更のように味わわせるのだった。なるほど二人三人と道連れがあれば、人は或る美の対象を又幾つかの別様の見地から讃嘆することができるに違いない。これが合作の持つ徳だ。しかし世界というこの広大な森林の中に、君独特の歌にあわせて歌う鳥がそもそも幾羽いるだろうか。君の咽喉を思いきり膨らませて、かがやく空間を君の歌で満たしたい時には、だから君も、他人の歌のまじりに来ない隔絶した独りの梢を選ぶだろう。

最後のジグザグを登りつめて、馬蹄型にかこまれた谷の頭を半分廻ると峠へ出た。ああ穴路峠！　長いあいだ地図の上ばかりで空想していたその峠に、いま僕は立っているのだ。それがどんなに低い、顧みられない峠にせよ、とにかく自分の力でたどりついて、其処の風化土の上に風に捲かれて立つということは、また新らしく僕に加わった何物かである。その場所と、其処からの眺めとは、今日以後確実に僕の物なのだ。宝なのだ。その宝を点検しよう。

この峠は別に小篠峠とも呼ばれていて、倉岳山から楢山への痩せた尾根筋を浅くえぐった、幅一間半長さ約三間ほどの平である。標高わずかに八五〇米内外。地質のことはよく知らないが、左右に露れている岩の様子では、化石を含んだ石灰岩の分布地域ではないかと思われた。東と西とは直ぐに尾根だが、南北に開けた眺望もあまり大きい方ではなく、今登って来た北側は左右から近景の枝尾根が折れ込んでいるので、僅かに扇形にひらけた空間に、遠く葛野川《かつのがわ》下流のあかるい田園と、その上に悠然と踏み跨がる雁ガ腹摺を中心に、左は黒岳、右は丸岳から大峰への、がっちりしたブロックを見るだけである。南側はもっと開けて、しかし景色がぐっと迫って、冬の午前の逆光で見る稜角だらけの道志山脈は寧ろ凄惨といってもいい。朝日山はタンノイリを前衛にして風景の右手をかぎっている。尾根は其処から高々と左へ伸びて、途中にワラビタタキを初めとした一〇〇〇米を抜く突起を三つもたげている。その嶺線は日光を反射して白い炎をはなつ山頂の雪で引かれているが、藤紫にけぶる尾根どおりの雑木の藪は、朝日山から一里半の縦走には相当手ごわい物のあることを思わせる。タンノイリの峯からは別に左手前へ支脈が伸びて、九七一米の山頂を持つ厖大なひとかたまりをどっかと据えている。その脚下を未だ幼い秋山川が廻るようにして流れているわけだが、無論此処からは見えず、僅かに無生野の部落の一角が山と山との暗い裾合に、あんなに小さく且つ貧しく、たった一つの人生的点景として眺められる。要するにこの南側の風景の特色は、劃然《かくぜん》と黒と白とに染め分けられた大小無数の三稜形が、山脈構成上の或る厳しい法則の支配をまざまざと見せながら、何れも一方の鋭い衝角をこちらへ向けて圧倒的に集中しているその凄まじい気魄にあると思われた。

　こんなふうに、たとえば峠から北を眺めた小さくはあるが花のようなボナアルの絵と、南に臨んだ暗澹として深淵のようにルオーの絵とが、しかし一度倉岳山の頂上へ立つと、全く天空海闊な大地の起伏のパノラマと一変した。

僕は峠から直ぐに倉岳山の南西の尾根へとりついた。冬の快晴の山では風も例によって中々つよい。踝《くるぶし》を没して時には脛まですっぽりもぐる積雪は、低い灌木叢や棘のある蔓などを匿《かく》していて歩きづらいが、それも僅か一〇〇米ほどの登りと思えば大して苦にもならない。むしろきらきらと日照りかがやく新鮮な尾根の雪に、自分一人の静かな旅の足痕を、一縷の糸のようにつけて行くのが楽しかった。そればかりか、倒れた赤松を乗り越えたり、黒い枝先をばらばらと雪から出した山躑躅《やまつつじ》の株を飛石づたいのように渡ったりする間、一歩は高く一歩は広くなりゆく視野の中に、ああ権現山が、三頭山が、秩父の大洞山が、さては武州の大岳まで、一つを見ているうちにまた一つと、後から後から湧き上って来るではないか。そうして遂に半面は雪もまばらな明るい茅戸、半面は赤松と雑木の倉岳山頂へ僕は着いた。

碧落悠々、陽光燦々、まず仰向けに身をたおして僕は山と空間とをからだ全体で味わおうとした。その海のような青い空間を伝わって、どこか遠くの町のサイレンの音がする。腕を上げて時計を見るとちょうど正午。さては北風が上野原か猿橋の人生を運んで来たのだ。僕は眼をつぶる。松籟《しょうらい》をかなでる風はおとがいを吹いて冷やひやするが、額やまぶたにあたる日光は春のようだ。

茅戸の斜面が南へ向いた山のいただき、片肱立てて眼をあげると、つい鼻の先の楢山をかすめて、御座入《ございり》・御正体《みしょうたい》と泡立ち寄せかえす山波の真上に、夢のような大きな富士。六合目附近から雪煙を噴きあげ、ところどころ眩ゆく燃える太陽の反射を投げ、ほのかに青空の蔭をまとった玲瓏たる大結晶の富士山は、その裾野の線の流れる果てを見れば見るほど、限りなく偉大なものに思われた。

立ち上って其処らを歩きながら山を見る。この倉岳山の頂上は先にも云った通り、半分刈り残した頭のように北側が山林になっているので、カメラを用いるには憾《うら》みが多い。しかし君にしてもしも見るだけでも満足ができるならば、藪を押し分けたり膕《ひかがみ》を痛くして爪立ったり、時には幹を攀じたりして辛くも自分の物にした幾つかの断片的な印象から、案内書には絶望のように書いてある山々の展望を、立派につなぎ合せて一枚の絵とすることもできるだろう。それは事実僅かばかりの労ではあるが、たとえ労として相当なものであったにせよ、後になれば又それだけ滋味の多い貴重な思い出となるのである。それに、人の言葉をそのまま信じて晏如《あんじょ》たることができるならば、何を苦しんで山へ登る必要があるだろうか。案内書の作者は時には見ないでも案内記を書く。君は君の書かれざる自叙伝のために見るがいい。百蔵山《ももくらやま》・扇山・権現山が形作るリラ色の暖かそうな大斜面は、桂川の流れに対する樋の片側のようになっている。その権現と扇とが山頂をならべた僅かな隙間から、三頭山の黒ずんだ峯頭が見える。扇山の左に出ているひときわ鮮かな青黛《せいたい》の色が大洞から笠取への山稜だとすれば、あの円頂《ドウム》は雲取山以外のものではない。大菩薩嶺は雁ガ腹摺から東へのびた大峰とすれすれに望まれるが、その大峰をかすめて薄青い空の奥に白金の光をはなっているのは、今日の暖気に丹波川《たばがわ》の谷から湧いた積雲の頭だろうか、それとも破風・甲武信《こぶし》の片鱗だろうか。

　南側は富士をはじめ一面の逆光につかって雪面の反射が殊に烈しく、あらゆる峯々がまるで水びたしの風景。その中でやはり胸を打つのは加入道・大群山のぎらぎら光る鉄壁の奥に、檜洞丸・蛭ガ岳などの峯頭を峙《そばだ》てててわだかまる丹沢の断層ブロックである。そしてその強弩《きょうど》の末の焼山のひだり、亀の甲のような石老山を最後として、早春の顔に引かれた眉かと見える多摩丘陵にふちどられながら、遠くとおく相模野とその水とが、陽炎のもやもやの底にねむっていた。

さあ、これで倉岳山は僕のものになった。今日以後、どこの山頂から、またどんな山路のはずれから、ゆくりなくお前の横顔を見ることがあっても、決して見損なったり、他人のような気がしたりすることはないだろう。僕は心でお前を呼ぶよ。お前を見るよ。人からは窺い知られない特別な気持と眼つきとで。

そうしてもう一度ぐるりと周囲を見まわすと、雪の中へふかぶかと踏み込んだ自分の足痕に従って、一旦峯へ戻りつき、今度は無生野さして南側へ下りて行った。

ああその南側がまたなんとよかったろう。雪解けのぬかるみがはじまったのはずっと後のこと、むしろ翌日の田野入《たのいり》あたりでのことだった。程よく湿めった沢沿いの固い小径を、昼過ぎの穏やかな日ざしを浴びながら、格別急ぐというのでもないのに、ひとりでにどんどん下りて行く面白さ。松の枯葉の散りこぼれた石の下から、つめたく泌み出して靴を濡らす青い水。それが秋山川の抑《そもそ》もの姿だった。斑々と雪をのこして一杯に日をうけた薄い雑木山の斜面には、峠の北側ではほとんど見られなかった小鳥がおびただしく散っていた。中でも頰白がいちばん多く、白い縞のちらちらする赤栗いろの尾羽を振って飛び廻ったり、低い灌木の枝にとまってもう何かぐぜったりしていた。時々赤腹がツーッと鳴いた。その澄んだ一声は、この二月の山中の静けさが一体どのくらい深いかを測っているようで、僕も思わず足をとめて耳を澄ますのだった。体はぽかぽかして額は気持よく汗ばんだ。煙草を吸おうと手袋を脱いだが、そのままポケットへしまいこんだ。片側が暗い檜の植林、片側がなぞえに高くなった明るい櫟《くぬぎ》の林という、日のこぼれの美しい木下路へかかった時、僕は自分の二三間前にジュルリ・ジュルリという一種錆のある小鳥の声を聴いた。歩みをとめてじっとその方をうかがうと、櫟の木に餌をあさっている三四羽の柄長だった。から類独特のあの気ぜわしない動作で逆さに枝へぶら下ったり、幹を螺旋形に攀じのぼってコツコツ嘴で叩いたりしている彼らの姿は、円い大きな火皿を持った素焼のパイプか、長い編針を挿した白と薄墨いろの毛糸の玉のようだった。その薄墨いろが太陽の光線にあたると葡萄いろに光る。そして時々、すこし濁ったような重味のあるジュルリ・ジュルリ。近所に人間のいることは知っているだろうに怖れる様子はすこしもなく、まるで黐《もち》にでもつくように枝から枝へと渡り移って遊んでいる。ああこの境地。小径のむこうには豊かな光と陰とを交叉した道志山脈の一部と、その上に見える二月の青空、それを一層奥行の深い景色にするように中景に畳みこまれた暗緑色の杉や檜の幾層の書割り、そしてすべての枝々に日光の金泥をなすった櫟林の花やかな静寂の中で、白と葡萄いろとの活潑な柄長の一隊！　それはこの鳥を見る条件の最善を具備した境地であった。

こうして途中人っ子一人見なかった山道で、僕は冬の自然が提供する最も美しい物の幾つかを見ることに悦ばされながら、秋山川最奥の部落無生野へ下り立った。無生野、それを一目見た瞬間、僕は卒然として武州恩方村案下《あんげ》のことを思い出した。部落の三方が山に囲まれている点も同じなら、道路に沿って峠から水が流れている様子も同じであり、しかもその水際に、中途から幹を切られて針のような枝を無数に出した欅の老木が立ち並んでいるところまで同じだった。ただ、その案下が八王子奥の木材の産地であり、村の入口までは道路も立派に改修されてトラックや乗合自動車が通じ、何と云っても都会の風が吹き渡っているのに引替えて、此処は甲州郡内でも山と山との襞の奥、上野原へ五里、谷村《やむら》へ四里、どっちへ出るにしても飽き飽きするような道中と峠越えだ。いちばん近い鳥沢へは一里半と云うが、これとて穴路峠の山坂を一千尺あまりも上下しなければならない。それだけ土地は見るからに醇朴《じゅんぼく》だった。

時刻は午後の二時。暮れるに早い山里とはいえ、太陽はさすがに未だうず高い道路の雪を照らしている。雛鶴峠まで脚をのばして、できたら其処の尾根筋から谷村盆地を覗いて来ようか。そして今夜はこの村のどこかの農家へ泊めて貰おうか。それともこのままぶらぶら歩いて、旅人宿のあるという栗谷《くりや》まで、路々ゆっくり撮影でもしながら風と夕日とに送られようか。どうやら後の方がよさそうだ。名も床しい雛鶴峠へ立ったならば、また今度は朝日の谷に誘惑されて、雪を染める真赤な落日の後を追い追い、谷村の泊りとなってしまうかも分らない。それでは折角の秋山川訪問の素志が空しくなる。そこで太陽にそむいて東へ、水の流れにしたがった。雛鶴峠はあの殺風景な高圧線の鉄柱に任せて置いて。

村のまんなかで流れに架かった橋を渡る。川と路とが斜めに交叉して、曲って来る水の瀬とそれを跨ぐ低い木橋と、うらぼしの生えた岸の石垣と、高いところに幾棟か並んで破風に日をうけた農家との、狭くはあるが複雑な構図が面白かった。しかし三脚を立てたりカメラを出したりしていると、其処らぢゅうの家から女や子供が飛び出して来て余り多勢画中の人物となってしまうので、撮影は断念した。

無生野を後にしてまんなかだけビチャビチャに溶けた雪道を行く。往手には谷の狭間《はざま》にきまって相模の空が扇形に望まれるが、左右は山で、流域の幅がいつまでたっても同じなのが何かしら地溝のようなものを思わせる。道は未だ浅い秋山川を右に見たり左に見たりしながら悠長に走っている。もちろん部落もこの道に沿っている。しかし彼らの猫額大の畠は概して右岸の道志山脈側に作られている。これはこの帯状の地域をはさむ道志・秋山の両山脈の脊稜部が同じ一方にかたよって、何れも北側に緩やかに、南側に急な斜面を持っているせいだろうと思われた。このことは一括していわゆる道志山塊とその聚落《しゅうらく》景観との関係に、ほぼ共通した性質のように考えられる。

部落や谷のことはこれ位として、さて無生野から五六町下がると浜沢だった。次に通った原や尾崎の部落などと同様に人家も僅か数えるほどの小部落だったが、此処でもう一度鳥を見た。そして今度はそれがもっと素晴らしかった。野禽観察の一年生に、どうかもう一遍だけ鳥のことを話させて呉れたまえ。

僕は地図を見ながら浜沢の領分へ入ったばかりだった。左は山、右は川へむかって低くなった幾らかの畑地で、雪の上には桑の影が漸くほのぼのと長かった。図に出ている郵便局というのが少し高みにある独立した農家なのにほほえまされ、こんな所に静かに住んで、山村の人たちのために郵便事務をやるのもいいななどと考えこみながら、やがて左から小さい沢の落ちて来るところで、其処へ架かった小橋を渡った。渡った橋の右の袂《たもと》に、柿の木か何かに纏《まと》いついた一株の古い蔓正木《つるまさき》があったが、今まで雪や針葉樹ばかり見馴れた眼に、その葉の冬をしのぐ鮮やかな緑と、その実のすばらしい茜色とが際立って見えた。するとその蔓正木の中で何か「ヒイ・ヒイ」とかすかに鳴く鳥の声がするではないか。僕は息を殺して眼をみはった。瑠璃鶲《るりびたき》だ！　しかもよく見れば三羽が、つい鼻の先に！

頭から脊《せ》へかけて、春の驟雨《しゆうう》をばらまく雲間の空の暗い青、下面一帯はほんのりと黄ばんだ白い羽毛に柔かくけぶり、それが両脇へ移るにつれて香ばしく焦げて、終に夕焼雲の柑子《こうじ》いろとなっている。短かい白い眉をえがいた顔は青いというよりは黒に近いが、上尾筒や雨覆いのつやつやした空青色と、両脇に燃える柑子いろとは、彼を小鳥の中の宝石のようにしている。

僕は身動きもせずに立ちすくんで、その動作をじっと見ていた。蔓正木の実を食っているのかと思えば、そうでもないらしい。しかしその実の茜いろと、その葉の淡い緑とが、彼らの羽色と紛れるような効果を呈するので、どうやら保護色とでも云って見たい気もするが、それよりも何よりも、やっぱり透過光線的に清麗な冬の色彩の貴い破片と云ったほうが正しそうだ。ひどく遠くからのような「ヒイ・ヒイ」を洩らしながらお辞儀をするような恰好を見せるところや、余り人を恐れないところは近縁の上鶲《じょうびたき》を思わせる。しかし少数ながら群になってきびきびと熱心に、枝から枝へ食物を漁って渡り移って行くところは、むしろ今の季節のから類に似ている。あまり人間に平気なので此処で一つ珍らしい瑠璃鶲の生態写真をとってやろうと、静かにルックサックを下ろしてカメラを出していると、身の危険と感じたか一羽がサッと飛び立った。続いて一羽、また一羽。大して遠くは行かないが後をつけているうちにだんだん距離が離れてしまった。撮影はとうとう駄目だったが、それにしても同じように雪のある二月と三月に、武州梅園村黒山の三滝附近と、五日市の西の星竹で見かけて以来、瑠璃鶲を見たのは久しぶりだが、こんなに近くから観察したことは今まで無かった。僕はすっかり悦ばされて、カメラを出した序でにこの浜沢の風景を一枚写した。

浜沢から原、尾崎、寺下と、いくらか開けた風景の中をぶらぶら行く。尾崎という名は地図の上では見られないが、どの部落にも必ず備えてある公徳箱という芥箱《ごみばこ》に、原班や寺下班と同様、「尾崎班」と書いてあったところから分ったのである。

この頃出た柳田国男さんの「地名研究」という本を読んでみたいと思ったが、川に沿って道が北へ低くなり、塩瀬への山越えの俚道が橋の向うを登っているあたり、水と竹藪と漸く氷って来た日陰の部落が高みに一軒の寺を持つ寺下であったのは、或いは自然であるかも知れない。

その寺下も後になると、今までどことなく小河内奥の小菅附近を思わせていた周囲の感じが少し変って、坂崎から栗谷へかけては、地形にも相当に変化が出て来た。これは朝日山から北東へ向けて穿たれた侵蝕谷が、秋山川との合流点附近に小規模ながら一つの山麓面を形成しているためのように考えられた。それに太陽も山の端に沈めば谷あいの風景の表情も寒くなった。坂崎では、高く渡った橋の袂に、右へ遠所《えんじょ》への雪の山道が登っていた。後に栗谷を過ぎてもう一つ橋を渡ってから振返ると、なるほど遠所という部落は本道から掛離れて、西の方の一際高い山の平に、何か由緒ありげな一群として仰がれた。飛驒の白川大郷は未だ見ないが、僕は其処への憧憬に類するものを、今、雪に隠れ棲んでいるあの遠所へ通わせた。

栗谷に旅人宿のあることは、今朝の明るい峠道で炭俵を背負ったあの爺さん婆さんにも聴いた。又ついさっきは寺下のはずれで、篠竹を山のように背負って山から帰って来る若者にもその在る場所をこまごまと教えられた。ところが栗谷をもう少しは人家のある部落ぐらいに一人極めしていた僕は、坂道を登って左に古い廐のような小学校を見、それにつづく小さな雑貨屋などを物色しながらそれでもないと思って歩いているうちに、もう人家の無くなっているのに気がついた。変だなとは思ったが橋を渡って坂の上の平へ出た。すると向うから二人づれの男が来る。挨拶を交しながら早速宿屋のことを訊いてみると、それはいま渡って来た橋の向う手前にある一軒の農家のような家だった。なるほどそう言われれば不注意だった。そこで後戻りをして一緒に歩きながら、序《つい》でに「遠所」という字の読み方を訊いてみた。訊かれた男は「わしは文盲で」と顔を赤らめた。由《よし》ないことをしたと気の毒に思っていると、もう一人のが「それはエンジョと読むんですよ」と引取ってくれた。僕は今までこれをトオドコロと読んでいたのである。「やっぱり土地の名は訊くものですね」と述懐したら、「此の辺の小名《こな》は一風変っていますから」と云った。

「大松」という看板の出ている橋場旅館では、しかし「今ねねうみだから」と云って簡単に宿泊を断られた。秋山ではこの家をみんな「橋場」と呼んでいるのである。ところで「ねねうみ」の意味が咄嗟には解らなかったので髪ぼうぼうの大女と押問答をしているうちに、どうやらそれが「お産」を意味しているということが分って来た。多分出産で取込んでいるからと云うのだろう。それで「どこか近所に泊める家は無いか」とたずねると、この先の中野に農家と兼業の宿屋があるから其処へ行って泊めて貰いなさいと云う。ここの家ならば位置もいいし、宿屋らしい設備もあるし、それに明朝出がけに遠所を見て来るにしても便利なので惜しい気がしたが、断られてみれば仕方がないから障子をしめて外へ出た。おりから川へ水汲みに行った女中らしいのが摺違いにすごすご帰る僕を見ると、二つの桶を地面へ下ろして、霜焼にふくれた手で冠り手拭を外して、気の毒らしくお辞儀をした。ああ今のいくらか簡潔に過ぎた断られ様で少しは平らかでなかった僕の気持が、その小娘の顔で和げられたのは考えても嬉しいことだ。雪のたそがれの栗谷の子よ！　又いつかこの土地を通る時、僕はきっとお前のことを思い出すだろう！

むこうの谷間に中野の人家を見るあたり、暮れなずむ空の色と雪の匂いとがまじるところ、サラサラと風のささやく丘の上でもうすっかり旅人の心になりきった僕は、強いて頼めば何処かしらで泊めて呉れるだろうと、何か歌でも歌いたい気になって、マッチの火をかばいながら煙草をつけた。

秋山村中野、以前は日向海戸《ひなたかいど》と云っていたが、土地の有力者の発案で平凡にも今のように改称されたというその中野の部落に、戸数はおよそ十ばかり、昔の名がよく言い現わしているように南へ向いた日溜りで、栗谷の方から曲り込んで来た秋山川の谷を前に、朝日山から巌道峠《がんどう》へつづく道志の連嶺を一目に見わたす景勝の地を占めている。教えられたとおりに僕の訪れた宿屋というのもこの部落の中程にあって、煙草の赤い看板は出しているものの、純然たる山村の一農家であった。主人は井上福太郎といった。

潜戸をあけて入ると中は薄暗い台所の土間。老人夫婦と嫁さんらしいのが板の間の囲炉裏をかこみ、座敷の方でも三四人の若い人達が炬燵へ入っていた。みんなが一斉に僕を見た。何だか宿屋へ来たという感じはなく、一家が冬籠りの団欒をしているその真中へひょっこり飛込んだという恰好であった。

こんな時に世馴れた老人というものが何といいか。彼らは決して旅の者を気まずく思わせたり、他国者《よそもの》扱いしたりはしない。そしてこういう人々は屢々《しばしば》どんな山家にでも居るものだ。

「まあ大変だったでしょうね。雪道で」と、先ずお婆さんが立ち上がる。「今すす、ぎを持って来ますからよ」

「いや、靴下は濡れていないからこの儘でよござんす」

と、僕はもう土間へ下りかけたお嫁さんをとめる。お嫁さんは仕方なしに脱ぎ散らした下駄や草履などを片よせる。若い人たちも黙って見ているわけにはいかないとみえて、何ということなしにのその立ったり歩いたり、座蒲団を持って来たりする。

「さあ、囲炉裏へおあたんなさい」とお爺さんが云う、そして「もっと足を出したら」と独り言のように云いながら、傍へ積上げた焚木を折っては囲炉裏へくべる。それから煮えたぎっている鉄瓶を下ろして、自分で茶をついですすめる。

僕は胡床《あぐら》をかいたお爺さんと向い合い、云われたとおり囲炉裏の両側へ足を出して熱い茶をすする。そうして、余りじろじろと見ているようには見られないように、何気ない態でこの家の様子を見る。

一目でみんな分ってしまうような家である。秘密も奥も無い、明けっぱなし四間《よま》の家の内部である。囲炉裏を中心にその燻《くすぶ》りが家じゅうへひろがって、壁も天井も柱も、襖も障子も、すべて真黒でない物はみんな鳶色に焦げている。土間の天井からはどういうものか二十ばかりの塩鮭が歳暮の紙を結んだまぶらさがっている。お爺さんの坐っているうしろの壁で時々コツコツ音がする。厩《うまや》と背中合せになっているらしい。格別家柄というのでもないらしい普通の農家で、唯一の贅沢《リュクス》のように二個の電灯がともっている。その下の囲炉裏で色々の煮炊きがされるのだから、電灯そのものも今や茫漠とした橙黄色の光を落している。

だが老人夫婦を頭に八人の家族だった。そこへ東京から帰省中だという息子二人が加わって、僕の泊った夜の食事は頗る盛況であった。

囲炉裏というものは、こんな家でこそわけても家族生活の中心である。鉄器の上へは四六版の書物ぐらいの大きな切餅が並べられる。人は之《これ》を千切ってその儘食うか、黄粉《きなこ》をつけて食うのであった。熱い灰の中からほかほかした馬鈴薯が挟み出された。玉蜀黍《とうもろこし》を碾《ひ》いて粉にして団子にして、それをこんがり焼いて食ってもいた。僕という客の泊り合せたからのエキストラ・メニューだったろうか、ぐらぐらたぎる大鍋の湯の中へお嫁さんが鶏の肉を俎《まないた》から入れた。肉の片は見ている内に白くなった。そこへお婆さんが一升壜の生醤油を注ぎ込んだ。そして杓文字でぐるぐる掻廻しては手の平へ汁を垂らして味加減をみた。やがてたくさんの葱が刻み込まれた。それが煮えて来るにつれて若い人たちや子供らの食欲をそそり立てるような匂が家じゅうに漲《みなぎ》った。最後に大笊《おおざる》に一杯の饂飩《うどん》が加えられた。饂飩の茹《ゆだ》り加減はお婆さんの指につまんでためされた。その間にも濛々と立昇る湯気は電灯をつつんで、そのまわりに揺らめく大きな光の輪が、この山村農家の冬の夜の情景を一層劇的なものにした。

こういう素朴な料理の過程を僕とお爺さんとはすべて眼前に目撃していた。女たちがうまく事柄を処理していること、息子や子供らがおとなしく、しかも満ち足りるまで食べていること、またそれを見ている相当な年輩の今夜の客が、自分たちの仕方に無言の同感を与え、好意を抱き、時には珍らしそうに好奇の眼をみはり、気軽に、自由に振舞いながら、その存在で家内の空気を少しも窮屈にしないこと、すべてこういうことが、この老人を満足させているように見えた。

「お部屋よりは此処の方がいいよ。やっぱり冬は囲炉裏ばただ」とお爺さんは云った。僕にしてもその方が願ったり叶ったりだったから、僕の膳はその囲炉裏ばたへ運ばれた。

「ちょっと飲めますよ」というので一《いっ》古《こ》沢《ざわ》の酒というのを一本つけて貰った。お爺さんが燗をし、お婆さんが酌をしてくれた。一猪口飲んで金平牛蒡《きんぴらごぼう》をつまんで、「お爺さん、どうです、一杯つき合っては」とすすめたら、「このお爺さんは若い時から一口もいけないでね」とお婆さんが引取った。「どうもわたしにゃ酒がやれない」そう云いながら老人は煙管《きせる》を取上げた。若い人たちが笑った。和やかな、めでたい情景であった。

「この雪に倉岳山へ登って来たのは豪気だ」というところから、話は山や山村の生活のことへ移って行った。赤鞍ガ岳（朝日山）から巌道峠までの尾根は十年ばかり前に自分たちの手で切りあけたが、今ではもう藪がひどくなっているだろうということ、以前は銃猟家たちがかなりこの谷へ入って来たものだが、税が高くなったせいかこの頃は稀にしか来ないので雉子《きじ》や山鳥がうんと増えていること、春になって山女釣《やまめつり》の面白いこと、女たちのにぎやかな蕨狩のこと、山独活《やまうど》やたらの芽のうまいこと、今の季節だと子供たちが川へ沢蟹を捕りに行って、それを煎《い》って食うこと、それからこんな山の中ではする仕事も無いので、若い者たちはみんな東京へ働きに出ること、僕の出逢ったという炭運びの連中も、多くは人に頼まれての駄賃稼ぎであること、交通が不便なので人気も大して悪くなく、東京へ行くことがあっても、やっぱり直きに此処の山家が恋しくなることなどが、老人夫婦を中心に、息子やお嫁さんたちの口から次々と語られるのだった。そして最後に、「春の新芽の時分には山には桜も咲くし躑躅も咲くから、こんな家でもよかったら、おかみさんと子供を連れてまた来ておくんなさい。せがれに上野原まで馬で迎いにやるから」とお爺さんは云った。

「ようござんすよう、春になると本当に」とお婆さんも口を添えた。

「四月末から五月かね」とお嫁さんが浮々云うと、

「うん。一番いいのは五月の初めだ」と長男が正確を欲するように云った。

僕は遠近《おちこち》に山桜の咲き、小鳥の囀る春の峠道を、かわるがわる馬の荷鞍に跨りながら、この谷の若葉の奥へやって来る自分たちの姿を想像した。その馬が今、羽目の向うでコツコツ音をさせているではないか。たとえそのことが実現してもしなくても、お爺さんの今の言葉は、それぞれの人の心に、それぞれの瞬間の詩を、夢を描かしめる力を持っていたのだ。

こうして山間ではもう夜更けの九時過ぎまで、囲炉裏をかこんだ人々の間で、沢山の、実に沢山の話題が取上げられた。やがてお爺さんは自分で瀬戸物の湯たんぽ

へ湯を注ぎ込んで、それを暫くごとごと揺すって栓をし、ゆっくり掛って古い風呂敷にきちんと包んだ。そして、

「今じゃ海鼠板《なまこいた》みたいな物で出来たのがあるけれど、どうもこの方が具合がいいので」と云いながら、その湯たんぽをかかえて一足先に寝に行った。僕の部屋へ火を入れるように若い嫁御に指図するほど、細かい心遣いを忘れない一家の老いたる主人として。

昼間写した乾板を入れかえて置かなければならないので、話の興は尽きないが僕もあてがわれた部屋へ引取った。後から子供が二人で火と炭を運んで来た。一人はこの家の子守で、一人は隣りの家の子だということだった。その二人が火鉢の傍へかしこまって僕のすることに目を瞠《みは》っている。三脚を立てれば三脚に、そこへ交換袋を吊れば交換袋に、その又袋へ両手を入れて手品使いのように乾板を入れかえていればその動作に、彼らは一々「あれ！　あれ！」という驚異の声を上げるのだった。何もかも不思議な珍らしい物ばかりらしかった。それに子供ならば子供だけにこの知らぬ小父さんから聴かせて貰いたい話も多いらしかった。それで僕もルックサックの整理をしたり、洋服を脱いだり、寝しなの一服を吸ったりしている間ぢゅ

う、この幼い二人の相手をしてやった。遂に、「お客様が寝られないぞ、もうあっちへ行きな」そういうお爺さんの静かな声が唐紙の向うでした。子供たちは残り惜しそうに出て行った。僕は夜具の襟へ風呂敷を掛けて床へ入った。お爺さんの咳が二三度聴こえた。風も鳴らず、水も歌わず、山々の雪、谷々の雪に八日の月ばかりが寒い秋山の夜を、こうして僕は安らかに寝た。

充分に眠り足りた翌る朝、服を着更えて出て行くともう家ぢゅうが起きている。お爺さんも囲炉裏に向って昨夜の場所に陣取っている。僕はお嫁さんが取ってくれた湯で顔を洗うと、早速靴を突掛けて外へ出てみた。

昨日に劣らぬ佳い天気だった。朝日の光は道志山脈の雪の峯々を横ざまに照らして秋山の谷へなだれ込み、そこに薔薇色の炎となって燃上っている。ああ豊麗な空よ！　きらめく雪を被衣《かつぎ》にした純潔な斜面とその裾に点々とする山村の家々よ！どんな善事を為したればこそ、かくも聖なる美しい朝を持ち得たのか、この私が！

僕はシュー・シューと三脚を引抜いてカメラを据えた。一段低い前の家の、砂糖を掛けたような屋根を思い切り大きく取入れて、その上へ朝日山からワラビタタキへの峯続きを覗かせた。写す心は祈りに似ていた。この祈りこそは聴かれるだろう！

それが済むと、今度は一晩を厄介になった家の人たちの記念撮影だった。普段のままがいいではないかと云うのに、みんな着物を着更えたり、髪を解いて油をつけたりした。お爺さんだけは僕と同意見で、

「このままの方が、後になって爺さんを思い出すにもいいだろうに」と云っていたが、お婆さんや嫁や、見物に出て来た近所の女たちが承知しなかった。仕方なしにお爺さんも布子《ぬのこ》を脱いで銘仙か何かの通常礼服に着更えた。一同が縁側へ並んで、いよいよ此方を向くまでには手間が掛った。うしろに殆ど余地が無いので、プロクサール・リンゼを添用して少し斜めからパンクロで写した。

さて一人遅れて食事を済ませば、もう出発しなければならない時間だった。それで勘定を頼んだ。ところがどうしても要らないと云う。さんざ押問答を重ねた揚句に、又してもお爺さんの援兵をかりて難関を切り抜けた。そうしたら今度はゴールデン・バットを十ばかり持ち出したので、潔く一つだけ貰って靴を穿いた。

「さよなら。五月には一人ででも屹度来ますよ」

「屹度《きっと》おいでなさいよ。葉書を一本呉れれば上野原まで迎いに行くから、一人と云わずに家の者もみんな連れて……」

　僕は家族の人たちに見送られて飛び出した。足は軽いが心はいくらか重かった。道を川下にとって一町ばかり坂を登ってから初めて振返ると、中野の部落はもう雪花石膏の鉢の中であった。

　これからは小さな登り降りを繰返しながら、漸くぬかるんで来る道を、なるべく両側に残っている雪を踏むようにして行くのだった。地図を見ると嶮岸図式で表わされた箇所が多くなっただけに、秋山の谷も見おろすように深くなった。これに反して道から上の斜面は今までよりも緩やかになり、殊に南東に面した中腹にはかなり高いところまで桑畠が作られ、部落も河身からよほど離れた高みに営まれていた。川は中野から十町ばかりの地点、ちょうど厳道峠からの道が橋を渡って登って来るあたりで北東へ向きを変えて、いま云った嶮岸の間をぐるぐるとうねって流れている。神野《かんの》、小和田、古福志《こふくし》などという部落は、すべてこれらの曲流点の近くに位置しているのである。そして古福志を過ぎると川は再びほぼ東へ向うが、其処には桜井、富岡、一古沢《いっこさわ》、奥牧野などの部落がかたまっていて、山間小盆地のような地形の中で秋山川流域中の最も大きな聚落群を形作っている。

泥濘と、雪の山と、眼に痛い日光の反射ばかりの風景の中で、一番心をひかれるのは小鳥の姿だった。積雪に食物を奪われた小鳥たちはすべて里近くへ集まって来ているとみえて、昨日も今日も夥しい数である。中でも頬白が最も多く、次いではあおじ、上鶲《じょうびたき》、黄鶺鴒《きせきれい》、鵯《ひよどり》、雉鳩《きじばと》などが主なものだった。同じ部落附近でも、すこし静かな林の縁などを通ると、突然「ツン・ツン・ツン・ピン・ツー！」と叫ぶ日雀《ひがら》の群の警戒の声に、却ってこっちが驚かされるのであった。小和田を過ぎて古福志へ越える小さい山道へかかろうとした時、杉林の中で糸のように細いきくいただきの声を聴いた。沢の落口へ懸けられた橋を渡って向うの高みを登って行くと、今度はその杉林が眼の下になった。それで僕は、あの暗緑色の着物に鮮かな金盞花《きんせんか》いろの帽子をかぶった可憐なきくいただきを二羽、息をころして、じっと五分間も見ていることができた。

すこしは賑かな所だろうと思っていた古福志も、来て見ればやはり谷の上の小さい部落に過ぎなかった。喉が渇いたから蜜柑でもと物色したが、そんな物を売っていそうな家は眼に入らなかった。一体街道筋などとは違ったこんな山の中を歩いていて、贅沢にも間食物を買おうという料簡の方がすでに間違っていたのかも知れない。しかも時は冬の最中である。日の当った障子もあかるく長閑に住んでいる石垣上の農家はあっても、道に沿った店屋らしいものはただ屋根から落ちる雪解けの雨だれを避けて、建付けの悪い雨戸を閉じているばかりである。そのぬかるみの古福志をぴちゃぴちゃ云わせて通りぬけると、僕はいよいよ秋山の谷に別れを告げて、桜井を右下に、田野入《たのいり》への山道をとるのだった。

道はちょっと高みへ登る。と直ぐに摺鉢を半分にしたような桑畠の斜面へ出る。此処は南にひろびろと日をうけてぽかぽかの土があらわれ、広大な日溜りが春のように暖い。桑の木の株から株へ、灰いろと黒と茶との三色《トリコロール》に白い斑紋つけた上鶲が、棲まるたびにお辞儀をしながら「ヒー・ヒー」と鳴いて飛んで行く。武州顔振《こうぶり》峠に近いあの風影《ふかげ》の里をおもわせるこの斜面を、一羽の鳥のあとをつけながら行く僕の心は又無く麗らかなものだった。来し方にはこれを見納めの道志の山々や大群《おおむれ》山《やま》、東へのびる谷あいの空には、数年前の岐阜蝶発見で思い出も深い石老山。その山麓に八重桜が咲き春の水が奏でていた牧馬《まきめ》や篠原。たとえ身は富まずとも、自然こそは我がまことの富と思ったのは正に此処でのことである。

　この斜面を横ぎって登りつめれば、田野入へ向って下りて行く小さい峠だった。右手の小高い草山へ上って最後の南方の眺望をたのしんだ。それから雪を蹴立てて北側へ下りて行った。

　道はおそらくタカクラ山と呼ばれている七三三米の山の東の裾を廻って行く。金山からの俚道と沢とを左に迎えると勾配も緩やかになった。谷は狭いが森閑とした美しい自然であった。時々静寂を破って伐木丁々の音がひびく。かけすが鳴く。それから又一つ左から沢が入って来るところに、名は知らないが落着いた小さい部落。この附近一帯に武州御岳の裏山、越沢《こいざわ》あたりの感じが深い。晩春ともなればひかげつつじの黄いろい花も見られよう。「偶然」に恵まれればのごまの声も聴かれよう。峠から田野入まで、正午近い太陽にどんどん溶ける雪道をなやみながらも、僕は山を歩くことの幸福を、見ることの喜びを、又してもつくづくと味うのだった。

　田野入は輪郭も柔かな山々にかこまれた平和な狭い一廓だった。麦の緑が春風にそよぐ頃ならば、此処を山中の草原だったと云ってもいいかも知れない。そうすればこの村が何となく、シャレエの点在するスイスの部落に似た感じを持っていることが解って貰えるだろうと思うのだ。馬のいななき、鶏の歌、豚の鼻声、さては遊んでいる子供らの幼い叫び。そういうものが皆反響するかと思われるような囲みの中、空飛ぶ雲が覗きに来る小天地に、人々は田畑をいとなみ、梅を植え、桃を植え、竹林をそだて、用水の流れを走らせていた。しかも村の北方に山を穿った天神嶺の隧道をひとたび抜ければ、ああ皓々《こうこう》たる桂川流域の展望は往手にひらけて、一層広大な自然と生活との交響曲が嚠喨《りゅうりょう》とひびいて来る。

その天神隧道をくぐって山側を降り、鶴島の段丘上から再び帰って来た桂川の眺めをひろびろと見渡した時、わずか一日半の旅ながら、深い感慨の胸に満ちるのを僕は禁じ得なかった。

上野原の駅で汽車を待つ間、僕は珍らしい物のようにビールを飲み、土産として一羽の大きな山鳥を買った。

［『雲と草原』所収］

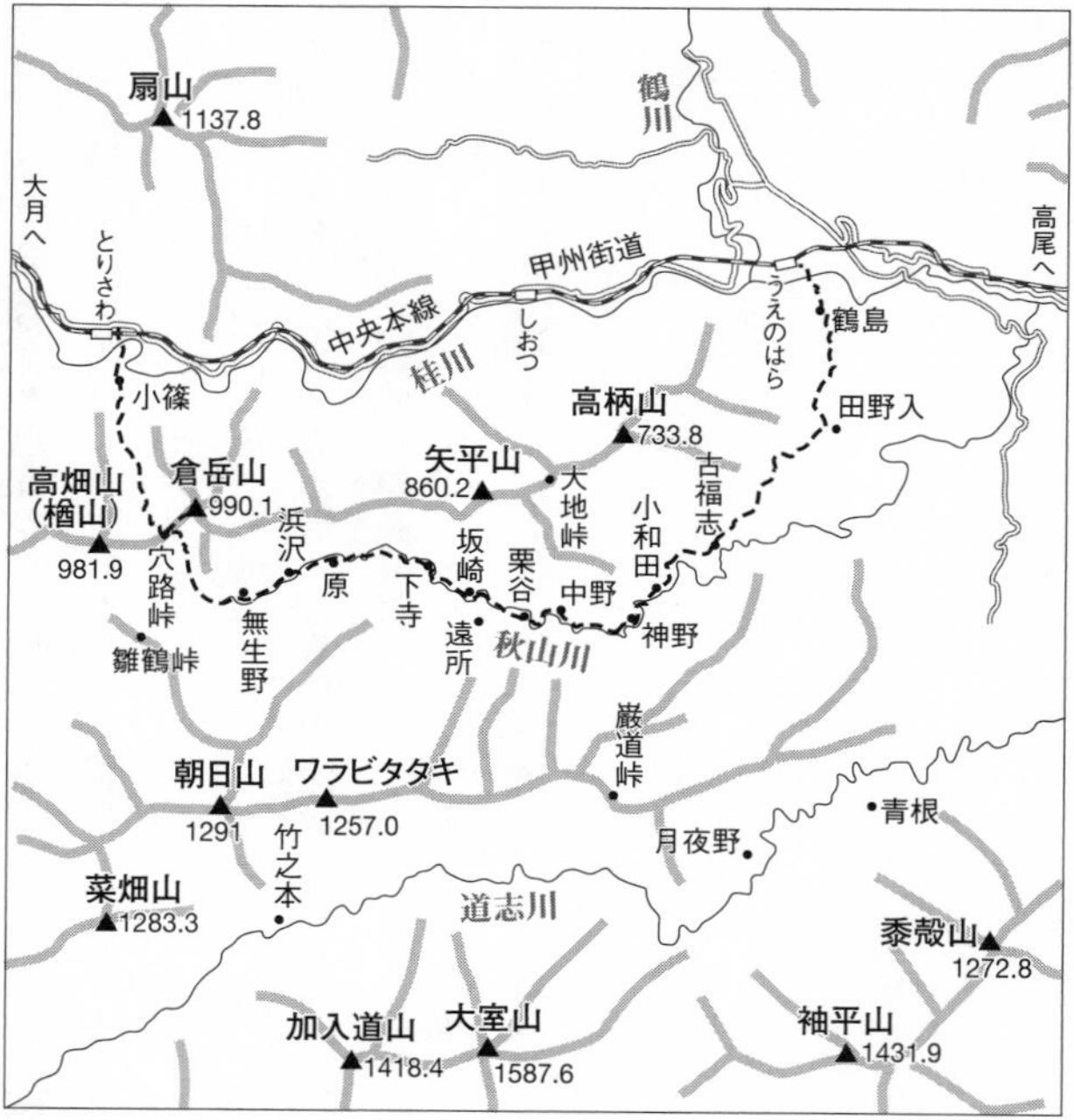
扇山
1137.8
鶴川
大月へ
高尾へ
とりさわ
甲州街道
中央本線
しおつ
うえのはら
鶴島
桂川
小篠
高柄山
733.8
田野入
矢平山
860.2
大地峠
古福志
高畑山
(檜山)
981.9
倉岳山
990.1
浜沢
穴路峠
小和田
坂崎
栗谷
中野
原
下寺
無生野
雛鶴峠
遠所
秋山川
神野
巌道峠
朝日山
1291
ワラビタタキ
1257.0
竹之本
月夜野
青根
菜畑山
1283.3
道志川
黍殻山
1272.8
加入道山
1418.4
大室山
1587.6
袖平山
1431.9

秋山川周辺図

戸隠と妙高

上信国境碓氷《うすい》の谷や峠路に、秋のもみじは未だいくらか浅かったが、風にきらめく千曲川の川ぞいを、北へ北へと進んで信濃・越後の国ざかい、日本海の水の色が寥廓《りょうかく》たる天にうつる妙高・黒姫・飯縄《いいづな》の高原まで来て見れば、十月の錦繍いまや壮麗のかぎりを尽して、遥かに北アルプスの雪の連峯と呼びかわしていた。

その高原に眠りゆく秋と目ざめる冬の姿を求めてさまよう今度の旅の第一歩として、私は長野放送局をおとずれた。それはしかし何かを放送するためではなかった。折もあらばと、心にかけていた人に会いたい願いからであった。

毎年六月の朝早く、東京の私たちをよろこばせる遠い新緑の戸隠山からの小鳥の歌、その放送の説明にあんな優しいことどもを云う長野放送局のアナウンサー。その未知の人をたずね当て、ただ一言でも感謝の念を伝えようとは、単なるわたくしの志のみでは無かったであろう。

二基の鉄塔が善光寺平の朝露にぼんやりかすむ午前八時、尋ねる人は其処にいた。善光寺の東、市中を見おろす城山公園の丘の一角、うつくしい庭や花壇をめぐらしたJONK、近代式平家造りの瀟洒な白堊《はくあ》の洋館、その建物の森閑とした一室で会うことのできた目的の人は、名を荒木寿考君といった。詩人のはしくれである私が、わずか二十分に満たぬ短い会見からの印象によってさえ、人間の心や自然の美に敏感な人と見てとって決して過《あやま》たないような人柄であった。おたがいに勤務の時間、旅の途中、そうした慌ただしい中で私たちは眼を見合わせ、相手を識り合い、実意のこもった心持を手短かな言葉で伝え合った。それはちょうど広い海のまんなかで擦違って、大いそぎで合図をかわす二艘の船のようなものであった。そうしてわれわれは袖を別った。人生が今ともしたばかりの小さい清らかな感激の火を、衢《ちまた》の風に取られまいと大切に護りかばいながら。

次第に晴れて来る青空の下、ふりかえりがちに丘を下れば、朝の新鮮な日を浴びて、カテージ風の白い建物と前庭の桃いろのコスモスとがさながら一幅の絵であった。

それから二時間後、私をのせた車はもう広大な飯縄《いいづな》ノ原《はら》を走っていた。昨日の日曜はかなりの人出だったと聴くにひきかえて、今日はきらびやかな秋晴れの高原を、往手をさえぎるものもなく飛ばすにふさわしい閑散なバスだった。

長野市の北西に迫った真白な断層崖を、あの七曲りの急坂で一気に四百米あまりも登りつくすと団子で名高い荒安の立場茶屋。ここで旅客は窓越しにお茶をもらい、切符の検札をうけ、また運転手は一服吸ったり窓の雨よけを外したりする。茶色にくすぶったセルロイドが無くなって、景色も風も自由に飛びこむことになった。運転手はシャツの両腕をまくり上げて、新らしい意気でハンドルを握る。初動が掛かる。車体がぐいと出る。荒安はたちまち爆音と煙のうしろ。進むにつれて往手《ゆくて》の風景は天のほうが多くなり、いかにも火山の裾野を登っていることが感じられる。その裾野の色とりどりの秋の樹の上、ひときわ青い北方の空の穹窿《きゆうりゆう》を焼きぬいて、飯縄山がその燦たる円頂を現すのだった。

飯縄山が南西に展開した裾野の原を、鳥居廻り・県道廻りの二つの線に分けて、長野市と戸隠中社との間を乗合バスは往復している。前に書いた七曲りの坂を登って荒安に出、大座法師池・論電ケ谷地などという池沼群の散在するあたりからいわゆる飯縄ノ原にかかって、その枠の中に戸隠山をまるごと収める豪壮な一ノ鳥居をくぐり、それから約一里して宝光社から中社へ達するのが鳥居廻りの線である。

県道廻りは大体鳥居廻りと並行しながらもっと下を行く。善光寺の大門から西へ約二十町ばかり行って茂菅という処で裾花川と分れ、急に北へ登り、裾花峡の上に雛壇のように並んだ山村の間を縫ってぐるぐる登りながら入山から飯縄ノ原、そして緩斜地の上野を過ぎて宝光社の下で鳥居廻りと一緒になるのである。

バスの速度が大きいので、ともすれば拡げて持った地図も吹き攫《さら》われそうだった。荒安を出て、「紅葉狩」の鬼女で名高い荒倉山の、おりからのもみじで赤と黄の練物のようになった尨大な山塊を左に見ながら、突然の出現に驚いたのは、その右手の空のなかほどにもう新雪をべっとり塗ってぎらぎら光る白馬、杓子の雄姿だった。いやそればかりか、裾野の路が方向を変えるたびに、鹿島鎗も出れば針の木も出、その間からちらちらと、劔・立山のプラチナの群峯さえ望まれた。車内には私のほかに東京者らしい中年の夫婦がいた。その細君の方が、この広大な風景にすっかり心酔してしまって、

「こんな処に住んでいる人たちは、さぞ長生きができるでしょうね」と私に云った。その夫婦は、さっきから、多摩墓地へ買った彼らの墓の敷地の話をしていたのだが。

疾走するバスがくぐり抜ける一ノ鳥居は、その雄渾な形がまるで高原の虹だった。戸隠街道が飯縄ノ原を横ぎる最高点、ここにこの大鳥居をそそり立てた昔の人のひろびろとした見識と趣味は、もう今の時世では望むべくもない。私はこの大鳥居の写真を一枚写したかったが、そう思った瞬間に公共の車は遠慮もなしに砂塵を捲いて走りぬけた。時間に余裕さえあるならば、大座法師ノ池あたりで乗物を捨て、ここはどうしても歩いて通るべき道だと思う。

乗ること一時間あまりで終点戸隠中社へ着いた。飯縄の裾が戸隠の裾と交わる南西の一端、海抜一二三三米の地に鎮座する中社は、天八意思兼命《あめのやこころおもいかねのみこと》を祀った社だという。老杉にかこまれた清らかな神域にブナの落葉がはらはら。山中の静寂な空気をけたたましく震わせる鳥の声は何かと見上げれば、巨木の高い枯枝を上へ上へと攀じてゆくアカゲラであった。中社の別当職久山淑人氏方へ立寄って中食をととのえ、ルックサックを残して写真機だけの身軽ないでたちで奥社へ向った。黄から朱、紅から紫にまで移るあらゆる紅葉は、奥社への道三十町の間、山腹と云わず谷間と云わず見得るかぎりの風景を埋めつくして、秋の豪華はここにきわまったかと思われた。しかも豪壮な戸隠山は、本岳も西岳も灰白んだ岩骨に紅葉を繊《おど》して、白雲散らした越後の青空を堂々と扼《やく》していた。

私は長野放送局の荒木氏が描いて呉れた略図をたよりに、小鳥放送のマイクを据えつける場所を見に行った。それは中社から二町ばかり奥社寄りの路傍の林で、高い笹を下生えに、落葉松、白樺その他の混生した処だった。私はその中を歩き廻った。感慨はそぞろに深かった。ほの暗いひやりとする笹の中では、おりから三四羽の藪鶯が早くも今宵のねぐらを求めて、「チャッチャッ・チャッチャッ」と鳴いていた。

戸隠中社から奥社まで、三十町といわれているが、実際ではどうも一里はたっぷり有るらしく思われた。しかしどうせ今夜は中社泊りだから格別いそぐ必要もなく、気の済むまで小鳥の森をさまよったり、燃える城壁のような戸隠西岳を撮影したりしながら、人っ子一人通らない坦々たる大道をのんびりと歩いた。

その大道がだらだら下りになって、左へ直角に奥社への参道が切れているところから、正面に悠然と黒姫山が現れた景色は実に美しかった。灰黒色の怪異な姿に一面の紅葉が血しぶきを吹きつけた戸隠山にひきかえて、おっとりとした円錐形を狐色に枯れた草と真黒な針葉樹とで包んだ黒姫山は、青空を背にして一杯に日をうけたその清楚な形と爽かな色彩とで、すでに紅葉にも飽いて来た眼を涼しく洗った。ただ残念だったのは其処に長野県の通行止の制札が立っていて、明日はこの道をまっすぐに黒姫・飯縄の裾合いを歩いて、信越線柏原から妙高へ出ようという折角の予定が覆されたことである。

しかし奥社への参道は秋の静けさ限りもないものだった。道の両側に亭々と立つ老杉や落葉樹の、その狭まる果ては日も傾いて紫くらく、折々の風に梢をはなれる七葉樹《とちのき》の葉の婆娑《ばさ》たる響きは、もう何処となく霜を感じる北国の空気をふるわせた。

そうした道を殆どまっすぐに十八町、奥社はすでに日も暮れぐれの戸隠の中腹、冷涼な泉の音と、氷った炎かと思われるような紅葉の中にあった。神殿に張った幔幕の、菊花の御紋章も神さびて、イタヤメイゲツやハウチワカエデの落葉が静かだ。礼拝をすませて拝殿前の腰掛に休みながら僅かに開けた東の方を眺めると、夕暮の靄につつまれて、野尻湖畔の斑尾山《まだらおやま》の南へ引いた尾根のむこうに、苗場らしい山の形が薔薇いろに匂って浮き出していた。

往路を戻ってもう一度小鳥の森を見てまわり、やがて今夜の宿の久山方へ帰った時には日はすでに没していた。広大な母家には百人余りの川中島小学校の遠足の一行が泊るとかで、私の部屋は主人の父君の隠居所の方に取ってあった。そこは西から南西への眺望がひらけていて、窓をあけると夕映えの空を背景にして、鹿島鎗、祖父、針ノ木あたりの北アルプス連嶺がくっきりと現れ、南の空の最も奥に、美ガ原や蓼科山が夢のように淡いながらも、その特徴のある山容で確かにそれと望まれた。夕飯の膳に一本をかたむけて、山々の姿の消えたまっくらな空に花と咲き出る星の光を見ていれば、さすがに旅愁の新たなるを覚えるのだった。

翌朝は九時に宿を立ってバスへ乗った。昨日にひきかえて雲の多い空であった。今日は県道を廻った。鳥居廻りよりも下を行くので、遠山の眺望は少いかわりに到るところに美しい山村風景が展開した。

長野は参詣の地方人で雑沓していた。汽車の出発まで買物などをしながら時間をつぶして午前十一時七分、新潟行のすいた列車へ乗込んだ。豊野までの間は右手の窓に四阿《あずまや》、白根、岩菅などの山々の眺望が立派だが、豊野を過ぎて飯縄の裾をぐりと北へ廻ると、俳人一茶の生地柏原までは殆ど狭い山間の風景だった。それから昨日の黒姫山が今度はその東面を現した。つづいて妙高。風景はがらりと変って落葉松と白樺、波うつ薄の穂。北国の高原が眼の前へ高まる海のようにひろがって来た。

私は田口で汽車を降りた。降りは降りたが一つ手前の柏原の落着きのある町並と、古い越後の宿《しゆく》らしい姿を見て来た眼には、冬のスキー客を搾れるだけ搾って食っているらしいこの田口駅前の町の様子が、いかにも薄っぺらで気品も風格も無いものに見えた。それもいいとして、さて改札口に出て赤倉行のぼろぼろのバスに乗ろうとすると、赤倉ホテルの半纏を着た感じの悪い若僧が何処からともなく現れて、

「旦那、お宿はどちらです」と訊く。香嶽楼だと答えたら、

「ホテルになさい、設備も待遇も段違いです」と云った。私はむっとして、その男の顔をちらりと見たままさっさとバスへ乗り込んだ。乗って見ると女の先客が二人いる。聞けば赤倉の奥の燕《つばめ》温泉の者だが、今日は野尻湖まで遠足して今その帰りだと云う。格別自分たちの方を勧誘するでもなく、野尻の景色の佳かったことなどをきさくに話して呉れるのが気に入った。それで予定を一日早めて、そのまま真直ぐ燕へ行くことにきめてしまった。

バスが北国街道を横ぎって、爽やかに秋を色づいた妙高の高原を赤倉さして爪先上りに走るあたり、もう私の気持はすっかりふだんにかえって、身も心も妙高山の

美しい姿を前にしたこの広大な自然にとらえられてしまった。十五分ばかりで降りた処は終点赤倉温泉だが、新開地の成上りの標本みたいな赤倉ホテルも用が無ければ格別気にもならず、女たちと一緒にすたすた町を通りぬけて、一段高みに見える久邇宮家別邸の横手の坂を登って行った。

此処から丸山というのを右に搦んで安山岩をうがったトンネルを抜けて、燕温泉まで約三十町の山道は、その後妙高の東の麓を歩きまわった私が、最も樹々の紅葉の美しい、いかにも人気を離れた趣き深い路として敢えて推賞して憚らない処である。宮家の別邸の手前を右へもう関温泉への自動車道が出来かけていたが、心ある人のためには保存して置きたい路である。山腹を左に搦《から》むこの小径の上、真紅のツタウルシを樹幹に巻いて亭々と立ちならぶブナの巨木を前景に神奈山《かんなさん》の大岩壁にかかる惣滝《そうたき》を遥かにながめる壮観は、実にこの路を措いてほかには無い。そしてそのどんづまりに、一塊りの鳥の巣のような燕温泉はあった。

連れになった女たちの家すなわち私の宿は、岩戸屋といった。猫の額ほどの平地に温泉宿の数は八つばかり有るが、内湯は此処が最もきれいらしく、駒沢大学を一茶の論文で出たという若い主人も気の置けない話好きで、一種の風格を持った親しむべき人物だった。季節をはずれて他に客も無いままに、帳場の囲炉裏をかこんで山葡萄の酒を飲みながら話していれば、しんしんと更けて行く山中の夜を話題はつきず、身の越後に在るのも忘れてしまった。

風呂へ浸かっていると頭の上は神奈山、新館の二階座敷の縁側の、西向きは軒につかえる妙高の頂上、東は大田切川上流の開けた谷を縦に見て、遠く岩菅から苗場までの大観。その山々の果てしの空に雄大なオリオン星座のせり上がる夜更けも美しかったが、幾重にも朝霧の帯をよこたえて、遠方ほど次第に霞む上・信・越の翠微の奥から、爛々と朝日の昇る光景は今も深い印象として残っている。

さらにもう一つ忘れられないのは、夕食の膳に出たたくさんの馳走の中で直江津の海で取れるという霜鯵《しもあじ》という魚の味だった。

季節の頂上から崩れるばかりの盛りの秋に妙高の東の裾を心ゆくまで味わった私は、この高原の雪消の春には、その南の裾である杉野沢の部落や笹ガ峯の牧場をたずねて見たいと思っている。

［「都新聞」一九三五年十一月／『雲と草原』所収］

焼山
2400.3
火打山
2462.0
神奈山
1909.0
関温泉
燕温泉
赤倉
妙高山
2445.9
赤倉山
2141.1
久邇宮別邸
関川
たぐち
笹ヶ峰牧場
杉野沢
野尻湖
乙妻山
2315
黒姫山
2053.4
高妻山
2352.8
五地蔵山
1995
かしわばら
北国街道
戸隠山
1911
西岳
2035
奥社
むれ
中社
瑪瑙山
1750
飯縄山
1917
宝光社
とよの
飯縄原
大座法師池
一ノ鳥居
荒倉山
猪久保
荒安
七曲り
善光寺
裾花川
茂菅
千曲川
ながの
犀川

戸隠山、妙高山周辺図

灰のクリスマス

（霧ガ峯とそのヒュッテとを愛した人々に）

庭の冬木立の枝を透いて、十二月の日光が明るく射しこむ朝の部屋。その室内の清潔なひっそりした空間や、白堊《はくあ》の壁の隅々で、むかし馬槽《うまぶね》に生まれた人の誕生日をことほぐにふさわしい素朴な飾りが、さっきからちらちらと火花のように光っている。

金や銀の紙貼りつけた小さい星、小さい鐘、さては十字架。子供の幼い手によって一年の間丹念に作り溜められ、今日、ほそい糸をもって五彩の花綵《はなずな》に吊るされた、そうした数々の古い表象《サンボール》が、煖炉の熱気からおこる対流のための室内の空気のわずかな動揺にも感じて、無心に、やさしく煌いている。

ゆかりある日の、朝のひとときのこの平和よ。いま蓄音器から鳴り止んだバッハのオラトリオの詠唱が、まだ耳の底にその余韻をのこしている。私は静に珈琲の碗をとりあげる。だが心は重い。霧ガ峯のヒュッテが焼けたのだ。つい一日前のきのうの朝、高原の雪さえこおる夜のひきあけに火を発して、救いも無しにあのヒュッテが燃え上り、焼け落ちた。

ゆうべ、クリスマスの前夜、その悲報に初めて接した瞬間には、ただ唖然とするより外はなかった。百度の「何故?」に対しても百度ながら答は無く、ただ「何ということをしたんだろう!」が空しく幾度も繰返された。それが今朝の目覚めには、或る宥《なだ》めようもない遺憾、何ものへというあてもなく、それでいて無限に深い怨みに似た感情と変り、そして今では、もう跡方もなくなったであろう思い出の建物に対する愛惜と、其処を生活の根拠、楽しい山の家庭として暮らして来た友人とその家族、わけてもあの小さい子供たちと、彼らの若い母親との絶望的な落胆に対する限りない同情が、静かに後から後からと流れ出して、悲しく私を浸している。

すでに幾たびの夜毎の夢に、あの可憐な靴たちが、霧ガ峯の雪の山坂を越えたことか! 兄の休暇の日を待ちわびて、すでに幾たび小さい指が折り数えられたことか! 兄、それも尋常一年生。その幼い兄を頭としたいとけない弟妹たちが、楽しい、賑やかなクリスマスやお正月を、父母とともに、雪に粧われた彼らの「山のお家」で暮らすといういたいけな望み、喜び、かつは願いに満たされながら、下の町で……

私は机の上のノートを引寄せて、綴るともなく綴り、韻を合せる、

C'est aujourd'hui
le vingt-cinq décembre,
et pour eux, et pour lui
c'est Noël des cendres……

ああ、灰のクリスマス！　抑《そもそ》もどんなドゥビュッシーが彼らのために、また別の「もう家の無い子供等のクリスマス」を書くのだろう？

＊

ほろにがい杜松《とどまつ》の香《か》、山中に湧く甘美な鉱泉、あの中部フランスの古い美しい火山地方カンタルにも捜せば道は幾すじも通うがように、山々に雲の群れ立つ信濃の国で、まだ見ぬ土地に憧れて行くお前のために夏草の霧ガ峯とそのヒュッテへの道

は幾つかある、七月の晴れやかな昼下り、睡気をさそう武蔵野の樫の樹蔭に洗濯ざぶざぶ、「オーヴェルニュの歌」を口ずさむ妻よ！

中山道《なかせんどう》和田峠からお前は行くか。それならば道は鷲ケ峯の中腹を捲いて、遠く西から南へかけ、炎と燃える夏空の下で鬱々と瞑想している日本アルプスの大観こそはお前のものだ。

それとも古い男女倉越《おめくらごえ》をお前はとるか。長い長い落葉松林をつらぬく道が、その樹脂のテレピンの香ですっかりお前を浸してしまうだろう。

いずれにもせよ、鷺菅《さぎすげ》の白い穂波が涼しく揺れる八島ガ池や鎌ガ池、ところどころ樹蔭をつくるやまはんのきの茂みから、甲虫のうなりが洩れるその湿原のふちをお前は通る。やがて赤や黄や紫に花咲きみだれる夏草の中で野鶲《のびたき》の鳴いている緩やかな起伏。そして目ざす霧ガ峯は、暗い御料林の沢を越えたつい向うの高みなのだ。お前の腕は途々手折って来た花の束でもう一杯。お前の耳には高原の静寂を測り知れないものとする鳥たちの歌が詰まっている。

蓼科の温泉郷・湯川・大門街道と道をとって、霧ガ峯をその東から試みようとお前はいうか。何という野望だ！　その暑い、長い、苦しい登りは、まずお前の脹脛《ふくらはぎ》を引釣らせ、靭帯をゆるませ、呼吸を奪い、ついには心臓を麻痺させてしまうかも知れない。だが若しもお前がその車山の登りに成功すれば、比例を縮めた日本のオーヴェルニュ、信濃中央高台の中でも、最も眺望に恵まれた山頂の一つに立つことになる。まだ幾らかは残っている青春の思い出に、一度は遣ってみるがいい。もんぺに結いつけ草履、経木真田の鍔広帽子に白木の杖。ほつれ毛を碧落の風に吹かせて東を見れば、ああ真昼の夢のように薄青くかがやく大気を纏って横たわるのは、私の愛の蓼科山とその歌だ……

だがもっと当り前な人はもっと道理にかなった道を選ぶ。言わずと知れた、上諏訪から角間沢に沿って登る道だ。お前は池のくるみから、或いは賽ノ河原から、あの高原の一角へ顔を出して、其処に突如として現れる青草原の広袤《こうぼう》に魂を奪われてしまうだろう。

*

本当に霧ガ峯の野山のあの出現を何といおう！　それは見るたびに新しく胸を打たれる光景のひとつだ。地形上強いて比較を求めれば美ガ原が最もこれに近い。海ノ口から登りついて見遥かす野辺山ノ原にも或る類似の点が無くもない。しかし霧ガ峯というこの高い広がりには、一つの全く独特な性格がある。それは悠久の天の下によこたわる大地の、女性的な、豊麗な、甘美な胸だ。あらゆる起伏が優美で、打解けて、その晴やかな高さと広袤とでわれわれをいきいきさせながら、いつもおっとりと包容的で、人間のどんな夢をも抱きとったり育んだりするほどにも母らしい。周囲からぬきんでた高原上の、丘と湿原との単純な大きなプロポーション。咲く花か膨満する雲かのように盛り上った、大地そのものの量と量との結びつき。霧ガ峯は山という自然の彫刻の中で、かのアリスティード・マイヨールの滾々《こんこん》として尽きぬ滋味のある女人像を想わせる。

雲は其処でのもっとも美しい看物《みもの》だ。誰かあすこでそれを描いたり撮影したりする衝動を感じなかった者があるだろうか。いや、たとえそんなことはしないまでも、あの高原のほんのり熱い草の中か岩の上へ寝転んで、遠い凝視と深い瞑想とにわれわれを引き込む彼ら夏雲の流転の姿を、君も私も幾たびか楽しんだことは確かだ。

或る時それは西のほう、遥か安曇野《あずみの》の空から流れ出した火焔雲だった。私たちはヒュッテで開かれた夏季講習会に列なって、その日藤原博士の山の気象に関する講義を聴いていた。窓の外で頻赤の歌う高原の午前、或る洗練された、知的な、静謐な空気がこの山の家の一室を支配して、講義の進むにつれ、壁へ貼られた大きな白紙の上へ、気温や湿度の変化をあらわすグラフが、爽かな緑や赤の色チョークで次々と象徴的に描かれていった。

やがて講演が終って人々が席を立った時、その部屋の西の窓いっぱいに漲った八月の空の紺碧のなかに、美しい模様をすらすらと描いて拡がっている一種の雲がみんなの眼を惹いた。二時間近い講演に注意力を集中したため幾らか疲労を覚えた一同の神経や筋肉は、いまやひろびろとした戸外での恢復を求めていた。それで雲をきっかけに皆ヒュッテの前の草原へ出て、実際にその雲を眺めた。空気の混濁した都会地では到底見ることのできないような、清らかな、氷のような白さを持った見事な巻雲の火焔雲だった。それは塩尻峠の少し北寄りの方角から噴き出して、途中幾度か放胆な揺曳を繰返して火焔の模様をえがきながら、その柔かな舌の先をわれわれの頭上まで届かせていた。一碧の大空に描き出された自由自在な雲の流線と、気も遠くなるようなその純潔な濃淡の白。折柄そよそよと吹いて来る初秋のような風。強清水《こわしみず》の湿原で忍びやかに歌っている小鳥の声。身にしみじみと暖い太陽。そうした静寂な夏の真昼の高原でみんなと一緒に雲を讃美しながら何時の間にか子供心に帰っているということ。それらすべてを忘れることのできない楽しい記憶として今もなお心の片隅に大事に持っている人も幾人かは有ることと私は思う。

心よ、思い出せ！　そうした楽しい記憶をもう少し。この夕べ私は詩に渇いている……

＊

或る年の八月に雑誌「山」が主催した五日間の講習会。私はそれに二日遅れて、第三日目に単身霧ガ峯へ登った。それがために私の聴くことのできたのは、気象学、植物学、本邦登山史の三科目だった。

毎日、賑やかな朝の食事が済むと、十時頃から静かな別室での講義が始まる。講義は二時間ぐらい続く。それが終ると昼飯になって、午後は参会者一同が揃って野外見学をするか、自由行動を取るかすることになっていた。しかし遅れて一人着いたその日、私は未だそうした規定を知らなかった。それで午後みんなが鎌ガ池方面へ行くことになっていたのに、私一人は食事を済ますと直ぐにカメラを提げて、蛙原《げえろつぱら》からカボッチョの方へさまよい出た。

その蛙原の高みから私は見たのだ。向うの丘の中腹を覗キ石の方へ、巡礼のような長い列を作って進んで行く一群の人々のあるのを。私は望遠鏡を取上げた。それはまさしくあの湿原の池を訪れに行く講習会の一行だった。私は声を上げたり手を振ったりした。仲間に加わりたかったのだ。しかし私たちを隔てている空間は余りに大きく、糸のような隊伍は次第に遠く草原の中へ霞んで行った。私は諦めて、高原の風に吹かれながら「タンホイザー」の巡礼の合唱を歌った。

その話を後になって聴いて私の為に気の毒に思ったのが、当時はまだ近づき後間もない黒田米子さんだった。その人が主催者石原巖君の他に男女三人の同行者を勧誘して、会も終るという五日目の午後、彼らにとっては二度目の鎌ガ池へわざわざ私を案内してくれた。

覗キ石から先のあの一層広大な風景を初めて見て事々に嘆称の足を停める私に対して、あんなにも辛抱強くつき合って呉れたり、優しい心遣いを示してくれたりしたその人たちの親切を、どうして忘れることができるだろうか。中でも黒田さんは、——後で知ったのだが、——明日からはまた忙しい仕事の始まる東京へその日の夜行列車で帰らなければならないのだった。私のためにかなり時間をとった池からの帰途、夫人は沢渡《さわんど》の上のあの急坂を一足先へ全速力で登って行った。そして私たちがヒュッテへ着いた時には、もう大きなルックサックを背負い、土産の植物の包みを小脇にかかえて、令嬢をせきたてながら、別れの合図にピッケルを振り振り、夕陽にまみれた高原の草の中を遠ざかって行った。

それは完全に自発的な友情と、犠牲の行為だった！

至仏や浅間の伊吹麝香草《じやこう》とならんで、武蔵野の私の庭に車山の同じ草がある。それが五月も末となれば、鉢からこぼれた長い枝の先に薄紫の密穂花をつづる。そうするとこの高原の植物の異国的な芳香を嗅ぎつけて、近所のひめじょおんの草むらから、平野の蝶たちが黄や水色の翅を翻して庭の中へ舞下りて来る。

この伊吹麝香草の鉢の前に佇むと、私はじきにあの車山や蝶々《ちようちよう》深山《みやま》の晴やかな頂きへ立った気持になるのである。眼の前を緑にそよぐ一筋の太い山稜が走り、右には蓼科、左には美ガ原の連峯が、真夏真昼のきらめく面紗を懸けて横たわっている。私の踏んでいるのはもはや平地の柔い土壌ではなくて、がっちりと硬い岩石である。額を吹くのは二千メートルの高所の風の流れである。向うではやまははこや薄雪草の群落が深い銀いろに波立っている。梅鉢草の黄ばんだ白い点々も揺れている。此処では伊吹麝香草が紅紫色のこまかな花でびっしりと熔岩や礫土を埋めながら、爽かな匂いを揮発させている。

幾年を育てて来た一鉢の記念の山の植物、古い手帳に挟まれたままで今では色も褪せた一輪の花、それはわれわれにとって「心の山」の懐しい追憶のよすがとなると同時に、また却って帰らぬ盛福の日を苦しく思い起させる機縁ともなるであろう。愛のかたみと断ち難い過去の羈絆。そうした物を持つことが果して幸福であるか否かは、人それぞれ異るものであるに相違ない。

＊

しいしいしうどの原でのびたきが鳴いている。
乾草がよくかわいて佳い匂いをたてる。
小屋の日かげで一羽の蝶が
やぶれた羽根を畳んだりひろげたりしている。
もうじき牛たちも麓の村へ帰るだろう。
やがて、とつぜん、
秋が最初の嵐を連れてやって来るだろう。

＊

ヒュッテ入口の屋根を支える太い柱、その柱の土台になっている幾つかの大きな卓状熔岩。私は好んでそれへ腰を掛けに行ったものだ。煙草を吸いに、本を読みに。だが大抵はぼんやりと、高原の美しい雲の姿や、のびのびとした草原の起伏に眼をさまよわせるために。

朝は日向ぼっこ、昼間は蔭と無量のそよかぜ。日の暮には、あらゆる草をいきいきした緑に濡らす夕日の流れと、ほのぼのと匂うがように赤らみながら、やがて黄昏の奥に沈んでゆく槍や穂高や乗鞍ガ岳。

人はそこを訪れては又去った。静寂に明けては暮れる夏の毎日、落葉松林のふちを辿り、白いししうどや、赤いしもつけそうの原を横ぎって。私はいくらか人を宿する者の心になった。余りたびたび人を迎えてはまた見送るその入口で。

そして長い滞在の間の、最も輝かしい或る白昼に、石の上に甲羅干していつまでも動かなかった一匹のとかげから、「無為」の何たるかを学んだのも其処だった。

＊

空気ランプに照らし出された夜の茶房。そのランプの単調な、しゅうしゅういう音の中で、蓄音機から流れ出るベートーヴェンの「ロマンス」やベルリオーズの「聖家族の詠唱」、窓硝子を外から叩いている高原の夜の火取蛾。滞在客は卓の周囲に巣まって、思い思いに煙草を吸ったり、飲物をとったり、賑やかな遊びの仲間に加わったりしている。

その遊びで、或る晩最も夢中なのは小さい「弓」だった。弓とは友の長男弓郎君のことで、私の大の仲善しで、その父親をその儘《まま》そっくり小さくしたような、律義な、質朴な、可愛い声を出してむきになって物を言う小学の一年坊主である。

だが、いまや挟み将棋がすっかりこの子を興奮させている。大人を相手の勝ちたい一心から、彼はいくらか無理をする。うつむきながら爪を嚙み、顔を真赤にし、幼い眉を寄せて盤面を睨んでいる。彼の駒は盤の上を、もはや必ずしも真直ぐには、つまりこの遊びが要求する規則のとおりには動かない。それは任意の場所で転向する。それは空間を飛行して、好都合な地点へ着陸しては敵の駒を挟みとる。

「ずるいよ、ずるいよ！」と誰かが叫ぶ。そしてついに、片隅の補助椅子に腕組みをしながら見ていたその父親、ヒュッテのあるじ長尾宏也の、

「弓、また孫悟空を始めてはいけないよ！」

という、笑いを嚙み殺した一喝に遭って逼塞するまで、その奇抜な戦術、弓にあって余りにも著名なゲリラ戦術は続くのだった。

私は思い出す、或る時、彼の挟み将棋の相手は立派な学者の官吏だった。子供に向ってもあくまで合法行為を期待する紳士だった。その相手に小さい「弓」が例の飛行戦術をもって対抗した。紳士はとうとう遺憾の念を面に現わして駒を投げた。それはグライダアを視察に来てこのヒュッテに滞在している航空官、寺田寅彦博士の門下だった！

＊

ヒュッテの前を流れる水、その強清水《こわしみず》の広い低地一帯を、夏こそ彩る百花の絢爛。毎日愛と讃嘆との眼をもって眺め暮らしたそのアラベスクの、妙《たえ》なる紋様の一々を私は描写すべきだろうか。

朝な夕なに汀《みぎわ》へ下りては水を浴び、やがて近くの落葉松や垣根の杭に飛び移って、そこで清明な夏の幾節を歌った頰赤、びんずい、小葦切。私として彼らを閑却できるだろうか。

だが植物にせよ、鳥にせよ、また雲や霧の美観にせよ、荘麗な夜空にせよ、はたまた霧ガ峯の広袤自体にせよ、それらは今なお有りもするし、今後と雖《いえど》もさらに有ることをやめないだろう。しかしわれわれの心の中のあのヒュッテ、そこでわれわれの夏の幾日、冬の幾日が、最も充実して美しく、かつは好意と歌とに満たされて潑剌と生きたあのヒュッテ、高い窓を持つその広い涼しい食堂に、長い暗い廊下に、われわれの足音が深く反響した山の上のあのヒュッテ、相知るやまことに拙く急いで結ばれ、しかし別れて後こそ徐ろに味わい返されて一層強固になった数々の友情の、その媒《なかだち》をつとめた遠い遠いあのヒュッテ。あのヒュッテ霧ガ峯は今はない。

とはいえ時あってわれわれをほほえませ、また泣かしめる思い出こそは、時の彼方に横たわって、いよいよ清く美しくなる思い出こそは、われわれのヒュッテを不朽にする。

やがて風も柔かな高原の春、雪の下から灰が現れ、黒焦げの柱が現れ、最後に礎の熔岩が現れてその滅亡を断言しようとも、われわれの衷で彼の善意が、その歌が、もはや不滅の物となっている以上決して泣くな！

［「ケルン」一九三七年十二月／『雲と草原』所収］

神流川紀行

もう二た昔以上も前になるが、或る年の五月、その頃の文学上の親しい友人某君を前橋にたずねたことがあった。上野を出た汽車が深谷や本庄を過ぎて新町で停まった時、さっきから左側の窓の往手《ゆくて》に見えはじめて、今では風景の正面に一際大きく目立っている二座の美しい乳房のような山がどうも気になって仕方がないので、ちょうど眼の前のプラットフォームに立っていた一人の若い駅員をつかまえて、その山の名を訊いたことがある。

「あれですか」と、その駅員はうしろを振向いて小手をかざしていたが、「あれは秩父です」と答えた。

なるほど、秩父と云えば云われないこともあるまいが、何だか戸山ガ原を武蔵野だと教えられでもした時のような、変にそぐわない、歯がゆいような気がして、汽車弁当の爪楊子をやけに嚙みつぶしたことだった。その頃の私には、まだ地図を持って旅行する習慣が無かったのである。

そんな二十何年も前の塵にまみれた思い出を心になつかしく呼び起しながら、昭和十三年一月の或る朝、私は高崎線本庄駅のプラットフォームへ降り立った。あのとき秩父と教えられた山、そして今では名も知っていれば明日のチャンスでもある御荷鉾山《みかぼやま》は、青玉のように澄んだ冬の朝の天の下、玲瓏と鳴るかと思う雪の大浅間を遥か右手の上信国境の空に仰いで、武州児玉郡の雑木林や桑畠のぼうっと暖かい霞の果てに、その東西二峯の円錐形を姉妹のようにならべていた。

毎年元旦をむかえると、新らしい一年間の仕事を自分で祝福するつもりで、ふだんは欲しくても我慢しているような本を奮発して買うのが例になっている。今年もそのつもりで暮のうちから見当をつけて置いた本が二つ三つあった。その一つはアメリカの或る大きな農場に住んでいる人の書いた日記体の自然観察記で、豊富な内容を持った、見るからに自分の物にしたくなるような本だった。それを手に入れるのを楽しみにしながら三《さん》ガ日《にち》の済むのを待兼ねて書店へ行ったら、もう誰かに先を越されてしまった。そこで私は考えた。この失望の穴埋めに、何処か近いところへ今年最初の小さい旅を試みようと。なるほど、他人のすぐれた体験記録を読むのは善いことだ。だがどんなに貧しくても、自分の体力と叡智とをはたらかせて野外で獲得した知識が、富が、必ずしも机上で読む某々の書物以下の価値しか持たないだろうとは信じられないと。

それで私は此処彼処《ここかしこ》と物色したあげく、神流川《かんながわ》の谷を見ることと、できたら御荷鉾へ登ることとを考えていた。そうすると忽ち、もうその山頂からの広々した眺めや、神流川や三波川《さんばがわ》の渓谷に沿って露出する美しい岩石や、蜿蜒《えんえん》二十里に近い十石峠街道や、その街道を点綴する未知の部落や、暖かい南面の山腹に遊ぶさまざまな冬の小鳥や、およそこの旅から酬いられそうなあらゆる看物《みもの》が後から後からと想像の眼の前に展開するのだった。

私はまず四五本のフィルムを仕入れ、一本の鉄鎚《かなづち》を用意した。それから岩石や地質の参考書を調べて地図へ書入れをしたり、大急ぎで景観地理学の本をおさらいして頭へ詰めこんだりした。そうしていよいよ出発も明日の早朝という時、遠足の前夜の子供のように、膨れたルックサックを大事そうに枕もとへ安置して私は寝た。

午前九時少し過ぎに停車場前の広場を出たバスは、四十分ばかりで終点鬼石町《おにし》へ着いた。初めのうちは、本庄から真西へ藤岡町へ通じる平野の中の坦々とした大道を行くので、うしろに砂塵を巻いて疾走するバスからの眺めも単調だったが、途中から左へ切れてこの平野の袋の底へ神流川が開口している辺りまで来ると、さすがに風景の面目もあらたまって、がたがたのフォードが乗込んで行く世界は、もう金と緑青と胡粉とで彩色された新年のめでたい山水画だった。

バスを降りて、打ち水の凍った午前十時の鬼石町の本通りを五六歩行くか行かないうちに、ところどころで起っている小さい旋風に気がついた。からからに乾いた往来を擂鉢大の塵の渦がいくつもいくつも、まるで生き物のように右往左往しているのである。これはたぶん周囲を丘陵と山地とで囲まれた小規模の池溝とも考えられる凹地の中央に、しかも北と西には直ちに山を背負い、南東に神流川のやや幅の広い曲流点を持つ河岸段丘上の町鬼石附近の地形と、其処で衝突し混合する気流の複雑な変化とに由来するのではないかと思われた。その夜万場《まんば》でこのつむじ風の話をしたら、宿の女が「鬼石の気違い風って有名でございます」と云っていた。

序でに、この町では正月の門松を東京のように地面へは立てないで、大抵軒下の柱の中程へ枝のまま打ちつけてあるのが私には珍らしかった。もっとも或る銀行と、もう一軒大きな問屋のような家だけは東京と同じ遣り方だった。

私は名高い三波石《さんばせき》は神流川の支流三波川の谷で見られるものとばかり思い込んでいた。ところが町なかに立っている道標によるとどうもそうではないらしいので、町を西へ出外れた鬼石橋という橋の上で、ちょうど通りすがった豆腐屋のお爺さんをつかまえて訊くと、「この街道を一里ばかり上《かみ》へおいでなさると左手に釣橋が架かっています。その橋の下が三波石です。三波川の方へお入りになっては、却ってあんな石は見られません」という至極親切な、物の分った返事だった。それで私は三波川を溯って途中から石神峠越えに神流川流域へ出ようという最初の計画を変更して、この長い街道をすっかり万場まで歩いて行くことにした。

神流川に沿ってその左岸を奥へ奥へと行く十石峠街道は、終始美しい渓谷の眺めに恵まれた道であると同時に、旱《ひで》りの続いた後では時々トラックやバスの砂塵に悩まされる道でもあった。バスが鬼石から坂原や万場を中継ぎにして十一二里奥の新《にっ》羽《ぱ》まで通っているのだから、この谷唯一の物資運輸機関でもあるトラックが、木材や木炭や雑貨の類を山のように積上げて疾駆するのも当然かも知れない。せめて道幅がもう少し広いとか、或いは自動車道路がもう少し上を通っているとかすればいいのだが、何にせよ名だたる堅い岩石の断崖を削ってつけた一本道の街道だから、ゆっくり景色を見ながら歩こうとすれば、少しは自動車の埃を浴びるのも止むを得ない。

譲原《ゆずりはら》という部落の中を抜けた時、其処だけは自動車の利かない旧道を通ることができたので埃も無く、谷や道路に面した村の家々の石垣が、まるで三波川層の岩石標本を積上げたような美観を呈していた。私はまだ先へ行っても見られるだろうと思って、その半透明の白、黒、桃色、肉色、緑、青その他の縞模様や斑紋から成るモザイクのような多彩な石垣を、とうとう写生も撮影もせずにしまったが、その後これほど纏った場所を遂に見ることができなかったのを今でもひどく残念に思っている。

いわゆる三波石の渓谷は、鬼石から約一里のあいだ南北の方向をとっていた神流川がぐるりと東西に向きを変える地点の、今里という部落の附近から始まっていた。そのあたりは一帯の急傾斜の山脚が両岸から迫った暗い感じのする谷間で、高い道路から見下ろすと、美しい色や模様をした大小さまざまの岩石が、水量の減じた冬の渓流に磊々《らいらい》と横わっている。

　水は谷底の岩や砂礫のあいだを一筋の青い糸のように流れているが、その水に腰を濡らした岩石のまわりには一様に真白な氷の縁縫いがレイスのようについている。この美しい岩と水との間から時々「ヴィッ！　ヴィッ！」というカワガラスの鋭い声が聞こえて来た。谷が全く静かなので、垂直距離にしてもかなりあるこの道路の上まであの鳥の早春の第一声が届いて来たものとみえる。

　やがて豆腐屋のお爺さんの教えてくれた釣橋というのが街道の左下へ現れた。これは谷の右岸の埼玉県側へ通じている橋で、登仙橋と書いてあった。後で見たのだがこの橋からなお三四町ほど先にもう一つ叢石橋という簡単な釣橋があって、この二つの橋の間の谷が有名な三波石の勝地になっているらしい。岩石の露出では叢石橋附近の方が優れていると思われたが、橋畔に一軒安っぽい料理屋のような旅館のような家があって、折柄白粉を塗った女が若い男とキャーキャーいって街道狭しと羽根をついていた。こんな様子だと此処もやがて相当俗化するのではなかろうかと、場所が日本地質学の揺籃の地と呼ばれているだけに惜しまれた。よく調べたわけではないから果たしてどうかは断言できないが、歩きながら覗いたところでは、前に言った今里の部落附近から登仙橋あたりまでの間に、却って一層多種類の岩石の露出と、谷そのものの美しさとが見られるのではないだろうかという気がした。

とにかく私としては登仙橋口から谷へ降りた。釣橋を埼玉県側へ渡りきった所で、小さい発電所の前から右手の崖へ刻みつけられた小径を伝わって降りて行くのである、この小径の中ほどに現れていて、それをわれわれが踏まなければならないつるつる滑る暗緑色の大きな岩盤は、絹雲母緑泥片岩らしかった。

谷の方向が東西へ向いているので、太陽が南中する時刻にもかかわらず河原は寒い日影だった。しかし下流を扼している山の膚へは麗らかな日が当って、あんな高い山頂近くに住居野《すまいの》とおぼしい平和な部落が見え、上流はこの深いV字谷を形作る狭間の奥に、御荷鉾《みかぼ》のつづきの雨降山が真青な空の下で褐色にかがやく円い頭をもたげていた。

さすがにこの谷の岩石は見事だった。あらゆる植物が冬枯れた今の季節では、其処は全く石ばかりの世界、天然の石の庭だった。しかもその岩石という岩石にはそれぞれ固有の色彩があって、向うの方、下流の日の当ったところでは、断崖の岩と云わず水中から突き出た石と云わず、すべてが谷の走向のままにまに大きな弧を描いて、花やかな虹色を噴いていた。

私は此処で紅簾片岩、角閃緑泥片岩、絹雲母緑泥片岩、緑簾緑泥片岩、石墨絹雲母片岩、石墨石英千枚岩のような片岩類と、各種のチャートを少しずつ採集した。岩石学の充分な知識があって、なお時間に余裕があるならば、此処での一日は確かに豊富な収穫をもたらすものに違いないと思われた。

谷底の寒い河原で弁当をつかったり、岩から岩へと伝わって撮影をしたり採集したりしていると、若しもできるならば日の暮まで此処で遊んでいたいなという気がした。そのうちには西へ廻る太陽がこの谷間へ洪水のような光を注ぎ入れるだろう。そうすれば只さえ美しいこの岩石の世界がどんなに素晴らしい静寂と華麗とで私を囲んでしまうか分らない。だが今日ぢゅうに万場までなお五里近くを歩かなければならない私は、五六月頃の再遊を心に期して三十分ばかりで其処を去ると、崖を攀じ釣橋を渡って、ふたたび十石峠街道上の孤独の旅人となった。

下久保、保美濃山《ほみのやま》、前野、稲村、矢納などという部落が、或いは南面の暖かそうな山腹に、或いは水に臨んだ両岸に、約一里のあいだその絵のような聚落《しゅうらく》風景を見せているあたりでは、神流川も至極のんびりした谷形をとって、両岸の山々は寝ころび、広々した青空に白い雲が浮んだり消えたりし、その街道をぶらぶら行く心は、さながら春の日永を物も思わず責任も無しに、うつつに睡っている時のそれだった。ときどき路傍の家の屋根で黄鶺鴒《きせきれい》が鳴く。鶏が真昼のときをつくる。水辺からミソサザイの囀りが聴こえる。もう御荷鉾層の地帯に入ったと見えて、眼にとまる岩石の色なども大分変って来たような気がする。

やがてこの牧歌のような風景が終って再び両岸が山になり始めた所で、私は今来た道とそのあたりの部落とを振返って撮影した。其処は曲淵という地名のところで、路傍の或る岩から欠いて採った標本は、後で調べたら赤鉄硅岩だった。

明朗な保美濃山から一里ばかりで、暗い日影の部落坂原へ着いた。此処は鬼石から出る乗合バスの終点で、また別に万場との間に第二のバスの定時往復がある。道をはさんで両側に古い家並みを持つ小さい部落ではあるが、神流川筋では万場に次ぐ物資の集散地らしかった。正月の盛装をした女や男が道ばたの僅かな日当りにたたずんで、静かに鬼石行のバスを待ちながら、其処を通る私のルックサック姿を黙って見ていた。

坂原を後にすると道は次第に登りになって、左手の渓谷が深くなった。対岸からほそぼそと合して来たのは、城峯山《じょうみねさん》からの山道であったろう。やがて山鼻の堅い巨岩をくりぬいたトンネルが現れた。道はうねうねと曲りくねって、自動車に注意を与える建札が行く先々に立っている。神流川の谷は鬼石から万場までの間、このトンネルを中心に前後二三町の間が最も幽邃《ゆうすい》な趣を呈しているように思われた。

扇屋という小さな部落を過ぎ、太田部橋という新らしい釣橋を左に見、対岸三〇〇メートルの高みに人煙を上げる相見部落の白壁を小手をかざして仰ぎながら、漸く傾いて来た冬の日ざしを正面から浴びて道行く私は、そろそろ旅の哀愁と、その甘美さとほろにがさとを味わいはじめた。往手にはのけぞったような東御荷鉾が、空の青と夕日の金とにまみれている。見下ろす谷には赤、白、青の無数の岩が累々と横たわって、その寒い沈黙の底から時々カワガラスの声がひびく。私は路傍の石に腰をかけて、水筒から注いだ二杯の葡萄酒にほんのり酔った。

こんな風にいい気持になってぶらぶら歩いて行くと、ちょうど坂原から二里、もう柏木にも程近いという所で、うしろから万場行のバスが走って来た。これを見てふと乗ってみようかなと思った瞬間にはもう手の方が自働的に挙がってしまって、急停車したバスから降りた少年車掌に、私はルックサックを渡さなければならない仕儀になった。もう大体この谷筋の様子も見てしまったという言訳を、微酔と疲労とが甘やかせて、勝手に採用してしまったのである。目的地の万場まではあと僅かに一里ちょっとだった。

　こけら葺きの屋根へ一様に石をならべた農家の群が、まるで野趣汪溢する民芸品のようだった柏木やその対岸の大寄をバスの窓から感心しながら眺めて行くと、街道のまんなかに一台の大型トラックが停車して材木を積込んでいる。道幅が狭いので、そのトラックが動き出して何処かで躱《かわ》してくれるまでは此方が通れないのである。それがいつまで経っても悠々閑々と積込みをやっている。東京ならば忽ち運転手が怒り出して、ブーブーと喇叭《らっぱ》で催促するかどなりつけるかする所だが、此処ではそんなこともなく、御無理御尤《ごもっと》もとばかり、おとなしく、辛抱強く、永遠のように待っている。お蔭で二十分も遅れて万場へ着いたが、その横暴なトラックのうしろに「理研」と書いた札の下がっているのが皮肉だった。「雨の上高地」という故寺田寅彦氏の紀行随筆に、博士の乗ったバスが内務省のトラックに往手をふさがれて立往生を余儀なくされたので、仕方なしに車を降りて、梓川の小雨の中で煙草を吸いながらその辺に転っている岩塊を検査したという条《くだり》をその時思い出したからである。

友達やその他の人の書いたものを読んで、もうかなり前からその名だけとは馴染になっていた万場の町も、いざバスから降ろされて其処の土を踏み、その場所を見、其処に漂っている空気を嗅いでみると、やっぱり昨日までの自分には何の繋がりもなかった見知らぬ土地へ来たという感じがするのだった。北に御荷鉾、南に父不見《ててみえず》、山と山との谷あいに細長い町並みをなしているこの万場という所、それが今夜の泊かと思うと、警察があり、町役場があり、小学校があり、ギャレイジもあれば子供も遊んでいるという、格別変った眺めでもない世界に居ながら、旅の心は何とはなしに淋しかった。

その淋しさをもう少し味わおうと、正月も七草前の夕方らしく相応に賑わっている町中の往来を誰にも訊かずに私は山屋という旅館を物色して歩いた。探し当てた山屋は町の西のはずれで雑貨屋を兼業にしている家だった。ところが入って行って今夜の宿を頼むとあいにく去年の暮から旅館営業を止めたということだった。仕方なしに何処かほかに宿屋は無いかと訊くと、親切にも若者を一人つけて町の中程にある今井屋という古い宿屋へ案内して呉れた。この家も気持のいい家だった。往来に面した二階の座敷へ通されて早速両脚を投出すと、さすがに一日の疲労は感じられた。ちょうど沸いた風呂へいちばん先に入れてもらって、すっかり汗と疲労を流して帰って来る途中、廊下の窓から外を眺めるともう日はとっぷり暮れて、真黒な山の上には去年の夏の思い出の木星がきらきら輝き、沈んでゆく白鳥の星座が巨大な十字架のように谷奥の空に突立って、夜風の運んで来る神流川の水音が微かに聴こえた。

その夜一本の銚子を傾けた後で、宿の女の持って来た紙へ、私はこんな腰折れを一首書いた。

父不見御荷鉾《ててみえずみかぼ》も見えず神流川
星ばかりなる万場の泊

今日も空はからりと晴れて、冬の朝の新鮮な日光が万場の町へ横ざまに流れている。宿の女たちが寒い寒いと云うので今朝の気温をたずねると、「零下五度でございました。こんなに凍《し》みることはめったにございません」と云う。

私の住んでいる東京西郊の井荻ではこの頃午前六時の気温が平均マイナス七度ぐらいだから、此処の方が暖いわけである。

石を採集したために却って重くなったルックサックを担いで八時半出発、玄関前へ並んで優しい事どもを云いながら見送ってくれる宿の人たちと別れる時振返ってふと軒下を見ると、表札の隣りに「出征軍人」という木札が懸っている。「御出征ですね」と云ったら、「今のところ未だ高崎で待機中だそうです」と細君らしい若い女の人が活発に答えた。女中たちは朗らかに笑い、姑らしい人は揉み手をしながら微笑している。時変下の正月の朝の、山の町での一場景だった。

西御荷鉾への私の登路は、万場の町の東はずれで橋をわたって、隣りの生利《しょうり》の部落の直ぐ取付きから左へ桑の段畠の間をジグザグに登って行くものだった。生れて初めて一夜を宿ったその町がだんだん眼の下になって行く。しかし今朝は昨日の夕方と違って全くの異郷のような感じがしないのは、たとえ僅かの間でもその土地を見られるだけは見、味えるだけは味わったせいかも知れない。こうしてわれわれの体験をとおして、幾多の土地が何時か国土の詩の顔になるのだ。

もう沢を隔てて西の方には朝日をいっぱい浴びた桐《きり》ノ城《じょう》やおどけ山が美しい書割りのようにずらりと並んでいる。まだ靄の立っている神流川の奥からは叶山《かのうやま》や二子山が次々と要塞のような山容をせり上げ、左手、川の右岸には、父不見が朝の大きな陰をまとって横たわっている。段畠を登りつくすと岩盤を切りあけた路になり、それを抜けるといよいよ沢沿いの登りになって、往手には目ざす西御荷鉾が悠然と萱戸の胸をひろげていた。頂上近いその斜面の萱を刈って現した、あの有名な丸に大文字の模様も見える。

路は飯山《めしやま》の中腹、気《け》奈《な》沢《ざわ》の左岸二〇〇メートルばかりの高みを、ほのぐらい杉の植林地へ入ったり明るい雑木林の斜面に沿ったりしながら、緩い勾配と楽しい静寂との中を登って行く。振返ると二子山の上にはいつの間にか両神《りょうがみ》の岩峯群が鋸の歯のようにせり出している。望遠鏡で眺めるとその岩峯一面に飛白《かすり》のように雪がついている。やがて両神の右手奥に秩父十文字峠の北の三国山も見えて来た。曽遊の山々が、愛しつつ拙く別れた昔の人たちの顔のように、一人の私を遠くから幾らか悲しげに見守っている。

うしろから山へ木を伐りに行くという下の部落の百姓が追いついて来たので、暫く話しながら一緒に歩いた。西御荷鉾の大文字は毎年四月七日に万場と生利の人たちの手で刈って作られるのだということをその人から聴いた。頂上には不動明王の像が二つあって、一体は南を向いていて神流川筋の信徒が建てた物であり、もう一体は北向きで三波川筋の人たちの建てた物だということも聴いた。何となく秋川沿いの山でも歩いているようなのんびりした道での、至極のんびりした道連れだった。何処かでうそが笛を鳴らしていた。みそさざいも二羽見かけた。

百姓と別れて暫くすると、路は気奈沢の右の枝沢の詰めを越えて山腹の小平地である池ノ平へ出た。茫々と枯れた山薊《やまあざみ》や大蓬《おおよもぎ》の間に、半ば風化した緑泥片岩らしい岩石が美しい暗緑色をして所々に現れている原である。西御荷鉾の枯草の一斜面を背にし、前は神流川の谷に臨んでいるので、この斜面のテラスは一見荒涼としていながら、今日のような無風快晴の日には春のように温かい。其処の岩へ腰をかけて西から南へと次第に視線を漂わせれば、正面にどっしりと横たわった赤久縄山《あかくなやま》の左に、八ガ岳がその赤岳、横岳、硫黄岳の白熱した峯頭をならべ、遥か三国山の右のはずれには夢のような金峯山《きんぷさん》がその水晶の稜角を光らせていた。

原の東の隅には無数の鶫《つぐみ》が餌をあさっていた。下の方の一ところこんもりした杉林で何か頻りに鳴いているので望遠鏡を向けると、私としては初めて見るいすかの群だった。二十羽ぐらいは居たろうか、杉の葉の黒ずんだ緑とその鳥の眼も覚めるような赤とが素晴らしい対照をなしていた。私は胸をわくわくさせながらこの思いもかけない看物に心を奪われた。其処ではまた薊の去年の実を啄《ついば》んでいる一羽のべにましこをも見ることができた。

池ノ平を後にしてなおも暫く登って行くと一つの小さい鞍部に着いた。小径が二本に岐れている。少し降りになる沢の詰めの路を真直ぐ奥へ入って行けば投石峠《なげいしとうげ》へ、左へ切れれば西御荷鉾の頂上から西へ出ている主稜へ取りつくらしい。それで後者をとった。初めのうちはざくざくと厚い落葉を踏んで登った。やがて周囲がからりと開けて、御荷鉾の広い胸板を形作っている枯草の大斜面へ出た。一本の細径はこの斜面をかなり急な勾配で登っている。下から見ると顕著なあの大文字とそれを取巻く輪の傍を通っているのだが、余り大きいので自分は其場にいる癖に判らない。この急斜面を三〇〇メートル近く登って主稜へ出ると頂上まではほんの一投足で、露岩の上には不動尊の像が立ち、三角点の標石があり、そして全く新しい広大な視野が展開した。

標高一三〇〇メートルにも満たない芝生の山頂、その感じからいうと御坂山塊縦走路中の或る瘤か、桂川の左岸の扇山でも思わせるようなこの西御荷鉾の頂上は、しかしその位置が位置だけに、真冬の雪に輝く関東平野北方の山々に対して優れた展望台をなしている。

まず忽ち眼につくのは、程近い稲含《いなぶくみ》の右手奥、荒船、物見、矢ガ崎とつづいて一段低くなった碓氷峠の上に、まるで巨大な銀の兜を伏せたような浅間山だった。妙義などはその下で真黒にごたごたと犇《ひしめ》いている。浅間と鼻曲山《はなまがりやま》との間には遠く四阿山《あづまやさん》が見え、浅間隠しから榛名山へかけては白根、岩菅、更に信越国境の白砂、佐武流《さぶりゅう》、苗場あたりが純白な翼を収めてそれと指摘され、榛名の上には大源太、万太郎、谷川などの上越の雄峯が莫大な雪を担ってどっしりと構えている。

北から東寄りの眺めでは、群馬の野にあの優美な裾野を曳く赤城が忽ち眼につくが、雪は榛名同様その幾つかの峯頭だけにしかついていない。しかし赤城の左の裾の尽きるところ、利根の谷奥を圧して横わる武尊《ほたか》はいかにも印象的である。その右の奥に一つ真白にぽつりと見えているのは、尾瀬沼の北の燧岳だろうと思われた。

赤城の黒檜と殆ど重なって一層高く日光白根、その右に皇海山《すかい》、さらに右手へ男体山のドームとなって、この九十度の視界に浮かぶ白銀の地平線は終っていた。

赤久縄《あかくな》の左、神流川の奥の空には八ガ岳がプラチナのように輝いている。距離がほぼ浅間山ぐらいなので、望遠鏡に映るその細部の彫刻が実に見事だ。それからずっと左寄りに金峯山は遠く去って行く船のように見えるが、雪を塗りこめた山頂はこの二つだけで、あとは両神の上へ出ている甲武信ガ岳も、破風、雁坂、和名倉、さては父不見の左に覗く三峯《みつみね》も、その山体を被うている秩父特有の針葉樹や南からの逆光のために、濃淡の黒い影絵を重ねたように見える。

こうして一時間ばかり、遠い眺めを楽みながら弁当をつかったり、腹這いになって煙草を吸ったりして、やがて東の山稜を投石峠の方へ私は下りた。この降りはかなり急で、正面に同じような山容をして立っている東御荷鉾が忽ち見上げるように高くなる。暫く冬枯れの萱戸の尾根を急降下して行くと樹林がはじまって、狭い尾根の左側がえぐれるように崩れ落ちたいわゆる「青崩《あおぐえ》」の地点へ出た。これは緑泥質の片岩と思われる岩石のかなり大規模な崩壊地で、幅は一〇メートルもあったろうか、高さは見える限りでも優に一〇〇メートルは算せられるが、見えない下の方でも未だ続いているらしかった。その色が沈んだ暗緑色をしているところから青崩の名は起ったのであろう。

東西御荷鉾の鞍部をなす投石峠はそのすぐ下だった。北甘楽郡日野村から多野郡柏木へ越える峠で、あまり利用されないとみえて寂しい間道の趣きを呈していた。峠の名の由来と謂われている石の破片は、狭い鞍部のあたりに無数に散乱していた。これも薄く割れた緑泥片岩らしく、手に取って見れば蠟色光沢のある暗緑色で、爪で掻くと容易に白い傷がついた。人っ子一人通らないこの峠には、日雀《ひがら》が群れて盛んに「ツツピン、ツツピン」をやっていた。

峠からは南へ少しのあいだ西御荷鉾を捲くようにして、やがて入沢《いっさわ》の詰めへ出て、今度はこの沢伝いに一里を降って十石峠街道上の柏木へ出るのである。私の経験では入沢は柏木へ向けて下流半里ばかりの間が美しく幽邃のように思われた。上流の半里は炭焼が入っていて盛んに伐採されているのと、水量が少いからである。この沢では各種のチャートを採集することができた。従来角岩とか硅岩とか云われている種類の石が多かった。小径が絶えず浅い沢と並行したり交叉したりしているので、到る処に花のように露出しているこれら多彩の石を採ることは私のような初学者にはまことに都合がよかったのである。
こうして僅か一日半の旅も天気に恵まれ、経験に富まされて、手に入れ損ねた書物への鬱憤もどうやら充分に晴らされたように思われた。

〔『雲と草原』所収〕

鏑川
富岡
吉井
藤岡
切畑村
日野村
東御荷鉾山
東御荷鉾山
投石峠
石神峠
三波川
三波川村
神流川
鬼石
稲含山
1370.0
オドケ山
1286.2
赤久縄山
1164
雨降山
1246.0
塩沢峠
1028
1012.5
保美濃山
譲原
1522.3
桐ノ城山
飯山
気奈沢
十国峠街道
柏木
坂原
稲村
三波石峡
登仙橋
住居野
万場
生利
相見
城峰山
1037.7
父不見山
1065.6
叶山
1106.3
二子山
1165.6
納宮
吉田
小鹿野
両神山
1723.5

神流川周辺図

ノルウエイ・バンド

しんみりと暖かい金色の日光、西風に染められた大きな青ぞら。快美な秋の数日が、飯縄《いいづな》、戸隠、黒姫、妙高と、旅の道すじの進むにつれて、それら北方の山々を、黄に、赤に、紫に、燦然と照らしていた。

私はいつもの独りだった。背には嚢、手には杖、心には静かにくゆる幸福と子供のような生き生きした期待とを持ちながら。それに幾年着古した旅行服の、半ズボンの下で結んだ紐。その黒と銀鼠との糸のあいだに少しばかり落着いた紅を取合せた、ちょうど森の赤啄木鳥《あかげら》の羽毛の色をおもわせる毛糸の組紐は、こんな美しい十月の他郷に対する私のささやかな儀礼でもあれば、歌でもあった。それは自分で意匠して、妻に編んでもらった物だった。私はこの気に入りの紐を膝頭の下に緩くむすんで、剰《あま》った部分を房に垂らした。年齢がもう中年を過ぎると、おのれの見掛けの上の老《おい》に対して心の若さをほのめかすためか、そこばくの青春を身に着けることを思いつく人間も世には有るものだ。

私の紐は信濃に枯れた岩菅や、越後路の霜の上で揺れた。それは路上で私の口ずさむシューベルトの歌の調子に合せて躍った。それは一茶のふるさとで、私が立呑みした地酒に濡れた。

旅よ！　旅をきらめかす太陽と風よ！　早くも新雪の笹べりとった白馬、杓子、唐松あたりの北アルプス。その銀と青との遠い華麗を手に取るように眺める飯縄《いいづな》の薄の原を行きながら、私は裾花の谷にのぞむ村々から上がる昼間の煙に、山国の秋の心をしみじみと味わった。私は戸隠の嶮巌をよじ、鬼女も眠るかと思う静寂な炎の林を歩きまわり、美しく倒れかかった牧柵の向こうに大きな黒姫山の姿を見まもり、また黄昏の中社の宿から、遥かにけぶる夕映えの果てに影絵のような南信の山々をみとめて、何か帰らぬ幸福に似たものを追うのだった。

それから旅は大きく廻って、信濃を過ぎれば越後の地、すでに早くも冬をきざした寥廓たる北国の天の下、妙高山とその高原のひろがりとが私を抱きしめた。私は安山岩のかたまりに腰をかけ、雪の香《か》のする風に吹かれて榛《はしばみ》を噛みながら、黄ばみわたる頸城《くびき》平野を薄青い大気の底に見おろした。

こうして豊かに与える自然からは元より、また行く先々の到るところ、人々からの歓待も私はうけた。もちろん今ほどの年齢になってみれば、人に待たれる垣のほとりで、脆《もろ》くも散って俤《おもかげ》のみに泣かしめるロマンスの花を摘むことも無かったが、その代りには使いつくされた農具のような老人や、真面目な律義な田舎の女房や、何処にでも居て何時でも好奇心で一杯な子供たちから、結局は彼らと何の変るところもない人間仲間の一人として、気の置けない客として、また色々な珍らしい事を知っている大人として遇された。そうしてこうした待遇が私には嬉しかった。

五日にわたる旅路の終り、私は妙高山麓の燕温泉から関を過ぎて、関山の駅へと急いでいた。さしもに続いた秋晴もいよいよ今日を限りと見えて、振り返りがちに行く妙高の山頂をかすめるように、西の方から幾筋もの巻雲が美しい青空に流れ出していた。茫々と波うつ薄の高原、その銀色の穂波の上に頭だけ見せた黒姫山。日光の金粉散らす秋の大気に包まれたように、陸軍演習場の銃声が柔かにロロン・ロロンと響いていた。

私は一軒茶屋と呼ばれている古い茶店の前をすたすた通って、ゆくてに関山の宿《しゅく》の高い杉の防風林を見ながら進んだ。十月とはいえ、正午に近く、影も無い野の道は汗ばむほどに暑かった。さっきから咽喉の渇きを覚えていた。私はあの茶店へ立寄らなかったことを悔いていた。

するとと私の先を二人連れの若い女が行く。関か燕の温泉宿の女中らしかった。その二人が熟した房の一杯ついた山葡萄を、真赤な葉ごと、長い蔓ごと、幾本も手に巻いて下げていた。まるで焔を持っているように。それがこんな燦々たる秋の陽の中で、彼女らを余計に美しく健康に見せた。

私の歩調はやがて彼らに追いついて、しばらくは其の女たちと並んで歩くような仕儀になった。冬が来れば忽ち賑かなスキー地になる土地のこととて、宿屋の女中らしい彼らも愛想よく此の季節外れの客に会釈した。

「君たちは何処」と私は訊いた。

「関の者です」と、如何にも越後生れらしい美しい一人が答えた。

「暇だものですから関山の家まで遊びに行って来るんですの」

「その山葡萄を一二本分けて貰えないかね」

「これを？　どうぞ。今朝取ったんですの」

「綺麗だな」

私は感心してそう云いながら二人から一本ずつ貰うと、道端へルックサックを下ろして、その外側へ巻いた蔓を結びつけた。その時彼らの一人が私の例の紐へ眼をつけたらしく、

「これも綺麗ねえ、好い柄じゃないの」と連れの女に云っているのが聞こえた。私はよく考えもせずに葡萄への礼心に幾らかの金を出した。女は「そんな物を」という顔をして断然受取らなかった。それはその筈だった。彼らは私の所望に対して快く与えたのであって、決して売ったのではなかったのだ。

私は少し赤面しながら、しかし咄嗟の間に好意への返しを考えついて、手早く例の紐をほどくとそれを膝ではたいで彼らの前へ出しながら云った。

「二本貰ったから二本御礼だ。これは事によると帯止めにもなるし、失敬だが腰紐にもなるかな」

「でも、何だか御気の毒ですわ。こんな綺麗な新しいの」

「いいんだ。手製だよ。スキーの時に東京の人たちが来たら見せてやるといい」

「では折角ですから頂戴しましょう」

私はそういう声を後に聴きながら、汽車の時間に間に合うように道を急いだ。

赤啄木鳥《あかげら》の詩を模様に出そうと苦心して作ってくれた妻に、このいきさつを偖《さて》どう話そうかと考えながら。しかしまた幾らかは、楽しかった旅の終のコーダとしてはふさわしい、この小さい挿話の甘美な後味を味わいながら。

〔「歴程」一九三六年十一月／『雲と草原』所収〕

こころ

山へ行くというので、いざ我が家を出ようとする時、またそれに続くいくらかの時間のあいだ、私はきまって或る軽快でない、胸につかえる物のあるような、重い、ぎごちない心持を経験する。

言い置くべき事はすでに言った。ルックサックの紐はこれを最後と結ばれた。ステッキを置き添えて、油のにじんだ靴は玄関にならんでいる。

もう忘れた物も無ければ、果たすべき義務というものも無い。もしもこの上なすべき何かがあるとすれば、それは私が「出発する」其の事である。さっぱりと、元気よく。そしてもしもできるならば、朗らかにさえ。

ああ、それにも拘らず、この何か引掛かるようなものは……

私たちはちっとも新婚の夫婦ではない。子供も十歳《とう》か十一であってみれば、もう今が可愛い盛りだというほどではない。それに私が山へ行ったり旅をしたりするのも、ひどく珍らしいことではないのである。すべては十年の歳月相応に経験され、頻度の大はすでに一種の習性を作り、家庭生活の諸場景に対してそれぞれ型のようなものを作り上げている。その上、私の山は、およそ危険からは遠いのだ。

否、いつの出発に際しても、きまって私の感じるこの気持の上の「勝手の悪さ」は、楽しみの分け前の不公平に其の根源があるように思われる。苦しみも喜びも共に分け合っている生活の中で、又しても自分だけの楽しみのために行くという、謂わば良心の咎めと憐愍《れんびん》の情との混じり合った気持である。

自然の中へ行くことは、とりわけ山へ行くことは、少くとも私のところでは、喜びの最も大きなものの一つと信じられている。私の家族は私のあらゆる熱情に参与している。芸術や自然に対する私の愛は、また彼らにも反映している。その彼らを家に残して、彼らの無二の憧れである山へ自分一人で行くということに、(彼らが全く無私な、自発的な好意をもって私の思い立ちに賛成し、私のために必要な一切の準備をし、そして最も気持よく出発させて呉れるいつもいつも)、私は何かしら済まない、どこか悔恨に似た心持を味うのだと云ったならば、或いは何びとかの同感を得るであろうか。

こうして常に心を後に残しながら、やがて一層広大な世界が私に開いて見せる光景の中、その輝く日光やひらめく風の中で、全く一枚の木の葉の如き者としてひるがえりながら、やはり私は思うのである。一般に命あるもの本来の孤独と、その孤独から花咲けばこそ貴く美しい愛や、友情や、憐愍に対する、共感、尊敬、感謝などの基調無くしては、私の「文学」からその最善の物の生れるよすがは無いであろうと。

＊

行くほどに、私の路の対岸へひとつの部落が現れる。自然の中の庭のような山村が。

北には山を背負い、斜面には雛壇のようなテラスを重ねて、その一段一段に農家がならび、南からの日光はあます処なく其処を照らし、ひとうねりする渓谷が、涼しい響きを上げながら、遥か下のほうで岩壁の裾を洗っている。

それは自然の地形の壕《ほり》や城壁によって理想的に守護された一角で、もしも其処の路の上か畠の隅に立つとすれば、まさしく南西の方角に残雪の山々を望むことのできる地点である。

強い勾配をもったあの厚い大きな藁屋根、落着いた渋塗りの梁や柱、若葉に映える清楚な白壁、真青な絖《ぬめ》のような空の下の牧歌の村。

私は一目で其処を愛した。私は本気になって其処へ住むことを考えた。あすこへ私は家を建てよう。そしてその家は村のすべての家と全く同じで、決して全体の調和を破るものであってはならない。私は努めて速かにその人々の生活や風習に同化し、一挙にして土着の者のように成らなければならない。

私は其処で小さな百姓の仕事をし、物を書き、今までよりも一層自然に親しもう。村の子供たちを集めて美しい話を聴かせてやろう。植物や動物を愛することを教えよう。できたら自分の家の一間を彼らのための図書室にしよう。その間には観察や採集の仕事も勉強しよう。私はこの地方の植物志や動物志を編もう。望遠鏡を手に入れて、自分の小さい天文学も試みよう。風や雲を観測し、天気や降水量や気温の統計も取ることにしよう。それから、それから……

自分の底知れぬ空想に酔いながら、私はその山村を後にしてなおも爪先あがりの路を進む。両側に若葉の幕を張った路は、揮発する樹液の香に噎《む》せかえるようである。やがてまた視界がひらける。水量の減った谷の上、暑い日光に曝された伐採地の下、目に痛く反射する真白な石灰岩の岩壁に脅かされて、さっきの村よりも遥かに貧しい、もっと家数のすくない一つの部落が現れる。蒟蒻《こんにゃく》や三角黍《きび》の乾燥しきった砂礫まじりの畠、重たく苔蒸して今にも崩れそうな藁屋根と、漂白した骨骼《こっかく》のような柱とを持った哀れな家々。この一握の部落、それは半ば立枯れした樹上に懸かる、鴉の巣か何かのように見える。

いや、私は此処へ住まおう。この悲しく乾からびた、恩寵すくない自然の片隅でこそ、自分の一層積極的な、さらに創意に富んだ生活は営まれるだろう。私は緑野と森林と湖水とのワーズワースの詩のかわりに、嵐の中に絶えては続くオッシャンの歌を我が物とすることができるだろう……。

そうだ。そして、しかもこれまた一つの夢想に過ぎない。

してみれば、私が行く先々であらゆる場所に心ひかれて、其処に住むことを考えるのは、これは単なる「浮気」であろうか。

いや、私はそうは思わない。路傍一輪の花に眼をとめて、真に愛と讃嘆とをもってそれを見る者は、真にその美にあずかる者は、すでにその花と共に生きたのである。彼にとって、それはもはやひとつの体験された世界である。全霊を傾けて愛したその花を、彼はその恍惚の一瞬とともに我が所有としたであろう。

私の愛した多くの山村や平野の部落。その美しい姿は「夢想」の瞬間からたちまち私の版図《はんと》となり、其処からの路は悉《ことごと》く私にとどき、千百の村々に通じる記憶の広場のまんなかに今や私は立っている。

［「都新聞」一九二六年六月／『雲と草原』所収］

橡の実

書斎のなかのある棚をほとんど一段埋めるようにして、寺田さんの本がぎっしりと並んでいる。同じ装釘で堵列《とれつ》している全集は見たところ幾らか硬くて寒いような気がするが、単行本のほうには著者の人柄や趣味の豊富なニューアンスが、色々とその時々の表現をとり、風懐をまとって、親しみ多く美しい一隅の世界を形づくっている。

此の段はこれからも未だ全集の残りがとどくために、そのうちには故人の著書で一杯になるのである。そうしたらば端のほうに同居しているジュリアン・ハックスリー氏に場所を明け渡して貰わなくてはなるまい。「一生物学者の随想集」や「鳥の観察と鳥の動作」などに、どこか別の処へ移転して貰わなくてはなるまい。私はそれを、これも寺田さんとはまんざら縁の無くもないアンリ・ポアンカレの本と並べるようにしようかと思っている。だが今、そんな自分事はどうでもいい。

しかしどうでもよくはないのは其の棚にころがっている二粒の橡《とち》の実だ。寺田さんがなくなられてから間もなく出た「橡の実」という本の前に、干からびてころがっている本物の橡の実だ。これは去年（昭和十一年）の九月、秋雨にけむる中津川の谷奥で私が自分で拾って来たものだ。

肉は落ち、皮はちぢみ、凝って栗いろの枯淡と化した二顆《か》の種子。これを手の平へ載せて見ていると、あの雨と霧とに濛々《もうもう》ととざされた中津川の渓谷や、秩父の山奥の暗いわびしい原生林や、切り立った岩壁へあやうく懸った桟道や、そこに蒴果《さくか》の皮が裂けてころころ転げていた此の橡の実や、それを濡れながら拾いあつめた時の気持などがいちどきに思い出される。

私たちは信州梓山から、信濃、上野、武蔵の国境をなす三国山を東へ乗り越して来たのだった。一行は案内人の親子を加えて五人だった。戦場ガ原の下あたりで昆虫や植物の採集と撮影とに手間どっている間に、天気がだんだん悪化して、国境の峠へ立った頃には雨になった。金峯も朝日も乱雲の水びたしになった。その雲は見るみるうちに国師と三宝《さんぽう》とをむしばんで、やがて彼らをも塗りつぶした。黒々と連なっていた山々と自分たちとの間に雨雲の足が煙のように垂れ下ったので、空間は却って明るくなったような気がした。しかしその明るさは、登山者は誰でも知っているとおり、摺硝子のように単調で、失明したように味気ないものだった。

一行は三国山の頂上を北から東へ捲いて、中津川の上流を大ガマタ沢と信濃沢との二つに分ける黒木の大尾根を降った。いよいよ本降りになった雨と、往手をさえぎる無数の倒木と、たえず躓《つまず》いたり滑ったりする悪路との約八百メートルの急降下だった。尾根が痩せて小径が岩とつるつるした樹の根っこばかりの処では、或いは左手信濃沢の空間をへだてて色づき初めた上武国境の連山が見えたり、或いは右手漠々と霧をつめこんだ大ガマタ沢の馬蹄形の谷のむこうに、十文字の峠道が物悲しく墨絵のように仰がれた。しかしそうした眺めも僅かのあいだの慰めで、一行がこの一里の山稜をくだりつくして、二つの沢の落ち合う袋の底のような河原へおりたった時には、周囲はたそがれのように暗澹としていた。ただ見る両岸の谷壁と雲の垂れ下がったその横腹、淙々と流れる水の真上だけわずかに一筋の空をのこして、あとは仄暗くおおいかぶさった闊葉樹の原始林。一羽のカケスの声もなく、一羽のカワガラスの姿もなく、つんぼになったような厚ぼったい沈黙の、其処はまったく奥秩父の心臓部だった。

そして私が問題の橡の実を拾ったのも実に其処での事だった。

いつ止むとも見えない雨と霧とが私たちの旅の心を暗くつめたくとざしていた。それに連れの一人が腰を痛めてびっこを曳き、捕虫網の柄を松葉杖のように突いていた。おまけにこの谷で最初に出会うことの出来る部落、今宵の泊りの中津川は、未だ二里ばかりも下流にあって、その間は渓谷沿いの登り降りがもっとも頻繁だとのことだった。それならば足を機械的にうごかして、心に忍従を言いきかせるの外はない。それで私たちは戦場を知らせられない兵のように進み、欲望を捨てた者のように一すじの小径の意志にしたがった、ところで、崖ぶちのその小径に、橡の実はころがっていた。其処にも、此処にも、雨に濡れて。その栗色もつやつやと、卵のように愛らしく。

あらゆる不如意に取りまかれた者にも、自然だけはその小さな創造物をもって、どんなにでも大きくなるべき夢の喜びを与えてくれる。それが今の私には橡の実だった。その名は寺田さんの遺著の名と重なり合って、深山の谷間の雨に濡れながら、幾顆の珠のすがすがしくも地に委《い》している。

私はこの山旅の二三日前に全集の新聞広告から切り抜いて額へ入れた寺田さんの

肖像の前に、この実を供えることを思いついた。私はなるべく形のいいのを拾ってポケットへ押し込んだ。何か知らぬが心が軽く明るくなった。歩きながら時々ポケットへ手を入れて握ってこすり合せると、一種楽しい手触りと響とがあった、其の夜中津川の宿で私はそれを出して見た。翌日は塩沢の泊りでも食卓の端へならべて見た。そして秩父を後に東京へ近くなればなるほど、人知れずポケットの中の彼らの頭に触ってみることがいよいよ楽しいことに思われた。

帰宅すると私は早速その橡の実を、お初穂として「寺田の棚」へみんな供えた。その後幾つかは人に与え、残った三粒のうち一粒は庭へ埋めて発芽を楽しんだがいまだに出ない。そして最後の二粒だけが、寺田さんと同じように、もう二度と苦しんだり死んだりしなくなっている。

〔『雲と草原』所収〕

「ミサちゃん、これ、わしさっぱり判らんが、言ってみて」

「どれどれ、これか。これは対頂角の問題じゃ」

「わし其の対頂角を忘れてしまったじゃ」

「忘れたのか、それではな、二直線が交わって出来る四つの角のうちで、隣り合わん二つの角をたがいに対頂角というのじゃ。いいか。それで、角ＡＯＤと角ＣＯＢ、角ＡＯＣと角ＤＯＢは対頂角じゃ。な。それで此の問題の証明はじゃ……」

「ミサちゃん、ミサちゃん。ここの so that は何と訳すのかな、教えて」

「これか。ここの so that はな、何々するためにという意味じゃ。彼女は健康を恢復するために海岸へ行ったじゃ。海岸へ行ったから健康を恢復したではないのじゃ。いいか。そら、お前ここにも自分で書取ってあるな、彼は目的を達するためには手段を選ばないと。これと同じじゃ。わかったな」

「わかった。ありがと、ミサちゃん」

「ミサちゃん……　ミサちゃん……」

汽車は塩尻峠を後にして五月の朝の松本平を走っていた。明けがた近く一雨ザッとあったらしく、柔かい乱雲の名残りが悠々と盆地の空を游《およ》いでいる。左手の窓にはまだうずたかい残雪を朝日に染めた北アルプスの青と薔薇いろの雄渾な連峯、右手の窓には今日登ろうとする美ガ原熔岩台地。女学生でいっぱいの三等列車のまんなかで、新鮮な朝の太陽を顔の半面に浴びながら、僕はこの聡明なミサちゃんという子の横顔を、姉らしく、母らしく、しかも正に十五六の小娘である其の項《うなじ》を、飢えた眼に「新らしい糧」のように飛込んで来る風景と一緒に、むしろ信州全体への敬意をもって眺めていた。

〔『雲と草原』所収〕

べにばないちご

けさ戸棚の奥から行李をひきだして捜し物をしていたら、図らずも、むかし朝鮮の田舎で手に入れた一枚の古い李朝の白磁の皿が出て来た。この思いがけない再会にすっかり喜ばされて、それを綺麗に洗って梅雨晴れの窓に近い机の上へ置いて眺めているうちに、遠い思い出の三韓の空の下の、おちこちの円い藁家から窯の青い煙のたちのぼるあの永登浦《えいとうほ》の春の田舎が、我が二十代《ヴァン・タン》のあえかなエレジーを伴って蘇って来るような気がした。

僕はこの皿に盛るべく今の気持に最もふさわしい物を考えてみた。林檎やレモンでは月並だし、枇杷や桃では俗であろう。もっとも非凡で清潔で、野生的に美しくて、現在の詩的意欲の熱い渇きをいやすに足るもの……

ああ、べにばないちご！　そうだ、あれを措いて何がある！

槍ガ岳の東鎌尾根、天上沢の目も綾な雪渓に近く、とある断崖に臨んでべにばないちごは生《な》っていた。濛々と吹きつけるめくらのような白い霧、その晴れ間に陰顕する桔梗《ききょう》いろの盛夏の空と北鎌の無残な歯形。やがてパアッと照って来る太陽の身にしむような暖かさ。べにばないちごはあの毛むくじゃらな、ぎざぎざな葉の重なり合った枝先に、さわればほろりと取れて落ちる、舌に載せれば忽ち溶けて爽やかに散る、霧の雫と日光と甘美な樹液とが凝って出来たような、涼しく甘い透明な、黄赤色の宝玉の実を載いていた。

　そのべにばないちごを枝ごと葉ごと、古い李朝の白磁の皿に盛りたいとは、常に心の渇きを訴える詩人の、これも或る朝の夢だろうか。

〔「東京朝日新聞」一九三八年六月／『雲と草原』所収〕

帰来

黙々として彼は山から帰って来た。
試みられた力は彼に自由と重厚とを加えるが、
眼《め》は雪しろの水を湛えた山湖のように
ふかい静かな懊悩をうかべ、
心には雲のような物の去来がある。
時おりの微笑は霧の晴れまの日光のように咲きはしても、
沈黙を一層よろこぶ昨日今日《きのうきよう》の自分自身を
どうすることも彼にはできない。

山の無言とけだかさとは
かりそめの言葉を彼からうばった。

堆石のほとりの寂しい残雪、
全身を鞭うつ尾根の強雨、
あこがれと予感にけむる夏の遠望……
山はそれらのものの深遠な意味を彼にさとらせ、
その根源の美と力とで彼を薫陶した。

そして再び複雑多端のこの世を生きようとする彼だ。
それならば、小さな好奇心でうるさく訊くな、
何処へ行き、何を見、何をしたかとは。
幾多異常な体験に面やつれして帰った彼が
この帰来の周囲からおのれ自身を見出して
新生の瑠璃黄金《るりおうごん》をまとって童子のように立つためには、
なおいくらかの孤独の時を持たなければならぬ。

〔『高原詩抄』一九五二年〕

泉

（一九三七年）

ゆたかに涼しく甘やかな、ほんのり赤い五月の夕日が、この谷間の村落の、――其処を或る古い峠みちの走っている、又その周囲の山々や断崖《きりぎし》に我が国最古の岩層が睡ったり歌ったりしている――この美しい平和な山村の、新緑にうずもれた風景を一日の終焉の稀有な光で満たしている。

二日の旅を終えて明日は都会へ帰ろうとする私に、自然はなんという美酒をながしてくれることだろう。私の短かい旅行は完璧だった。色さまざまな岩石がいろどり、薄紫の藤浪がゆらぎ、日光が金色の縞を織る若葉のしたに、清冽な水が奏でていたあの渓谷。赤や樺いろの躑躅が燃え、郭公が清朗な日の笛を吹き、りんどう色の空をおりおりの雲がよぎるのを私の見たあの山道。それから白や黄の花を星のように散らして風のまにまに靡いては高まる青ぼうぼうの牧場の斜面を、柵にそって登って行けばやがて一つの山頂だった。そうして其処から飽かず眺めた碧い遠方、やさしい国原。それは私の至愛のアイヒェンドルフの、ヘルマン・ヘッセの、太陽を浴びた哀愁の歌——無限なものへの郷愁と、晴れやかな諦念との、大空のように薄い光の面紗を懸けた、また大空そのものの本質でもある歌であった。

そうして、今はもう、山の春のたそがれだ。この村にたった一軒の宿屋の二階から最後の壮麗を眺めていた私の眼に、五里をへだてた峠の上の、あの金毛のような巻雲も消えた。どこか近くで車井戸の綱をあやつる音がする。つづいて桶にあける水音がする。夜になる前に誰よりも遅れて汲みに来た若い娘の、清涼な、高い、澄んだ水の音だ。それでは昼間私が見た、あの石段をおりてゆく井戸のあたり、その井筒に金緑色の苔がやわらかに蒸していた井戸のあたりには、もうほのぐらい夜の影がさまよいはじめたことだろう。私はその水汲みの娘の姿を心にえがく。妙齢の特権である犯しがたい美しさ、得もいえぬ頸筋と愛くるしい小さい捲き毛、すこやかな肩、強壮な腰……だが、今や私はあの若いヴェルテルでもクヌルプでもない。齢四十を越えて、私の生活の秩序も、私の心の神秘も、小さいながら調和の自然に似通おうとしている。私はゆっくりと、均等に、均質に、無限に大きくなる円球でありたい。どうか私の「詩」が常にこの発展の夢に先行して、それを常に少しずつでも現実のものにしてくれればいい。
そして其の夜、春の谷間に、暗く深い山風の揺藍の歌のながれる頃、私は古い宿屋の小さい卓にむかって、ヘルマン・ヘッセに捧げる次のような一篇の詩を書くことができたのだった――

夕べの泉

君から飲む、
ほのぐらい山の泉よ、
こんこんと湧きこぼれて
滑らかな苔むす岩を洗うものよ。

存分な仕事の一日のあとで
わたしは身をまげて荒い渇望の唇を君につける、
天心の深さを沈めた君の夕暮の水に、
その透徹した、甘美な、れいろうの水に。

君のさわやかな満溢と流動との上には
嵐のあとの青ざめた金色《こんじき》の平和がある。
神の休戦の夕べの旗が一すじ、
とおく薔薇いろの峯から峯へ流れている。

千百の予感が、日の終りには、
ことに君の胸を高まらせる。
その湧きあまる思想の歌をひびかせながら、
君は青みわたる夜の幽暗におのれを与える。

君から飲む、
あすの曙光をはらむ甘やかな夕べの泉よ。
その懐妊と分娩との豊かな生の脈動を
暗く涼しい苔にひざまづいて干すようにわたしは飲む。

［『詩人の風土』所収］

かんたん

（一九三七年）

八月の或る夕暮、日没後一時間ばかり。武蔵野の畠の上をそよそよと南の風が吹きわたっていた。空はきれいに晴れてほのぐらく、かすかに紫をおもわせる其の空間に、次々と涼しい星のひかりが増していった。しかし西の地平線の近くには秋の銀杏《いちょう》の葉むらのような透明な黄いろが残っていて、秩父の連山の黒い影絵を見せていた。そしてその連山の上にあでやかな宵の明星が滴るばかりに傾いている一方では、東方の森の頂きも明るくなるかと思うほど、巨大な木星が燦爛たる光芒を放って昇りかけていた。

道の草にはもう涼しい露がおりていた。その露の蔭からは草雲雀《くさひばり》や蟋蟀《こおろぎ》が、失われた金の鈴の伝説や、つづれさす夜の哀れな物語をおもいおもいに歌っていた。

私は夜目にも白く大きな繖形花《さんけいか》の並んでいるにんじんの畠を過ぎ、からだが触れるたびに実り間近かな重たい穂がさらさらと鳴る黍《きび》畠を過ぎて、やがてこの二三年荒れ放題になっている或る空地に近かづいた。そこには盛んに繁茂した雑草にまじって、今では野生に返った午蒡《ごぼう》やいちびの類が草むらの中から小さい黒い島のように浮き出している。そうして、私はその島の上で鳴いているかんたんの声に今宵もまた聴き入った。

句切りをつけて二度ずつ打振る鈴のような閻魔蟋蟀の澄んだ金属的な調べにくらべると、かんたんの歌は遥か遠くの村里で鳴いているひぐらしの声か、風に送られてくる哀切な笛の音を想わせる。その長い緩やかな音の流れには旋律もなければ拍節もない。かすかに震えながら耳から心へ伝わって来るその一筋の音の糸には、悲しみにせよ祈りにせよ、何ら人間に強いるところがない。ただ星が光り、風が渡り、平野の夜のひろがりが大きくなってゆく其の事のように、その歌の意味も無限であり無量である。

私は此のかんたんを聴きながら、いつのまにか信州川上の梓山を思い出していた。私が生れて初めて籠の中のものでない此の虫を見、その声を聴いたのは梓山の部落だった。そうして背戸に蝦夷菊《えぞぎく》を作っているあの山家や、村外れの河原に近い小石まじりの蕎麦の畠や、白樺の林の中に消える十文字峠道などを思い出すと、もういちど其処へ行ってみたいという烈しい欲求が、武蔵野の星の下、草原の露の中で、私の衷に遣るすべもない郷愁のように湧き上って来るのだった。

それは或る年の九月なかばで、秩父の山々には漸く秋のもみじが照りはじめ、谷川の水は山間の空を映し砕いていよいよ青く冷めたくなり、信州南佐久郡川上村の狭い水田にも稲は黄いろく穂を垂れて、田圃の畔に咲きつづく血の色の彼岸花がそぞろに旅愁を催させる頃だった。私は友達二人と千曲川《ちくまがわ》の上流から山越えに中津川の谷への旅をした。小海線「信濃川上」の駅のある御所平から三里余りをバスに揺られて来てみれば、梓山は思いのほかに明るく開けた谷あいの村だった。

橋の袂の旅館白木屋に旅装を解くと、われわれは身軽になって夕餉の時刻までめいめい自由な行動をとった。一人は用意の継竿を持って近くの河原へ岩魚釣《いわなつり》に行った。もう一人は重たいレフレックスのカメラを胸に吊るして昆虫の撮影に出かけた。私は宿を出て橋をわたると、煙草をふかしながら一人でぶらぶら、村の上手を十文字峠への道の導くままに登って行った。

どこから吹いて来るとも知れない風は水晶を溶かしたように涼しかった。村にはほのかに水がにおい、竈《かまど》の煙がにおい、爽やかな乾草の香が漂っていた。漸く傾きかけた秋の太陽は打ちひらけた下流のほうから光を流して、その蜜のような甘美な光線で渋色をした家々の柱や羽目板や、石をのせた低い屋根屋根を薄赤く染めていた。村には柴犬がたくさんいた。昔から伝わっている純粋な日本犬で、法令で保護され、その正しい血統を維持されているという事だった。彼らは人間と同じようにこの深い山里に土着し、狩猟の供をし、子供らと遊び、女らに愛せられて、狭い往来にも、橋の上にも、川べりの小径にも、また庭の中、家々の土間にも、その精悍な悧巧《りこう》そうな小さい姿を見せていた。

乾草がいたる処で爽やかに匂っていた。或る農家の前を通ると、往来に面した庭で一人の娘が一面にひろげて干した刈草を一抱えずつ束ねている。近づいてよく見ると萩や桔梗《ききょう》や女郎花《おみなえし》のたぐいの秋草だった。束は出来るそばから納屋の前へ積まれていった。それへ赤い蜻蛉が無数にとまって、夕日の光にきらきらと羽根を伏せていた。

「この乾草は何にするんですか」と私は娘にたずねた。

「冬ぢゅうの牛や馬の飼葉《かいば》にしやす」と言葉ずくなに娘は答えた。

実際家畜も多いらしく、家々のあいだから、彼ら特有の饐《す》えたような匂いが流れて来た。遠く来てこういう匂いにめぐりあうと私はいつでも一脈の旅愁を感じずにはいられない。それは赤児の体臭や母の乳の香のように懐かしくはあるが、その懐かしさには何かほのかに悲しいような苦い味がある。

　この国の寒さを強み家のうちに

　　馬引き入れて共に寝起す

という牧水の歌が思い出された。こうした乾草はまた村のすべての家で飼っている兎たちの冬の飼料にもなろうかと思われた。

　たいがいの家で蝦夷菊を作っていて、ちょうどヘルマン・ヘッセの小品「秋」にあるように、「白、紫、八重、一重、あらゆる種類とあらゆる色との花」が鳳仙花やダーリアと一緒に畠の石垣のふちや垣根のあたりを飾っていた。そして村の唯一の色彩とも見えるそれらの花が、夕日の金紅色や、山あいの空の深い青や、一痕の白い月や、谷川の響きや、清らかな空気の冷めたさと調和して、いかにも都を遠く美しい、平和な山里の初秋の絵をなしていた。

　十文字峠への道は村の家並も尽きるあたりから次第に登りになっていた。往手には小さい丘をへだてて三国山つづきの山稜が望まれ、その一角に突き出ているアク岩という石灰岩の巨大な露頭も遠く高々と仰がれた。いよいよ村の最後の一軒家の前まで来ると、左から千曲川の流れが寄り添って来て、夕暮の水が淙々と岩に激して鳴っていた。道の片側の小高い山畑へ登って今来た方角を眺めると、梓山の部落は川の左岸に細長く伸びて、西方の空の落日の余燼の下で今宵の星の照り明かるのを待っていた。

私がかんたんの声を聴きつけたのは其の時、其の場所でだった。涼しいような、甘いような、得もいえぬ霊妙なひびきが、或いは近く、或いは遠くふるえていた。私は耳のうしろへ手を当てて一つの声の源をたずねながら、白茶けた畠の、もう枯れるのに間もない胡瓜《きうり》の蔓のあいだを覗きこんだ。そして一枚の葉の表から裏へとすばやく身を匿す長さ六分に満たない、黄味を帯びた草いろの、一見弱々しくほっそりした其の虫を発見したのであった。そして近くの石の上へ腰を下ろすと、あたりがすっかりたそがれて梓山の村に電灯の光のちらつき初める頃まで、存分に彼らの歌に聴き入った。

［「工業大学蔵前新聞」一九三八年八月／『詩人の風土』所収］

信州峠

（一九三七年）

いまいちど、その峠へ私は立った。

前の時には冬の旅で、野辺山ノ原から川上の村々を経てここまで来る道はすっかり雪にうずもれていた。白い荒寥のなかを風がびゅうびゅう吹きまわし、一月の真昼、金峯《きんぷ》の頂上には陰鬱な雪雲がねばりついて、やがてかげって来る薄日の光にも、さむざむとした枯葉の色が感じられたのだった。

しかし今度は季節も春だ。ねむくなるような甲斐の春風と日光とに身もたましいも任せきって、水のながれもなごやかな塩川の谷を、今日は甲州側の黒森から登って来た。

これがあの日、雪をかぶっていた峠の上の積石なのか。あらゆるかゝ、けらゝに五月の日光が燦然とくだけて、再び生きることを始めた地衣の色さえ美しい。

これがあの日、身を切る寒風にくしけずられさいなまれて、まるで箒の先のようだったあの白樺とおなじ白樺なのか。柔かくなった冬芽が涙のように光って、いじらしくも国境の峠で上気している。瑞牆《みずがき》といわず、金峯《きんぷ》といわず、彼らすべての花崗岩のひたいに、真率な金色の反射がある。

冬のながい凍結のあとの山の自然に、いつのまにか変質がおこって、解体がはじまり、溶解がはじまり、すべての命あるものが沸騰し盛り上って、再生の波はあらゆる山々、あらゆる谷々に氾濫している。そしてこの峠の南北の山ふところに生きる人々も、めぐって来た春にまた一年を老いたこともはっきりとは意識せずに、この五月の太陽をよろこび迎え、この植物の無量の醱酵に酔って、すべての官能を彼らの生の最初の目ざめのように解きはなつのであろう。

信濃の風が甲斐へむけて私の頬を撫でてゆく。その風は千曲川の水のにおいや、雲のような新緑の香《か》や、小鳥の歌をはこんで来る。漸く老いた私の心に、あまり浸みとおるほどの此の風は淡いかなしみに似たものを送りはするが、私はそれを厭わない。むしろ今日の私にはそれがいとしく懐かしい。私は自然の循環の理も、その法則に否応なしにしたがう一切生物の宿命も知っている。そして自分の生命にも限りのあること、人間の願望の決して満たしつくされる時の無いことも知っている。しかもそれだからこそ、人生は見果てぬ夢の美しい旅だということを私は悟った。信州峠に、いまいちど私は立っている。そして私の周囲はいちめんの高処の春だ。なんとその春がぼうぼうと果てしもなく、なんと悲しく美しく、なんと惑溺させる力をもってこの私を包んでいることだろう！

［「登山とスキー」一九三八年十一月／『詩人の風土』所収］

春の帰途

（一九三八年）

石老山の西の麓の篠原という部落。東麓の関口や南麓の牧馬《まきめ》におとらず美しく、道にそった浅い流れにかじかが鳴き、入母屋《いりもや》造りや兜造り、みごとな藁屋根を載せた農家の庭に八重桜が咲きさかり、鯉幟が風にゆれ、黄せきれいが囀り、新緑の谷の下手に遠く陣馬山の春の姿をながめる其の牧歌の山村篠原をすぎて、十町ばかりすると道は二股にわかれる。左はいちど谷へ降って更に向こうの山腹伝いに与瀬への近道、右は石老山を東へ捲いて鼠坂《ねんざか》への道。近道の方はすでに一二度歩いたことがあるので私は初めての経験として後者を選んだ。

篠原から与瀬や中野方面への車馬道になっている此の道は、幅も広く、坦々として、そのうえ左右に迫る山や谷がじつに静かだった。一羽の大瑠璃が、午後三時をすぎた甘美な日光や清涼な空気に色をつけるように、彼のもっとも豊麗な声で歌っていた。緩やかな登り、柔らかに重たい新緑、青空に浮かぶ雪のように白い雲、そして森閑とした山中を満たす小鳥の歌。ああすべてが私の今日の期待をかなえてなおも溢れるほどの恩寵であった。

私は石老山塊の主稜の末端を乗りこす小さい峠をすぎて、今度はゆるい降りになる其の道を鼠坂さして下りて行った。右手はすぐに山の斜面だが、左はひろびろと桂川の谷が開けて、河原の白い砂地やその間を曲流する碧い水、箱庭の点景のような与瀬の人家や津久井の吊橋、さては高尾山から陣馬へつづくあの長尾根いっぱいに、春の午後の日が当っている悠々とした風景が見渡された。

歩きながら私の心は静かに今日のよろこびを数えていた。或る珍奇な蝶を捕りに来てそれを捕った。曽遊の山やそれを取り巻く麓の村々に再会したいと思って出かけて来て、最も良い条件のもとで再び彼らに逢うことができた。太陽はいつも私の全身を照らし、水はいたる処で私の足もとで鳴りさざめいた。「此の世の富を満喫して、鳶いろに日に焼けて」、私という貧しい詩人が実に一日の王だった。

しかし次第に傾く太陽に、山腹をからむ私の道も日当りよりは日陰のほうが多くなった。やがて断崖の上のわずかな平地を開墾して三十坪たらずの水田を作っている処を通った。一人の女がその田圃の土をかえしていた。これが篠原を出てから初めて見た人間の姿だった。折からさしばかと思われる一羽の鷹が沢の奥から音もなく舞い下りて来て、近くの杉の樹のてっぺんに其の褐色の翼をゆらりと収めた。

其処から五六町くだって鼠坂の部落のとっつきまで来た時、私はむこうから来る三人の子供に出遭った。直径一尺ほどの樹の幹を輪切りにした物を二つの車輪にして、その間へ三四本の細い丸太を渡して作った一種の手車を曳いていた。九つぐらいの兄が柄にとりつき、七つぐらいの弟が先へ立って綱を曳き、四つか五つになる妹がそのわきに従っていた。車の上には弁当箱かと思われる小さい風呂敷包みと、飲水をつめた硝子罎とが悲しげに結びつけてあった。私はこの兄妹三人に向けて今日の最後のフィルムを露出した。

それから私は彼らに近づいて行き、ルックサックをあけて四つ残っていた洋菓子の中から一つずつ子供に与えながら、何処まで此の車を曳いて行くのかと訊いてみた。むこうの山の田圃にいる「かあちゃん」のところまで行くのだと兄の子が答えた。おっとりした好い子だった。

そうか。それでは今しがた上のほうで見た孤独の百姓女はこの子供たちの母親だったのだ。私はもういちど其の女の姿と、断崖の上の其の貧しい田圃とを心に描いた。

「お父さんは」と訊くと戦地だと言った。私は改めてこの三人の幼い兄妹の顔を見た。或る厳粛な気持と憐愍《れんびん》の思いとが私のうちで渦を巻いた。「とうちゃんから手紙が来るかい」と訊くと、「ずっと前に来た」と言った。私は相手が皆あまり小さいので膝を突きながら、もう一つ残っていたエクレイルをいちばん年下の女の子のよごれたエプロンのポケットへ入れてやり、三人の頬を一人一人撫でてやって、さて、さようならを言って歩き出した。咽喉に大きな玉がつかえたようになって、それ以上なんにも言えなかった。

と、三十歩も行ったかと思う時、私は突然うしろから「おじさあん!」と呼ぶ子供の声を聴いた。「おおい!」と答えながら私は急いでふりむいた。坂道の上のほうに小さい姿が三つこっちを向いて立っていた。「なんだあい!」と私は大声でたずねた。しかし別に用ではないらしく、ただ兄弟三人が夕日を背にしてじっと佇んでいた。私は力いっぱい帽子を振って前よりももっと早足で歩き出した。「よし、よし、よし」と誰かをなだめるように独りごちながら、しかし何が「いい」のかそれは分らずに……

ただ大きくあいた両眼の水にゆらゆら揺れる鼠坂の村の家々を映しながら、此の世の道を倒れるまでは進もうとする者のように、美しくも苦しい愛の歌に満たされて、夕日の道を歩きつづけた。

［「アサヒスポーツ」一九三九年五月／『詩人の風土』所収］

高原の朝

（一九三八年）

幾枚かの雨戸のあらゆる隙間からさしこんで、茶渋いろに焼けた障子紙の厚ぼったい面に散光する朝日の光が、一夜の宿をたのんだ家の一間をもうすっかり明るくしている。ゆうべ食事のとき給仕をしてくれた此の家の娘に、「あしたは寝坊がしたいな」と半ば冗談のように言ったのを正直に取って、人から預かった大切な荷物か何かのようにそっくり一間へ閉じこめて置いてくれたせいか、充分に眠り足りて、ひとりでに眼をさまして枕もとの腕時計を取り上げた時には、もう午前八時を過ぎていた。

どうせ今日は半日を此の高原の春にまみれて、それからゆっくりと閑散な汽車の客になるのだ。そして三日と続いた自由気儘な一人旅の小品一篇に終りをあたえる予定だとしてみれば、なまじ無理な早起きなんぞをして、有終の美をなしそこねるのが詰まらない努力のように思われたのである。

野辺山ノ原や信州峠附近の春を是非たずねてみたいというのは、ここ二年ごしの宿望だった。去年は美《うつくし》ガ原《はら》の帰りに小淵沢の駅を通りながら、よほど其処で下車して向こうのプラットフォームに客待顔の高原列車へ乗りかえようかと思ったが、その朝の中山道上和田《かみわだ》の宿で、本陣翠川《みどりかわ》のおかみさんの、たった一跨ぎのバスまでお愛想に差しかけてくれた番傘を打つ春雨が、和田峠、下諏訪を過ぎてもまだ降りやまず、汽車のとまった小淵沢でも向こうの崖に立つ新緑のポプラーを物悲しい霧に包んで、おまけに風さえ吹き添っているのを見ては諦める外はなく、又の機会を考えながらそのままますなおに東京へ帰った。さて、今年こそはと思って出かけたのが三日前の月曜日だった。初めの予定では昇仙峡から木賊《とくさ》峠を越えて増富鉱泉奥の金山へ出るつもりだったが、どうも上黒平《かみくろべら》の宿屋のことを考えるとつい厭になって、例のとおり韮崎、八巻《やまき》の路順で塩川沿いに黒森まで登って一泊した。そして翌日快晴の信州峠から懐かしい金峯《きんぷ》や瑞牆《みずがき》に挨拶しながら、小梨の花の真白な牧場をとおって御所平へ降り、やがて柳沢から八ガ岳高原の端へ取りついて後はのんきに遊びあそび、それでもすっかりくたびれて夕方もかなり晩く、佐久の友人の紹介による此の板橋の、宿屋でない一農家へ汚れた靴を脱いだのであった。

朝だ。娘が洗面の湯をとってくれるというのを断って、登山靴を突っかけて歯ブラシをつかいながら川の方へおりて行く。見れば墨こそ塗らないが、靴はていねいに泥を落として拭いてある。昨夜訊けば東京で二年ばかり奉公していたそうだが、これも一目見た時から気に入ったあの娘の優しい心づかいに違いない。

高原の清らかな春に一脈の艶をそえる杏《あんず》や小梨の花の下をくぐって行くと、板橋川の水のせせらぎのふちへ出る。八ガ岳はもう盛んな雪どけのせいか川はかなりの水量で音を立てている。岩石の自然の畳まりをそのまま階段にして、川瀬の淀を背戸の洗い場にしているあたりは谷間の村ならば何処へ行っても見る風情だが、両岸にせまる落葉松《からまつ》のむせるような新緑や、ここに三本あすこに二本と、すんなり立って柔かな若葉をほどいている白樺の幹の白さや、浅い谷間を点々といろどる咲きはじめの蓮華躑躅《れんげつつじ》や山躑躅、そして此のパステルのような緑と白と赤との書割りのせばまる奥に真向から日を浴びて、眼もさめるばかりきらびやかに威風堂々とそびえ立つ主峯赤岳。こんなすばらしい桃源の背戸はそうざらには無いだろう。下流のほうを見ると、これも流れに沿って曲ってゆく落葉松林のいくらか透けた空間に、千曲川の空はほのぼのと薄緑に上気して、その霞の奥から男山の真黒な岩峯がのぞいていた。

水の流れに近く、高い樹木や藪の茂みの多い此の静寂の一角では、又いろいろな鳥の歌も聴かれた。わけても赤岳を背景とした深い谷の奥からは長い霊妙なみそさざいの調べが響いて来た。それにまた野辺山の広袤をいよいよ大きく、いよいよ深く感じさせるものに、遠近で呼びかわす郭公と、柔かに曇ったように響く筒鳥の声とがあった。川を前に、岩に腰をかけて煙草を吸いながら、ぼんやりと此の歌の世界に耳をかたむけたり、水際に咲く真紅の九輪草や、水底をきらめく時おりの魚の姿や、新緑の落葉松や白樺や、荘厳な赤岳の山容を眺めたりしていると、移ってゆく時間のテンポは緩やかながら、高原の春はすべての生気をとりあつめながら其の真昼へと高まってゆくように思われた。

遅い朝の食事にもまた娘が給仕に出た。父も母もひどく恥ずかしがりやで、東京からのお客さまを喜んではいても、到底面とむかってお話をするだけの勇気を持ち合わせていないとのことだった。娘は又この高原に孤立している板橋の部落の話をいろいろと聴かせた。そして此処で生れて人となって、いくらか東京を経験しながら、もう一度、いな恐らくは一生を此のふるさとで暮らすだろうという彼女のけなげな言葉を聴いていると、この若くしとやかな娘への私の好意は尊敬をまじえた一種の愛情に変って、もう直ぐ此処を立って行くことがいかにも惜しく思われて来た。

しかし旅の春だった。そして私は旅人だった。私たちのまわりには高原の春が、私のうちには心の春が、たとえどんなに萌え、花咲き、歌おうとも、詩人であり旅人である私はそうした豊かな、想像のうちで千変万化する美には馴れている筈だった。私は美の諸相を知っている。浮動する雲や光線のような美を。うつろい易い花や虹のような無常の美を。循環する季節の美、世代の美を。また知っている。人類の精神文化が打ちたてる芸術や思想の美を。永く後代への遺産となるべき耐久力のある美を。そして私のなすべき事は、それらの美を摘み取ったり、専有したり、弄《もてあそ》んで汚したりすることではなくて、それを視、それに傾聴し、それを敬い讃えながら、此の世で生きた祭の日々を悦ばしく回顧し記念することだ。またいま善き旅人として私のなすべき事は、静かに、優しく、朗らかに、心惹かれる此の世界や人々から別れることだ。

こうして、娘とその両親と、小さい弟妹たちとに見送られながら、いつもするように次の時の再会を約してこの一夜の宿に別れを告げた。そしてサルヴァンの村から帰るエミール・ジャヴェルのそれに似たいくらかの感傷を味わいながら、川沿いの暗く涼しい落葉松林を抜けると、俄然ゆくてにひろがる五月の春の大高原と、夢の中から湧き出したような八ガ岳とを私は見た。

［「登山とスキー」一九三九年四月／『詩人の風土』所収］

春の牧場

あかるく青いなごやかな空を
春の白い雲の帆がゆく。
谷の落葉松《からまつ》、丘の白樺、
古い村落を点々といろどる
あんず　桜が　旗のようだ。

ほのぼのと赤い二十里の
大気にうかぶ槍や穂高が
私に流離の歌をうたう。
牧柵や　蝶や　花や　小川が
存在もまた旅だと私に告げる。

だが　緑の牧の草のなかで
風に吹かれている一つの岩、
春愁をしのぐ安山岩の
この堅い席こそきょうの私には好ましい。

［『尾崎喜八詩集』一九五二年／『花咲ける孤独』一九五五年］

老《おい》の山歌《やまうた》

文壇の狂詩曲に調子を合わせるでもなく、時代の流れに沿ってたくみに舟をやるでもなく、持って生れた本質と、形成されてゆく人間的形姿と、衷《うち》からの衝動のまにまにおのれの世界で勝手な仕事をつづけている間に、いつか思いのほか歳をとってしまった。自分ではまだ充分若い気でいながら、時たま鏡の中の顔を見でもすると、こんなにも変ってしまったのかと、驚くような情ないような気がするのである。

しかし変ったのは単にこの世での外貌に過ぎないし、またいつまでたっても若い時と同じ顔をしていたら却って気味が悪かろう。ただ私という人間を他のどんな人間からも断然区別する本質だけは変貌しない。そうだ、私はちっとも変りはしない。ただ私自身の核であり本質である結晶の切子の面が一層こまかくなり、その屈折が一層強く一層複雑になっただけの話だ。

去年六月のウェストン祭の時、私は図らずも上高地で関西登山界の二長老、西岡一雄さんと藤木九三さんの二人に会った。両氏とも私よりは年長かと思うが、老境がこの二者それぞれの風格を全く他とは紛れ得ないものにしていた。年経た独立樹の樅が樅の樹本来の樹容を形づくり、白樺が白樺本然の樹形を完成するように、両氏はおのおのその生成の歴史や瘢痕をあらわにしながら、特色ある独自の風貌を山間の日光に曝らし、清涼な谷風に吹かせていた。

その日私は中ノ湯から釜隧道を抜けてなおも登る坂道の途中、路傍に立つ一本の巨大な桂の樹の下で友人三人と汗を拭いながら休んでいた。頭の上では新緑の桂の葉がそよ吹く風に微吟を聴かせ、うしろでは梓川の初夏の瀬音がアルプスの真昼の琴を鳴らしていた。その時同じ二台のバスを降りて三々五々上高地へむかう一行の中に、私は自分の前を静かに通る西岡さんを見出した。西岡さんは背広の上着をぬいで左の腕にかけ、右手に細いステッキを突いていた。ズボンは長いまま、靴はどんなだったか忘れたが、すでにいくらか遠ざかった記憶では、軽い山靴ではなかったかという気がする。頭は無帽、年処をけみしたルックサックは殆んどからだった。こころもち前方へ傾いた痩軀、気品のある柔和な笑顔。凡《およ》そこういうのが私の見た西岡一雄さんだった。永遠の母が彼を通じて試みた一つの草案をおのれの衷に忠実に生かして、おのれの根原の神秘にしたがう尊敬すべき一老登山家の姿であった。

寄る年波が一人の登山家から少しずつ彼の体力を削り去り、さまざまな支柱を崩して彼を裸の孤峯のようにし、きのうの可能をきょうの不可能に変えてしまうという事実は淋しいことだが如何ともなしがたい。岩場のホールドに大きく開いた片足をかけて、弾みとともに一気にずり上がることのできたつい四五年前の同じ自分が、よしんば今日もどうやらそこを攀じ得たとしても、そのため腰を痛めて永く苦しむとしたらどうであろう。息ぎれの度数が多くなり、疲労した筋肉の恢復が長びき、荷物はおろか、体一つさえ持てあますというのは老境の登山の常である。少年の日の輝くような純粋なソプラノの声に響きかえした山彦が、成年の鈍い沈んだ声にはもう答えてくれないように、たとえ山への愛、山への郷愁がどんなに烈しくわれわれの心に燃えていようとも、一度失った青春を再びかしこに生きるよすがはもう無いのである。そしてそこからわれわれの諦念がはじまる。夏雲の空遠くあこがれて行けばもう一度あの幸福に逢えるかも知れないが、今は美しい思い出の数々を心に秘めて老年の野に生きようという苦がくて甘い諦念が。

山への信頼、山への感謝、山への讃美の思いをいよいよ深く篤く心には抱きながら、一人の古い山岳会員として、よそ目には山を知らない只人のように、生涯の晩い午後を生きていることが何と美しいだろう！　一つ一つに思い出ゆたかな登山用具は今も戸棚の片隅にある。時あって取り出して見ればあの高処での数知れぬ記憶は花のように咲き、なつかしい感慨は雲のように湧くのである。油紙に包まれたましっとりと黴に湿めって、鉛筆の跡さえも消えがちな十幾冊の山の手帳。ささやかな書棚には親しげに並んでいる国の内外の一連の山岳図書。額の中の或る山頂、雪渓の岩に凭たれた若き日のおのが姿、一輪の色褪せた高山の花。戦争は私から多くの物を奪ったが、それでもなお難破の遺物のような幾らかの記念が手許に残った。人生が無常であればあるだけ愛着はいよいよ強く、所有のはかなさを知りつくした心がいつかかたみを抱きしめている。

　しかしたとえ老境に入ったにせよ、今私は決して自分の歎きの《クラーゲ・リード》歌を歌っているのではない。それどころか、体力的に旺盛だった時代にはとうてい紡ぐことのできなかったような柔かい、多音の、深く楽しくて調和に富んだ感謝の歌を編んでいるのである。自分というものが今よりも生一本で、それだけ純粋にも清廉にも見えた昔には、私のような非力な登山者にもどこかヒーロイックな閃きがあった。進んで困難に立ち向かい、撓《たわ》みやすい意思を鍛え、より高いもの、より到達し難いものへの意欲を燃やし、一種殉教の精神に貫かれて、男らしい孤独と純潔とを慕うという趣きがあった。それは私の場合(そして或る種の登山家の場合にも共通のものであろうが)人間性のうちの悲劇的なものへの愛の傾向につながっていた。それは世俗的に成熟した人の眼には或いは物好きな冒険とも暇潰しとも見え、笑うべく幼稚な英雄主義とも映ったかも知れないが、しかし確かに私が生れながらに持っていて自分では意識しなかった私自身の本質、他の万人から私を区別する運命的な特異性を、私の霊と肉との相貌のうちに完成するにあずかって力あったことは疑いをいれない。

なるほど私が初めて山へ登ったのは一つの偶然の機会に過ぎなかったであろう。また私の山への愛にしたところで未生以前からの宿命でなかったことは確かである。どんなにすぐれた世界的な登山家にせよ、生まれ落ちた時すでにどこかの山岳会の紋章をその柔かい無垢の額に刻印されていた者は無いであろう。山への傾倒といい、山との宿命的な結びつきといい、要するにそれは生活の時と空間との中で永く涵養されてきたものに違いない。ただその涵養が単に趣味の練磨か、それとも自己の運命の道とすれすれの欲求であったかという処で、よそ目には同じと見える道が二つに分かれる。どっちの道が善いとか悪いとか、一方の道が正しくて他方のそれが邪《よこしま》だとかいうのではない。ただもしも問題とするならば、どの道が運命の顔を持っているか、どっちの讃歌に祈りや信頼や献身の響きがあるかである。その顔、その響きは、今や穏かに、澄んで、明るく、温かい。しかしそこには常に一脈の哀愁に似たものが漂っている。けだし「心の山」は永遠を語ると同時に無常をも教えるのだから。

信州の高原に住んで富士・八ガ岳を眼前にし、碧い大気の果てに北アルプスの雪の波濤を眺めながら、こんなことを書いていると山が私を呼んでいるようだ。「それほどにも信頼し、それほどにも愛しているなら、なぜもう一度たずねては来ないか」と。恐らくは今僅かに残っている体力を挙げつくせば、私といえどもこれを最後と、彼らの山頂に立つことができるかも知れない。しかしよしんばそれがもう許されないとしても、なおかつ私のあらん限り、私のうちに、彼らは心の星として老境の夕べ夕べを照らすであろう……

（一九四九年　朝此奈菊雄君に）

〔『碧い遠方』所収〕

西穂高

上高地梓川の谷間から、穂高連峯西穂高山稜の一角に立っているあの美しい西穂の小屋までは、ほぼ一千メートルの高さを一里の道のりで登って行く。正味三時間ぢかくかかるこの登りはどこかしら秩父の奥山をおもわせるが、昼なお暗くしっとりと濡れて永遠のたそがれをつくっている亜高山帯の密林を、ところどころ樹幹に切りつけてある目じるしの鉈目をたよりに、冷えびえと横たわる残雪の背中を渡ったり、ぬるぬるした木の根岩角を踏んだりしながら、一歩は一歩と明るい山稜へ近づいてゆくこの深くまじめな楽しさの味は、高い山への登攀という行為を、人生の経験中もっとも純粋な美しいものの一つとして忘れることのできない人にして初めてわかる。

比較的あかるい玄文《げんぶん》の沢《さわ》をつづらおりの路の左に見て登っていた頃は、まだルリビタキ、コマドリ、ミソサザイなどの朝の囀りが、ちらちらと日の射す薄青い岩壁や谷間の樹々に反響して賑やかに聴こえていた。しかしやがて一つの狭い乗越《のっこし》をトラヴァースして右下に深く鬱蒼とした善六ノ沢を見おろすようになると、シラビソ、コメツガの原生林はその暗さをいよいよ増し、木の間を洩れる風は氷のように冷めたく、時どき立ちどまって息を入れる耳の底に、メボソ、ウソなどの淋しい清らかな小鳥の声が浸みとおる。そしてそれを聞くと、さしもに長かったこの密林の登りも漸く終りに近づいていることを知るのである。

厳烈な氷雪や嵐の試練をうけて、背丈けのつまった魁偉な姿のカラマツや、曲りくねった老齢のダケカンバが、高山の太古の額を飾っている森林限界。しんみりと身にしみる秋のような日の光や、天の底が抜けたかと見える頭上いっぱいの大空や、磊々《らいらい》たる岩を埋めたハイマツの厚い緑の広がりとともに、そこから海抜八千尺のアルプスの庭がはじまる森林限界。この世の塵の影さえとどめぬその明るい静けさの一角に、我らの清楚な快適な山小屋、島々の村上守が経営する西穂山荘は立っていた、オオサクラソウ、シナノキンバイ、ショウジョウバカマなどの清新な初夏のお花畠にほどちかく、飛驒と信濃の空の色や雲の姿を映して見せる幾つかの窓をちりばめながら。

小屋はさして大きくはないが、階下には広い土間と炊事場と乾燥室と、いろりを切った座敷とがあった。幅の広い頑丈な階段をあがると、二階にも畳敷の部屋があり、別に板張の上下二段になった寝室がある。すべてが手丈夫で、小ぢんまりと、住み心地よく、一日じゅう尾根をかけたり岩に挑んだりして疲れきった体を運んで、高山の夕暮時にたどりつく登山者たちに、一夜の深い眠りと安息とを供するにはまことにふさわしい小屋である。

ウィンドヤッケに上半身を包み、ルックサックは持たず、ピッケル一本に双眼鏡だけという身軽さでわれわれ三人が小屋を出る。小屋の横手の灌木叢を分けて登ればもうそこからはハイマツ地帯だ。右は信州梓川、左は飛騨の蒲田川。二つの国の深い谷を尾根ひとすじに振り分けて、岩石の白とハイマツの濃い緑とに彩られた山稜が、まるで天へのきざはしのように、北へ北へと奥穂のピークまで高まっている。人間世界のけちな毀誉褒貶からぬきんでて、清浄無垢な八千尺の高所に、戞々《かつかつ》と鳴る靴の音が淋しくも男らしい。

ハイマツの中をたどる一本の細みちは国境尾根の信州側をへづったり飛騨側を巻

いたりして、次第に高度を増しながらわれわれを二千七百メートルの独立標高点へと導いていく。あすの穂高縦走の足馴らしに、日の暮までの二時間あまりを利用して、今日はゆっくり散歩のつもりでそこまで往復しようというのである。足もとにはイワウメの株がふっくりと盛り上がって、もうあの清純な白い花をこまかい厚い葉のしとねの上に浮かべている。ルビーを刻んだようなコイワカガミも咲いている。よく見れば二寸にも足らぬミヤマキンバイが、蒼白い岩の割目から可憐な金色の花をのぞかせている。

それにしても空模様はあまり芳ばしくなく、信州側こそまだ晴れているが飛驒の谷間は雲の発生がすこぶる盛んで、数千尺の谷底から濛々と棒立ちになって湧いている。その雲の裂け目をすかしてべっとりと残雪を塗りこんだ笠ガ岳や抜戸岳の、白と濃紺との山膚がすばらしく印象的だ。そして上空にはあすの天気を悲観させる水っぽい巻雲が、ところどころ不吉な鱗状をさえ呈して、乗鞍の方角から千筋の糸のように流れ出している。しかしあすはあすの事。ヘルマン・ヘッセではないが

歌え、心よ、きょうはお前の時だ！
太陽が笑っているのをお前は見ないか、

鳥たちが歌っているのを聞かないか。
歌え、心よ、お前の時の燃える間を。

である。

そして本当にその鳥たちが歌っていた。波うつハイマツの枝にとまって「チイチイチイ・チリチリ・チリチリ」と澄んだ声で鳴くカヤクグリ、荒々しく風化した岩の斜面で「チョリ・チョリ・チョリ・チョリ、キョロキリ・キョロキリ」と囀るイワヒバリが。

また本当に太陽も歌っていた。西へ傾いたその太陽の光線は、蒲田の谷からむらだつ雲の噴煙が少しでも切れると、彪大な前穂の岩壁へ柔かにほほえみかけ、西穂の岩峯をパアッと照らして花のように笑いさざめていた。

そして、ああ、私の心も歌っていた。それは現世の喜び悲しみを立ちこえて、薄青い無限の空にひとすじの光と化する歌であった。

切り立った尾根のあたまを一つ二つ越し、少しばかり膝や手を使う場所も二つ三つ過ぎて、やがて西穂の独立標高点へわれわれは立つ。円錐形の先をそいだような頂上はガラガラに砕けた岩石からなる狭い平らで、風雪に曝らされた小さい祠と一本の標柱とが向い合って立っている。われわれは喜ばしく握手をかわした。お互いの住む八ガ岳の裾野から、晴れてさえいれば殆んど毎日、二十里を隔てた空の彼方に眺めるあの北アルプスの嶺線の突角に、思えば今こそこうして立っているのだ。

ピッケルを突き立てて双眼鏡を眼にあてる。絶えず湧く雲のために西と南の眺望はきかないが、眼前にそばだつ霞沢と前穂とのあいだに南東の眺めが遠くひらけて、楽しげに日を浴びた松本平南端のこまごまと美しい田園や、塩尻峠の右にきらりと光る諏訪の湖水とその周辺の町や村落、さては我らの八ガ岳とその裾野とが、夕日の金色の波にひたっていとも平和に横たわっている。下界にいた時はあれほどにもこの高所の純潔にあこがれ渡った同じ心が、さてその場に立ってこうして遠く見下ろせば、また反対に人生への愛情に襲われるのも是非がない。

下のほうの岩のあいだで鋭い鳥の叫びが聞こえる。見れば半分黒褐色の夏羽に変ったライチョウの雄が一羽、とある岩角に立って鳴いている。そのつんざくような精悍な叫びと、きびしい目と、目の上を飾るけしの花のような真赤な肉冠とが、いかにも高山の鳥にふさわしい美と猛々しさとを具えている。やがて何を認めたのか、ライチョウは一声高く鳴きながら翼をひろげると、灰色に渦巻く濃い夕霧の底へと飛騨側の斜面をさして流れるように飛びくだって行った。そのあいだ彼の黒一色に見えた翼の端が、実は純白色だったのを私は見のがさなかった。

われわれは声を掛けあって足もとを警戒しながら、濛々と吹き上げてくる夕暮の霧の中へと、静かに今日の山頂を下りて行った。

（一九四八年　高橋達郎、白崎俊次両君に）

［「信州自治」一九四八年八月／『碧い遠方』所収］

入笠山

　十月にはいって一週間か十日、毎日の最高気温が十五度前後にくだり、そこへ低気圧の余波をうけて一夜の寒い雨でも通過すると、山の高いところは雪になって、晴れた翌朝は富士や北アルプスはもとより、咫尺《しせき》の間の八ガ岳、甲斐駒、鳳凰などの山頂がまばゆい初雪に飾られる。

　水晶をけずってくるような北西の風のなか、しみじみと暖かい南の太陽に照らされながら、黄ばんだ緑や銀いろに枯れはじめた山野一帯のひろがりに暗紅色や朱の色にもみじしたヤマウルシやハゼの葉がきらびやかに燃えている。林の中では苔や茸がにおい、四十雀《しじゅうから》や日雀《ひがら》の澄んだ声がちいさい鐘の音のように響く。その林と草原との境界の、青くつめたい秋の小流れのふちに立って眺めると、白い煙のような丘のススキの穂の上に、遠く霧ガ峯や車山が柔かに枯れてよこたわっている。そして眼の前では入笠山をまんなかにした釜無山脈が南から北へ蜿蜒《えんえん》とつづいて、一年のうちでの最も華麗な色彩で、その針葉樹の暗い緑の急斜面や深い沢筋を七宝のように象嵌している。

毎朝畠や草原にうっすりと霜がおり、昼間がよく晴れて爽かに暖かいこの季節がおとずれると、仕事も仕事だが心はやはり静寂と絢爛との野山のなかへ誘い出される。岩と這松との高山で有るかぎりの力を試みた男らしい夏も楽しかったが、地上の万物が最善の調和に憩っているようなこの清明で快美な季節には、夏の努力の余韻のような伸びやかな丘陵歩きが好ましい。アレグロ・アッサイのあとのアンダンテ・カンタービレ。四周の秋からひろびろと高まって、青い大空に白い雲を散らした美ガ原や霧ガ峯、紫に枯れた準平原の山頂を持つ入笠山や釜無山。そういう丘陵性の山々がわたしを呼ぶ。

中でもいちばん近くて手頃なのは入笠山だ。山麓までわずか二十町たらずなので、積雪の深い真冬を除けば他のいろいろな季節にもう幾度となく登っている。しかし何といっても大気が澄んで眺望がきき、自然の豊麗な色調がしっとりと落ちついた十月半ばがもっともいい。そんな時には麓の村から山頂へかけて、シュトルム、ヘッセ、シュティフターらの詩が流れている。ガブリエル・フォーレやローベルト・フランツの秋の歌が歌っている。
入笠牧場の草紅葉にうずまった白い岩に腰をおろして、一望の視界におさめる新雪の木曽駒、御岳、乗鞍、さては北アルプスから白馬へとつづく遠い山波が何とすばらしい見ものだろう。金褐色に枯れた鐘打平《かねうちだいら》の湿原のほとり、秋の真昼の小さい赤い火を焚いて湯をわかし、ハンケチの隅で濾す珈琲が何というたった一人の饗宴だろう。どこかで高く雉《きじ》が鳴き、羊歯の葉陰で子連れの山鳥《やまどり》が餌をあさっている。行き逢う人の姿もなく、心を悩ませにくる下の世界の消息もない。頂上の青い小石の中にたたずんで、八ガ岳の裾野の村を離れてぽつんと立つ我が家の所在を望遠鏡の視野にとらえながら、そこに待っている煩わしい手紙や人事から遠く高く解放されていると思うことがほんとうにありがたい。
そしてたまたま釜無の谷の空高く、甲斐駒から仙丈へと流れる巨大な鷲の姿でも認めれば、わたしの秋の思い出にとって、これに上こす輝きの星は無いのである。

（一九四九年）

［『碧い遠方』所収］

八ガ岳を想う

「今年の梅雨は永くって、富士見高原は毎日びしょびしょの雨降りですが、たまたま雲が切れて信州の深い青空がひろがると、もうすっかり夏姿になった八ガ岳や蓼科《たてしな》の連峯が、晴れやかな日光と涼しい風の中にその雄大な山容を横たえます。先生御夫婦はいつ来られるのですか。そういつまでも私たちを待たせないでください。つい二三日前ですが、久しぶりの晴天に開拓村まで行ったついでに分水荘の森へはいってみたら、詩人のいないあの家のまわりでは蟬や小鳥が鳴きしきり、戸をしめきった座敷の裏手で一匹のリスが遊んでいました。東京の新しいおすまいもいいでしょうが、先生の夏の書斎はこの八ガ岳の裾野です。忘れる人は忘れられるとおっしゃったあの御言葉を、どうか先生御自身忘れないでください」

胸の痛くなるようなこういう便りを貰って以来、毎日仕事の机に向いながら、平静であるべき私の心が落ちつかなくなった。窓のかなた、梅雨の晴れまの遠方に、薄青いヴェイルのように顫えている奥秩父や大菩薩の連嶺。その向うに信州の夏を歌っている山々と高原と、私を待っている無数の親しい顔たちがあるのだと思えば、東京でのさまざまなきずなを前に、その断ちがたい義理や恩愛の強さに悩むのだった。

しかしもう一週間もしたら思い切って私は行く。やりかけの仕事をトランクに、まだ一字も染めない厚い新らしい詩帖を持って、海抜千メートルの夏草と風の中、あの高燥と静寂との広がりの中へ帰って行くのだ。そこの森の家へ行って冬以来しめきった雨戸をあけはなち、再びはじまる時間のために柱時計をスタートさせるのだ。そして今年こそは若い屈強な友達をさそって、八ガ岳をその編笠・権現のルートで訪れよう。天狗岳南面のお花畠から硫黄岳。このコースは山麓玉川村のお百姓、大六さんと一緒に行こう。

私の山登りの経歴の中で、長尾宏也君の案内で行った此の八ガ岳がいちばん初めの高山だった。もう三十年あまりの昔になるが、あの日の深い美しい感銘は、その後いろいろな季節に試みた同じ山の幾たびの登攀にも拘らず、今に至るもなおきわめて鮮かなイメイジとして残っている。国鉄小海線がまだ佐久鉄道といって小諸から小海までしか通よっていなかった頃だったが、その佐久側の本沢温泉から登って硫黄岳・横岳と、当時はまだ高山植物の楽園のようだったあの山稜を主峯赤岳へ向って行くうちに、その日関東と中部地方一帯を震撼させた未曽有の大雷雨に遭遇して、命からがら諏訪側の茅野まで逃げのびたのだった。しかしすべての恐ろしかったこと苦しかったことが年処の推移と共に美化されて、その三日の思い出が、今はなんと懐かしい盛福の遠方に光りくゆっていることだろう。今日詩集に残っている「大いなる夏」「八ガ岳横岳」「輪鋒菊」の三つの詩が、実にこの最初の八ガ岳登山の記念だった。

高峻登攀の洗礼をここに受け、その後も繰り返しては幾たびか訪れ、且つはまたその直下で戦後七年を暮らして来た私として、この山に特別な愛情を抱くのは当然であろう。しかしそうでなくても、南は編笠・権現から北は蓼科山のドームまで、南信の明るい空の下に蜿蜒幾里の緑と赤の長壁をそばだて、夏なお涼しい火山裾野を広々と美しく東西に延べて、きわめて日本的であると同時にまたどことなく西欧的な味を持っているこの八ガ岳の連峯が、多くの登山家や山好きの人達の特殊な愛やあこがれの対象となっていることはいかにもとうなずかれる。それにまたここに生れここに人となった人々は元より、その裾野の高原療養所で病を養った無数の人たちが、心のどんなふるさとを、この山に感じているかをも私はよく想像することができるのである。

八ガ岳は夏の山だ。また風爽かに雲が高く、夕日に染まった連峯がこの世ならぬ美のパノラマを展開する秋の山だ。その夏と秋とを再びあすこで生きるために、私は富士見の高原とその人々との許へ急がなければならない。

〔『尾崎喜八詩文集7　夕映えに立ちて』所収「季節の短章」より〕

霧ガ峯紀行

信州富士見高原の森の家での私たちの夏の滞在も、もうあと半月ぐらいで終ろうとする或る日のことだった。下りの列車へ乗るまでの一時間を利用して会いにきた霧ガ峯のヒュッテ・ジャヴェルの高橋さんが、いろいろな話の最後に「今はまだ県の種畜場の草刈が三十人ばかり入って泊っていますが、もう一週間もすると引上げて行って静かになりますから、そうしたら先生、今度こそ奥さんと御一緒にぜひ一晩でも二晩でもいいですから泊りがけで来てください。肝腎の名づけ親が一年たっても見に来てくれないじゃあ、だいいち小屋が泣きますよ。ねえ、お待ちしてます、本当に……」と、そう言葉を残して帰って行った。白樺の林の中を遠ざかって行く、そのカッターシャツのスコットランド風の格子模様が印象的だった。

私たちの夏の家の軒先からそのまるい山頂の見える入笠山に、もう三、四年このかた登山者のための小屋を経営している高橋さんが、去年新しく霧ガ峯の奥の沢渡《さわんど》へ建てた山小屋の名ヒュッテ・ジャヴェルというのは、じつは私の命名だった。私にはジャヴェルの山の本の翻訳がある。十八年ほど前に初めて東京で出版されて、いまでは廉価な文庫本になって出ている本だが、その『一登山家の思い出』が日本の山好きの人たちの間に流布して、著者エミール・ジャヴェルの名は一部の人々から深く愛され親しまれている。高橋さんもその心酔者の一人だった。それで頼まれた時きわめて自然にヒュッテ・ジャヴェルという名は附けたものの、初めの内はいくらかぎこちなくも思われ、自分たちの好みにつき過ぎてもいるようで気になった。しかし時立つにつれて大して苦にもならなくなり、今ではあのスイス・レマン湖畔の亡き文学教授の柔らかな感性や、かぐわしい品位への思慕の情さえ加わって、山というものに甘美な郷愁をいだく人々の心に、その山小屋の名が特別な親しみをもって響くようになったというのは、当の高橋さんの言葉である。

　九月二十一日の晴れた朝、私と妻とは二日間の山歩きにふさわしい支度で森の家を出た。停車場への途中、左に八ガ岳の連峯とその長い裾野のスカイラインとを眺め、右に高等学校のグラウンドや開拓地の畠を見おろす尾根道を通ると、今日も遠く北西の山あいに薄青い穂高が見え、常念や槍ガ岳が見え、そのずっと手前に平坦な台地状をした霧ガ峯と、古い硫気孔の崩れをこちらへ向けた車山とが見えた。そしてついこのあいだまで黒ずんだ夏の緑に横たわっていたその山に、今ではだいぶ黄の色の加わっているのが、もうそこへ一足早い秋のきていることを思わせた。それにしてもあと三時間か四時間すればあの山の上へ二人で立っているのだという考えに、私の妻の眸はかがやき、その胸は何か躍るものを感じているらしかった。実際彼女にしてみれば、戦後七年間東京を遠く離れてこの高原に暮らしていた間ぢゅう、焔のような草いきれの夏の日も、濛々としぶきを上げて荒れ狂う海のような雪降りの日も、駅前の町への買物にほとんど毎日一度は通っていたこの道から、今日はそこへ夫に連れられて遊びに行くというので改めてつくづくと眺めやる霧ガ峯——バスの終点の強清水《こわしみず》やその近所なら知っているが、それから先の幾多美しい草山の起伏や奥の湿原地帯などは、ただ話に聴き写真で見たほかには全く未知の霧ガ峯である。私が夏草の道の上で彼女の低徊をせき立てず、その深くあるべき夢想や感慨を乱すまいとしたのは寧ろ当然なことであった。

汽車を下りた上諏訪ではバスの出るまでまだ一時間の余裕があった。それで華やかに塗装された大型新車の前方へ席を取った私は、妻に車へ残ってもらって、今では戦後の東京よりもなじみ深くなっているこの湖畔の温泉町の繁華な通りへ買物に出かけた。先ず一軒の本屋へ入って五万分ノ一の「諏訪」図幅を買った。友人であり考古学者でもある主人が店に出ていてどこへ行くのかと聞くので霧ガ峯へと答えたら、「珍しく奥さんと御一緒では秋の山もなおさらすばらしいでしょう。それにお天気も上々ですし……」と言って、わざとらしからず祝福してくれた。地図を筒のように巻いてパチリと音をさせてゴム輪を懸けた若い女の店員も、私たちの応答につり込まれてうなづきながら、人の好い微笑を浮かべていた。通りの向う側の大きな理髪店の前を通ると、有名な素人天文学者で十数年前にとかげ座の新星を発見したその店の主人が、白い作業衣姿で鋏と櫛とを手にしたまま、客の頭から離れて出てきて同じような質問を浴びせた。それでここでも同じように答えると、「先生、いい日にお出かけだ。今夜は星もよく見えるでしょう、天気がえらいよいで」と言った。

　横町の写真材料店でフィルムを買ったついでに、数日前に頼んでおいたヘルマン・ヘッセの肖像の複写がもう出来ているかどうかを尋ねたら、愛想のいい主人が出来ておりますと言いながら、引出しから大きな袋へ入れた印画紙を鄭重に取出した。この一夏の富士見高原滞在中、彼の選詩集の翻訳を九分どおり仕上げた記念に、ドイツの或る新刊書の口絵に載っていたあのモンタニョーラの詩人の近影をここの写真店で複写させたのである。出来ばえは期待したほどでもないが、人生に徹して昂然とした「硝子玉演戯」の作者のむしろ神秘的な木彫りの面のような風貌は、その古さびた鉛色の色調のために却って不思議に生かされているように思われた。私はこの大型の印画を旅のルックサックの中で痛めるのを惧れて、帰りに立ち寄るまで預かってもらうことにした。そしてなおほかでも一、二軒買物をして、さてにじみ出る残暑の汗をふきながら、色さまざまなバスやタクシーがまるで大小の甲虫のようにひしめいている停車場前の広場へと引返した。

こうした色々な人間世界のつながりから私たちの体と心とをうけとって、それをあの広々とした霧ガ峯の草や風や静寂のまんなかへ放つために、バスは定刻きっちりに発車した。秋の彼岸の休日とはいえシーズンを外れているせいか、車内は半分以上空席をあまして、しかも蓼ノ海から先へ行く客は私たちのほかに二人しか無かった。明け放した窓を吹きぬける涼しい風に日光の熱いのが却って頼もしく、町を見おろす観光道路のうねりくねりを走りながら、無数の鳶がきらきらと漁をしている諏訪湖の水のひろがりや、汀に映る沿岸の村々とその背後の山なみや、またその上へ遠い穂高の連峯や笠ガ岳のふんわりと浮かんだ絵のような風景が、私たちの久しぶりの遠足気分に、さながら期待をそそる前奏曲であった。

角間新田で東京からの帰省らしい若い夫婦とその子供たちとを下ろし、蓼ノ海でどこかの放送局の技術員一行と彼らの重そうな荷物とを下ろすと、バスは今までの大見山を離れて、いよいよ霧ガ峯プロパーの登りにかかった。そして清水橋で池ノクルミへの道を右手に分かって、やがて窓の左に奥鉢伏のゆったりとした柔かい草山を眺めながら、霧ガ峯が西へ張り出した比較的緩やかな尾根を幾曲りか迂回すると、上諏訪から一時間なにがしで、とうとう強清水の終点へ着いた。

昔ここにたった一軒、長尾宏也君経営の大きなヒュッテ・霧ガ峯があって、その堂々たる玄関の硝子戸や、一階二階の幾十の窓々が山上の空や星を映し、朝日夕日を赫々と反射していた強清水。そこで柳田国男、藤原咲平、辻村太郎、木暮理太郎、武田久吉、中西悟堂さんらの連日の講演が静かに和やかに行われ、それを飯塚浩二、松方三郎、深田久弥、小林秀雄、石黒忠篤、赤星平馬、石原巌、村井米子さんらが他の聴講者と椅子を接して聴き入った強清水――そのわれわれが顔を洗ったり、婦人の客が濯ぎ物をしたりした強清水。シモツケソウやキンバイソウの紅や黄の花がぎっしりと湿地を埋めつくし、あたりのサワフタギやマユミの枝でホオアカが囀り、路傍の土くれやヒュッテの屋根の上をビンズイがちょろちょろ歩いていた強清水。これら多くの懐かしい名や光景がわれわれのうちで遠い美しい思い出になっている今、その思い出ですらも一笑に付して踏み消そうとばかりに、完全に破壊され俗化への一途を辿っている強清水だった。

あの朗らかな初夏を彩った蓮華躑躅や小梨の叢林。夏から秋へと花の絶えなかった見事な草野。コエゾゼミの鳴きつれていた小松原。晩秋の霧にむせんで金色に濡れた落葉松《からまつ》林。それもこれも皆伐り払われて一帯の土地はすっかり乾燥し、その味気ない風景の中に五、六軒の旅館が散在して、なお新築中のものもあった。私はバスを下りると妻をうながして、この雑然とした不調和景観をあとに高橋さんの小屋への道をいそいだ。

その小屋が見えるという千七百米の留塚《とめづか》の高みまで約十町の道は、もう強清水での情ない気持を忘れさせて、やっぱり霧ガ峯だった。そこまでくると眼に入るものは緩やかに起伏する草山の黄ばんだ緑の波うちと、日照り輝く遠い山腹で乾草を車へ積んでいる白い小さい人影と、放牧の牛のように点々と散っている黒い岩石と、それらの上にひろがって二つ三つ雲を浮かべた真青な九月の空だけだった。路傍にはさまざまな秋の花の中にセンブリや梅鉢草の小さな群落も認められ、新しく出た孔雀蝶や姫タテハが飛びかい、どこか近くからオオジュリンの〝チュルッチュルッ〟も聞こえてきた。そして今度の遠足のこの程度の第一歩にもすでにすっかり喜ばされた妻は、「私のほうが若いんですから」などと言ってルックサックを引受けたり、白い網をひるがえして蝶を追いかけたりしながら、草野を貫くだらだら登りの坂道を、私の後になり先になりして元気よく進んで行った。と、やがて、向うの高みのスカイラインに一つの人影が現れた。もしやと思って望遠鏡を構えると、果たせるかな例の派手なチェックのカッターシャツに黒ズボン、日に焼けた顔を喜びの笑みにくずして真っ白い強い歯並を見せながら、風をはらんで飛ぶように迎えにやって来た高橋さんだった。

「いらっしゃいませ。とうとう来てくださいましたね。お知らせは今朝頂いたんですが、県庁の役人が来ていたりしたんで、お出迎えが遅れて済みません。さあ奥さん、そのリュックは僕が背負いましょう。あすこまで登ればジャヴェルは一目です。いい位置ですよう……」そんな調子だった。そして人気もない霧ガ峯のこの空と草との広がりの中で聞く耳馴れたその調子が、彼の苦楽のすべてを知っている私たち夫婦には千万無量のものに響いた。

まもなく三人は留塚の高みに散在する岩の一つに腰をかけ、沢渡の上手の小高いところ、蝶々《ちょうちょう》深山《みやま》の秋の木々に囲まれて立っている別荘のようなヒュッテ・ジャヴェルや、その左手の奥のほうに柔らかな黄色に高まった八島ガ原の高層湿原を眺めながら、持参の弁当や菓子、飲物を分け合った。

ヒュッテ・ジャヴェル――それは全くいい位置を占めている。東と北に草山の大斜面を背負って、八島ガ原へも近ければ鷲ガ峯や車ノ乗越《のっこし》にも程近い静寂の片隅、初夏には稀品オオヤマレンゲの雪白の花を見る自然林の樹叢の末端、末は遠く砥川となって諏訪湖へそそぐ谷川の源流が、窓の下を音立てて清らかに流れている。冬のスキーや春夏秋の行楽に、誰かこのヒュッテを宿泊の家か憩いの場所にしようと思わない者があるだろう。まだこの小屋が無かった時でも、この沢渡の水のほとりで足を休めて弁当をつかったりパイプを楽しんだりした人もきっと多いに違いない。

私にしてもそうだった。そのいちばん古いのは二十年前、当時まだ小学生だった娘を連れて霧ガ峯に遊んだ時、八島ガ原から物見石、蝶々深山へと登った帰りに、道連れであった東京渋谷のフランス料理二葉亭の息子たちの一行がここにしましょうと言って、贅沢なランチをひろげたのがやはりこの沢渡だったのである。

私たちは主人高橋さんの案内でヒュッテの内外を見せてもらった。小屋は洋風の二階建で（現在では増築されて一層広く立派になったそうだが）階下は食堂と日本間、階上は喫煙室と一部屋ずつに区切られた寝室になっていた。食堂には御自慢の安山岩で畳んだ壁炉が嵌めこまれ、椅子や腰掛も質素ながら高橋さんの趣味のいいところを見せていた。二重窓のついている二階の喫煙室がよかった。西から南へ向いたその窓からは黒々と繁茂した東俣の国有林と、漸く黄いろく枯れそめた霧ガ峯の平坦な嶺線とが眺められ、その嶺線の一カ所にぽつんと見える留塚の岩のあたり、折から乾草を積んだ荷馬車と馬の姿とが影絵のように浮き出していた。沢の水のふちを一羽の黄セキレイがちょこちょこと歩いていた。崖から突き出したダケカンバの捩れた幹に、真赤な長い嘴をした赤ショウビンがひっそりととまっていた。環境が静かなので、家は出来ても鳥などはまだ恐れを感じないものと見える。

太陽が沈むまでには未だ二時間ばかり間があるので、私たちは二人で湿原を一廻りしてくることにした。沢の右岸の高みを横断すると正面に鷲ガ峯がそばだち、遠く美ガ原の一角が見え、眼の前には花毛氈を敷きつめたような八島ガ原の湿原が広々と展開した。まだ刈られていない草の中の小径を鎌ガ池のほうへ下りて行くと、行く先々で小鳥の群が飛び立った。立ちどまって望遠鏡で見るとそれが皆ノビタキだった。私はこのあたりに以前からノビタキの多棲していることは知っていたが、まさかこんな季節までこんなに無数に残っていようとは思わなかった。シシウドや大ヨモギの茎を横ざまに摑んで時々低い声で鳴いている彼らの羽毛はまだ夏のままで、その頭の黒と胸の茶褐色とが、一望の草原や湿原の寂しく落ちついた色彩との対照で限りなくいきいきと美しかった。

時計皿を伏せたように中高になった湿原は、もう黄や赤や紫に色づき始めた各種のミズゴケ、蔓コケモモ、姫シャクナゲなどにふっくりと被われて得も言えず美しいが、鎌ガ池や八島ガ池の汀に近いところは植物の濫採のためにすっかり荒らされて、昔の美観を知っている者の胸を痛くさせた。学問や観賞のために書かれる文献が、学問や観賞の名で悪用されて、植物は根こぎにされ、ごっそり切り抜かれ、股までも入るゴム長靴で踏みこまれて、その貴い珍奇な湿原植物景観が年一年と消滅への途を辿っているのである。

以前の美しさを知っている私のこうした痛憤にも拘らず、初めての妻には、それでもなお充分に見事な眺めであったに相違ない。彼女はふかふかと盛り上がった黄いろいミズゴケの島の上に、盆栽のような蓮華躑躅、サビハナナカマド、湿原ヤマウルシなどの赤や金褐色の紅葉を見出して感歎の声を洩らした。それに八島ガ池から古御射山《ふるみさやま》まで、湿原の南西のへりを通る小径はまだ一面に花の咲いた秋草に被われていて、中でも黄いろいメタカラコウ、キオン、ハンゴンソウ、白いリュウノウギク、シラヤマギク、青や薄紫の細葉トリカブト、マツムシソウ、シオガマギク、ヤマラッキョウなどがさかりだった。妻は「悪いけど一種《ひといろ》ずつ採るくらいなら勘弁して下さいね」と言いながら、良さそうなのを選んで一本、一本叮嚀に折りながら明日の家づとの花束にした。しかしそれでもなお四十種に近い数があった。彼女はヒュッテへ帰るとその花束を沢の水に漬けて、翌日は鷲ガ峯の裾を廻って和田峠へ出る間ぢゅう、ずっと大事そうにその油紙で包んだ重たい束をかかえていた。

ヒュッテへ帰り着くとちょうど日が暮れた。真西に沈む秋分の太陽は私たちの今来た道をまっすぐに照らして、この孤独の山小屋を歌の中の物のようにした。高橋さんは石油ランプに火を入れ、台所へ入って炊事を始めた。シーズンオフの今は使用人が居ないので、何もかも男手一つでするのである。妻は当然のことのように手拭をかぶり風呂敷を前掛にして、一緒に台所へ入りこんで何くれとなく手伝っていた。よごれっぱなしの皿小鉢を洗って片づけたり、丸めてある布巾を皆すすぎ出して竿に掛けたり、はては黒蝿の無数にころがっている客用便所の掃除まで始めた。愛すべき高橋さんは頭を掻いて恐縮のしどおしだった。「これじゃあ、まるでどっちがお客だか判りませんね」と彼は言った。

海抜千六百四十米、広大な霧ガ峯の静寂のまんなか、音と言ってはただ沢の水音ばかりの夜の山小屋の食堂で、二つ点もされたランプの光に十年なじみの顔をかたみに慕わしく見合せながら、私たちの挙げたビールのコップがなんと意味深いものだったろう！　小屋に有る限りの貯蔵食料が持ち出され、罐詰が切られ、くだものが剝かれ、追加の酒が後から後からなみなみとそそがれて、三人だけの水入らずの食堂はさながら隊商の幕営だった。

上諏訪の友人であるあの天文学者の言葉も私は忘れなかった。それで寝る前に二階のヴェランダへ出て空を仰いだ。空はすごいほど澄み渡って、その深淵のような空間を宝石の粉のような星がぎっしりと埋めていた。銀河は北東から西南西へと弧を描いて横たわっていた。頭の上にはペガススの大四角形が整然と懸かり、それに続いてアンドロメダやペルセウスが車山の尾根をかすめて昇っていた。アルタイル、ヴェガ、デネブなど銀河の中で特に輝く一等星は言うまでもなく見事だが、東俣の谷へ落ちこみかけている蛇遣《へびつか》いの星座が、地平拡大の作用でいかにも堂々と立派だった。牛飼の輝星アルクトゥルスはもう鷲ガ峯のほうへ沈んだが、終戦の年にその新星を私の見た冠座は、天の大きな宝冠を黒々とした山の頂きに載せていた。しかしそのうちに八島ガ原辺りの沢筋から霧が湧き出して、やがてそれが濛々と立ちこめて来た。無風快晴の秋の夜を山上の空気がどんどん冷えてゆくので、混合霧が急速に発生して来たものと思われた。小屋は濃霧に包まれてもう何も見えなかった。私はヴェランダを辞して寝室へ帰った。妻はまだ起きていて、何かこまごまと手帳へ書いていた。

その翌日、今日もまた快晴の午前を私たちは高橋さんとヒュッテとに別れて和田峠へ向かった。高橋さんはなごり惜しげに八島ガ原の見えるところまで送って来た。暫しの別れの言葉だの記念撮影などで手間どった。やがて思い切って「さよなら、さよなら」の手を振り帽子を振りながら別れた。最後に振り返った時、高橋さんはカメラをこちらへ向けていた。今その写真が私の机の上にある。古御射山、湿原、鷲ガ峯を遠景に、草原の中の糸のような小径を私たち二人が辿って行くところである。私はルックサックを背負い、妻は経木真田の鍔広な帽子をかぶって白い捕虫網をかついでいる。鷲ガ峯から美ガ原の空へかけて高い巻雲が帯状に流れ、鉢伏山のうしろには真っ白な積雲が横たわっている。

それにしてもこの大きな広がりと美しい寂寞との中を、ただ二人行く私たちの姿がなんと孤独だろう。三十幾年を試みられ洗いざらされた愛の感情と、日の光や雨のように単純で天然の滋味を持った互の思いやりと心づかいと、やがては今の別れよりももっと大きな哀別を覚悟しながらの毎日を生きている二人――。その二人の、これが真実の姿なのだ。これでいい。これ以外、どんな見えも修飾もいらない。そして二人はこの心、この姿で霧ガ峯を訪れたのだ。

私は八島ガ池の上、ぼうぼうと茂った草の中の分れ道で、右手和田峠への小径へと妻を導いた。

（一九五五年）

［「岳人」一九五五年十一月／『尾崎喜八詩文集7　夕映えに立ちて』所収］

高原の冬の思い出

東京とくらべて年間平均七度から八度は気温の低い富士見高原ではあるが、同じ長野県でもずっと南に位置して、地形の上からも太平洋気候の影響下にあるせいか、北部信濃や隣接する越後の冬にくらべると、その雪の降りかたもはるかに穏かで、積雪の量も比較にならないほど少い。そこに七年間を暮らした記憶からいちばん雪の多かった冬を思い出しても、八ガ岳や釜無の連山、甲斐駒・鳳凰などの銀の屏風絵にかこまれた高原の雪景色は、明るく、静かに、男らしくきらびやかで、忍苦や陰惨をおもわせる影すらなかった。開墾部落の除雪作業に狩り出されて、子供たちの通学路や村道をあける汗みずくの労働の時にさえ、歎息はおろか、迷惑をつぶやく愚痴の一言すら洩れなかった。それは五十を過ぎた年齢にもかかわらず、山で鍛えた体力がまだいくらか残っていたからだというほかに、眼に見る山々や空のひろがり、踏んでいる高原の大地へのなじみや愛や信頼のせいであり、この土地にこんな雪がそう始終あるわけではなく、楽しい春はもうすぐ其処まで来ているではないかという希望からでもあった。事実、二月初めのその日でさえ、氷点下五度の気温とさむざむとした薄日のなかで、積雪をすくい飛ばす作業路の池畔に白い絹毛を光らせたネコヤナギの花穂が見られ、水ぎわの雪と枯草のあいだから、緑のモスリンを小さい球にくくったようなフキノトウが可憐な頭をのぞかせていた。

土地へのなじみから生れる理解や愛や期待は、冬は冬で私の高原の生活をいろどって楽しみ多いものにした。今でも目をつぶって、其処へ人里離れたあの山荘の雪の日を置けば、何よりもまず家をかこむ数百本の木々と、その梢や大枝からしきりなしに崩れて落ちる滝のような雪煙りとが見えるのである。この森の中を村道へと合しに行く曲りくねった長い踏跡、いろいろな形に雪をかぶった藪や灌木、そこに周囲の静寂をやぶって鳴いているヒガラ・シジュウカラ・アカゲラなどの鋭い叫びと澄んだ反響、家の中では微妙にうなるストーヴの音、大屋根から蒲団のようにずれて内がわへ巻きこんだ軒先の雪、電線を包んだ雪の円筒や、それがはずれて危うく懸かった雪の紐、ウサギやノネズミの足痕のある台所の出入口や花崗岩の井戸、そして障子をあけた硝子戸のそと、木々のあいだから近々と仰がれる入笠山の真白な円頂と厖大な釜無山、富士見駅を出て行く列車のおりおりの汽笛……そんな時に重い大きな鞄をさげて森の家へたどりついて来る郵便配達の若者や老人は、かならず一椀の熱い紅茶と一本の巻煙草とを供されて、その雪中四里あまりの集配の労をねぎらわれるのだった。

そのころの古い日記やノートを読み返すと、私は雪の中でもじつによく出歩いている。冬は農閑期なので、十二月から翌年三月末頃まで、毎週一回ぐらいの割で、汽車に乗ったり歩いたりして講演に出かけている。今ではとうてい考えられないような重労働だったが、それは別として、自分の楽しみのために、眼や心の養いのために、さまざまな気象現象や生物の観察に行くのがもう一つの仕事のようになっていた。しかしそれも遠くまで出かけるわけではなく、家から半径一キロか二キロぐらいでほとんど常に満足が得られた。自然の観察には持続ということが必要である。持続のためにはその観察の場が手近かな処にあることが一つの条件となる。その点私の住んでいた場所ははなはだ恵まれていた。家は大きな深い森にかこまれ、森の外には谷があり、山田があり、開墾の畑地があり、藪や林を載せた丘陵の起伏があり、そして同じような地形・地物から成る八ガ岳の大山麓の一部が、いわゆる富士見高原となってひろがっていた。それ故もしもこの土地でいくつかの立派な研究や観察の成果を挙げたいと思ったら、七年はおろか、十年・十五年の日子もなお多しとしないだろう。しかし私には一方に天職と思われる芸術の仕事があった。それに年もとっていた。運命と生活の事情とは私にアンリ・ファーブルやW・H・ハドスンの道を許さなかった。してみれば私の観察なるものも言わばその時々の「注目」にすぎず、ただその注目の仕方や対象が誰かの心に興味を呼びさますか、或いは何等かの暗示として作用するかもしれないくらいがせいぜいのところである。

すっぽりとかぶったスキー帽に黒い厚地の古外套、裏毛の手袋にゴム長靴、八倍の双眼鏡と三十倍のルーペに手帳一冊。それにケース一杯の巻煙草と当然必要なマッチとを忘れさえしなければ、私の冬の散歩の装備は完璧だった。おっと、もう一つ。記録や備忘のためのツァイスの小型カメラ。無精だったり忘れたりしてこれを持って行かなかったために、後になってほぞを噛んでも及ばないことが幾度かあった。自然を相手にも人生と同じように偶然の出会いはすくなくなく、千載一遇に近い例もあるのである。

或る初冬の朝、私は森の家から程近い丘の上へ立って、まず東の八ガ岳から北へ蓼科・車山・霧ガ峯と順々に見わたし、それから西へ転じて釜無山脈から甲斐駒の方を眺めていた。十二月初めのきっぱりと晴れた日で、かすかに冷めたい風が流れ、見たところ空には一点の雲もなかった。低い山々にはまだ雪が来ず、わずかに甲斐駒の頭と八ガ岳の嶺線の高いところが白金の象嵌をしたように光っているだけだった。その時、私は入笠山と釜無本山とのあいだの程久保山の中腹に、短かい帯状をした灰色の雲が一筋懸かっているのに気がついて、こんな晴れた日にどうしてあすこにだけ雲があるのかと不審に思いながらじっと見ていた。よく見ると雲は山に沿って静かに北から南へ動いていた。ところが眼のまちがいか気のせいか、その雲のおもむろに通りすぎてゆくあとが、すなわち程久保の鳶色に枯れた山膚の一部が、どうやら薄すりと白く変色してゆくように思われた。私は眼をこすって、ちょうどポケットに持っていた六倍のミクロン双眼鏡をぴたりと向けた。するとどうだろう！　それは眼の錯覚でも気の迷いでもなく、まさしく鳶色の山膚にありありと残された銀白色の帯で、思うに過冷却した雲の分子が、びっしりと山を被うた冬枯れの木立に触れるや、そこに印して行った氷結のあとに違いなかった。私もずいぶん霧氷は見たが、こんな条件下にこんな光景を、まるで実験室での見ものでもあるかのように、かくもはっきりと見た経験は一度もない。私はカメラを持ち合わさなかったことを悔やんだが、たとえ持っていたとしても、望遠レンズでも併用しないかぎりおそらく映りはしなかったろう。そしてそのうちに遠く美しかった霧氷の帯もはかなく消え、奇蹟を演じた雲もいつのまにか姿を消して、あとは初冬の山野を照らす太陽ばかりの快晴となった。

もう一つ、これこそカメラを持っていないでひどく後悔した経験だが、幸いはっきりした日附がわかっているから書いておけば、昭和二十五年二月十九日日曜日、午後二時半から三時頃の間のことだった。空には初め一面に綾のように乱れた薄い巻層雲が拡がっていたが、それが見るまに濃く厚くなって高層雲に変って行った。そして夕方から雪を降らし、翌朝になって晴れた。問題はその巻層雲から高層雲へと移るごく短時間の出来事である。

その日正午近く、高原を一里ばかり上の部落から二人の小学生がたずねて来て、私が彼らの学校で試みた講演から刺戟されて初めたという、二人で合作の自然観察記や写生帳をみせてくれた。そのけなげな幼い彼等の帰りを高原療養所の近くまで十町ばかり送ってやって、さてぶらぶらと浅い積雪を踏んで帰路についた時だった。

何気なく空を見上げた私は、一面にひろがった薄い綾雲をとおして南西へ傾きながら光っている午後の太陽に暈《かさ》があり、その暈のへりの左右に同じ間隔を置いてそれぞれ一つずつ輝いている別の太陽のあるのを見た。それは気象光学上いわゆる「幻日」の現象で、この場合では半径約二十二度の日の暈（内暈）と、太陽を中心にした水平の光帯すなわち「幻日環」との切り合った処に現われる二つの光輝点である。そしてこれならば、そう普通には見られないまでも、必ずしも珍らしいという程でもないのだが、この時私が生れて初めて見て驚いたのは、その水平の幻日環を、中心の太陽のところで垂直に切るもう一つの光帯を認めたことだった。これは「十字光」と名づけられて、非常に稀にしか見られない現象だそうだが、エドワード・ウィンパーの「アルプス登攀記」にある、あの悲劇のあとのマッターホルンの下山の途中、生き残りの連中にリスカムの空高く現われた十字架というのも（数は二つであるが）、或いはこれであったかも知れない。それはともかく、私の見ることのできた十字光は水平光帯の長さが視角で約五十度、太陽に向かって左の方がいくぶん短く、垂直光帯はその半分ほどで、太陽よりも上の部分の方が長かった。光は幻日よりもずっと弱くて、何か悲しい水っぽいものに感じられた。そしてこの稀有な天空の光学現象は私の気のついた時から五分間も続いたろうか。忽ちかさばって来た雲に呑まれて跡方もなくなった。

新しく雪の降った日の翌朝、積雪の上にしるされた小鳥たちの可憐な足痕をしらべに行くのも冬の楽しみの一つだった。雪は細かければ細かい程よく、それが適度に締まっていると、彼らの足指や爪の痕はまるで針ほどの鑿《のみ》で刻んだかとばかり美しい。そのうえ太陽が出ていれば申しぶんがない。雪の大理石に切りつけられた精巧緻密な筋彫りへ光があたり、半透明の影がついて、その微妙さは惚々として匂うようだ。そしてその一つ一つが或いは交互に、或いは揃ってちょこちょこと走ったり、ぴょんぴょんと跳ねたりする小さい姿を想わせながら、鎖のように、巻き、流れ、会い、別れ、かわゆい右往左往や跳躍のあとをまざまざと見せて、純白な無垢の雪面を賑わしている。

彼らは主としてアトリ、ホオジロ、アオジ、カシラダカ、ビンズイ、コカワラヒワ。すべて大地に糧を求める平民的で屈託のない元気な仲間だ。こういう彼らの雪の上の足痕を見てその美しさ可憐さに打たれると同時に、これはホオジロのもの、これはアトリのものと、正しく識別ができるようになるまでには、やはり熱心な観察の積み重ねが必要だった。それにはまず輪郭がぼやけたり形が崩れたりしていない言わば切りたての新鮮なものを見つけて、それを忠実に写生するかカメラで接写するかして、鳥によってそれぞれ違う足の裏の紋様を記録に残すことである。この場合には鳥の種名はわからなくてもよく、必要なのは足痕や歩き方の種々相の正確な記録だった。次にする事は雪面に下りている小鳥の種類を肉眼なり望遠鏡なりで確めて置いて、時を移さずその現場へ今刻みつけられたばかりの足痕を見に行くことだった。こういう事をいい加減でなく正しく続けているうちに、いつか私にも識別の力がついて来て、雪の高原を歩くのに又一つ楽しみがふえたのだった。

或る晴れた朝、山荘の森から野へとつづく小径に近い雪の上に、私は一羽のキジの足痕を認めた。それは堅い水晶に切れ味するどい鑿で切りこんだような足痕だった。私は心がぱっと明るくなった気がした。あのキジという華麗な強い大きな鳥が、ほのぼのと赤らんでくる厳寒の日の出前の地平線をかなたに見ながら、野性の、孤高の、威厳にみちた歩みをはこぶ姿を想像したからだった。足痕は雪の浅くなった細い湧水のあたりまで続いて、其処でいくつもいくつも重っていた。キジは雪の下の古い落葉を掻きのけて、一月の青い冷たい水を飲んだらしかった。私は金属光を放つ彼の濃い藍色の頭と、きらきら光る緑いろの首と、鮮かな赤い顔とを心にえがいた。時ならぬ冬に花が咲くような気がし、こんな環境に生きる自分の幸をしみじみと思った。その私の正面に、朝日を浴びて金光を放つ深雪の八ガ岳が、その結晶のような連峯をまっさおな大気の中に横たえていた。

またある時は雪球の観察だった。私は上に山畑のひろがっている斜面の下の雪道を歩いていた。むこうの浅い沢の水辺でのカワガラスの早春の囀鳴を聴いたり、流水をくぐって餌をさがすあの濃い栗色の鳥の敏捷な活動を見ようと思っての散歩だった。ところが今言った山畑の下の雪の斜面に、何十本という垂直の縞のついているのが眼にとまった。よく見るとそれは上の畠のへりから転げ落ちる小さい雪の球がつけた傷で、糸を引いたように上から下まで連続し、軽やかに触れたもののように浅く、美に関心ある者の仕事のようにさりげなく精妙だった。なおも仔細に見ると、どの縞もすべて破線になっていて、極めて細い長い鎖を押しつけた痕のような観を呈していた。何十本というその線条には、毛のように細いものから小指ぐらいの太さのものまであったが、それより太いのは見当らなかった。この縞の幅は雪球の直径に近いものだから、その時の畠の上の風力が移動させることのできる大きさの物しか印刷されないはずだった。縞が破線になっている理由は私にはよくわからないが、おそらく畑のふちで風に丸げられながら出来た最初の小さい雪球の面に、溶けて粘着力の出た箇所とそうでない箇所とが出来て、そのために転落の最初に斜面の雪の着く着かないという異同が生れ、それが最後まで因をなしてこういう鎖状の痕跡を残すようになったのではないかと思われた。

また、こんな事もあった。或る三月の寒い午後、例のような服装に身をかためて森の家を出ると、ハンノキや白樺の樹下の雪をぎしぎしと踏みながら裏手の小さな池のほうへ歩いていった。浅くくぼんだ昔の沢筋に裾野の清らかな伏流が湧いて、夏には白い藻の花や薄紫の水草の花のあいだから、青銅色に光るタカネトンボやオオルリボシヤンマが生れ、其処の土手に立っている一本のクルミの樹の下の涼しい蔭へすわりこんで、よく私が笛を吹いたり詩や文章の断片を書いたりする池である。そして其処まで行くと東西の視野が大きくひらけて、冬ならば遠く紫いろにけむっている落葉松《からまつ》の林や黄色い枯草の丘をこえて、全山真白に化粧した山々の大結晶群が眺められるのである。

私は青空の下の雪の山波をひとわたり見廻すと、池畔の土手の枯草の中へ腰をおろして池の上へ眼を落とした。三十坪ばかりの池は全表面の約三分の二が氷り、残る三分の一が融けていた。ところでその時、其処へ一羽のセグロセキレイが「チチッ・チチッ」と鳴きながらひらひらと飛んできた。厳寒の冬のあいだ、その仲間のキセキレイはもっと温暖な地方へ移動してゆくのに、このほうは私たちの処に居残っている黒と白との美しいセキレイである。

彼は飛んで来て池の氷の上へ下り立つと、ちょこちょこと氷のへりの処まで小刻みに駆けて行って、其処に半ば麻痺してしがみついているマツモムシを一匹くわえ取ると、振り廻すようにして氷の上へ投げつけた。虫は鏡のような氷の表面をツーとすべって行った。池や沼に棲むこの有吻類のマツモムシは、外敵に襲われるとその注射針のような嘴《くちばし》で刺すのである。私も経験があるが、これに刺されると人間でもかなり痛い。それを承知のセグロセキレイは、獲物をとらえても直ぐには食わない。投げつけられてすべって行ったのを、追いかけては又振り廻すようにして叩きつける。マツモムシは主《ぬし》を失ったスキーのように流れて行く。また追いすがって叩きつける。こんなことを繰り返しているうちにすっかり弱ってしまった獲物を、セグロセキレイは細い脚の長い爪でおさえつけて、柔かい胴の中身を突つき出して食うのだった。
私は今年もまた見ることのできた冬の自然の片隅のこの小さな劇に満足しながら、黒と白との美しい精悍な小鳥が、ついに三匹のマツモムシを食って飛び去るまで固唾を呑んで見ていた。それは私のWinter's taleの、「冬物語」の一幕だった。背景は雄大な雪の山々、舞台はフキノトウが萌えはじめ、裸のクルミの木の一本立つ、枯草の土手をめぐらした高原の池のほとりという……

(一九五八年)

[「アルプ」創刊号・一九五八年三月/『尾崎喜八詩文集7　夕映えに立ちて』所収]

上高地紀行

今年のウェストン祭には妻同伴で出かけた。まだ寝巻のままで「行ってらっしゃい」をしに縁側へ出て来たちいさい孫たちが、彼らの「おばあちゃん」の登山姿を見てびっくりしたり、手をたたいて喜んだりした。

連れて行くときまった時、「私には二十一年ぶりの上高地ですよ」と言われて、もうそんなになるかと少なからず驚いた。この妻と娘を連れて、当時黒田姓を名のっていた村井米子さんたちと一緒にした燕から槍への登山。いま子供二人の母親になっている娘がまだ小学の六年生だったのだから、算えてみると二十一年という勘定はちゃんと合っている。

勘定は合っているが、上高地にしろ何処にしろ、あまり留守番をさせすぎたという気がする。そのくせ自分だけはよく出かけて、いやな顔もされず、恨みがましいことも言われなかったのだから、思えば内助という事を相手の慣性か何かのように利用して、その恩恵に思いをいたすことあまりにやぶさかでありすぎた。たがいに年もとった。今後何年いっしょに暮らせるか知らないが、まったくの手遅れにならないうちに、せめて年に一度でも二度でもいいから好きな山へ連れて行ってやろう。そう発心しての出発だった。

松本では日本山岳会の信濃支部長高山さんの処で一晩ごやっかいになった。「とうとう奥さんがいらしった」というので大変なもてなしだった。かなり暑い日ではあったが松本平は晴天で、お城に近い高山さんの二階の窓から、花やかに燃える夕ばえの空を背景に、常念の左へちょぴりと現われる槍ガ岳の槍の穂先がまるで紫水晶のようだった。

翌日は高山氏夫妻とその娘さん、それに上高地五千尺旅館の主人も加わった一行で出発した。松本を出て島々、それから梓川の谷に沿って終着の河童橋《かっぱばし》まで約五〇キロ、ハイヤーで二時間半ほどの行程だった。

*

麦秋の松本平を西南西へ一八キロ、野麦街道に砂塵を上げて疾走して来た軽快なフォードの中型が、梓川の渓口部落、古い島々の宿《しゅく》の出はずれでぴたりと停まる。

上高地への道のついでに、土地の版画家加藤大道さんの一家に一目でも会って行きたいという私のために、ようやく山の迫って来た坂の中途でエンジンをとめた車である。

大道さんその人とはまだ対面数回の間柄だが、父親の業をついで木版画や民芸品を造っているその息子や娘とは、彼等が以前から私の書く物の愛読者である関係で親しくして来た。松本で世帯を持っている息子のためには、頼まれてその長女の名附親になった。島々の両親のもとで働いている娘からは、その作になる可憐な安曇《あずみ》人形を幾たびか贈られた。東京の冬の夜などにふと思い出す度ごとに、心がなごみ、胸のどこかが痛くなるような、そんな人なつこい兄妹である。

その妹のさき子が、老いた父親や母親と一緒に車のそばの道ばたへ出て来た。去年会った時と同様に健康らしく、去年よりも一層美しくなったように思われた。帰りにはぜひ立ち寄ってくれるようにと、親子三人が口をそろえて言う。そのこぼれるような真情に答えるのに、今度の旅には時間が無いからとはとても言えない。「都合がついたら寄りますよ」と、そんな不本意な怪しい返事を後に残して、窓ごしに手を振り手を振られながら別れたが、やがて梓川を右岸へ渡って車が稲核《いねこき》の部落を過ぎる頃まで、心をとざす哀愁の霧の、容易に晴れないのを私は感じた。

*

道は改修が進んで去年よりもずっと良くなっている。山側の崖をけずったり、突き出た岩壁を爆破したり、谷側の崩れを石垣やコンクリートで固めたりして、危険を思わせる個所も著しく少くなり、道幅もだいぶ広くなった。

そういう道路工事は、奈川渡《ながわど》から前川渡あたりまでの間でいちばん盛んに行われているように思われた。爆破した岩の大きなかけらを金鎚でこまかく割る者、それをもっこで運ぶ者、篩《ふるい》にかけて石の粒をより分ける者、割栗の角錐を切り出す者、ミキサーを廻してコンクリートを造る者、縄を張って水準を出す者……仕事を求めて何処から集まって来た人たちかは知らないが、そういう人夫の幾組が、梓川の谷の空、垂直幾十メートルの高みの路傍で、骨身をねじり、汗を絞りながら、ほとんど唖のように黙々として働いているのだった。

それにしても車の窓から見上げ見下ろす山や谷間の、雲のように盛り上がった若葉の色をなんと言おう。すべての山がほとんど広葉樹ばかりで被われている上に、樹木の種類が多いので、新緑と口では言っても、その濃淡の微妙なニューアンスには限りがない。もしも緑の虹というイメイジが言葉として成立し、緑の夢という形容が許されるならば、或いはこれに近いかも知れない。そしてこの虹、この夢は、梓川を更にさかのぼって上高地から徳沢へ行くまでに、いよいよ縹緲《ひょうびょう》の趣きを深めるのである。

眼が讃美する一方では、耳がまた傾聴していた。それは疾走する車の中にいてなお明瞭に聴き取れるエゾハルゼミの斉唱で、奈川渡から坂巻温泉あたりまで十二、三キロの間、ほとんどとぎれ無くずっと続いた。エゾハルゼミの声は低い複音のハーモニカか、チェロのことを思わせる。その音色《ねいろ》には幽邃と清涼の質があって、同じ斉唱でもエゾゼミのそれのように強圧的でなく、ハルゼミのように浅薄でもない。個体として啼いている時には、「ヨーギ、ヨーギ、ギギギ……」と聞こえるが、数匹乃至数十匹の斉唱となると、却って澄んだ中音絃楽器の効果を出す。姿は平地の松林で五月ごろ啼く同属のハルゼミに似ていて、それよりも一廻り大きい。

ところで私はこの蟬の声が、梓川の谷も中ノ湯を越すとぴたりと止んで、もう上高地でも徳沢でも全く聴かれないことに気がついた。しかも奈川渡から下では、稲核でも島々でもこれを耳にしなかった。仮に中ノ湯を海抜千三百メートル、奈川渡を千メートルとすると、この蟬の生活に適した標準高度は、少くとも本州の中部地方では、およそこのくらいの数字で表わされる処のように思われる。今までに私がこの蟬をたくさんに聴いた木曽谷の鳥居峠も、釜無谷の今ナギ附近も、ちょうどこの高さだった。その上エゾハルゼミは深山の渓谷に臨んだ広葉樹林の蟬とされている。してみると、少し話のうますぎる嫌いはあるが、私の車中の傾聴は、同時に生物アマチュアの一観察であったかも知れない。

*

講演の後で読んでくれと頼まれた一篇の詩を、ようやくのことで書き上げたところへ急使が駈けつけて、「もう皆さんがお待ちですから」という口上である。会場は梓川の河原の野天。ウェストンの浮彫の半身像を岩壁に嵌めこんだ記念碑の前。急いでも河童橋《かっぱばし》から十分はかかる。

いわゆる「日本アルプス」の開発者でその名附親でもあり、同時に我が国近代登山の父と言われるイギリス人の牧師ウォルター・ウェストンは、上高地の山水の美を殊のほか愛して広くこの地を推奨した。その徳を追慕して戦後毎年六月か七月に行われるのが此のウェストン祭で、主催は日本山岳会信濃支部。今年は六月に催されてその第十二回目である。

急いで着くと、記念碑を半円形にとりまいて、百人あまりの男女の登山者が集まっている。みんな胸に黄いろい参加章をつけ、厳粛なおももちで立っている。マイクロフォンが据えられ、報道関係の連中も手ぐすね引いて待っている。いいお天気だ。碑の真向いにそびえ立つ六百と霞沢の岩峰が、初夏の午後の日をいっぱいに浴びて金光を放っている。眼の前の梓川が不断の琴の音を響かせている。

長身の支部長高山さんが開会の挨拶をする。ズボンに派手なブラウスという若い女性が二人、肖像の左右に山から採って来た花の束をささげる。村長自身や市の観光課長代理の祝辞がある。カメラやアイモはもう活躍を初めている。マイクロフォンも思ったより調子がいい。続いて東京の本部から来た理事が、登山の精神面を強調した講演を試みる。「日本アルプス登山と探検」の訳者O教授がその著者ウェストンの話をする。最後に私の、講演とも言えない短かい話と詩の朗読。

こうして一時間ばかりで碑前の行事は終ったが、私は既知未知の数十人から、否応なしに彼らのカメラの前へ立たされた。

無理やりに作らされた詩は次のようだが、これは今後ゆっくりと手を入れなければならない。

梓川の青い流れが瀬音を立てて
ぐるりと大きく弓のように曲がっている。
そのつきあたりの一枚岩に
堅く嵌まった浮彫の
銅のパネルのウェストン像。
そのウォルター・ウェストンの
十二年目の祭をすると集まった
男女無数の登山者たちの、
魂には自然を持ち、心に山を抱きしめた、敬虔な、素朴な
親しい顔々のなつかしさよ。
ああ、上高地の谷に六月の風は歌い、
水辺の柳の綿がしきりに舞う。
霞沢や六百の堅固な岩の幔幕に

柔かな日光が蜜のように流れている。
これらすべてが予想されたものでありながら、
なんと新らしく、珍らしく、
なんと抗《あらが》いがたい現実として、
こうして此処に集まった私達を打つことだろう。

＊

鋲靴の底にギチギチと歯ぎれのいい足ごたえを感じながら、しっとりと濡れて堅くしまった花崗岩の、灰いろの砂の小みちを踏みしめて行く。

道の左下は梓川の糸のような青い流れと、柔かな化粧柳の林のずっと続いたその河原。もう明神の尖峯もうしろになって、代って現われた前穂高の雄大な山稜が、残雪を塗りこめた濃い桔梗《ききよう》いろの地肌やするどい尾根の歯がたを、煙のようにまつわった雲の裂け目の、あんな高みからのぞかせている。

右は大滝山ふもとの密林。その夕暮のように暗く、氷庫のように冷えびえとした奥のほうから、気ぜわしい駒鳥の歌や、さびしい鷽《うそ》の口笛が洩れて来る。原生林のへりの露に濡れた苔の中には、可憐なイ、チ、ョ、ウ、ラ、ンやホ、テ、イ、ラ、ンが、宝石を刻んだような花をうつむけている。

道のゆくてを見えがくれに、年輩の女が二人行く。一人は和服に草履ばき、一人はキスリングのルックサックを背負った登山姿。和服の人は松本に住む友人の奥さんで、もう一人のほうは私の妻だ。年に似あわず元気に歩いて行くその後姿のむこうがわに、彼女の顔の晴れやかなのを私はよく想像することができる。

この上高地は妻にとって、久しぶりのなつかしい谷である。毎年夏が近づくと、今年こそは連れて行ってやろうと約束しながら、主婦としての相つぐ故障でお流れになった。それがとうとう実現して、いよいよ明日は出発という前の晩、はずむ心に旅支度をしながら、書斎の電蓄で聴いた「鱒」の五重奏から、さまざまに空想したものが今こそみんな彼女のものになったのである。梓川の谷の瀬音も水の光も、それをめぐる幽邃な自然も、華麗な焼岳も、荘厳な穂高も。さては南ドイツの山荘を思わせる静かな宿の滞在さえ……

その彼女がたとえ十年を若返って見えるとしても、おそらく当然の事であろう。

或る曲り角で、右前方の山あいに、ちらりと常念の金字塔が見えた。日の当ったその堂々たる山体に、例の幅のひろい残雪の帯が斜めに深く食いこんで、プラチナのように光っていた。

　道がまっすぐに徳沢を指すと、常念の姿はかくれて、今度は谷のつき当りのまっさおな空中に、北へ向かって翼を伏せて大鳥のような大天井の山頂が現われる。黒々と深い一ノ股の切れこみが正面。岩の城塞のような屏風岩《びょうぶいわ》のさえぎるところ、初夏六月の天を突く槍ガ岳の所在がほのかにそれと想像される。

　タンポポの黄、エゾムラサキやテングクワガタの空色。花で埋まった美しい柔かな草原に、唐檜、落葉松、白樺などの巨木が点々と立つ徳沢の平は、私にとっても久しぶりの訪問だ。シーズンには早いので、赤と白のキャンプ用の天幕が二張り、広い原の片隅に小さく、低く、閑散に立っている。

　先に着いた若い女性たちの一行にまじって、松本の友人高山夫妻とその娘や、農工大学のＯ教授や私の妻が、もう草の中へ菓子だの飲物だのをひろげている。日が射せばさすがに暑いが、かげれば千五百メートルの山間盆地。峯々の雪を溶かした空気の流れが惜しげもなく吹きおろして来る。

　花のしとねに寝ころんで、妖精たちの合唱に眠るベルリオーズのファウストのように、近くの林で鳴いているアカハラやメボソの歌に揺られながらうとうとする。

頭上の空には絶えず大きな雲の往き来があって、六百山が悲しく暗澹と曇ったり、奥又白の雪渓が白刃のように眼にもまばゆく光ったりする。

深い静寂に支配された永遠のようなこの一刻を、女達のさざめきや小鳥の声が、私にとって、人生を遠ざかって行く時のなつかしい別れの歌か、「我等と共にとどまれ！」の呼び声のようだ。

＊

もしも事情が許すなら、私はなお幾日かを上高地で過ごしただろう。山登りのためか。否。この年齢になってはもう登山に多くは望めない。たとえやってみるとしても、せいぜい焼岳か西穂ぐらいなものだろう。

今の私をこの谷間に引きとめるもの。それは花も花だがそれよりもむしろ小鳥だ。小鳥たちの歌に聴き入り、その姿を見ることだ。

彼らは、この比類なく美しい山間盆地のあらゆる森林や沢に住んで、それぞれの歌を高々と鳴りひびかせている。五月・六月こそ彼らの盛季だ。今がちょうどその六月。私は谷間全体が柔かい新緑の雲に埋もれたこの季節に、空間を流れて来るメロディーの一節、落ちて来る音色の一滴からでさえ、ほとんどその歌手の名を言い当てることができる。

田代池から河童橋への中ノ瀬の森林。その針葉樹の木立から、ヒッツーキー・ヒッツーキーと高いピッチで聞こえて来るのはエゾムシクイの声である。

小梨平から明神池へかけての道の左手、コメツガやシラベの林の深い処にはルリビタキが多い。ヒョロロロ・ヒョロロロ……瑠璃《るり》いろの玉を思わせる寂しく澄んだ美声だ。同じような場所で聴かれる同じ美声でも、キビタキには艶《つや》っぽさがあり、ウソの笛には霧の中に人を求めるような痛ましさがある。

ゴジュウカラの早口のヒュッ・ヒュッ・ヒュッには空気を引き裂く鞭のおもむきがあり、突然響くコマドリのヒンカラカラは沢の深みの意外な日当りを思わせる。

梓川の曲りこんだ崖のふちでは小さい癖に高く力強いミソサザイの囀りが聴かれ、明神池への沖積地の落葉松林では、チュリ・チュリ・チュリ・チュリと鳴く幾十羽のメボソの声が、それこそ雨の降るようだった。

そして黎明や入日の時刻のあのアカハラの、身も心も捧げつくしたような讃美の歌をなんと言おう！

僅かな日数の滞在ではあったが、それでも二十種を越す小鳥の歌に聴き惚れた。

もしも事情が許すなら、私はなお幾日かを上高地で過ごしたかった。妻と一緒に！

（一九五八年）

［『尾崎喜八詩文集7　夕映えに立ちて』所収］

杖突峠《つえつきとうげ》

春は茫々、山上の空、
なんにも無いのがじつにいい。
書物もなければ新聞もなく、
時局談義も　とやかくうるさい芸術論もない。
頭をまわせば銀の残雪を蜘蛛手に懸けた
青い八ガ岳も蓼科ももちろん出ている。
腹這いになって首をのばせば、
画のような汀《みぎわ》に抱かれた春の諏訪湖も
ちらちらと芽木のあいだに見れば見える。
木曽駒は伊那盆地の霞のうえ、
槍や穂高の北アルプスは

リラ色の安曇《あずみ》の空に遠く浮かぶ。
それはみんなわかっている。
わかっているが、目をほそくして　仰向いて、
無限無窮の此のまっさおな大空を
じっと見ているのがじつにいい。
どこかで鳴いているあおじの歌、
頬に触れる翁草やあずまぎく、
此の世の毀誉褒貶をすっきりぬきんでた
海抜四千尺の春の峠、
杖突峠の草原《くさはら》で腕を枕に空を見ている。

［「詩学」一九五一年六月／『花咲ける孤独』一九五五年］

アルプ

英米語ではalp, フランス語ではalpe（女性）、ドイツ語ではAlpe（女性）。

いずれも本来の語義はスイスの高山山腹の夏季放牧場である。日本ではこれを名乗る月刊雑誌が東京から出ていて、山を中心主題とした文学・芸術を通じて山岳や自然一般にたいする愛と理解と美の認識とを深め、それによって人間の品位と教義とを高めることを目的としている。

アルプやアルペが女性名詞だということは、理由はどうであれ、それなりに楽しい。アルプは男らしい高潔な岩壁や残雪にかがやく山頂という父を眼前に、その豊かな胸やふところに色さまざまな高山の花を咲かせたり、ハープのように小川を歌わせたりしている母である。またそれが羊からも牛たちからも遠いかなたに高所の純潔を保っていると、あまりのういういしさに近づくことの憚かられる天上の少女のように見える。

こういうアルプを、しかしその画のような牧人小屋やチーズ製造小屋と一緒に、われわれは日本の何処に見いだす事ができるだろうか。似たような風景がまったく無くはないにしても、そういう美の根源をなし背景をなしている長い歴史も風習の伝統も持たないわれわれの国では、いくらかの詩的な連想や想像による牧歌的な修飾をあたえないかぎり、在るがままでは何か釈然としないもの、渾然としないものが感じられる。

しかしまた考えてみれば、体験と知識とによってよく成熟した山好きの人の心は詩人のそれであり、その目は画家の目である。彼は、彼女は、自分自身の国に見いだした高地草原や放牧場にスイスのそれを投影して、そこに思慕と郷愁のアルプを形づくる事ができるかも知れない。そこにアルペングリューエン（アルプスの朝焼け・夕映え）の荘麗を見、クーグロッケン（牝牛の鈴）の悠久のしらべを聴くかも知れない。まことに〝山の詩と真実〟はこのような境地にあるのであり、心の歌と背中吹く風の歌とが太陽や雲の下で美しい階和をなすこと、アルプでの憩いの時に及ぶものは無いのである。

ベートーヴェンのピアノソナタ Op. 28 は、〝月光〟と呼ばれる嵐のような終楽章を持つソナタにすぐ続く作品であるが、"田園"という別名にふさわしくその自然との融合感情の珠玉のような質によって私にアルプと其処での憩いを思わせる。照りそそぐ純潔な日光、ふるえる大気、かぐわしい花の香と蜂の羽音……あらゆる欲望がなだめられ、奮闘の思い出もプシシェの蝶となって、はるか天空の深みに消えて行くかと思われる。

［『山のＡＢＣ』（一九五九年・創文社）所収］

牧場の変奏曲

Thema

高山国スイスの夏季放牧場は、フランス語で alpe, ドイツ語では Alpe, 米語だと alp だが、前二者の場合そのアルプやアルペが女性名詞だということは、理由はどうであれ、それなりに楽しい。アルプは男らしい岩壁や、冷厳な雪にかがやく山頂という父親を眼前に、その豊かな胸や膝のうえに色さまざまな花を咲かせたり、清らかな小流れをハープのように掻き鳴らしている母である。またそれが牧人小屋《シャレー》からも畜群からも遠いかなたに高所の純潔を保っていると、あまりの気高さ、ういういしさに、近づくことの憚《はば》かられる天上の少女のように見える。

そういう純粋なアルプ景観を地震と火山の国、湿潤なモンスーンと大洋の水にかこまれた島国日本で、われわれは何処に見いだす事ができるだろうか。しかし考えてみれば、体験と知識と想像力とによってよく成熟した山好きの人の心は詩人のそれであり、その目は画家の目であり、その耳は音楽家の耳でもある。彼らはおのが国土に見いだした高地草原や放牧場にスイスのそれを投影して、そこに思慕と郷愁のアルプを形づくる事ができるかも知れない。そこにアンペングリューエンの壮麗を見、牝牛の鈴《クーグロッケン》の悠久のしらべを聴くかも知れない。まことに山の「詩と真実」はこのような隔絶の境地にあるのであり、心の歌と風の歌とが大空の太陽や雲の下で幸福な階和をなすこと、アルプの憩いの時に及ぶものは無いのである。

ベートーヴェンのニ長調のピアノソナタ作品二八は、俗に『月光』と呼ばれている嵐のような終楽章をもつソナタにすぐ続く作品だが、『田園』という別名にこれはまた極めてふさわしく、その自然との融合感情の珠玉のような質によって、私にはアルプと其処での憩いや瞑想をおもわせる。奮闘する巨匠の休みの日《ヴァッカンス》、照りわたる日光と顫える大気、岩を吹く風、きらめく水煙、青空の海にただよう雲の舟、かぐわしい花のかおりと蜂の羽音、そして「おお、森林の甘美な静けさ!」*……あらゆる欲望がなだめられ、悪戦の思い出も今はプシシェの蝶となって、はるか天空の奥に消えてゆく……

しかし若い友らよ、ニ長調のソナタ『田園』から更に進んでホ長調を、そこに一層浄化され単化された魂と自然との歌が、比類もない変奏曲となっている作品一〇九番のソナタを聴こう。そこで濛々と湧き上がる夏雲のあんな高みに、低音の轟きの遥か上方に、超絶的な高音部の山頂が「善に通ずる美」を歌いながら目もくらむように現われる。そしてそれが昇りに昇って、ついに燦爛とした星空と化するのである。

ああ、それならば、ともすれば安易に堕するわれわれの世界に、この踏みならされた人間の牧場、この通俗化され閑暇《レジャー》化されたアルプに、品位と高潔との非凡な風を呼びもどそう、吹き渡らせよう！

＊註　ベートーヴェンの言葉。“Süsse Stille des Waldes!”

I

牧場は遠いがいい。できるだけ人里離れた僻遠がいい。稀少価値の重んぜられること、或る種の元素や宝石や芸術品には限らない。そしておそらく、人間にも限らない。

週末旅行で人の押し出すどこそこの牧場、すしずめの重量バスが列をなして停まっている有名牧場、目を皿にして紹介の記事や美文をさがしている観光業者が、たちまちでっち上げる「山の牧場」……国土がせまく、人が浅薄な遊楽をこのんで、それにつけ入る貪婪な業者が鳴り物入りで強引に誘導し誘拐する日本では、静寂と自由の境地で牛馬のむれが悠悠と身をやしなう地の広袤は、年を追って蚕食され、せばめられ、けがされる。天の牧場が羨ましくはないか。そよ風わたる五月の夜々を、牛飼や猟犬のそれぞれ瞑想しているあの大空の野が！

だからもう名は書くまい。場所を嗅ぎつけさせるような暗示もすまい。事実、企業家というマンモン＝ジュピターはじきに嗅ぎ出す。そして牛に化けたり白鳥に身をやつしたりして欲望をとげれば、やがて無遠慮に正体を現わす。それならば他人に喜びや幸福をわかつ使命を手びかえて、人がそれに値する或る日が来るまで秘密を保とう。人々は自分の熱意、自分の器量で見いだせばいいのだ。彼ら自身のあこがれの牧場を、その純な渇きを癒やす牧場を、まだいくらか処女のおもかげを匂わせている隠れた牧場を。

私も自分のを持っている。現に今、そして過去にはもっと美しいのをもっと多く。「我もまたアルカディアに住みにき」である。そして未来にもなお持つことがあるかも知れない。もっとやつれて、色香も失せて、わずかにその静かな片隅で敬虔に生き残っているような彼女、牧場を。

移動牧畜《トランジユマンス》の風習も、そのための広地域もない日本では、山谷を越えて新らしい牧《ぼく》野《や》を求めるあの羊や牛の密集群の、壮大な長い流れは見るよしもない。またスイスやティロールのあのなじみのアルプ風景も、われわれの多くにとっては実は未知だ。しかし心をこめて見ること、読むこと、想像することのできる者、その経験を体験にまで肉づけすることのできる者、愛と知とを綜合し止揚することを知っている者、そういう人に窮極の異郷感《デペイズマン》はない。そしてその暖かい広やかな世界感情がわれわれに「牧場」をも愛させ、ギリシャ・ローマの古代から今日にいたる牧場の詩に同感させ、たまたまはその笛で『忠実な羊飼』をさえ吹かせるのである。

かんじんなのは広く晴れやかな世界感情と持続のしらべ。その時どきのけちな気分《ムード》や流行《モード》や異国情緒《エグゾテイシズム》ではけっしてない、牧場の場合でも、人生でも。

II

生の陣営に属する者、生の美を見いだす戦闘に配置されている者にとっては、夢みることもまた生きることだ。夜の宇宙におぼろに光る幾億光年かなたの星雲によせる夢想が、そこに別の太陽系のあることを思い、次代の地球の現に存在することを確信する。蘭引《アランビック》きにかけられて蒸溜されたような抽象や諷刺を事とするのでない、すべてを逞しく正視して、世界を知って、常にいきいきとした想像力をいやが上にも養おうとする者に、広々とした夢想と豊かな体験とは生の糧だ。

岩山の上の神殿の円柱を背景にして、海辺《うみべ》の牧《まき》に白い若駒のおどっているピュヴィス・ド・シャヴァンヌの画『古代のまぼろし』が、なんと私に大昔のシチリアやギリシャの春を夢みさせたことだろう。当時私はロマン・ロランの小冊子『アグリジャントのエンペドクレス』に心酔していた。そしてシチリア島を主に、イオニア海沿岸の地の旅行記や写真をあさった。いろいろな古事を知り、さまざまな風景に通じるにつれて、私の夢はますます深く濃くなった。まだこの目で見たこともないシチリアの島の自然が、現代よりもむしろ古代の息吹《いぶ》きと光とを伴って、見た以上の実感として私に迫った。その後そこへ音楽が加わった。とりどりの「シチリアーノ」。晴れやかに牧歌的なバッハやヘンデルから、マスカーニの粗野で白粉臭《おしろい》い『カヴァレリア・ルスティカーナ』に至るまでのシチリアの歌。私は土地ばかりか、彼らとその悲喜をさえ共にした。しかし帰るところは必ず常にエンペドクレス、あの四大循環《カートル・エレマン》の思想と調和《ハルモニア》の巨匠へだった。そしてそこにはいつも地中海の春があり、毎日の野外祝宴があり、海岸の牧場を駈ける白い美しい若駒があった。

その古代めいた幻影が、或るとき私の見た実際の風景と入りまじる。否、むしろ柔らかに溶けあって、私の「海辺《うみべ》の牧《まき》」の画を構成する。それは私たちがまだ大いに若かった頃――（と言うのは、私は高知生まれの或る友人*に誘われ、彼の生家で真夏の半月を暮らしながら、仁《に》淀川《よどがわ》の舟下りや種崎の浜の海水浴に興じたのだった）――室戸崎を見に行くというので、友人とふたり、土佐の国の海岸ぞいに東のほうへ自動車を走らせている時だった。今はその場所の名も忘れたが、ともかく高知からの平野部の美しい町や村落や田園がつきて、それから先は坦々とつづく花崗岩砂の大道を右手に太平洋の水を見ながら行くという、その変り目の地点だった。

ゆくてに一つの小さい半島があり、それが下から上まで耕作されて美しい段々畠になっていた。そしてその中腹から麓へかけては、白壁の農家が点在して一郭の部落をつくっていた。どの農家も庭にダリアやカンナを咲かせ、いたるところにカリンの樹が栽植されて、つやつやした緑の陶器の壺のような実が枝をしなわせて垂れていた。ちょうど車がその半島のつけねを横断する時だった。私は村の上の草原の斜面に、数頭の牛が立ったり坐ったりしているのを見た。黒白のまだらや褐色の、よく肥えた牝牛たちだった。そしてその牧場の草の緑の中、ところどころに真白な花崗岩の頭が現われ、牛たちの背と丘の嶺線とを越えたむこうに海が、太平洋の水のひろがりが、遠くに黒潮の紫陽花《あじさい》いろを見せながら、その夜室戸の宿から銀砂子のようにきらめく射手《いて》や南冠《みなみのかんむり》の星座を見た水平線まで、渺茫《びょうぼう》と果てしもなく開けていた。

私のもう一枚の「海辺の牧」の画は北方のものである。或る年の八月、私は札幌から苫小牧《とまこまい》を経て登別《のぼりべつ》へむかう一日の旅の途上にあった。それは高積雲の曇り日で、海岸平野の白老《しらおい》あたり、車窓に吹きこむ海からの風はむしろ秋のように冷やかだった。窓の右手には樽前岳のトロコニーデが堂々とそびえ、その下にひろびろと続く白樺やカシワの林がすでに黄いろい秋色に染まっていた。そしてその火山と林とを背景にして、手前の牧場に十数頭の牛が静かにわびしく散っていた。高緯度の胆振《いぶり》の国の空は灰いろ、山野は黄、親潮の太平洋はさむざむとした青。それは私にミレーやゴーガンのかいたブルターニュの牧場の風景と、その北海の詩とを思い出させた。

南と北の海辺の牧。双方共に車窓一瞬の瞥見だが、私の熱いまなざしは夢や思い出と抱き合って、其処に体験の実をむすんだ。

＊註　友人は片山敏彦。この稿の書きあがった直後に彼は他界した。ああ！

III

今から二十何年か前、群馬県神流川《かんながわ》の谷をあるいて西御荷鉾《にしみかぼ》へ登ったとき、その円錐形をした山頂のすぐ下にある大斜面の草原から、むこうの尾根の一箇所に崩れかけた牧柵のような物の立っているのを私はみとめた。それで頂上への途中、冬を枯れつくしてガサガサになった草の中をその物に近づいてみると、まさに焚木のほかには使い道もなくなった古い牧柵の立ちぐされで、同じように白々と曝《しゃ》れた支柱や横木の骸骨が、間《ま》を置いて破線状に下のほうまで続いていた。してみればこのあたり、曽ては村の放牧場だった事もあったのだと私は思った。

其処はすばらしい眺めをもった場所だった。海抜千二百余メートル、群馬県多野郡万場《まんば》の地籍。程ちかい稲含《いなぶくみ》のむこうに荒船山が空間の舞台のように横わり、碓氷峠の上に積雪の浅間が巨大な銀のかぶとを伏せ、雄大な榛名をかすめて大源太、万太郎、谷川などの上越の山々が雪を塗りこめて光っていた。長い優しい裾をひく赤城山がなんと近々と見えたことか。その赤城の黒檜《くろひ》とほとんど重なって、日光白根、皇海《すかい》、男体の諸山がなんと一層高かったか。また眼前の赤久縄《あかくな》の左、神流川の谷奥の空には、十石峠や御座山《おぐらやま》を圧して八ガ岳のプラチナの連峯。更にその左には遠ざかってゆく純白の巨船のような金峯山《きんぷさん》。もしも快晴一月午前の太陽のための逆光効果がなかったら、甲武信《こぶし》を初めとする秩父連山はその煙らぬ全容を見せたことだろう。

ところでその柵の残骸から想像された牧場の遺跡、今は放置されたままになっている大斜面の藪や草原、それが爾来かなりのあいだ私の夢想をつちかい育てたというのは、思えば愚かしくもあればほほえましくもある。実に私はそこを手に入れたいと思ったのだ。と言うのは、その頃私の従弟の一人が近くの城峯山《じようみねさん》と白石山《はくせきざん》の一部を持っていたし、私には父の遺産があった。もしも西御荷鉾山頂下のその斜面が村か個人の所有であって、売買もまた可能ならば、従弟と共同でも独力でもいい、一思いに買って其処で牧場を営みたい。そういうのが私の真剣な願いだった。万場へ行って山に住み、其処でささやかながら牧畜を営むことができるならば、今住んでいる家も売ろう。土地も手放そう。そうして其処で自然を生き、自然を観察し、其処で詩を作り、文を書くのだ。ああ、なんというすばらしい生活だろう。永年の夢のなんと美しい実現だろう。そしてこの夢想にトルストイやソローや、『私達の村《アワ・ヴィイリジ》』のメアリ・ミットフォードまでが油を注いで、一層火勢をさかんにした。

けっきょく夢の小鳥は惜別の歌だけを残して飛び去ったが、昔ながらの空想家私は、我が牧場のために当時早くもその名を考えたものだ。West Wind Meadow「西風牧場《かぜぼくじょう》」。今ならばさしずめ Pré Zéphyr《プレ ゼフィール》とでも仏訳の名を与えて、西風《にし》の神《ゼピュロス》のために尾根の突端に石のちいさい祠《ほこら》を建て、彼のむなしくこがれた美少年のかたみにヒュアキントス（ヒヤシンス）を植え、たまたまは思い出多い信濃の空や山にむかって「西風よ吹きかえせ」のモンテヴェルディを歌うという、そんな空想をたくましくするだろうが、しかしもうそうした歳でもなければ時でもあるまい！

Ⅳ

根の浅い熱情の花が実を結ばずに敗ってゆく一方では、もっと由緒の遠く根拠の深い山林原野が、漿果《しょうか》を熟させ、堅果をみのらせる。小石の粒のようでも山葡萄の種子は伝播者を誘うジェリーにくるまれ、抵抗のいがに護られた山栗は実そのものが種子で、栗色に光る厚い皮袋には栗の樹がまるごと一本詰まっている。

私が戦後の流浪から錨をおろした信州富士見高原の山荘と、それに付属する広大な森と野山は、元伯爵W氏が彼の祖父から受けついだものだった。明治の代《よ》からの古い所有、三代の領地。それは開拓の軍勢の進攻してゆく八ガ岳裾野の大洋のなかで、一つの藻の海《サルガッソー・シー》、一つの約束の島のように見えた。

敗戦につづく艱難な時勢にせまられて、W氏もその山林と原野の一部を開放し、自身も畑地をひろげ、牧場を作った。旧火山八ガ岳の裾野には伏流が多い。いちど姿を隠した水の流れが、火山噴出物の堆積をくぐって思わぬところから顔を出す。領地全体が森林だった初めのころは、その欝蒼とした暗がりの中で、木洩《こ》れ日をうけた細い流れがあちこちに金銀の糸のようにきらめいていた。そして森に住むさまざまな小鳥が、人けのない安全さに気をゆるして、涼しく水を浴びたり楽しく飲んだりしていた。その水が今は人間に幸いした。森が伐られて農場になっても、牧場が出来ても、安山岩の砂礫の床《とこ》に農のいのちの水は涸れない。"L'eau vive"* 水は生きている。

W氏の牧場は山羊のためのハンノキの林と、緬羊のための起伏のある草原と、鶏のための運動場とから成っていた。そして別に彼らの畜舎と鶏舎と農馬用の厩舎があり、乳搾りの小屋と毛を刈る小屋とがあり、牧夫を兼ねた農夫の若者の寝起きする小さい住宅が低い丘を背にして立っていた。すべてが小規模ながら完備して、居ながらにして八ガ岳の連峯と釜無山脈とを見渡すことのできる景勝の地を、全くの初心者によって始められたこの牧場は占めていた。

主人のW氏自身は務めのために東京にいることが多いので、二人の子息をかかえた夫人が前記の若者を相手に農事の一切をやっていた。その労働は真に朝から晩までで、すぐれた容顔は浅ぐろく日に焼け、すらりとした長身も手の指の関節が太くなり、掌に堅いたこの出来るのをどうしようもなかった。しかし野山がひろびろと枯れて高原の空が日ごとに深く青くなる秋の終りに、爽やかな海青色《マリーン・ブルー》のオーヴァロールと芥子《からし》色のカーチフとで装った彼女が、長い熊手《フォーク》を手に、牧場の片隅で枯葉の山を焚《た》いている姿は美しかった。めらめらと踊る赤い焔や渦まく白い煙を前にして立つ彼女のために、諏訪湖の空のかなたに浮き出した北アルプスの青と銀との波がしらが、なんというセガンティーニの背景をひろげていたことだろう！ そしてそういう夫人の事務机の上には、手ずれのした家計簿や農事簿とならんで、ジードやモーロワのフランス本があった。

池に沿ったり丘を上下したりしている従順で物思わしげな牧場の柵、生活への帰《き》依《え》を語るその柵と、よみがえった伏流のさざめきのほとりが、私の常の憩いの場所だった。私はそこで本を読んだり詩の動機を書きつけたりしたが、たいがいは煙草を吸いながら高原の遠近に目をさまよわせて、漠然とした夢想にひたっていることが多かった。その夢想に一層自由な軽い翼をあたえるように風が吹《は》いていた。風は高原の気息、広がりの生命だ。ひとかたまりになって草を食んでいる緬羊の上に、積み石の高みに立って遠くを見ている一頭の山羊の上に、ジニア、ペテュニアの花圃の上に、銀いろに光るライ麦の畠の上に、八ガ岳に、釜無《かまなし》に、この信州に、むこうに見える甲斐の空に、風は、ひろびろと「オーヴェルニュの歌」を歌っていた。

＊註　フランスの現代作家ジャン・ジオノの短篇小説。映画では「河は呼んでいる」と訳されている。

V

一九三〇年代の前半、まだなかば田舎の風景だった東京郊外荻窪や井荻の生活。ふたたび取り上げられた自然観察と新らしい熱情となった山登り。私の文学にひとつの永続的な天地がひらけ、碧い遠方の招くがままに、私の道がいまだ知らざる山の高みや谷間の里に、千筋の糸のように伸展し氾濫した。

クレルモン・フェラン大学の地理学教授フィリップ・アルボスの『オーヴェルニュ』、アカデミー・ゴンクールの会員ジャン・アジャルベールの『オーヴェルニュ』、作曲家カントルーブ採集・編曲するところの『オーヴェルニュの歌』、それにフランス中部の大地図。これが当時の私にとって書斎の片隅にある一揃いの財宝だった。現実にさまようのは関東や甲信の山地・高原でありながら、オーヴェルニュという土地の名の響きとそのイメージが、私の詩的な夢の醸造桶《つくりおけ》、私の歌の調性だった。

誰か奇特な人があって、その頃の私が、或る日ついに一篇の郷愁の歌を書いたのを思い出してくれるだろうか。

「いつか善い運を授けて下さるならば、神様、
どうか私にオーヴェルニュを見せて下さい。
其処のピュイ・ド・ドームやカンタルなどという名が
私にとっては巡礼への聖地の名のように響くのです。
露にぬれた伊吹麝香草、岩燕のとがった影、
ピュイ・マリーからプロン・デュ・カンタルへ伸《の》す鷹の羽音、
霧ににじんだバイレロの歌……
ああ、日本《にっぽん》はついは私の墳墓の地だが、
心の山のふるさとは
行けども行けども常に碧い遠方にある*」

フランシス・ジャム風の敬虔な祈りと、あきらめの「甲斐なき小夜歌《さようた》」。事実こ

れを書いたのはロマン・ロラン訪問とフランス遊学の夢が決定的に破れた直後であり、初秋の雨がしとしとと庭の木々を打つ夜の灯下、井荻の新居へ移って間もない時のことだった。

われわれに難解な方言のことは措くとして、そのメロディーだけに耳を傾けても、古くから伝わる民謡は土地の自然と、そこに生き継ぐ人々に共通な気質や心情や生活を雄弁に物語っている。この場合山地を問題とすれば、オーヴェルニュの山人《グランド》の歌がそれで、粗略な耳にはティロールのヨーデルと混同されながら、そのドイツ・ボヘミア的なものとは甚だ違うし、スイスの羊飼《ランズ・デ・ヴァーシュ》の歌に近親のものを感じさせながら、ニューアンスに微妙な差がある。一方は美しい耕地や牧場がヴィジール風に散らばっている火山高原の遥かなひろがり、他方は純粋アルプス景観の雄渾な大起伏。そこにそれぞれ固有な土地の霊が歌い、風や空や日光にむかって送られる訴えや祈りや感謝の表現の、それぞれ違った節《ふし》があるのは寧ろ当然というべきだろう。

オーヴェルニュの歌の初めであってまた終りでもある「ロー・ロー・ロー・ロー・ロー・ロー・レロ・ロー」それが今も私に聴こえる。レコードも本も戦争で失って、中間の文句はすっかり忘れてしまったが、精神に山や高原の気をになう者にはこれだけで充分だ。なぜならばわれわれの青年時代から老年期におよぶ山への愛、山地や高原へのあこがれが、千万無量の、心のこもった、柔らかに遠く波うつメロディーで、あますところなく歌いつくされているから。

十月の秋がどんなに野山を照らしているか。緑を溶いた真珠母いろの地平の空からどんな冬がのぞいているか。慕わしさを増した日光と散りいそぐ牧場《まきば》の木々、枯れた蓬《よもぎ》の原に群れて離愁を鳴く高原のノビタキ、今こそからだの養いになる玉のような岩清水、空虚になった広がりの故に敬虔なものに見えてくる牧柵と牧人小屋、そして風と雲、早くも虎落《もがり》の笛吹き鳴らす西風と、大空に冷めたく浮かぶ方解石いろの雲……

いまだに忘れぬオーヴェルニュの歌の節をくちずさみながら、私はあらゆる高原と牧場の画を心にえがき、自分の文学の一方に角笛をかまえている一つの霊のようなものを想うのである。

＊註　詩集『旅と滞在』

〔『尾崎喜八詩文集8　いたるところの歌』所収〕

花崗岩の破片

私は花崗岩を、御影石《みかげいし》という名で教えられた。

九つか十の夏だったろうか。その頃まだ商売をやっていた父親に連れられて、関西の灘や西宮の醸造元、いわゆる「荷主」の家を歴訪した。いずれも堂々とした立派な構えで、大阪弁を発散する賑やかな家族と多勢の使用人。東京からの客である少年の目や心には、まるで遠国の御大尽のところへ招かれているような気がして、せっかく相手になって遊んでくれる同じ年ごろの「ボンチ」や、少し年上の愛想のいい「イトハン」にもかかわらず、早く東京隅田河畔の、住み馴れ遊び馴れた我が家へ帰りたいという幼いホームシックに苦しんだ。

その旅行の終わりごろ、或る日御影《みかげ》の石屋という村を見物に行った。そこは有名な石切り場の村で、ほとんどすべての家が岩石の切り出しや加工を業とし、見わたす風景が磊々《らいらい》と白く乾いて、子供の目にも味きなく映った。そして今思えば、遠く霞んだ記憶のかなた、村の背後に高い険岨な岩山がつづき、前方にアワビ貝の内部のような虹色の海が光っていた気がする。山はおそらく六甲山で、海はすなわち大阪湾だったのであろう。そしてその時初めて、この明るい堅い風景を形成している真白な岩石が御影の村の御影石だということを、私は父を通じて案内役の番頭から教えられたのだった。

中学二年、どの学科よりも好きな理科の時間と、誰よりも愛し敬っていた波江先生。たとえば波江蝶や波江啄木鳥《げら》など、奄美大島や琉球列島産生物の多数の新発見者であるその波江元吉先生が、痩せた白い手の平に扱い馴れたように載せ、その特徴や成因を講義された切り餅形の岩石標本。それらの中に学問上の花崗岩、すなわち忘れて久しい御影石もあった。それは薄茶色の堅い安山岩や、桃色の地に白い縞のはいった石灰岩や、黒くてごつごつした玄武岩や、水色をした柔らかい凝灰岩などと同じように、薄い四角な紙函に入れられ、古いもめん綿にくるまっていた。

私は波江先生によって、今までの植物や動物に加えてここに新しく岩石や鉱物の世界への興味を目ざまされた。石という物はどこにでもあって、誰の手にも持てるのがいい。それが小さいと、子供の手の中にも納まりながら、なおしっかりした形の感覚を与え、質の堅さと重さとを感じさせ、その縞目や粒つぶの模様はいつまでたっても消えることがなく、常に静かに冷めたくて美しい。その上彼らにも種類が多く、しかもその種類によって一々違った名がつけられているとしたら、初学者である子供の知識欲はいよいよ強く鼓舞されるだろう。名を知ることは親しみを一層増すことであり、それはやがて知識と愛への相隣った道を開くだろう。ともかくも中学二年の私がそれだった。爾来私は道路の砂利の中から美しいのや気に入った小石を拾い、遠足や避暑の折には必ず珍しいと思われる岩石の小さいのを採集した。

或る時私は先生から一箇の花崗岩の標本をいただいた。念を入れて五センチと四センチぐらいの長方形に断ち割ったもので、表面が滑らかに磨いてあり、先生が私のためにわざわざ造って下すったということだった。そしてそのでこぼこした裏側には小さい貼り紙がしてあって、「甲斐昇仙峡」と先生の自筆で書かれていたが、その昇仙峡なる処がどこのどんな処か、まだ見聞も貧しい十四歳の私には想像もつかないことだった。

*

大正十二年（一九二三年）に私は「花崗岩」という詩を書いた。その翌年に出版された第三詩集『高層雲の下』の終わりに近い一篇だが、海を見おろす山の石切り場から花崗岩を切り出す一人の若者の姿と、彼をめぐる日本の秋の風光との詩的設定が、これを書いた当時の私というほとんど無名で孤独な詩人の、その仕事への情熱《パッション》とみずからたのむ精神《エスプリ》と、反俗の心境《エタ・ダーム》とをいくらかの成功をもって象徴していたように思われる。

山の半腹には
金色《こんじき》の日光がさざめき光り、
山のまうえ、はるばるたる大空には
雲の高いつばさが飛び、
断崖のました、荒磯の岸をめぐって、
海は青と白との波模様を敷きひろげる。

ああ、鉱石のように
冷めたい、清らかな、日本の秋の風！

その秋風を額《ひたい》にうけて、
ここ、曼珠沙華《まんじゅしゃげ》の血の色のしべが
十月の心を刺し縫うところ、
若者は山のはだえに鉄槌を打ちあてて
花崗岩の巨大なかたまりを切りいだし、
また、乗りまたがってこれを割る。

大空にこだまする鋼鉄の槌の響きよ！
花のあいだに飛び散る屑よ！
発矢《はっし》とばかり四周の秋に打ちあてて
鏗然《こうぜん》と響きおこす何たる法悦、何たる陶酔！
樫の柄をにぎるたなごころに
巑岏《さんがん》たる大地の脊骨を感じ、
またその飛び散る鋭いきれはしを
明るい無垢の瞳に映して、

新らしい勇武に、清爽な美に、
その汚れぬ魂をよりかからせるのだ。

ああ、日本の秋の
天空と雲と、花と颪と、
際涯なき海のはるばるたる波模様！
ここ、断崖の高い石切り場に
十月は、今、金色の日光を降りそそいで。
青春の鉄槌がえがきいだす
白と、薔薇いろと、藤紫との
花崗岩の輝々たる紋理に接吻する！

堅い物を堅い中から切りいだすという想念はリルケにもあったと思うが、秋の太陽と野の花と、岩石を切りうがつ鉄槌とのイデーは早くから私にもあった。そしてその雄々しくいさぎよいイメージがその頃の自憑《じひょう》の精神や誇らしい気持と合体して、この一篇は一夜にして成ったのだった。しかしそこに遠い幼時の御影の記憶や思慕の先生の思い出が、意識下の闇から煙のように立ちのぼって来なかったとは私にも簡単には断言できない。

＊

昭和八年、それとも九年の事だったか、河田禎さんに誘われての四月の山旅、甲州瑞牆山《みずがきやま》と金峰山。私にとっては予期さえしなかった花崗岩山地とのもっとも親しい対面だった。

来る日も来る日も快晴つづきの六月なかば、奥秩父の山々は樹々の若葉とツツジ、シャクナゲの最盛季だった。私たちは中央線韮崎駅からバスで八巻《やまき》の終点まで行き、そこから塩川、通仙峡と歩いて増富温泉の宿へ着いた。しかしその途中、東小尾《ひがしおび》の山間部落からちらりと見えた金峰山とその頂上の五丈石との雄渾な姿は、私という山の初心者の魂を引っとらえるのに充分だった。ああ、あこがれの金峰山はこちらへ金字の山容をむけ、午後三時の日光を燦々と浴びて、まるで金と緑の宝塔だった！

あくる日は案内の人夫を雇って本谷川の若葉の谷を金山まで行き、そこの一軒家有井益次郎の庭先から改めて結束して、当時まだあまり訪れられていなかった瑞牆山へ登った。松平峠から金峰の里宮、やがて富士見平をこえて天鳥沢、そして右岸の小径から、狭いクーロアール状の岩稜の間をまっすぐに一気に登りつめた。その瑞牆山は花崗岩の砦《とりで》、こんじきの岩峰をちりばめた一箇巨大な宝冠だった。私たちは山頂の炎天下、雷気をはらんで暗く霞んだ大気の奥に夢のような八ヶ岳の連峰を眺め、また明日はその頂きに立つべき金峰の威容を目の前にして息を呑んだ。そして降路には山の西側の昼なお暗い原始林をとり、不動の谷から松平牧場を横ぎって、途中満開のシャクナゲの藪と闘いながら、急に襲って来たどしゃ降りの雷雨の中を、その夜の宿である有井の家へ帰りついた。

快晴の翌朝、私たちは湧くような小鳥の囀りの中を、金山から富士見平へと昨日の道をとった。その富士見平では富士や甲斐駒・鳳凰などを眺めながら、竹樋から滴る清水を飲んだ。それからいよいよ金峰プロパーの登路だった。まず陰沈と暗い針葉樹の原始林をからんで登る横八丁。やがて道の下へ現れた建設後間もない大日小屋。ここで湯を沸かし、弁当のくさやの干物を焼いていると、大日沢を横ぎって頭の上でホトトギスが鳴いた。更に密林を登る縦八丁。そして二十五分で大日岩。

巨大な象の頭のような花崗岩の大露頭で、試みに腹這いになってすり上がると、太陽に焼かれた岩は伏せた釜のように熱かった。ここまで来ると昨日の瑞牆はほぼ等高。金峰の岩稜は山体の白と這松の緑に飾られて虚空に弓なりの曲線をえがきながら、その末に五丈石の尖塔を押し立てていた。

登竜門をすぎて砂払イの森林限界。曲がりくねった岳樺と葺《ふ》きおろしたような這松。もうここからは伸《の》し懸かる白い岩石の間を縫って、苦しみよりも楽しみ多い登りだった。やがて躍る白馬のたてがみのような稚児《ちご》ノ吹上ゲ。そして漸くにして辿りついた金峰山頂。私の紀行文にはその時の感慨が次のように書いてある――

「午後一時十分前、ついに五丈石の脚下へ立った。八雲立つ天の下、頽岩と白砂とのひろがりにまぎれて、八千五百尺の高みを行く者、ただわれわれ二人の小さな姿だけだった。風が吹いていた。風は這松の枝を鳴らし、磊々《らいらい》とした巨岩の稜々《かど》を鳴らし、人間の耳朶を鳴らして渺々たる大気の灘《なだ》のひびきを伝えた。上着を脱いで胸をはだけると、汗まみれのシャツがはたはたと鳴った。髪の毛が逆立った。それは風のためばかりではなかった。高峻にしいられた真摯な気持は、なぜか憤怒の感情に似ていた」

その午後、私たちは小室沢へ降って水晶峠を通り、白平の三角点と覚ぼしい高みから楢峠へ出てその夜の泊まりの上黒平《かみくろべら》へ下りついたが、金峰山頂直下の片手廻シの嶮岩といい、その下の鎖を使う鶏冠岩《とさかいわ》といい、至るところ花崗岩との闘い、花崗岩との親しい応接だった。そしてその翌日荒川の渓谷を昇仙峡までくだりながら、屏風岩、覚円峰、重箱岩、滑り岩など典型的な花崗岩に接したのだが、やがて書くことになるこの山旅の紀行文に、「花崗岩の国のイマージュ」という題を与えようと思いついたのは、実にそこから乗る甲府行のバスの踏段に片足かけた瞬間だった。

＊

今私の机の片隅に、辞書ほどの大きさの花崗岩が置いてある。私はこの石を割って形をととのえて、両面を研《と》いで磨いてぴかぴかにして、一個の文鎮を作ろうと思っている。夏の毎日の間暇を利してするこのささやかな工作が、想像するだに今からどんなに楽しいか！

この石を私はおととしの木曽の旅から持ち帰った。その徒歩旅行の四日目の朝は寝覚《ねざめ》だった。私は起きぬけに例の寝覚ノ床を撮影に行って帰って来ると、その夜の泊まりの須原へ向かってルックサックを背負って歩き出した。その時宿の主人が私を引きとめて、「もしもまだ御覧になったことがなければ、この先の木曽川の支流の滑川《なめかわ》をぜひ見ていらっしゃるように」と言った。それで私は宿を出ると、中山道《なかせんどう》を少し行った処から左へ折れ、低い丘陵地をこえてその滑川の岸へ出た。なるほど横道をして見に来るだけのねうちのある見事な眺めだった。木曽駒ヶ岳の本岳と剣ヶ峰との間からまっすぐに落ちて来た水は、そのあたりで広々と谷の幅をひろげているが、その広い河原が見るかぎりうねうねと奥のほうまで真白なのだ。おまけにちょうど秋のもみじの盛りの時で、大小の花崗岩塊で埋まったその純白な河原が、両岸の赤や黄のもみじと照りはえて得も言えない眺めだった。もしもなお一日の余裕があったら、私はそこで半日なり一日なりを眺め暮らしさまよい暮らすために、喜んで寝覚の泊まりを重ねたろう。

その時に河原へおりて、新鮮で手頃なのを拾ってきたのがこの美しい石である。私はこれで花崗岩の標本兼記念のための文鎮を作ろうというのだ。打ち割るハンマーはすでに有るし、研磨の道具、すなわち数枚の鉄板や精粗幾種類かのカーボランダムも用意してある。涼風《すずかぜ》かよう夏の日の日蔭の縁側で、茂りに茂った庭を前に、私は玉磨《たますり》の翁を演ずるのだろうか。いや違う！　堅い材からイデーの原型を割り出して、それを研いで磨いて一個の具象を生み出すこと、これこそ詩人私にふさわしいもう一つの作業なのである。

（一九六二年）

［「アルプ」一九六一年十一月／『さまざまの泉』所収］

山にゆかりの先輩

窓枠に嵌まった風景の奥に山が並んでいる。いつでもとは言えないが、雨が上がった後の天気のいい日、それに少し風のある日、そういう日には多摩川の流れをへだてた川崎市郊外や東京都下南多摩あたりの、この数年来急激に元の美しさを失った北から南への長い丘陵の上に、箱根の金時山、相模の大山、ふんわりと富士を載せた丹沢山塊、道志の山波、桂川両岸のごたごたした低山群、そして真西にあたる笹子峠のたわみのかなたに遠く南アルプス農鳥岳をさしはさんで、滝子山から大谷《おおや》ヶ丸、大蔵高丸、小金沢へとつづく大菩薩の連嶺が、前面に立ちはだかる三頭《みとう》や大岳のかたまりと危く重なったその本岳まで、時には青く、時には黒く、蜿蜒《えんえん》と連なって見える。朝早い時間のすがすがしい眺めもいいが、夕映えの空を背景とした時が特に美しい。

いながらにして山がよく見え、それの見えることを喜び、彼らの峯のおおかたを一つ一つ親しい名で呼んで、曽《かつ》ての日のそれぞれの思い出にふける私が、山という程の山を訪れなくなってから、しかしすでに十年近い。胃潰瘍で一命を危くした扇山登山が最後だった。それからというものはありふれた山でも決して無理な計画をせず、まだいくらかは残っている体力の半分ぐらいを費やしたところで、すなおに、ゆっくりと、気に入った場所での休息を重ね楽しみながら、そのことに満足して下山するのが常である。小さいルックサックの中には軽い食糧、テルモス、折り畳みの傘、それに何か薄い詩集と一管の笛。胸に小型の望遠鏡を吊って、手には杖。こうして私の山の遠足はいつでもグッド・ラックだ。昔はその運《ラック》を天に、気象の気まぐれに任せたことも多かったが、自由な時間から自分で選び出した僅か一日か一日半の小さな山旅であってみれば、天候の激変などに出遭うこともほとんど無い。まして山の経験を多少なりとも持っている者として、そして歳も老境の私として、身のほどを知り、おのれをかばい助けることに万々抜かりはないはずである。

しかし人間として誰しものことではあろうが、また他のすべての場合でもそうであるが、私としても、山への愛や知識を自分一人の力で得たわけでは決してない。それには幾人かのすぐれた指導者や先輩を持ち、幾人かの親切な山友達や道連れに恵まれる必要があった。私はその人たちの名を今ここで挙げて置きたいと思う。それは彼らすべてへの感謝のしるしであり、またその中ですでにこの世を去った人々への追慕の心からである。

言うまでもないが、山を愛する者は自然を愛する。その自然への愛は、私の場合、小学から中学の頃の興味を、早くして理科という学問へと誘いこんだ。私は植物を愛し、昆虫を愛し、遠く高く、山や雲や星の世界に思いを飛ばせた。その幼い頃の善い懐かしい先生たちのことは幾たびか別のところで書いたからここでは略すが、その後長じておとなとなって、文学の道に踏みこんでからも、自然への愛、自然への向学心や研究心は少しでも薄れたり衰えたりするどころか、かえってそれを自分の文学の中の一つの主要な調べであらしめたいという欲望に燃え、そのことに心と力とを傾けた。

まず初めに植物が来る。すると牧野富太郎博士とその『植物学講義』の第一巻『植物記載学』が記憶に浮かぶ。大正二年の発行だから私が二十一歳の時の開眼の本だった。その後も分類学上の著書や図鑑の類から教えられたことは言うまでもあるまい。また一回か二回は野外での実地観察や採集のお供もした。続いては武田久吉博士。この学者とは一層親しく交際し、幾度か山の旅も共にして、最も親しくかつ正確に平地や山地の植物の知識を与えられたばかりか、生まれて初めて手にする写真機の購入とその選定から、植物の生態撮影、現像、焼付けの方法に至るまで実に事細かな、行き届いた、かつ厳格な指導を受けた。その上忘れてならないのは、博士の「北相の一角」その他の山の紀行の文章が私を強く刺激して、田部重治氏の「日本アルプスと秩父巡礼」などと共に、山の自然に対する愛と、それを詩や散文で書いてみたいという欲求を目ざめさせた点である。辻村伊助氏の『スイス日記』と『ハイランド』も同じ武田博士によって知り、その気品の高い文章の美しさに打たれたのだった。

文章を通しての山への啓蒙の点では河田楨氏も前記の人々に劣らない。実に私はこの人の画期的な著書『一日二日山の旅』と『静かなる山の旅』の二冊を読んで、その足跡をたどることから自分のささやかな山歩きを始めたのである。そして彼の紹介で山の同好者の特色ある集まりである霧ノ旅会へも入会し、そこで武田博士や木暮理太郎先生を初め『大菩薩連嶺』の著者松井幹雄氏その他の諸氏を知ったのである。その木暮先生の古武士を想わせるような高潔な人格は私の敬慕の的だったが、その敬慕が後に私をして「山を描く木暮先生」*という詩を書かしめた。さらにこの十数年来互いに無沙汰を重ねているが、昔のヒュッテ霧ヶ峯の経営者で『山郷風物誌』の著者でもある長尾宏也氏も私の山の先輩だった。彼と共にした大菩薩や八ヶ岳は私の極めて初期の登山に属する。その八ヶ岳や蓼科、浅間などに行を共にした今は亡い義弟松本操のことも忘れられない。『山の絵本』の巻頭をなす「たてしなの歌」は、その彼をほとんど副主人公とした思い出のしらべである。また近年十回以上も山行を共にしたNHKの若い伊藤和明君は、言わば私の地質学の先生だった。そしてただ一人の女性の山友達として村井米子女史には、一家を挙げて槍や燕《つばくろ》へ初めて連れていって頂いた。しかしこのように山の恩人や親しい友らのことを書いていたら切りがないであろう。

とはいえ自然の中、とりわけて山では、天文学、気象学、特に地理学の知識が、いずれも基礎的なものとして役に立つ。だからこの方面の恩人たちのことも書き落としてはならない。まず天文学では今もなおかいくしゃくとしておられる野尻抱影氏の数多くの星の本から、実にたくさんのことを学んだ。七年間を住んだ信濃富士見の高原は、私にとって星という天体の勉強や鑑賞の上での絶好の場所だった。天気の変化に対する若い時からの私の着目、雲が見せるさまざまな美観に対する子供の頃からの私のあこがれと興味とは、成人するに及んで、つまり東京郊外での新婚生活の前後から、急速に増大し満たされていった。それには岡田武松博士の『気象学講話』や、一層専門的な『気象学』上下二巻を忘れることができないし、故博士の男らしい、かつ慈父のような温顔や話しぶりと共に、その感銘は今でも懐かしく私の記憶の空を満たしている。懐かしいと言えば藤原咲平博士もその一人である。博士の著書では日本で最初の解説付きの美しい写真集『雲』を初め、『気象と人生』、『天文や気象の話』、『気象感触』などを読んで雲や天気の勉強を続けた。或る年の夏霧ヶ峯の講習会でご一緒した時、松本平の方向から頭上の青空へと巻きひろがって来る淡く白い絹雲の一種を指さして、「あれは先生のいわゆる火焔雲で、あの根もとの方では雷が起こっているのですね」と言ったら、博士は私の顔をつくづくと見ながら、「その通りです。しかしあなたは僕の本をよく読んでくれていますね」と言われた。そしてよく読まれたそれらの本や写真集は、今でも私の理科関係の書棚の一部を飾っている。表紙も取れかかり、帙《ちつ》も色あせてよごれながら。

最後に地理学だが、むしろ最初に挙げるべきこの学問では、辻村太郎博士から受けた開眼と指導とが最もいちじるしい。その画期的な著述『地形学』は初め河田楨君から借りて熱心に読んだが、間もなく自分でも買っていよいよ熱中した。自然地理に対する私の傾倒は実にこの本に由来するのである。その後『新考地形学』上下二巻、白地図と対照して読む『日本地形誌』、参考写真の豊富な『景観地理学講話』、それに博士の小論文、随想、紀行文などを集めた正続二巻の『晩秋記』。これらの本も私にとっては、独学時代をしのばせる珍蔵の書物である。その辻村博士からは、東京本郷弥生町のお宅をたずねた際、「尾崎さん、地理をやる者は夜行列車へ乗ってはいけませんよ。それに初めてのコースの汽車の中では必ず二十万分と五万分の一の地図をひろげて、いつでも自分の車の現在位置を確認できるようになさい」などと、あたかもご自分の受持ちの生徒へのように教えさとされた。

地理学といえば、大著『人文地理学講話』(飯塚浩二氏の訳がある)その他の著者でフランスの大地理学者であるヴィダル・ド・ラ・ブラーシュから受けたものの甚だ少なくないものを思い出すが、エコール・ノルマル時代の若いロマン・ロランがその敬愛し心服しているブラーシュ先生にすすめられて、初めてスイスのアルプスというものに接した時の生き生きした感動の記録があるから、その一節を翻訳してここに掲げて置こう。——

「まず最初に自然！　自然は私にとって常に書物の中の書物だった。それを閉ざしていた封印は、一八八一年、私に対してフェルネーの展望台で破られた。その時私は見た。自然の中に私は読んだ。狂気のように読んだのである。生活のために闘わねばならなかったあの脅《おびやか》された青春の幾年間、私にとって自然が、わけても山が、生きている神であり、パリの一年の十ケ月を、山の抱擁への期待の中で、どんなに私が息をはずませて生きていたかを充分に言い現すことは到底できないだろう。そして夏の門が開かれるや否や、そもそもいかばかりの愛の熱狂で、この私が彼女の体に身を投げ掛けたことだろう……！」

そしてロランは、マッターホルン山群の中で暮らした一八八九年（二十三歳）九月のノートにこう書いてある。「……私は抱きしめられて衰弱する……もしも自分一人だったら私は地上に身を投げ出したろう。石を、つやつやと光った緑と暗紅色の美しい石を、また金の火花のような砂塵を嚙んだろう。私は自然の自由になった。あたかも手籠めにあった女のように。それは私の魂が私から去って、ブライトホルンの光り輝く山塊に溶けこんだ瞬間だった……」

そしてよしんばロランのブライトホルン程でなくても、私の最初の八ヶ岳や北アルプスがいくらかこれに似ていた。そして『ジャン・クリストフ』の生みの親に対するヴィダル・ド・ラ・ブラーシュのように、私にとっても辻村太郎博士は、自然や人文の地理学と山への愛の大きな鼓舞者の一人である。

（一九六六年四月）

［『私の衆讃歌』所収］

＊編註　「霧の旅」一九四四年十月／『残花抄』（一九四八年・玄文社）所収

木暮先生

（畏友高村光太郎君の「当然事」にならいて）

はたらいて食うのはあたりまえだから
還暦すぎても務めに行くのだ。
市内電車はのろいようでも
時間に乗れば時間に着くから
毎日電車でかようのだ。
約束は果たさないと気持がわるいから
身をつめても果たすのだ。

きたない事はきらいだから
きたない事に手は出さないのだ。
おのれの内の天に聴くから
天に則《のつと》って道をふむのだ。

自然はおおきな母だから
自然を思えば気が大きくなり、
山が好きだから
山へ行くのだ。

ああ、先生、
あなたは本当の人間の生きた証拠。
生きる日々にたまたま迷ってつまづく時
私はあなたの存在を思って立直るのです。

反歌

その鬚の貴き見むとまかりつついでませしとふ見ずて帰りぬ
ますらをの帷巾《かたびら》さやに袴着て立てるゆかしや木暮のおきな
秩父やま雲たちわきてみなつきの水のね涼し君とい往かむ

［「山小屋」一九三四年四月（「K先生」）／『山の絵本』所収］

山と音楽

随分おせっかいな話だし、取りようによれば手前勝手で押しつけがましい事でもあるが、こんな日には一体あの串田君がどうしているかと思って、北鎌倉から小金井へ電話をかけてみた。すると呼び出しのベルの鳴ること三回ほどで御本人がむっつりと受話機を取り上げた気配なので、いきなり押っかぶせるように「お早う、串田さん？　尾崎ですよ、どうしてますか」と訊いた。電話というのは、時と事柄にもよりけりだが先ず一応は便利な物で、南から北へ直線距離五〇キロの空間をへだてた老年と中年の友人二人を、ほんの煙草一吸いの間に、秋風の相模野や多摩丘陵を飛びかすめて、顔こそ見えないが呼吸の音さえ聴こえるほど面と向かわせてくれるのだ。

話というのは、たった今久しぶりにレコードで聴いたばかりのバッハの『フーガの技法』があんまりすばらしかったから、彼にも聴いたらどうかという勧誘なのだった。これからゆっくり取り掛かろうという一日の仕事の前、その清めのつもりで聴き入った第七番から一〇番までの弦楽合奏の荘重な音の波が、谷戸《やと》を満たす爽やかな秋風の朝の私の心に澎湃《ほうはい》として寄せてはかえした。それを彼と共に分け合いたかったのだ。あの人の事だからいくら自由な体でも決してぼんやりしてはいないだろうし、たとえ仕事ではなくても必ず何かしら身になる事をもそもそやってはいるだろうが、折から奥さんが四、五日の旅行で不在だというこの幾日、事によったら私の声でまた別のきっかけを摑むかも知れないと思って掛けた電話である。もちろん彼が同じレコードを持っている事は承知の上だった。

「良かったでしょう。僕もさっそく聴きます」と、勢いこんだこちらの気持を素直にうけて、晴れやかに友は答えた。

ところがその彼が最後にこんな事を言った。ギド・レーがマッターホルンの頂上でいとも美しい音楽を幻聴のように聴いた。そしてその音楽というのがどうもバッハの『フーガの技法』らしいという事を本の著者は言っている。それを今度の「本の手帳」の山と芸術特集号に書いたと。

その瞬間、私はパッと霊感に打たれた。その特集号には自分も寄稿の約束がある。

そうだ！ 今まで山と芸術というのに拘泥してあれかこれかと思いあぐねていたが、同じ芸術でも音楽ならば書く材料もいくらかはある。そうしよう。「山と音楽」！

それにしても互いに愛する一人の巨匠の作品によって元気を分かち合おうと思って掛けた電話が、計らずもこんな幸運をもたらすとは何という美しい偶然かと、バッハにも串田さんにも感謝する気持で、秋の彼岸の円覚寺の山を前にした書斎の机に向かったことである。

＊

山にいて音楽を思うか、音楽を聴きながら山を思い出すかと問われたら、年をとった今の私は、ちょっと首をかしげた末、やはり後の方の問いに手を挙げるだろう。なぜならばつい十年ぐらい前までとは違って、このごろは余り高い山へも行かないし、春や秋の高原にも思わぬ無沙汰を重ねている。しかし音楽ならば引続きずっと聴いていて、それへの愛も感動も信頼もいよいよ深く、いよいよ切実なものになっているから。

登山の味、山や高原の真の良さを知っている者は、如実にそれを描写したり叙述したりする文章や写真や絵画よりも、観念連合のもっとも微妙なものを音楽からこそ受けとるもののように思われる。手近な例を挙げれば、私はドヴォルザークのチェロ協奏曲や弦楽四重奏曲中の或る箇所を聴きながら、急に山への郷愁に襲われて身震いを感じることがある。ベルリオーズの『イタリアのハロルド』で、独奏のヴィオラが哀愁を漂わせた気高いハロルドの主題を弾き出す時などもそうである。そしてそんな時、私は山を知った自分の一生の幸福を思わずにはいられない。

しかしまたこんな時もある。

ここでは季節が初夏というよりもまだ幼い山の春で、若草の柔らかい緑が萌えそめた牧場には放牧の牛や馬の姿がちらほら。だが一人の牧夫、一人のハイカーの姿もない。ただ真青に晴れた空の下の高原の、純粋な日光に照らされて光っている露や小溝の水はきらびやかで清らかで、これを見、この空気を呼吸するだけでも、騒音や有毒ガスやわずらわしい事どもに悩まされる都会をあとに、遠くここまで来ただけの甲斐はある。

風景のところどころに若葉の雲を纏ったカラマツの疎林が立っているが、近くにもナラとシラカバの小さい林があって、今そのこまかい枝の間で二、三羽のシジュウカラと十羽ばかりのエナガの群とが、低い声で鳴きかわしながら飛び回っている。そしてその可憐な賑やかさが、この高原の広い天地を、かえって底知れず静かなものに思わせる。

私はとある岩かげにシーツを敷いて、ルックサックからの葡萄酒を飲みサンドウィッチを頬ばる。それからいつものように小さい縦笛を取り出して、スコットランドの民謡や古い讃美歌、そらでも吹けるやさしい曲をいくつか順々に吹いてみる。上手《じょうず》にもならないが、さりとて下手《へた》にもならないところがせめてもの心ゆかしだ。しかもその木管の笛の音と近くの木々の小鳥の歌。そしてこのささやかな野の饗宴を聴いているのが天地にひろがった静寂だけだから尚更いい。

上高地から梓川左岸の原生林の下かげを、初夏六月の林中に響くコルリ、コマドリ、エゾムシクイなどの小鳥の声に誘われてゆっくり二時間、とうとうこの徳沢の明るい草原《くさわら》まで散歩の足を伸ばしてしまった。

黄色いミヤマタンポポ、空色のエゾムラサキやテングクワガタ、花で埋まった柔らかい草原にトウヒ、カラマツ、ダケカンバなどの亭々と立つこの徳沢の平《たいら》は、上高地の谷へ入るたびに私の必ず訪れる憩いの場所だ。今もこうして花の中に寝ころんでいると、あたりではアカハラやメボソが歌い囀り、前穂高の鋭い峰々が眼前にそびえ立ち、男らしい奥又白《おくまたしろ》の雪渓が白刃《しらは》をまじえたように目にもまばゆい。そしてそのまぶしさに目を閉じてうとうとしている私に、ベルリオーズの『ファウストの劫罰』でメフィストの歌う「薔薇のアリア」や、花の精たちの美しい合唱が聴こえて来るような気がし、自分もまたエルベ河畔の春の草原のファウストのように、本当にその子守歌で寝入ってしまいはしないかと思われる。

上高地帝国ホテルの横の小径をまっすぐ入って、中ノ瀬の静かな遊園地を出はずれた橋の袂を左へ曲がった川の岸。ここまで来ると梓川の流れが両岸の岩にせかれて、逞しくねじれたり輝かしく飛び散ったりしながら、絶えず晴れやかな夏の朝の歌を歌っている。

だが歌っているのはひとり渓流ばかりではない。耳をすませて聴きわけると、ウソや、エゾムシクイや、ミソサザイや、ヒガラや、キビタキなど、いろいろな小鳥たちも歌っている。ただ彼らの声があまりに高く澄んでデリケートなので、ともすれば太い大きな流れの音に呑まれ、かき消されてしまうのである。しかしまたそれだけに、この豪壮で単調な水の流れの通奏低音に、時として鳥声のえも言えぬ美しい高音の旋律が浮き出るわけである。

こうして緑も暗い渓流のふちで水の戯れを見たり小鳥の声を聴いていたりすると、時どき長い細い竹竿を持った人がそばを通る。たぶんイワナかカワヒメマスでも釣る人かと思うが、私はこういう人の姿を見ると、しぜんにシューベルトの『鱒《ます》』の歌や、その旋律を変奏曲の主題にしたあの有名なピアノ五重奏曲を思い出さずにはいられない。そしてまた逆に、都会の冬の夜にこの音楽を聴きながら、盛んな夏の山深い渓流を思って心暖まる気持になるのである。

私は森林が好きだ。とりわけ夏の真昼の山の森林、そのほのぐらい世界の奥へと糸のような細道で人を誘いこみながら、時には滴る水のような清らかな小鳥の声を響かせ、時には高い梢の間から力強く輝く空の破片をのぞかせる森林。そういう森林を身をもって歩いたり、遠くから眺めたりすることが好きだ。

私の過去幾十たびの夏がこの森林への愛の体験で富まされている。今思ってもその数知れない記憶が過去の遠景に鬱蒼と立ちつづき、雲のように湧き上がる。そしてややもすれば平凡に堕ちようとする今の生活から私を抱き上げて、精神の高貴な多産な夏へと救い高める。

そしてこういう夏の森林を、私は音楽の世界でベートーヴェンの『第七交響曲』に見るのだ。心が重く否定的になって、世界が貧しく悲しげなものに感じられる時、あの気力に満ちた旺盛な音楽、壮麗であると同時に夢もまた豊かな音楽が、私を引き立ててもう一度、生きる事への信仰へと歩ませる。

又しても高原の秋が来る。
雲の美しい九月の空、
風は晴れやかなひろがりに
オーヴェルニュの歌を歌っている。

これは私が昔書いた或る詩の最初の一節だが、二十年をへだてた今日これを読んでも、やはり高原の九月の秋の広がりと、そこに吹く新しい爽やかな風や、しみじみと照る日光や、美しい雲のたたずまいなどが思われると同時に、自分の好きな『オーヴェルニュの歌』が誘い出されて、ついにその大切なレコードを掛けてしまう。

マドレーヌ・グレイという女の歌手の歌っているこの中部フランス・オーヴェルニュ地方のいくつかの民謡の中でも、「羊飼の歌」と、「草原《くさわら》を通っておいで」と、「紡ぎ女」と「アントワーヌ」とが私は好きだ。どれにも素朴な真情がこもり、遥かな憧れのようなものが響いていて、広々とした秋の世界のまんなかに一人で立っているような気持になる。そして心がすっかり洗われて、今日という日を悔いなく美しく生きようと思うのである。

秋が野山を照らしている。
暑かった日光が今は親しい。
十月の草の小みちを行きながら、
ふたたびの幸《さち》が私にある。

これも十数年前に信州富士見の高原で書いた「人のいない牧歌」という詩の最初の一節だが、今思い出しても晴れやかに暖かい十月の日光と、澄みわたった空気の中に横たわるひろびろとした野山の眺めだった。私は高原の草のあいだの細道を八ヶ岳のほうへ向かって歩いていた。明るい静けさの中で、山の畑の大豆の莢《さや》が絶えず音を立ててはじけていた。下手の谷のほうで一羽の鷹の声がした。そしてもう実のなっている道ばたのクルミの木は、早くもその葉を鮮やかな黄に染めていた。

ああ、その時だった。一つの歌が私の記憶の中を、通りがかったようにふと小声で歌い始めた。それはあのフランスの作曲家ガブリエル・フォーレの「秋《ロートンヌ》」だった。霧の立ちこめた空と、悲しげな地平と、早い落日と、青白い夜明けとの秋に呼びかけて、二十年の昔の思い出に涙を流すという歌だった。そして私はこの美しい秋の日の自分の幸福に感謝していた時だけに、その歌の水晶のような澄んだ哀愁に優しい思いを寄せるのだった。

奥秩父十文字峠の下、筑摩川上流の最後の部落、信州川上村梓山はおりから深い秋だった。私は夕方近くここのなじみの宿へ着くと、清流の魚の焼物やいろいろなキノコ料理の並んだ夕げの膳に喜ばされて、思わず土地の銘酒の杯を重ねた。

あくる日も爽やかに晴れた美しい一日だった。私は作ってもらった弁当を持って、終日付近の山の中や谷間を歩いた。そして午後遅く、部落と宿を見おろす高みの開墾地まで帰って来た時、西のほう、千曲川の下流、八ヶ岳が遠く紫に染まって横たわっている山あいに、真紅に燃えて静かに沈んでゆく太陽を見て立ちすくんだ。シューベルトに『夕映えの中で《イム・アーベントロート》』という歌がある。「おお、あなたの世界のなんと美しいことか！　その世界が金色《こんじき》に照らされる時、あなたの光が沈みながら塵や埃《ほこり》をいろどる時」という句で始まる深く敬虔なあの歌を、私は最も好きなものの一つに数えているが、その時も知らず知らず口をついて出たのがそれだった。


長野県富士見町《まち》、八ヶ岳の裾野、中央線の駅から歩いて二十分ほどかかる或る大きな森の中の山荘に私たち夫婦は住んでいた。そこでの戦後七年間の生活には、今考えても懐かしい事のかずかずがあったが、十二月の声を聴いて思い出されるのは、その冬の寂しい山荘での妻と二人きりのクリスマスである。

もう年賀状も出してしまったし、東京の幼い孫へのプレゼントも送ってやって、心にかかる何事もない十二月二十四日、妻は朝から座敷の掃除やその夜のための馳走作りに忙しく、私は蠟燭の用意をしたり、森から採ってきた唐檜《とうひ》の若木へ、きらきら光る銀の飾り紐を懸けたりした。

そしてやがて「聖夜」と言われる待望の夜。電灯が消されて太い明るい蠟燭がともり、聖書ルカ伝の一節が読まれ、古いオルガンで心をこめた讃美歌が歌われた。それがすべて東京を遠い信州の山の中での、私たち夫婦二人きりの行事だった。森の木の間《こま》の寒夜の星、零下何度の戸外の凍《い》て。しかし室内には「聖しこの夜」を、煖炉の薪がパチパチと音もなごやかに燃えていた。

秋もたけなわの或る晴れた夜、私は上野の文化会館ホールで、フランス政府派遣の音楽文化使節として来日したばかりのパイヤール室内管弦楽団の演奏会を聴いていた。ジャン・フランソア・パイヤール自身が指揮をするこの楽団の演奏は日本でもレコードを通して愛され珍重されているが、それを実地に聴くのは大多数の聴衆にとってこれが初めてだった。私もその一人だった。そして曲目第一の「リュリの無名の弟子によるフランス組曲」というのに、先ずすっかり魅入られてしまった。

序曲、ブーレー、サラバンド、プレリュード、コンセール、ジーグの六曲から成るこの組曲は、私にフランス・バロック音楽の中での最も清純なもの、凛然として犯しがたい処女のようなものを感じさせた。たとえば早春の渓谷の上に懸かった山の部落の梅の林、それも青白く苔蒸した岩を点々と配した白梅の林。そういう境地での光と影、色と匂いとの感銘だった。後にはまだ聴きたいものも残っているが、私はこれを聴いただけでもう帰っても惜しくないとさえ思った。たとえ無名者のものであれ褒めそやされないものであれ、真にすぐれた芸術品とは正にこうしたものではないだろうか。

高原はまだ三月のさむざむとした鳶色に枯れている。少し湿めったところでは足の下で割れる薄い氷の音さえする。しかしもうあちこちにタンポポの黄色い花が光っている。澄みきった空気には周囲の山々の雪の感触があるが、さすがに早春の日光はしみじみと暖かく、目にまばゆい。

近くの白樺の裸の林で一羽のヒガラが鳴いている。それはもうほとんど完全な春の歌で、彼もまためぐって来た再生の季節を小さい体と心に感じているのだ。

そうだ！　今日は三月も末の金曜日、キリスト受難の金曜日。すると二日の後は復活祭。「うるわしの白百合、ささやきぬ昔を」の歌が、ここ田舎の町の小さい教会堂からも敬虔に流れてくる復活祭だ。

私はバッハのヨハネやマタイの受難曲を思い、その復活祭オラトリオやカンタータを思う。そしてこの高原のきびしい空気と、心にしみて暖かい日光と、再生を喜ぶ草の花や小鳥の歌に清められ力づけられて、なおも生きて働くことの幸いをつくづくと思う。

［「本の手帖」一九六八年十月／『夕べの旋律』所収］

私の心の山

つい一時間ばかり前、私は信濃の旅から帰って来た。山から山、町から町へのいそがしい旅ではあったが、そこから受けたさまざまな感銘はまだ何一つ色褪せもせず、すべてが鮮やかで花のようだ。そして今朝はこの相模の国鎌倉の、アジサイが咲き春蟬の鳴く低い夏山にかこまれた我が家の書斎で、その感銘の綾を解きほぐしては一つ一つの思い出をゆっくりと味わっている。

残雪の穂高連峰と梓川の清流とをすぐ眼の前にする上高地、山ツツジや鈴蘭の花に飾られ、新緑の白樺の疎林を前景にひろびろと横たわる高原や牧場からの乗鞍岳の眺め。この二つの風景は一方が峻厳で豪壮ならばもう一方は温雅で、牧歌的であり、しかもそのいずれにも眼を洗い心を清めてくれるような、高処の晩春初夏のえも言えぬ気品と美とがあった。そして山に親しんですでに久しい私としては、上高地へも乗鞍の高原へも、この無限の恵みを期待しながら行ったのだった。それがそのとおりに報いられたのだから、毎日のよく晴れた天気は元より、すべてにおいて幸運だったと言わなければならない。

山の小鳥たちの初夏の歌も一年ぶりで聴いた。上高地ではクロツグミ、ヒガラ、オオルリのそれを心ゆくまで聴いた。乗鞍ではジュウイチ、アオゲラ、アマツバメたちの叫びや羽音に耳を澄ましたり顔を仰向けたりした。そして私の好きなメボソの「チチビ、チチビ、チチビ」の歌が、その双方で小梨や白樺の林の奥から響いていた。今の季節にはこの北鎌倉でも聴かれるウグイスやホトトギスでさえ、こういう山地で聴けばいかにも処を得た、広々とした、豊かなものに思われた。いろいろな花も咲きはじめていた。上高地では小梨の白や薄桃色はまだちらほらだったが、路傍や樹下のエゾムラサキ、ニリンソウ、イワカガミ、エンレイソウなどが、再び訪れた私の眼を喜ばせ楽しませた。乗鞍の高原では小梨はすでに花盛り、その間を綴ってヤマツツジとムラサキヤシオツツジの赤や紅紫が燃えるようだった。そして白樺の疎林のところどころに群落をつくってひっそりと咲いている鈴蘭が、いかにもしとやかで可憐だった。

わずか三日の旅ではあるが、上高地の渓谷と乗鞍の高原とを味わって来た私には、今そのいずれの眺めや感銘にも甲乙つけがたい。行けば必ず彼らが其処に在るとは知りながら、さて実際に行って見て帰って来て、こうして我が家でその思い出を新たにしていると、双方の比較よりも何よりも、先ず行って本当によかったという気持になる。もしも機会に恵まれず或いは何かの都合で行けなかったとしたら私はこの初夏の絶好の季節に、山という大いなる自然に関するかぎり、少なからず損をしたという事になる。もちろん住みなれた家に居れば居るで、物も書き、本も読み、好きな音楽も聴き、時には繁華な街中へも出かけるだろうが、そういう私に一つの潑剌とした生気を、或る決然とした潔いものを吹きこんで、日常生活の馴れや惰性や凡庸から救い出してくれるのは、実に山という物の存在であり、それとの時折りの交わりだからである。

ときどき一人で考える事だが、私は自分の本心を山にこそ預けてあるような気がする。それも孤立した山ではなくて峰から峰へと続いている連山、そこに自由と真実とが高峻を生き、そこで私の精神が鍛えられ心が清められ養われるところ。そういう処にこそ自分の夏の故郷はあるのではないかという気がする。だから地平線に浮かんでいる遠い雲を見ると懐かしく、夕日に映える西の空が恋しいのである。なぜならばその遥かな雲の下、その美しい夕映えの底には必ず私の心の山がある筈だから。

（一九七〇年六月）

［『日光と枯草』所収］

過ぎし日の山の旅

今から思えばもう四十何年の昔になる。私が登山や山旅に凝り始めて、おもに甲斐や信濃の、それも余り人の行かない山や高原を歩いていた頃の事だった。或る時急に思い立って、二、三年前高村光太郎さんに連れられて行った上越国境三国峠下の法師温泉へ今度は一人で出かけた。今でこそ三国峠はもちろん法師の湯なんぞ大して珍しい処でもないが、その頃では余り人も行かず、名も知られず、谷のつめ、峠の下のたった一軒の古風な温泉宿長寿館にも、土地の長家の老人たちか、よほど物寂びた山奥の湯治場を好きな通人でもなければ、わざわざ訪ねて行くような客は稀だった。そんな処をどういうわけか高村さんが知っていて、しかもひどく其処を好きだったのである。

秋も初めのよく晴れた日だった。その頃はまだ清水トンネルが通じないで水上駅が終点になっていた上越線を後閑で下車して、私は法師まで六里といわれる三国街道を一人てくてくと歩き出した。

この前初めて高村さんと来た時には、私は重いルックサックを背負っていた。妻が「高村さんのおじさんはビールがお好きだから持って行って上げてください」と言うので、山奥の温泉の一軒家へ着いたらその高村さんを驚かせてやろうと思って、無理をしてこっそりと半ダースだかを背負って行った。しかし全行程をほぼ半分ばかり歩いて相俣《あいまた》の部落に近く、万太郎や仙ノ倉の嶺線を高々と仰ぐ小さい乗越《のりこ》しの処まで来ると、とうとうへばってしまって、「実は実子《みつこ》に言われてビールを背負って来たんですが、もうとても……」と白状した。すると高村さんはびっくりして、「そりゃあ君重かったろう。ちっとも気がつかなかった。ありがとう、ありがとう。今度は僕が背負うよ」と言って、壜をくくった強いクゴ縄をブツブツとナイフで切って、その内の四本を摑んで自分のルックサックへ押し込んだ。そしてその翌日、二人は三国峠の頂上で、苗場山《なえばさん》を正面に、東京から持来のビールを昂然とした気持で飲んだのだった。

そんな事を思い出しながら、一人旅の私はいつぞやの相俣から猿ケ京の部落にかかった。きらびやかな爽やかな秋の日で、もみじには未だ少し早いが、山ウルシやヌルデの葉はすでに至る処で真赤だった。部落を過ぎると古い三国街道は峠へ向けて右の方へ登りになるが、私の志す法師へは吹路《ふくろ》の部落から左の谷間へ下りるのである。するとその路の角に四つか五つぐらいになる男の児が一人両手を腰に当てて立っていたが、突然「おじさん、どけえ行くだ」と質問した。

私は余り小さな子供の余り大人びた口調や態度に驚きとおかしさとを感じながら、それでも笑いをこらえて「法師へ行くんだよ、坊や」と答えた。すると子供はあくまでもまじめな顔つきで「法師か。法師なら真直ぐだ」と下の谷をあごでしゃくって教えた。その教え方がいかにも大人びて厳粛なので、「知っているよ」などとはとても言えなかった。旅の者らしい大人に物を教える仕方を見習ったか教えられたかしたこの子供が今すこぶる真剣にそれを実践しているのである。

してみれば私の方でも、それ相応の挨拶をしなければなるまい。そこで帽子に片手をかけて礼を言った。「ありがとう」しかし、ああ、その時私は見たのだ。両手を腰に当てて鷹揚にうなずいているその子供の附紐《つけひも》のところに、可愛い守り袋のぶらさがっているのを！

その翌年の初夏の或る日、私は猿ケ京の手前の笹ノ湯温泉へ行っている高村さんから思いがけなく一通の電報を受け取った。一緒に山を歩きたいから、よかったら来ないかという意味のものだった。別に急ぎの仕事も無かったので、「スグユク」という返電を打って旅装もそこそこに、上野駅から汽車に乗った。その頃の高村さんは（四十六か七ぐらいだったと思うが）、晩年の彼とは違って、一度思い立つと直ぐに実行に移さずにはいられない人だった。

笹ノ湯の相生館《あいおい》という宿で落ち合った私達は、その翌朝法師へと向かった。六月の初めの事で、至るところ山ツツジや藤の花の盛りだった。

声を揃えてエゾハルゼミが鳴き、センダイムシクイやシジュウカラやヒガラが歌い、カッコウやツツドリの声が遠く近く響いていた。そして遙か向こうの姉山の部落には、一と月遅れの端午の節句の鯉幟が新緑の木々の間に重く美しく揺らいでいた。すると私はその鯉幟からすぐに去年の子供の事を思い出した。そしてもしや其処らにいはしまいかと歩きながら目でさがした。するとどうだろう、その児はいた！　路のそばの畑の隅に。私は胸を躍らせて近づいて行った。そして「去年のおじさんだよ。あの時は法師の道を教えてくれてありがとう」と言いながら、ルックサックのポケットからキャラメルの一箱を取り出してその小さい手に握らせた。子供はちょっとたじろいだが、私を思い出したかすなおに受けとってピョコリと頭を下げた。

少し行ってから私は振り返った。子供のそばには畑の奥から出て来た母親らしい女が立って、頭の手拭いをはずして丁寧にお辞儀をした。私も首をかしげて手を振った。私は見た。その時彼らの畑のまんなかに上州の小梨《こなし》の大木が一本、盛んな初夏の光に酔ったように真白な花を燦々と咲かせているのを。少し先の処で巻煙草を吸いながら私を待っていた高村さんは、「善かったねえ君」と言って晴れやかな顔で歩き出した。

そして法師、四万《しま》、中之条《なかのじょう》、草津というのがその時の私達の山旅だった。

（一九七一年三月）

〔『日光と枯草』所収〕

山と心

今でこそ無精になって余り山へも出掛けないが、一と月のうちに二度か三度は必ず何処かしら山へ旅をした昔がなつかしい。前の晩から念入りに支度をして置いた重いルックサックを背に、朝早く若い妻や幼い長女に玄関先まで見送られて、「気をつけて行っていらっしゃいましよ」とか、「お父ちゃん、いろんな物をよく見てね」とか言われながら、一日か二日の山旅のために家を後にした頃の事がなつかしい。だがそれも今はもう三十年から四十年も前の昔の話だ。

下着の類や雨具は元より、山での食事用のパンだの飲物だの薬だの、五万分の一と二十万分の一の地図、それに三脚を付けて撮す古風な嵩ばった写真機。今と違って何につけても不便な時代だったから、もしもの時の事を考えると迂潤《うかつ》な用意では安心して出掛けられなかった。だからどうしてもルックサックは大きくなり重くなった。

乗物は新宿か上野発の列車で、てらいを嫌い、窮屈を好まず、自分の心の気安さを愛する私はいつでも三等の旅客だった。よく隣の席の客などに「どちらへ?」と訊かれたりすると、言っても解るまいと思われる山の名などを答えたりして、相手にけげんな顔をされた。何しろこちらも地図をたよりにこれから初めて登りに行く山なのだから、今と較べてもっと山というものに興味を持っていなかったその頃の人に、さして有名でもない地名がどんな反響を起こさせる訳もなかった。

「尾崎君。汽車に乗っても二十万分の一の地形図はいつでも手から離さずに、今自分の汽車が何処の地点を走っていて、今渡った大きな河が何という河であり、窓から見える向こうの山が何という山かという事を、面倒臭がらずによく調べるんですよ」と、当時私は或る地理学の大家から教えさとされてそれを正直に実行していた。だから見も知らぬ隣席の客から世間話を持ち出されると、ほんとうに迷惑至極だった。

「尾崎さん。それはまるで地理の勉強で、ちっとも旅行でも遊山《ゆさん》でもないじゃありませんか」と言ってくれる人もあった。全くその通りで大げさに言えば、私の山への旅はいつでも何かしらの勉強のためだった。地理学の、動物や植物学の、地質学の、実地における見学だった。だからこそいつでも朝の出がけに、幼稚園へ行っている長女に、「お父ちゃん、いろんな物をよく見て来てね！」と言われたのだ。その代わり帰って来れば、ノートや小さな標本を材料に、その娘や妻にいろいろな話をしてやる事もできれば、後になって自分らしい特色ある紀行文を書く事もできた。そしてそういう書き物の発表が度重なったせいか、いつか世間から「山の詩人」だとか「自然詩人」だとか言われるようになってしまった。本来はそうばかりでもないのだが。

＊

今ならば、ずいぶん人に出遇うだろうと思われるが、その頃は、一日じゅう歩いてもハイカーなどの姿は見る事もなかった奥多摩の山。これは、そういう静かな山歩きの出来た頃の思い出の一つである。

晩春を咲き初めた山吹やヒトリシズカ。小径の岩に鳴る自分の靴音。もうずっと下の方になった渓谷が微かにさらさらと早瀬の歌を歌っている。そして楽しい大きな明暗に浸かった午前の山々は、空間を占める莫大な容積の重なり合いと大らかな面の移り行きとで、それを見る目をゆっくりと休ませ、その安定感で人の心を柔らげる。すでに都会は遠く、その喧騒も遠いのだ。対岸には白壁と石垣と、調和のとれた樹々の配置でひどく好もしい物に見えていた一つの村落が、今こちら側の山を離れた太陽の光を浴びて、谷から昇る真珠いろの霧のために、きわめて薄いヴェイルを纏ったように柔らかくきらめき始める。そしてその上の斜面に点々とパステル赤をなすっているあの花。あれはミツバツツジの花だろうか。

やがて小径の左に沢の落ちている処を私は過ぎる。ふと見ると一羽の大瑠璃《おおるり》が岩角にとまって、流れよどんだ清水を飲んだり浴びたりしている。木の間から降りそそぐ日光の金色の縞に照らされて、その瑠璃色の頭や翼が目も醒めるように美しい。私はその小鳥の動作を、彼が飛び去るまでじっと見ている。飛び立った鳥は近くの水楢《みずなら》の樹の枝まで行って、口ばしをこすったり濡れた羽根をふるわせたりしながら、その合間に水晶の玉を打ち合わせるような綺麗な、小刻みの歌を投げる。私はその歌を、ちょうどあるメロディを覚えようとする時のように、しっかりと心に刻みつけながら歩き出す。

路の片側にある岩石の露頭が現れる。日陰の岩は涼しく濡れている。私はみごとに皺曲したその岩をたぶん紅色角岩だろうと思う。そしてステッキの石突きでやっと旨く割ることのできたその扁平な小さなかけらを手の平に載せて眺めながら、帰ってからこれを研いで磨いて文鎮にしたら、きっと善い旅の記念になるだろうと思う。

私は行く。ゆっくりと。しかし物見高い眼や鼻や耳は何物をものがさないようにすっかり解放して。

山を歩く事は私にとって、自然の全体と細部とをできるだけ見、愛し、理解する事であって、決して急用を帯びた人のように力走することではないからである。それがために一日の行程が、よしんば二日掛かるとしても構わない。またそのために、都会へ帰ってから幾日かを穴埋めの仕事のために生きるのであっても構わない。私は美しい遭遇を愛する。天から与えられた遭遇であればよし、さもなければ自分の方から求めて行く。だから私の道は必然に迂回の経路をとる。

*

薄く柔らかに水苔の着いた山頂の岩に腰を下ろして、今私は単純な昼の弁当にむかう。単純ではあるが私の好みをすっかり承知している妻が、昨夜から工夫を凝らして作って置いてくれた弁当である。

先ずなめし革に包んだ切子のコップを取り出して、小さい罎に詰めた葡萄酒を注いでぐっと飲む。旨い！　もう一杯。心が広々とし、気が大きくなる。その広々とした気持で遠近の山々を見わたす。今後登りたい山、是非とも登って置かなければならない山々が、近くは武蔵、甲斐、遠くは信濃や上野《こうづけ》や下野《しもつけ》の空の下に、それぞれの峰をきらめかせたり山脈を波打たせたりして横たわっている。そんな広大で雄渾な風景を心ゆくばかり眺めながら、私はフロマージュ入りの棒パンをかじっては水筒の水を飲む。

ルックサックのポケットへ入れて来たフランスの詩人ジョルジュ・シェーヌヴィエールの詩集は、実にこういう時の友なのである。彼は質素に強く、明るく男らしく生きる事がどんなにおのれにとってふさわしいかを知っていた。そして、そういうふうに生きようとした願いが、夢が、どんなにこの病身で熱烈で、しかも常に貧しかったこの詩人を鼓舞し、鞭撻し、パリの凡庸な日々の中から燃え上がる新星のような非凡な光を、瞬時に現れる永遠を発見させて、どんなに多くこれらのすぐれた詩を書かせたかを私は思う。病身でこそないが、同じように熱烈で貧しい詩人私としては、彼の短い一生を思って嘆息し、その美しい詩業を思って勇気を得ずにはいられない。

近くに横たわる大きな暗い岩の上、ヒカゲツツジの硫黄いろの花の咲く下に、イワウチワが一面にはびこって、ほんのり紅をさした白い花の杯を傾けている。私は光沢《つや》のある緑の葉ごとその花を一、二輪摘み取って、詩集の中で最も好きな「一日の王の物語」のページへ挟む。歌われている一日の王は、もちろんその作者シェーヌヴィエール自身の姿である。

＊

私は午後の大半を尾根から別の山頂へ、そこから又別の尾根へと、一日の太陽の鳥が大空を渡って、その西方の金と朱《あけ》とに染まった巣の方へ落ちて行くまで歩いた。尾根ではいつものとおり暖かでひっそりして、自分自身がおとなしい野山の鳥や、獣や、何物をも強く要求しない草や木々とちっとも変わった者でない事が感じられたし、山頂では、周囲からぬきんでた高さのために心が高尚にされて、そこからの眺望は、一つの高い見地というものを教えられることだった。同時にそれは、また発足して見に行きたいという新しい熱望へのいざないでもあった。

それから私はゆっくりと谷間の方へ下山した。

今下って来た山のてっぺんには、まだ金紅色の最後の日かげが残っているが、谷間はもう淡い紫にたそがれかけている。夕暮の空には、朱鷺《とき》の抜毛のような雲が二筋三筋散っている。しかしやがて天気が変わるとしても、今日の終焉が美しい夕映えを持つだろうという確信は私を楽しくする。

私はようやく出会った最初の部落と、人が永く其処にとどまって其処に死ぬる処を、旅人の足に任せて脇目もふらず通り過ぎるには忍びない。老人に、若者に、娘に、女房に、私は道を訊くだろう。たとえその道を、地図と対照してほとんど熟知しているとしても、なお彼らと二言三言を交わすために求めて道をたずねるだろう。坂になった村路で、子供たちが夢中になって遊んでいる。そしてその中の一人がほとんど私とぶつかりそうになる。私はそれを好い機会《いしお》に、身をよけながら子供の頭に、或いは肩に手を掛けるだろう。

そして、ただちにして、私は初めて見たこの谷奥の寒村を旧知のように思ってしまうだろう。

こうして一介の貧しい詩人私といえども、価無き思い出の無数の宝に富まされながら、また今日も一日の王たる事ができたであろう。

＊

八月のある夕ぐれ、日没後一時間ばかり。武蔵野の畠の上をそよそよと南の風が吹き渡っていた。空は綺麗に晴れてほのぐらく、かすかに紫をおもわせるその空間に、次々と涼しい星の光が増していった。しかし西の地平線の近くには秋の銀杏《いちょう》の葉むらのような透明な黄いろが残っていて、秩父の連山の黒い影絵を見せていた。そしてその連山の上にあでやかな宵の明星が滴るばかりに傾いている一方では、東方の森の頂も明るくなるかと思うほど、巨大な木星が燦爛たる光芒を放って昇りかけていた。

道の草にはもう涼しい露がおりていた。その露の蔭からは草雲雀《くさひばり》や蟋蟀《こおろぎ》が、失われた金の鈴の伝説や、つづれさす夜の哀れな物語を、おもいおもいに歌っていた。

私は夜目にも白く大きな繖形花《さんけいか》の並んでいるニンジンの畠を過ぎ、体が触れるたびに実り間近な重たい穂がさらさらと鳴る黍《きび》畠を過ぎて、やがてこの二、三年荒れ放題になっているある空地に近づいた。そこには盛んに繁茂した雑草にまじって、今では野生に返った午蒡《ごぼう》やイチビの類が草むらの中から小さい黒い島のように浮き出している。そうして、私はその島の上で鳴いているカンタンの声に今宵もまた聴き入った。

句切りをつけて二度ずつ打ち振るエンマコオロギの澄んだ金属的な調べに較べると、カンタンの歌は遥か遠くの村里で鳴いているヒグラシの声か、風に送られて来る哀切な笛の音《ね》を想わせる。その長い緩やかな音の流れには旋律もなければ拍節もない。かすかに震えながら耳から心へ伝わって来るその一節の音の糸には、悲しみにせよ祈りにせよ、何ら人間に強いるところがない。ただ星が光り、風が渡り、平野の夜のひろがりが大きくなってゆくそのことのように、その歌も無限であり無終である。

私はこのカンタンを聴きながら、いつのまにか信州川上の梓山《あずさやま》を思い出していた。私が生まれて初めて籠の中のものでないこの虫を見、その声を聴いたのは梓山の部落でだった。そうして背戸にエゾギクを多く作っているあの山家《やまが》や、村外れの河原に近い小石まじりの蕎麦の畠や、白樺の林の奥に消える十文字峠道などを思い出すと、もう一度其処へ行って見たいなという淡い欲求が、武蔵野の星の下、草原の露の中で、私のうちに郷愁のように湧き上がって来るのだった。

それは或る年の九月半ばで、秩父の山々には漸く秋のもみじが照りはじめ、谷川の水は山間の空を映し砕いていよいよ青く冷たくなり、信州南佐久郡川上村の狭い水田にも稲は黄色く穂を垂れて、田圃の畔《くろ》に咲き続く血の色の彼岸花《ひがんばな》がそぞろに旅愁を催させる頃だった。私は千曲川の上流から山越えに中津川の谷への旅をした。小海線信濃川上の駅のある御所平《ごしょだいら》から三里余りをバスに揺られて来て見れば、梓山は思いのほかに明るく開けた山間《やまあい》の村だった。

橋の袂の旅館白木屋に旅装を解くと、私は身軽になって夕餉の時刻まで村の上手を一人ぶらぶら、十文字峠への道の導くままに登って行った。

どこから吹いて来るとも知れない風は水晶を溶かしたように涼しかった。村にはほのかに水が匂い、竈《かまど》の煙が匂い、爽やかな乾草の香が漂っていた。漸く傾きかけた秋の太陽は打ちひらけた下流の方から光を流して、その蜜のような甘美な光線で渋色をした家々の柱や羽目板や、石を載せた低い屋根屋根を薄赤く染めていた。村には柴犬がたくさんいた。昔から伝わっている純粋な日本犬で、法令で保護され、その正しい血統を維持されているという事だった。彼らは人間と同じようにこの深い山里に土着し、狩猟の供をし、子供らと遊び、女らに愛せられて、狭い往来にも、橋の上にも、川べりの小径にも、また庭の中、家々の土間にも、その精悍な悧巧そうな小さい姿を見せていた。

乾草《ほしくさ》がいたる処で爽やかに匂っていた。ある農家の前を通ると、往来に面した庭で一人の娘が一面にひろげて干した刈草を一抱えずつ束ねている。近づいてよく見ると萩や桔梗や女郎花《おみなえし》のたぐいの秋草だった。束は出来るそばから納屋の前へ積まれていった。それへ赤いトンボが無数にとまって、夕日の光にきらきらと羽根を伏せていた。

「この乾草は何にするんですか」と私は娘にたずねた。

「冬じゅうの牛や馬の飼葉《かいば》にしやす」と言葉少なに娘は答えた。

実際家畜も多いらしく、家々の間から、彼らに特有の饐《す》えたような香《におい》が流れて来た。遠く来てこういう香にめぐり会うと私はいつでも一脈の旅愁を感じずにはいられない。それは赤児の体臭や母の乳の香のように懐かしくはあるが、その懐かしさには何かほのかに悲しいような苦《にが》い味がある。

この国の寒さを強み家のうちに
馬引き入れて共に寝起きす

という若山牧水の歌が思い出された。こうした乾草はまた村のすべての家で飼っている兎たちの冬の飼料にもなろうかと思われた。

たいがいの家でエゾギクを作っていて、ちょうどヘルマン・ヘッセの小品文『秋』にあるように、「白、紫、八重、一重、あらゆる種類とあらゆる色との花」が、鳳仙花やダーリアと一緒に畠の石垣のふちや垣根のあたりを飾っていた。そして村の唯一の色彩とも見えるそれらの花が、夕日の光や、山あいの空の深い青や、一痕の白い月や、谷川の響きや、清らかな空気の冷たさと調和して、いかにも都を遠く美しい、平和な山里の初秋の絵を成していた。

十文字峠への道は村の家並のつきるあたりから次第に登りになっていた。行く手には小さい丘をへだてて三国山つづきの山稜が望まれ、その一角に突き出ているアク岩という石灰岩の巨大な露頭も遠く高々と仰がれた。

いよいよ村の最後の一軒家の前まで来ると、左から千曲川の谷の流れが寄り添って来て、夕暮の水が淙々と岩に激して鳴っていた。道の片側の小高い山畑へ登って今来た方角を見おろすと、梓山の部落は川の左岸に細長く伸びて、西方の空の落日の余燼の下で今宵の星の照り明かるのを待っていた。

私がカンタンの声を聴きつけたのは其の時、其の場所でだった。涼しいような、甘いような、得も言えず微妙なひびきが、或いは遠く、或いは近くふるえていた。私は耳のうしろへ手の平を当てがって一つの声をたずねながら、白茶けた畠の、もう枯れるのに間もない胡瓜の蔓のあいだを覗きこんだ。そして一枚の葉の表から裏へとすばやく身を匿す長さ六分に満たない、黄味を帯びた草いろの、一見弱々しくほっそりとしたその虫を発見したのであった。そして近くの石の上へ腰を下ろすと、あたりがすっかりたそがれて梓山の村に電灯の光のちらつき始める頃まで、存分に彼らの歌に聴き入った。

（一九七二年八月）

［『日光と枯草』所収］

山頂の心

海抜三千百メートル、
岩の楼閣北穂高の
岩の頭にがっちり立ってる。
真白に吹き上げて来る横尾の霧は
寒くしょうしょうと身にしみるが、
霧が晴れればかっと明るい眼前に
きのうの槍があり南岳があり、
急登三時間の大キレットも
かえって今では懐かしい歌だ。
たとえ飛驒側の朝の尾根から
Go back！　Go Back！　と

雷鳥のさそいの声は響いて来ても、
あとへ引く心はさらさら無い。
見ろ、北は秋風の越中立山、
南に釣尾根が天の廊下だ。

［『歳月の歌』一九五八年］

尾崎喜八略年譜

一九五九（昭和三十四）年までは、自筆の「略年譜」（『尾崎喜八詩文集3 花咲ける孤独』）より抄録。参考資料「尾崎喜八資料」（尾崎喜八研究会）、『日本山岳会信濃支部三十五年』（日本山岳会信濃支部）。《》内は編集部加筆。

一八九二（明治二十五）年　一月三十一日、東京市京橋区南小田原町に尾崎喜三郎の長男として出生。東京府下荏原郡大井村の神山政五郎方に里子に出され、実子同様の寵愛を受ける。

一八九六（明治二十九）年（満四歳）　京橋区本港町で回漕問屋を営む実家に戻される。

一八九八（明治三十一）年（六歳）　築地小学校に入学。読書と自然が好きで、成績は首席で通した。

一九〇四（明治三十七）年（十二歳）　京華商業学校に入学。

一九〇九（明治四十二）年（十七歳）　三月、京華商業学校を卒業し、中井銀行に務める。文学雑誌を読みはじめ、西欧文学者の作品を英訳の本で読みふける。

一九一一（明治四十四）年（十九歳）　「文章世界」「スバル」等で高村光太郎の名を知り、新鮮な芸術意欲と世俗への反逆精神に心酔する。トルストイの「復活」から強い影響を受ける。銀行をやめて動植物の標本や理化学の用品を扱う三省堂器械標本部に入社。雑誌「白樺」を読みはじめ、文壇の新風や西欧絵画に心をとらえられる。

一九一二（明治四十五・大正元）年（二十歳）　徴兵検査に丙種で不合格。高村光太郎を本郷駒込に初めて訪問し、文学志望の気持をうちあけて忠言をうける。「白樺」で武者小路実篤や志賀直哉のものを特に愛した。

一九一三（大正二）年（二十一歳）　三省堂器械標本部閉鎖のためやめる。高村光太郎訳のロマン・ロラン「ジャン・クリストフ」に感激する。ロマン・ロランの「ミレー」「ベートーヴェン」も読む。年の暮れに高田商会に入社。

一九一四（大正三）年（二十二歳）　七月、第一次世界大戦勃発。八月、ドイツに対し宣戦。務め先を同じくする塚田隆子と恋愛におちいる。

一九一五（大正四）年（二十三歳）　恋愛が発覚し、結婚も文学志望も断念を強制される。父親に廃嫡を求めると即座に同意、家を出て勤めもやめた。

一九一六（大正五）年（二十四歳）　長与善郎の家に寄宿し、「白樺」の同人やその傍系の多くの人達、千家元麿、岸田劉生、木村荘八、椿貞雄、犬養健、近藤経一、松方三郎らを知る。ロマン・ロランの音楽評論集「今日の音楽家」の翻訳を「白樺」へ連載し、十二月、『近代音楽家評伝』として洛陽堂から出版された。

一九一七（大正六）年（二十五歳）　化学薬品会社に勤める。新富町の下宿へ移り、ベルリオーズ『自伝と書翰』の英訳本の翻訳にとりかかる。「ベルリオの手記」という題で「白樺」に連載された。

一九一八（大正七）年（二十六歳）　浅草厩橋附近の貸間へ移る。ロランやベルリオーズ、ヴェルアーランを原文で読むため、近所に住む教師からフランス語を習いはじめた。天文学にも興味を持つ。

一九一九（大正八）年（二十七歳）　スペイン風邪のため隆子を失い、心に荒涼を抱いて歩きまわる日が続く。十二月、朝鮮銀行に入社し朝鮮京城の本店に赴任した。

一九二〇（大正九）年（二十八歳）　仕事らしい仕事も与えらず厭気がさして、夏には病気を名目に退社して東京へ帰る。本郷の西片町に下宿を求め、高村光太郎と頻繁に会う。高村の推挙で叢文閣から『ベルリオ自伝と書翰』を出版。荏原郡平塚村の水野葉舟を初めてたずねた。

一九二一（大正十）年（二十九歳）　詩の雑誌「詩聖」「新詩人」に詩を寄せる。水野邸に近い家を借りて移り住む。

一九二二（大正十一）年（三十歳）　五月、最初の詩集『空と樹木』（玄文社）刊行。高村光太郎と千家元麿とに献じた。スイスのロマン・ロランに送ると返書が来て狂喜した。

一九二三（大正十二）年（三十一歳）　ベルリオーズの『ベートーヴェン交響楽の批判的研究』（仏蘭西書院）刊行。九月一日、関東大震災で大火災となった京橋区新川の実家へ駈けつけ父母を助ける。父親との間に和解が成り、水野葉舟の長女実子（みつこ）との結婚も受けいれられた。豊多摩郡高井戸村の新居に移る。

一九二四（大正十三）年（三十二歳）　三月、水野実子と結婚。文学と畠仕事に専念する高井戸時代の生活が始まった。高田博厚、片山敏彦、上田秋夫、高村光太郎、中野秀人、菊岡久利、更科源蔵、真壁仁ら、多くの友人の来遊があった。十四年六月、長女栄子が生まれる。第二詩集『高層雲の下』（新詩壇社）刊行。

一九二六（大正十五・昭和元）年（三十四歳）　五月、フランスの詩人シャルル・ヴィルドラック夫妻が来日、高井戸を訪れる。アルコス、デュアメル、バザルジェット、マルティネ、ジャン・リシャール・ブロックらとの友交の道を開いてくれた。ヘルマン・ヘッセを原語で読むためにドイツ語の勉強を始める。
一九二七（昭和二）年（三十五歳）七月、長男朗馬雄《ろまお》が生まれたが、翌年の三月流行性感冒で父に先だつ。十一月父の死に会う。ロマン・ロランの『花の復活祭』の訳書（叢文閣）、同年九月に第三詩集『曠野の火』（素人社）刊行。
一九二八（昭和三）年（三十六歳）三月、実家に入籍して家督相続し、京橋区新川の実家に移った。訳書『ヴィルドラック選詩集』（詩集社）刊行。武蔵野の田舎がしきりに思われ、来訪者も同じ詩人でも全然質や傾向を異にした人達になった。こういう時期に登山家河田楨（みき）の『一日二日山の旅』（一九二三年）や『静かなる山の旅』（一九二七年）を読んで感銘をうけ、やがてその人と知るようになる《三菱銀行日本橋支店に勤める河田を訪れた》。彼に案内されて遠近の山へ行くようになり、登山団体「霧の旅会」の会員となる。山岳は、詩に文章に山がその実体と雰囲気とを提供し、読書の中に山の本が加わり、自然地理学や気象学の勉強が始まった。
一九三〇（昭和五）年（三十八歳）《一月、報知新聞に「新年の御岳・大岳」寄稿。》
一九三一（昭和六）年（三十九歳）十二月、杉並区荻窪の借家へ移った。《五月「山と溪谷」にエミール・ジャヴェル「プラン・スリジエの葡萄小屋」、六月「アルピニズム」に「神津牧場の淡彩的ノート」、十二月「山小屋」にジャヴェル「二夏の思い出」寄稿。以降、山岳雑誌への寄稿多数。》
一九三二（昭和七）年（四十歳）妻、子どもとともに花の栽培、自然観察や昆虫と植物の標本作り、気象観測と雲の撮影を楽しみ、その間にも山や高原の旅をし、詩を書き、文章を書き、合間には翻訳をする。《このころ、武田久吉より自然生態写真の指導を受ける。》

一九三三（昭和八）年（四十一歳）　詩集『旅と滞在』（朋文堂）刊行。

一九三五（昭和十）年（四十三歳）　最初の散文集『山の絵本』（朋文堂）刊行。《八月、ヒュッテ霧ヶ峰で雑誌「山」（一九三四年創刊）を刊行する梓書房が主催する「山の会」に参加。》

一九三六（昭和十一）年（四十四歳）　杉並区井荻の中西悟堂の持ち家を貸りて移った。

一九三七（昭和十二）年（四十五歳）　七月、支那事変（日中戦争）勃発。エミール・ジャヴェルの『一登山家の思い出』（龍星閣）刊行。

一九三八（昭和十三）年（四十六歳）　散文集『雲と草原』（朋文堂）刊行。

一九三九（昭和十四）年（四十七歳）　九月、ヨーロッパで第二次大戦が勃発、ヘルマン・ヘッセの『ワンデルング』（朋文堂）刊行。

一九四〇（昭和十五）年（四十八歳）　秋、家の根継ぎをしたいという中西氏の申し出で程近い借家へ転居。ジョルジュ・デュアメルの『北方の歌』（龍星閣）、詩集『行人の歌』（龍星閣）刊行。

一九四一（昭和十六）年（四十九歳）　十二月八日、アメリカ・イギリスに宣戦布告。デュアメルの『阿蘭陀組曲』（龍星閣）と『モスコウの旅』（龍星閣）刊行。

一九四二（昭和十七）年（五十歳）　ヘッセ詩画集『画家の詩』（三笠書房）、気象生態写真集『雲』（アルス文化叢書11）、散文集『詩人の風土』（三笠書房）、詩集『高原詩抄』（青木書店）、詩集『此の糧』（二見書房）刊行。

一九四三（昭和十八）年（五十一歳）　詩集『二十年の歌』（三笠書房）、《『組長詩篇』（翼賛図書刊行会）》刊行。

一九四四（昭和十九）年（五十二歳）　三月赤坂区青山南町六丁目に転居。長女栄子東京女子大学を中途退学して石黒忠篤の三男石黒光三と結婚。詩集『同胞と共にあり』（二見書房）刊行。

一九四五（昭和二十）年（五十三歳）　五月、空襲で家を焼亡し、北多摩郡砂川村の親戚尾崎梅太郎方に寄寓。八月十五日降服、終戦。この間、千葉県三里塚附近の水野葉舟方、吉祥寺の河田槙方、杉並区中通町の井上康文方に順次転々と寄寓。

一九四六（昭和二十一）年（五十四歳）　九月、長野県諏訪郡富士見村の元伯爵渡辺昭別荘の一部を借り、七年をここで暮らす。散文小冊子『麦刈の月』（生活社）、改訂増補『ヴィルドラック選詩集』、選詩集『夏雲』（青園社）、マーテルリンクの『悦ばしき時』（冨岳本社）刊行。

一九四八（昭和二十三）年（五十六歳）　選詩集『残花抄』（玄文社）、散文集『高原暦日』（あしかび書房）、散文集『美しき視野』（友好社）、ロマン・ロランの『花の復活祭』（あしかび書房）刊行。

一九四九（昭和二十四）年（五十七歳）《九月、日本山岳会信濃支部第二代支部長に就任。五二年、帰京のため辞任し、以降顧問を務める。》

一九五〇（昭和二十五）年（五十八歳）《七月、上高地での第四回ウェストン祭で講演。》

一九五一（昭和二十六）年（五十九歳）『山の絵本』、『碧い遠方』（ともに角川文庫）刊行。

一九五二（昭和二十七）年（六十歳）　十一月、世田谷区玉川上野毛の新居に移る。『尾崎喜八詩集』（創元文庫）、エミール・ジャヴェルの『一登山家の思い出』（角川文庫）刊行。《七月、上高地での第六回ウェストン祭で講演、詩の朗読。》

一九五三（昭和二十八）年（六十一歳）　多摩川の流れを見おろし、西南西に富士を望む丘陵上の家に妻、石黒光三・栄子夫妻、二人の孫・美砂子、敦彦と一緒に住む。デュアメル『和蘭陀組曲・北方の歌』（角川文庫）、デュアメル『わが庭の寓話』（創元社）、『尾崎喜八詩集』（新潮文庫）、『雲と草原』（角川文庫）刊行。

一九五四（昭和二十九）年（六十二歳）　ヘッセ『さすらいの記』（三笠書房）刊行。

一九五五（昭和三十）年（六十三歳）　詩集『花咲ける孤独』（三笠書房）、『新訳ヘッセ詩集』（三笠書房）、散文選集『わが詩の流域』（三笠書房）、『リルケ詩集』（角川書店）刊行。

一九五六（昭和三十一）年（六十四歳）　散文選集『山の詩帖』（朋文堂）刊行。

一九五七（昭和三十二）年（六十五歳）　改訂全訳ヘッセ『ヴンデルング』（朋文堂）、『山の絵本』（新潮文庫）刊行。《七月、上高地での第十一回ウェストン祭で講演。》

一九五八（昭和三十三）年（六十六歳）　全集版増補『ヘッセ詩集』（三笠書房）、詩集『歳月の歌』（朋文堂）、『尾崎喜八詩文集7　夕映えに立ちて』（創文社）刊行。《三月、雑誌「アルプ」創刊。「高原の冬の思い出」を寄せる。以降七四年の一九六号まで五十九作品を寄稿。六月、上高地での第十二回ウェストン祭で詩「上高地にて」の朗読。以降、七一年の「捧げの詩」まで参加のたびに詩を朗読。》

一九五九（昭和三十四）年（六十七歳）　全訳リルケ『時祷詩集』（弥生書房）、『尾崎喜八詩文集』〔1空と樹木、2旅と滞在、3花咲ける孤独、4山の絵本、5雲と草原、6美しき視野〕（創文社）六巻刊行。

一九六〇（昭和三十五）年（六十八歳）　ヴァッガール『牧場の本』（創文社）刊行。

一九六二（昭和三十七）年（七十歳）『尾崎喜八詩文集8　いたるところの歌』（創文社）刊行。

一九六三（昭和三十八）年（七十一歳）デュアメル『わが庭の寓話』（創文社）、デュアメル『慰めの音楽』（白水社）刊行。

一九六四（昭和三十九）年（七十二歳）散文集『さまざまの泉』（白水社）、ヘッセ『画と随想の本』（創文社）刊行。

一九六五（昭和四十）年（七十三歳）『新訳ジャム詩集』（弥生書房）刊行。

一九六六（昭和四十一）年（七十四歳）鎌倉市山ノ内明月谷に転居。詩集『田舎のモーツァルト』（創文社）刊行。

一九六七（昭和四十二）年（七十五歳）紫綬褒章受章。散文集『私の衆讃歌』（創文社）刊行。

一九六八（昭和四十三）年（七十六歳）「音楽と求道」を「芸術新潮」に連載開始（七二年十二月まで）。『日本の詩歌17　堀口大学・西条八十・村山槐多・尾崎喜八』（中央公論社）、串田孫一編『尾崎喜八詩集』（弥生書房）刊行。

一九六九（昭和四十四）年（七十七歳）散文集『夕べの旋律』（創文社）、『自註　富士見高原詩集』（青娥書房）刊行。

一九七〇（昭和四十五）年（七十八歳）詩集『その空の下で』（創文社）刊行。

一九七一（昭和四十六）年（七十九歳）『あの頃の私の山』（二見書房）、『ヘッセ詩集』（三笠書房）刊行。

一九七二（昭和四十七）年（八十歳）『尾崎喜八詩文集9　晩き木の実』（創文社）刊行。

一九七三（昭和四十八）年（八十一歳）『音楽への愛と感謝』（新潮社）、ヘッセ『さすらいの記』（講談社文庫）刊行。

一九七四（昭和四十九）年（八十二歳）　二月四日、急性心不全のため永眠。

没後刊行書

世界近代文学28『ヘッセ集／詩』（一九七五年・筑摩書房）／『尾崎喜八詩文集10　冬の雅歌』（一九七五年・創文社）／『日本の詩歌17　堀口大学・西条八十・村山槐多・尾崎喜八』（一九七五年・中公文庫）／『草稿詩集　花咲ける孤獨』（一九七五年・四季書館）／『草稿詩集　花咲ける孤獨（普及版）』（一九七六年・四季書館）／デュアメル・尾崎喜八『わが庭の寓話』（一九七六年・四季書館）／『名もなき季節』（一九七六年・創文社）／『日光と枯草』（一九七七年・スキージャーナル）／『山の繪本』（一九七八年・大修館書店「新選覆刻日本の山岳名著」）／『日本の詩』［17　八木重吉・尾崎喜八・小熊秀雄］（集英社）／『魂、そのめぐりあいの幸福』（一九七九年・昭和出版）／『わが音楽の風光』（一九八一年・六興出版）／『自註　富士見高原詩集』（再刊・一九八四年・鳥影社）／『ベートーヴェン』（一九八七年・編集工房水族館）／『音楽への愛と感謝』（一九九二年・音楽之友社）／『山の絵本』（一九九三年・岩波文庫）／デュアメル・尾崎喜八『わが庭の寓話』（一九九八年・ちくま文庫）／『慰めの音楽』（新装復刊・一九九九年・白水社）『音楽への愛と感謝』（二〇〇一年・平凡社ライブラリー）　※尾崎喜八の研究資料として「尾崎喜八資料」（全十七号・一九八五〜二〇一九年・尾崎喜八研究会）がある。

『尾崎喜八選集　私の心の山』について

詩人尾崎喜八が山と出会ったのは、自筆「略年譜」によれば、一九二八（昭和三）年、三十六歳の時だった。「失った武蔵野の代りに山岳という一層広大な世界を得、私の詩に文章に山がその実体と雰囲気とを提供した。登山によって救われた私はそこに精神のための新しい支柱を見出し、自然への愛と傾倒とを一層深くした」。昆虫や植物、自然観察、さらには地理、気象など、生来の博物学的探究心も山での経験を通して深みを加えてゆく。

一九三一年、武蔵野に戻り、自然とともにある田園の暮らしと、山や高原への発見の旅へ。そこから生まれたのが、詩精神と自然科学探求、そして山の実体験とが総合された詩集『旅と滞在』（一九三三年）であり、『山の絵本』（一九三五年）『雲と草原』（一九三八年）の散文集である。

山との出会いによる新たな世界観の展開は、登山者はもちろん、山を描いてきた文人たちにも共通する体験であるが、特筆すべきは尾崎喜八が、文学者としての自覚を持って山と向き合ったことである。詩精神による自然美の認識、博物学的視野、人間存在への普遍的な愛情や、自己の内面に向けられた思索は文学作品として鍛え上げられ、以降、山の文学の世界に通底する新たな価値を築いた。そして、トルストイ、ロマン・ロラン、ヘルマン・ヘッセに同感し、高村光太郎を敬愛した詩人が描いた、生の悦びと、自然と同調する詩と音楽の調べに満ちた豊穣な世界は多くの登山者を魅了する。

本書では『山の絵本』『雲と草原』に収められた山の紀行・エッセーの代表的作品二十一篇を中心に、その後の山に関係する散文を加え、詩人の山の世界をたどる。なお、詩作品については略歴を参照され、『尾崎喜八詩文集』（全十冊・「創文社オンデマンド叢書」として講談社から刊行）を読んでいただくこととし、本書では、そのごく一部を味わうために、山をモチーフとした詩六篇を収めた。

このほか、戦前の散文は『詩人の風土』（一九四二年）から五篇を収めた。

充実した創作生活は戦争によって全て失われたかに見えたが、詩人は移り住んだ八ヶ岳山麓の富士見高原で新たな創作の糧、再起の力を得る。

富士見時代（一九四六～一九五二年）の散文集には『高原暦日』（一九四八年）『美しき視野』（一九四八年）『碧い遠方』（一九五一年）があるが、本書では『碧い遠方』から、当時の山旅や山への想いが綴られた作品三篇を収めた。

帰京し、世田谷、そして鎌倉での家族との落ち着いた生活の中で、山に関する思索や回想を含む作品集は『尾崎喜八詩文集7　夕映えに立ちて』（一九五八年）『同8　いたるところの歌』（一九六二年）、散文集には『さまざまの泉』（一九六四年）『私の衆讃歌』（一九六七年）『夕べの旋律』（一九六九年）があり、没後には串田孫一によって『日光と枯草』（一九七七年）が編まれている。本書ではこれらの著作から十一篇、雑誌「アルプ」から生まれた『山のＡＢＣ』（一九五九年）から「アルプ」を収めた。

なお、尾崎喜八の山の世界を知る上で、一九五八年創刊の雑誌「アルプ」の存在は見逃せない。その名付け親であり、精神的な拠り所として雑誌を支え、多くの作品を寄稿した、この雑誌との関わりは、「アルプ」一九六号（「特集　尾崎喜八」一九七四年六月）に詳しい。

（編集部）

『尾崎喜八詩文集』『さまざまの泉』『私の衆讃歌』『夕べの旋律』『日光と枯草』を底本としました。
文末の初出書誌は、中西宏行編「尾崎喜八　著作・作品一覧」、国会図書館デジタルコレクションを参考にしました。

表記について

一、読者の便を図るため、以下の基準で表記を改めました。
・常用漢字表に掲げられている漢字は新字体に改め、常用漢字表外の漢字は「表外漢字字体表」に従う。異体字は原著のままとする。
・読みにくい語には振り仮名をつける。原著の振り仮名はそれを尊重する。
二、今日の人権意識、自然保護の考え方に照らして考えた場合、不適切と思われる語句や表現がありますが、本著作の時代背景とその文学的価値に鑑み、そのまま掲載しました。

尾崎喜八選集 私の心の山

二〇二四年三月五日　初版第一刷発行

著　者　尾崎喜八

発行人　川崎深雪
発行所　株式会社　山と溪谷社
郵便番号　一〇一−〇〇五一
東京都千代田区神田神保町一丁目一〇五番地
https://www.yamakei.co.jp/

■乱丁・落丁、及び内容に関するお問合せ先
山と溪谷社自動応答サービス　電話〇三−六七四四−一九〇〇
受付時間／十一時〜十六時（土日、祝日を除く）
メールもご利用ください。
【乱丁・落丁】service@yamakei.co.jp　【内容】info@yamakei.co.jp
■書店・取次様からのご注文先
山と溪谷社受注センター　電話〇四八−四五八−三四五五
ファクス〇四八−四二一−〇五一三
■書店・取次様からのご注文以外のお問合せ先　eigyo@yamakei.co.jp

印刷・製本　大日本印刷株式会社

定価はカバーに表示してあります

Printed in Japan ISBN978-4-635-04992-4